U0857897

莎士比亚研究丛书

莎士比亚
与外国文学研究

聂珍钊　杜娟　主编

2020年 · 北京

图书在版编目（CIP）数据

莎士比亚与外国文学研究 / 聂珍钊，杜娟主编. —北京：商务印书馆，2020
（莎士比亚研究丛书）
ISBN 978－7－100－17275－2

Ⅰ. ①莎… Ⅱ. ①聂… ②杜… Ⅲ. ①莎士比亚(Shakespeare, William 1564-1616)—文学研究 Ⅳ.①I561.063

中国版本图书馆 CIP 数据核字（2019）第061639号

莎士比亚与外国文学研究
聂珍钊 杜 娟 主编

商 务 印 书 馆 出 版
（北京王府井大街36号 邮政编码 100710）
商 务 印 书 馆 发 行
山东临沂新华印刷物流集团有限责任公司印刷
ISBN 978－7－100－17275－2

2020年4月第1版 开本 640×960 1/16
2020年4月第1次印刷 印张 23¼

定价：70.00元

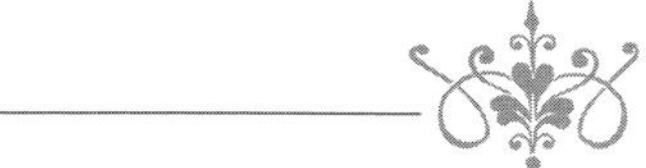

“莎士比亚研究丛书”为
“东华大学莎士比亚研究所特色建设资助项目（2016—2019）”

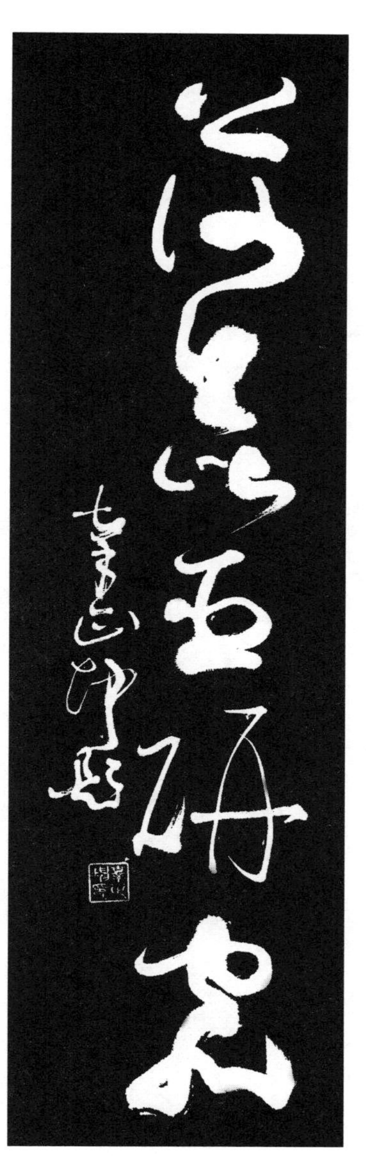

莎士比亚研究丛书

“莎士比亚研究丛书”序

今年（2016年）是英国伟大的诗人剧作家威廉·莎士比亚逝世四百周年，世界各地隆重举行纪念活动。今年也是中国伟大的诗人戏剧家汤显祖逝世四百周年，世界各地也隆重举行纪念活动。莎士比亚是英国的骄傲，他同时属于全世界，因此莎士比亚与汤显祖一样，是中国广大受众所尊崇的艺坛骄子。

莎士比亚于19世纪进入中国，莎剧和莎诗的演出和吟赏，成为中国广大群众文化生活的重要组成部分。20世纪八十年代，具体地说是1986年，北京和上海两地同时举行莎士比亚戏剧节，一举演出莎剧二十五部，同时召开莎翁作品研究论坛。国际莎士比亚协会主席、英国伯明翰大学莎士比亚研究院院长菲利浦·布劳克班克（Philip Brockbank）惊呼：“莎士比亚的春天在中国！”

中国的莎士比亚作品翻译、戏剧上演、改编演出、作品研究，几十年不衰，形成热潮。最近，商务印书馆将出版“莎士比亚研究丛书”，包括五本文集：《世界莎士比亚研究选编》《中国莎士比亚悲剧研究》《中国莎士比亚喜剧研究》《莎士比亚与外国文学研究》和《中国莎士比亚演出及改编研究》。其中除个别文集反映外国学者的莎翁研究成果外，大部分文集体现了中国学者和译家对莎翁作品的研究成果，充分表达了这项研究的中国特色和中国品位。收入这些文集的文章作者有卞之琳、孙家琇、方平、阮珅、陆谷孙、余上沅、黄佐临、梁实秋、李赋宁、曹未风等。这些人都是中国的一流莎学研究家和译家，他们是中国莎学专家的代表群体。

莎学在世界上是一门显学。中国学者们的莎学研究成果与英国和其他国家的莎学成果相比，水平相当，可以相互颉颃，东西媲美，一同汇入世界莎学的洪流。

“莎士比亚研究丛书”的总主编邀笔者为它作序。本人不揣浅陋，写了以上文字。请读者批评。

是为序。

屠 岸

2016年11月21日

于北京寓所，萱荫阁

Foreword to the "Series of Shakespeare Studies"

Reading the titles of the essays collected in these very welcome volumes of Western and Chinese Shakespeare criticism, one of the most striking things is how deeply historicist—or, to put it otherwise, political—the Western selections are. Of course, the choice of Western critics might have been made differently. But the line-up of critics here is a reliable guide to dominant trends in literary criticism and scholarship over the last few decades, and shows how profoundly ideological criticism in the Anglo-American academy has been since at least the 1970s and 1980s. It is a remarkably consistent story: the most influential and prestigious critics of the last three or four decades have been overwhelmingly preoccupied with issues of race, power, sexual identity or sexual difference, colonialism and imperialism (interestingly, they have not been concerned so much with the issue of class). And I daresay this turn towards politics is reflected in university curricula in the United States, Great Britain, and elsewhere. So, because at least some of one's students become the professors of the future, there is little reason to suppose that this political emphasis will completely disappear, even as new modes of criticism emerge.

There can be no question that this preoccupation with politics, broadly construed, has been salutary and important. It has shown us aspects of the plays that hardly registered on critical consciousness before. (The position of women in the plays—

indeed Shakespeare's very live interest in that topic—seems barely to have been noticed by critics prior to the emergence of radical cultural criticism in the sixties.) Nevertheless, numerous commentators have noted that it has come at a cost. There has been a tendency to think about the plays in a somewhat cold, suspicious manner—as if the main thing is not to be taken in by them. Culture itself has become an object of "interrogation" (a vogue word of much critical writing in the recent past, and one that speaks volumes). There has been a downbeat, disenchanted, grumpy tone to much critical writing. The unstated assumption has sometimes been that literature from the past cannot speak to us in any significant way, or rather any helpful way. Instead it is an object to be spoken to, about, or for. There is no requirement for us to listen to it.

My admittedly sketchy impression is that, in other countries, this particular mode of disenchantment has not occurred, or not to the same extent. In other places, there is still an idea that older literature might play a positive, emancipating role in the present. Canonical literature in non-Anglophone countries is still spoken about with a certain respect, even reverence. Humanistic or non-political kinds of criticism are still practised. It seems sometimes to be felt that the Judgment of Time is a meaningful or defensible concept—that significant works from the past survive because they deserve to (not just because certain institutions or groups have a particular ideological interest in ensuring that they survive). I don't find the same suspiciousness about towards high culture that has become almost de rigueur in the Western academy. My own feeling is that this attitude of openness towards the literature and art of the past is one we in the Anglophone academy need to reconnect with—but of course so much in our world now militates against this position.

What else can we Anglophone Shakespeareans learn from our Chinese colleagues? Perhaps the most important thing we need to learn is that Shakespeare is only a part of the literary culture of the planet. We still know very little about the ways in which

Shakespeare's plays and poems might be illuminated by the study of non-Western literary forms. We think of Shakespeare as part of "English Literature" (however broadly we want to define that), but is that really the best way to think of him? He was in touch with, and formed by, the literary traditions (medieval and Renaissance) of non-English-speaking lands—not to mention of course the enormous impact on his imagination of the works of classical antiquity. Shakespeare grew up reading, writing, and speaking a foreign tongue, Latin. His mental universe was in large part non-anglophone. All this suggests that a willingness to explore how Shakespeare's works might be understood as part of world literature—with affinities to some of the most unlikely literary and artistic traditions—will be one of the most important avenues of Shakespearean inquiry in the future. So it is very gratifying to see these volumes, bringing together some of the best Western and Chinese Shakespeare criticism, in print.

Peter Holbrook

Chair, Executive Committee, International Shakespeare Association

6th July, 2016

——写在“莎士比亚研究丛书”之前（译文）——

中西莎士比亚批评汇集成卷可喜可贺，有幸一睹各文集的论文题目，感觉一个最突出的特点是西方莎士比亚研究的历史主义或者说政治色彩相当浓厚。当然，选录西方批评家的成果还可能做出别样的选择。但是，就最近几十年的文学批评及学术研究领域的主导趋势而言，“莎士比亚研究丛书”选入的批评家阵容给了我们一个可靠的指南，指明了至少自20世纪七八十年代以来英美学术界的意识形态批评的深入程度。几乎毫无疑义的是，最近三四十年最有影响、最有名望的批评家都势不可挡地专注于种族、权力、性别身份或者性差异、殖民主义以及帝国主义等问题（耐人寻味的是，他们对阶级问题的关注不那么多）。我敢说这种政治转向也都反映在美国、英国及其他地方的大学课程中。所以，即使新的批评模式涌现了，也没有理由设想这种对政治的重视会彻底消失，因为至少某学派的某些弟子会成为未来的教授。

毫无疑问，这种对于政治的专注，如果广义上理解的话，还是有益并且重要的。这种方法给我们展示了莎士比亚戏剧的某些此前的批评几乎不关注的方面。例如，莎士比亚戏剧中妇女的地位——的确莎士比亚对这个话题兴味盎然——在20世纪六十年代激进的文化批评出现之前似乎很少有批评家注意到。然而，很多评论者注意到，这种批评不无代价。以冷峻、怀疑的态度来思考莎士比亚戏剧已经成了一种趋势——似乎不要被莎剧所蒙骗才是关键。文化本身成了“质询”的目标（“质询”这个词最近成了批评写作的意味深长的流行语）。很多批评写作中带着某种悲观、幻灭、乖戾的腔调。有时还透着这样的潜台词：过往的文学无法有效地或者更无法以某种有益的方式与我们对话。相反，它是个听从言说的客体，任凭人们谈说或代为言说。而我们没有必要听信于它。

本人有这样一个粗浅的印象，即在其他国家这类幻灭的批评模式还未曾发生，起码没有达到这种程度。在其他地方，人们仍然认为过往的文学还能在现今起到正面的、解放性的作用。经典文学在非英语国家还是得到相当的尊重甚至崇敬的。那里，人文主义的或者非政治的批评方法仍然行之有效。从这样的批评中你能时常感到，时间的仲裁是个有意义并值得守护的概念——过去的重要著作流传至今是因为它们实至名归（不只是因为某些社会机构或者群体对于确保它们的幸存而持有特定的意识形态偏好）。在这些国家，我没有发现西方学界几乎当成时髦的对于高雅文化的怀疑。我个人的感觉是，这种对于过往的文学艺术的开放态度，是我们英语国家的学界需要重新找回的东西——然而，当然现在我们的批评世界里阻挠这个立场的东西太多。

我们英语世界的莎士比亚学者还能从中国同行那里学到些什么呢？大概最重要的一点就是，莎士比亚只是这个星球的文学文化的一部分。对于莎士比亚戏剧和诗歌如何用非西方文学形式来研究阐发，我们仍然所知甚少。我们把莎士比亚当成是“英语文学”的一部分来思考（不管我们如何宽泛地限定英语文学），但是那真的就是思考的最佳方式吗？他写作过程中接触了非英语国家的文学传统（中世纪的以及文艺复兴时代的）——当然更不用说古典文学著作对他的想象的巨大影响。莎士比亚成长过程中读过、写过、说过一种外语，即拉丁语。他的精神宇宙很大程度上是非英语的。所有这些都提示我们，主动考察如何将莎士比亚著作理解为世界文学的一部分——令其与最不可能匹配的文学艺术传统发生某些联系——将是未来莎士比亚研究的最重要途径之一。所以，看到荟萃了中西莎士比亚研究杰作的中国“莎士比亚研究丛书”的出版付梓，是令人欢欣鼓舞的事情。

彼得·霍尔布鲁克

国际莎士比亚学会主席

2016年7月6日

致莎翁四百周年

——莎士比亚研究综述

1616年4月23日，一位名叫莎士比亚的戏剧家在他的故乡、英国的斯特拉福逝世，但他的不朽杰作已经成了世界文学的经典，传播至今。四百年后，全世界的莎士比亚爱好者和研究者仍然隆重纪念这个重要的日子。商务印书馆出版“莎士比亚研究丛书”适逢其时。这套由外国文学学者及莎士比亚研究专家主编的文论汇编，荟萃了世界莎学以及中国莎学的代表性成果。

以死亡为主题的作文往往带着某种沉重，但是对于纪念莎士比亚来说，我们大可不必垂头丧气。莎士比亚的名字还应该被不断提起，虽然在“作者之死”的论调下，作者不再是独立自为的主体，而是多变的社会历史环境的构成部分。然而，笔者认为这个说法反倒提高了他成为我们中的一分子的可能性，因为我们成了莎士比亚作品意义构造的参与者。在这个意义上说，作者叫什么似乎不那么重要了，他的文本的生命力和可供续写的兼容性才是让他继续拥有活力的源泉。事实上，四百年来人们都称莎士比亚为“同时代人”，都不断赋予他的作品以新的内涵。这样说的话，这位叫莎士比亚的作者之死有了新的意义，他在与我们互为创造的活动中实现了不朽：“莎士比亚创造了现代文化；现代文化造就了莎士比亚。”因此，2016年4月23日仍然是值得热烈庆祝的日子。

全世界也都在2016年举办各种重要活动，以纪念莎士比亚给四个多世纪以来的人类文化生活贡献的不朽作品。最为盛大的是“世界莎士比亚大会”（World Shakespeare Congress），恰在这一年举办第十届盛会，按照计划于7月31日至8月6日在斯特拉福和伦敦两地举办，吸引了一千余位来自世界各地的莎士比亚学者参加。每五年一届的世界莎士比亚大会由国际莎士比亚学会主办，世界各国竞争承办，前九届分别在加拿大温哥华、美国华盛顿、英国斯特拉福、德国柏林、日本东京、美国洛杉矶、西班牙瓦伦西亚、澳大利亚布里斯班、捷克布拉格举办。国际莎士比亚学会投票决定在英国举办第十届大会，不无考虑天时地利的因素，让莎翁在这个重要的年份“回家”——斯特拉福是他的故乡、他生长和安息的地方；伦敦是他事业发展的舞台。然而，这样的安排并不只是满足“朝圣”的热情，更重要的是让更多的人能够有机会到他的剧场去体验一下他的戏剧的魅力，比如在重建的环球剧场观看莎剧表演。

重要的是，来自全世界的莎士比亚学者能够在莎翁故乡汇聚一堂，充分阐发“莎士比亚的创造与再创造”（Creating and Recreating of Shakespeare）这个核心议题。莎士比亚既是创造的天才又是再创造的天才；他的作品体现出非凡的创造性、创造力、创新性。要对他的作品做出有创见的再创造，同样需要创造力和创新精神。这样的精神已经渗透到四百余年来的莎士比亚在世界各地传播和接受的实践中——在舞台上、影院里、课堂中；这些围绕莎士比亚的活动也让他的作品的创造性得以延伸。虽然莎士比亚的创造内涵不是这样简单的概括能够穷尽的，但是现代生活确实见证了他的艺术的活力，也部分地说明了我们今天为什么还需要莎士比亚。西方马克思主义文学理论家特里·伊格尔顿（Terry Eagleton）预言的我们不再需要莎士比亚的时代，在资本全球化的今天离我们不是更近，而是更远了。事实证明，我们还需要莎士比亚，因为他的创造性的光芒能够穿越时空，照射到不同时代的人生社会。他的作品探析了人类迄今为止仍然无法解决的人性困惑和社会问题。莎士比亚和那个时代其他巨人一起开启了现代文明，他们的作品注重人文精神，制造了近现代与中世纪文化的分野。从20世纪开始，现代主义和后现代思潮都纠结于如何看待人文理性。似乎从哲学上分别现代和后现代的关键，还是在于如何对待人文主义的问题。后现代主义论者对人文主义的内涵表示怀疑，分析能指和所指之间的裂痕，借以挑战传统的人文观。这时，他们也从蕴含了深层矛盾的莎士比亚文本中找到例证。这就更证明了莎氏创造内涵的灵活性、复杂性和多面性。

上述几个方面中涉及了曾是莎士比亚接受史和批评史中的一些热点话题，有些仍然是热点。这些话题在第十届世界莎学大会上，围绕莎士比亚的创新、创造主题更深入地展开。总之，莎士比亚是创造的载体和媒介，是创造的成果和源泉，既承继又开启，既是经典又是流行。我们应当将他置于不断创新的过程当中，才能充分体验他的兼容性、创新性、多元性、时代性、历时性与共时性。著名莎剧演员、导演布拉纳在2012年伦敦奥运会上朗诵《暴风雨》中的台词，又给追求生态文明的21世纪生活注入了莎士比亚元素。凯列班的与自然和谐相处的梦想与我们的生态梦想相吻合。莎士比亚的亚登森林里不仅住着超自然的精灵，那里也是戏剧人物回归自然的避难所，那里更有地球村远景规划中必不可少的那片绿草地。

作为中国学者，我们也关注绿色的莎士比亚，更关注莎士比亚在中国的学术生态以及中国莎学作为整体对于世界莎士比亚大会等国际莎学活动的参与。中国学者最早有规模地参与世界莎学大会，是1996年在美国洛杉矶召开的第六届。在原“中莎会”会长曹禺先生的关照下，文化部及教育部联合委派了以方平为团长的中国莎学代表团，成员包括孙福良、孟宪强、曹树钧、刘炳善、何其莘、辜正坤、张冲、杨林贵（兼任代表团秘书）等。其后孟宪强、张冲、杨林贵、罗益民、吴辉等先后出席了第七至第九届大会。笔者应邀在第九届大会上主持一个特别研讨会，并被选为国际莎士比亚执行委员会委员。由此可见，中国莎学前辈一贯重视中国莎学界和世界同行的交流，特别是鼓励年轻学者积极参与国际学术活动。可喜可贺的是，中国学者在第十届大会上有更出色的表现。据笔者了解，有空前规模的中国学者群体参加了本届盛会。辜正坤教授得到特别邀请，与一位英国学者共同主持关于莎士比亚十四行诗的研讨会。笔者作为国际莎士比亚学会执委，参与本届大会委员会的工作。郝田虎和刘昊与其他学者合作，分别担任两个小组研讨会的主持人。经过他们的积极努力以及有关方面的密切合作，他们提交的研讨会提案得到了高度认可。另外还有十余位中青年学者参加大会交流和小组讨论，极大地提高了中国莎学在国际学术圈的可见度。中国学者在此次大会上有无愧于前辈、无愧于中国莎学的出色表现。

中国莎士比亚研究的进步，离不开一批学贯中西的前辈学者的引领，他们不仅通过翻译和著述为莎士比亚在中国的传播和研究做出了杰出贡献，而且积极组织学术活动，奖掖并带动后进，推进中国莎士比亚研究的发展。他们创建的“中莎会”，在组织中国莎学工作以及国际交流活动上起了重要的促进作用，在中国莎学史上具有独特的意义。原中国莎士比亚研究会（后更名为“中国莎士比亚学会”），简称“中莎会”，在文化部的领导和支持下成立于1984年12月，首任会长为曹禺，副会长为卞之琳、王佐良、孙家琇、李赋宁、张君川、杨周翰、陆谷孙（1989年增补）等。从1998年9月起，中国莎士比亚研究会组织机构发生重大变化，会长为方平，副会长为荣广润、孙福良、孟宪强、曹树钧、辜正坤。2003年6月因未按期进行重新登记被民政部宣布取消活动资格。2012年10月经民政部批准，“中莎会”重新登记成立，隶属于中国外国文学学会。2013年4月“中莎会”正式恢复成立并在北京大学召开会议。辜正坤当选新“中莎会”会长，副会长为张冲、李伟民、杨林贵、罗益民，秘书长为刘昊、北塔。

在原“中莎会”的领导下，我国曾经成功举办过两届莎士比亚戏剧节，出版会刊《莎士比亚研究》，联合一些省级莎士比亚学会或者协会，主办了一系列重要的国内莎士比亚研讨会，也组织了一些和国际莎学界的学术交流活动，促进了中国莎学的发展。在推进中国莎学研究以及“中国莎学走向世界”方面，新的“中莎会”肩负了更重要的使命。在祝贺“中莎会”恢复成立的信中，中国社会科学院外国文学研究所所长陈众议希望学会“在传承、借鉴、团结、创新中为中国莎学、中国学术、中国文化的繁荣进步做出巨大贡献”。国际莎士比亚学会主席彼得·霍尔布鲁克（Peter Holbrook）在贺信中也期待“中莎会”促进和提高中国莎士比亚研究以及与国际同行的交流。中国莎学同仁应该相互支撑协作，共同努力以取得丰硕成果，同时积极参与国际莎学活动。希望通过当今的外国文学工作者和莎士比亚研究者的努力，更好地完成前辈学者提出的“中国莎学走向世界”的光荣任务。“中莎会”未来的另外一个重要目标应该是促进中外文化的交流和对话。我们还有一个梦想，就是将来争办一届世界莎士比亚大会。这将有利于宣传中国莎学，有利于扩展中国学者和国际莎学界交流的机会。

这套“莎士比亚研究丛书”的出版既是为了纪念莎士比亚、为世界莎士比亚盛会献礼，也是为了让对莎士比亚研究感兴趣的年轻一代更多了解世界莎士比亚研究的发展趋势以及中国莎学所取得的成就，为中国莎学向更广阔的空间拓展做好准备。“莎士比亚研究丛书”包括如下五本文集：

《世界莎士比亚研究选编》：本文集延续《莎士比亚评论汇编》（杨周翰选编）的重要工作。该汇编自1979年出版以来一直是中国莎学研究的重要参考书；但遗憾的是由于出版较早而且主编过世，该汇编收录成果截止于20世纪六十年代，没能跟踪其后的莎学研究的研究成果。实际上，西方莎学自七十年代以来发生了重大变革，后现代研究如新历史主义、文化唯物主义等，已逐渐取代了“新批评”等传统流派的重要性，成了新的主流研究。所以，本文集在考虑早期传统研究的同时，力争弥补汇编的缺憾，材料更新，理论探讨更深入，收入六十年代以来的主要研究成果。其中选录的一些名家名作是某些文学批评流派或者研究方法的开山之作，例如斯蒂芬·格林布拉特（Stephen Greenblatt）等大家的经典研究成果。

《中国莎士比亚悲剧研究》：莎士比亚的悲剧是世界戏剧艺术的精华，对莎氏悲剧的研究汗牛充栋，其中不乏莎学研究的经典之作。本文集精选20世纪以来中国在莎士比亚悲剧研究方面最有代表性的研究成果，分悲剧研究总论、四大悲剧以及罗马悲剧研究等部分。本文集选文既有出自中国莎学名家的经典论述又有莎学新秀的新观点的阐发。选文囊括了方平、张天翼、孙家琇、张泗洋、盛宁、张隆溪等名家的研究力作。

《中国莎士比亚喜剧研究》：莎士比亚的喜剧这个精彩的世界，给人带来的不仅仅是笑声，也常常在给人愉悦的同时，以喜剧形式深刻讽刺社会人生中的种种丑恶和不公，对后世的喜剧创作影响深远。因此，莎士比亚喜剧研究分量不亚于悲剧研究。我国莎士比亚喜剧研究涌现了成就显著的学者。本文集收录了几代著名莎士比亚喜剧研究名家的代表成果。作者有颜元叔、曹未风、吴兴华、孟宪强、裘克安、陆谷孙、彭镜禧等。

《莎士比亚与外国文学研究》：把莎士比亚放在外国文学研究这个大的背景下研究是《外国文学研究》对于莎学研究的一大贡献。该刊的“莎士比亚专栏”发表的中英文研究成果在国内外影响很大，而且代表了国内莎学研究的最高成就，为外国文学和莎士比亚研究树立了学术质量的榜样。本文集精选莎学专栏中最有影响的论文，覆盖了中国莎学研究的各个方面，分三个部分：莎士比亚总论，悲剧研究，历史剧、喜剧、传奇剧研究。著名作者包括杨周翰、戚叔含、陈嘉、朱维之、王忠祥、阮珅、顾绶昌等。

《中国莎士比亚演出及改编研究》：本文集探讨莎剧演出和改编的各

种重要问题，分如下几个部分：1. 综合研究：收入莎剧演出、改编所涉及的理论问题以及关于跨剧目、跨媒体、跨界演出实践的研究；2. 莎士比亚话剧演出研究和评论；3. 莎士比亚戏曲及歌剧改编的理论和实践研究；4. 莎剧影视改编以及演绎等方面问题的研究。本文集既有中国戏剧史上的著名戏剧大师关于莎士比亚演出的经典论述，也有新时期杰出研究专家的代表性成就。收入的文章作者包括中国戏剧教育家、理论家余上沅；著名戏剧、电影艺术家、导演黄佐临；外国语言文学专家、莎士比亚学者陆谷孙等。此外，还包括戏剧及外国文学研究领域的中青年学者宫宝荣、程朝翔、张冲、李伟民、杨林贵等。

可以说，这套“莎士比亚研究丛书”在内容方面有如下特点：兼收国际国内莎学研究的精华；把莎士比亚研究放在文学文化批评的大背景下审视；重视理论研究和教学应用的结合；考察文学批评和演出改编实践的互动和相互影响；提倡跨学科和跨领域交叉研究（所收入的研究成果吸收了文艺美学、哲学、社会学、语言学、历史学、心理学、文化人类学等学科的优势）。另外，本套丛书的出版从中国视角为世界莎学的重大事件做出贡献，让世界更加了解中国莎学。因为丛书的上述特色和学术价值，也因为莎学的重要性和丛书的跨文化和跨学科方法，希望这套丛书为我国外国文学研究的发展提供借鉴，为文学文化研究领域的学者和师生群体提供参考，在人文教育课堂以及人文素质方面发挥积极作用。希望外国语言文学研究、文化人文研究、戏剧艺术研究的专家学者，以及在上述领域求学的从本科学生到博士研究生的群体，能够从丛书中获益。

当然，这些题目不能完全展现中外莎士比亚研究的全貌，我们原来设计的丛书方案还包括其他很多重要选题，但因为种种原因无法在本套丛书中体现，例如“莎士比亚诗歌研究”以及莎士比亚主要戏剧作品的专题研究等，我们希望条件成熟的时候继续出版下一个系列。

还需要说明的是，由于“莎士比亚研究丛书”所收录的文章选自不同的期刊和书籍，发表或出版的年代不同，其注释方法有一定的差异。各集主编和出版社编辑做了大量工作，尽量保证全丛书在总体上的统一；然而，依然有个别文章，其所引用文献的信息无法补全。

* * *

组织出版这样一套丛书离不开来自各个方面的支持和帮助，借此序文向他们表示深深的谢意。首先，感谢编委会及其顾问的积极配合和有效工作。一贯支持中国莎学事业的本届“中莎会”理事会的几位顾问——屠岸、陆谷孙、斯蒂芬·格林布拉特、彼得·霍尔布鲁克等——也是丛书编委会顾问，他们以不同方式关注了丛书的编辑出版并肯定了编委会的工作。辜正坤会长就顾问委员会构成以及编辑工作做了重要指示，提出了中肯的建议，并奉献了墨宝。最重要的是，各个文集负责人通力合作，特别是聂珍钊、张冲、李伟民等几位主编，他们愿意和总主编分担责任。他们在确定选文的过程中与总主编密切沟通，认真讨论选文以及编辑标准等问题，保证了选文和编辑的质量。同时，编辑工作还得到了其他人员的得力辅助。这里应该特别提到两位优秀的青年学者杜娟和乔雪瑛，她们参与了有关文集的繁杂的编辑工作。

必须感谢选入文集的论文作者以及发表原文的学术期刊及出版机构，他们不仅为莎士比亚研究贡献了重要成果，而且授权让我们共享这些成果。其中涉及大量的外文论文的翻译和审校工作。感谢所有参与翻译工作的署名和未署名的译者。原文中的理论内容和复杂的文字结构，给理解和翻译造成很大的挑战，译者们不畏困难，出色地完成了翻译工作。乔雪瑛除了翻译，还对部分译文做了认真细致的初步审校，付出了大量时间和精力，为译文的进一步完善做出了杰出贡献。

感谢商务印书馆的领导，感谢栾奇博士对选题的大力支持、对丛书结构的指导性建议以及对全部书稿的认真审读和缜密考证；同时感谢出版社的编审、版式及封面设计和校对人员的精细工作，他们为丛书文字的准确性提供了可靠保障。

感谢东华大学党政领导以及科研处和外语学院对莎学研究的重视，特别是对于莎士比亚研究所的政策和经费支持！

最后要对其他所有关心和鼓励莎士比亚研究以及丛书编辑出版的各方人士致以衷心的感谢！

杨林贵

“莎士比亚研究丛书”总主编

2016年9月29日初稿

2017年10月28日修订

目　录

悲剧研究

历史剧、喜剧、传奇剧研究

《外国文学研究》与莎士比亚

1623年，莎士比亚的朋友约翰·海明奇（John Heminge）和亨利·康戴尔（Henry Condell）编辑出版了第一对开本的莎士比亚全集，卷首印有莎士比亚的肖像和本·琼生的著名诗句："他不属于一个时代，而属于所有时代。"[1]本·琼生的评价是十分精当的。自莎士比亚戏剧问世四百年来，声誉一直不衰，影响持续到现在，而且还将持续到未来。莎士比亚已经不只是斯特拉福镇和英国的骄傲，他也是整个世界的骄傲。他的作品被翻译成许多种文字出版，经常在许多国家的舞台上演出。在中国，已经出版了多个具有不同翻译风格的莎士比亚全集的版本。除了莎士比亚全集不断在中国出版之外，他的戏剧和诗歌的单行本也在不断再版。莎士比亚是其作品在中国发行数量最大的外国作家之一，拥有庞大的读者群体。在中国最受欢迎的外国作家名单中，莎士比亚无疑名列榜首。

作为享誉世界的英国剧作家和诗人，莎士比亚不仅给我们留下了数量众多、历久弥新的文学遗产，而且以其博大的人文主义精神，深刻影响了文艺复兴以来整个人类的思想。面对我们共同拥有的宝贵的莎士比亚文学遗产，如何在前人研究的基础上进一步发掘和阐述莎士比亚的人

1　英文原文为："He was not of an age, but for all time."

文思想和艺术精华，用作我们新时代价值体系与文明建设的借鉴，业已成为我国莎学研究工作者们所面临的一项重要任务。《外国文学研究》杂志是我国发表外国文学研究成果的重要园地，自然要承担起责无旁贷的职责，不仅要对当代中国莎学研究予以持久的关注，而且要通过一系列学术论文的发表促进我国莎学研究。

在杨林贵教授的提议下，为了总结中国改革开放四十年来莎士比亚研究的学术成果和纪念这位伟大的戏剧家及诗人，我们对1978年以来《外国文学研究》发表的莎士比亚研究论文进行了整理，从中选择部分优秀论文编辑成册，促成了这本《莎士比亚与外国文学研究》的诞生。

1978年，《外国文学研究》杂志在改革开放中创刊，至今已有四十年历史。作为中国外国文学研究领域最早的一份专业学术期刊，在改革开放初期承担着刊发我国外国文学研究论文的重任，同时也是我国研究莎士比亚的主要阵地。作为我国刊发莎士比亚研究论文的主要刊物，《外国文学研究》自创刊以来发表莎士比亚研究论文已有一百九十多篇，另有会议消息、书讯等二十多则。以2000年为界，可以在时间上将《外国文学研究》杂志发表的莎士比亚专题研究论文的历程分为两个阶段。1978年至1999年为第一个阶段，发表研究论文一百二十八篇。2000年至2016年为第二个阶段，发表研究论文七十六篇。《外国文学研究》发表的莎士比亚研究论文不仅数量大，而且内容丰富，涉及多个学科的研究领域，在推动中国莎士比亚研究方面功不可没。从某种意义上说，《外国文学研究》不仅反映了我国莎士比亚研究的批评历史，而且也体现了我国莎士比亚研究的重要的学术成就。

20世纪八十年代中国改革开放之初，百废待兴，学术研究急需从闭关锁国中解脱出来，为我国的改革开放服务。作为马克思高度赞扬的伟大经典作家，莎士比亚不仅是我国学者重点关注和研究的对象，也是用来评价和检验其他作家的思想和艺术标准。1978年，朱维之先生就在创刊号上发表了《论〈威尼斯商人〉》一文。此后，杨周翰、卞之琳和方平又分别于1979年和1980年发表了有关莎士比亚研究的文章。据中国莎学研究的领军人物孟宪强教授统计，1978年至1988年，“《外国文学研究》是这个时期发表莎士比亚评论最多的刊物”[1]。从《外国文学研究》创刊开始，我国众多老一辈莎学家如朱维之、杨周翰、孙大雨、卞之琳、顾绶昌、方平等，都率先研究莎士比亚，在《外国文学研究》杂志上刊发他们的研究成果。他们的论文在当时具有示范作用，对中国的莎士比亚研究产生了巨大的推动作用，并带动一批年轻学者进入莎学研究领域，例如当今在学界有着重要影响的学者陆扬、杨林贵等，都是当时最先进入莎学研究领域的青年学子。

从《外国文学研究》杂志发表的研究作家的论文可以看出，对莎士比亚这位作者的研究不仅在20世纪八十年代位于其他外国作家前列，在九十年代也同样是被中国学者高度关注的外国作家之一。在九十年代，中国的学术研究环境得到进一步改善，有更多的中国学者将研究的目光投向了莎士比亚，但是中国学者群体的组成已经开始发生变化，这就是年轻一代学人的成长。随着年龄的增长，老一辈莎学家除了方平、孟宪强、王忠祥、贺祥麟等还继续在《外国文学研究》上发表研究论文外，一批研究莎士比亚的中青年学者开始成为我国研究莎士比亚的主力军，大量研究莎士比亚的学术论文主要是由这些中青年学者发表的。

进入21世纪后，中国学者对莎士比亚的热情并没有减退。为了适应新的时代变化，也为了把中国的莎学研究引向深入，《外国文学研究》杂志制定了新的发展战略，这就是走国际化道路，办一份国际性学术期刊，以崭新的面貌出现在国际学术界。从2000年开始，杂志进行了大幅改革，组成了新的国际编委会，制定了新的编辑规范，致力于把杂志建设成为一份有影响的国际性学术期刊。《外国文学研究》办刊宗旨的变化，促进了杂志的快速发展。经过五年规划的实施，杂志于2005年被美国艺术与人

1 孟宪强:《中华莎学十年（1978—1988）》,《外国文学研究》1990年第2期，第143页。

文科学索引（Arts and Humanities Citation Index；A&HCI）收录，成为中国大陆第一份被A&HCI收录的学术期刊。

《外国文学研究》被A&HCI收录不仅是杂志国际化以及在国际上产生影响的标志，而且也对我国的莎士比亚研究产生了重大影响，这就是引领中国的莎士比亚研究同国际接轨，通过国际对话和交流推动中国的莎士比亚研究深入发展，使中国的莎士比亚研究能够融入国际学术共同体。早在1987年，杨林贵教授就发文介绍了美国出版的研究莎士比亚的权威期刊《莎士比亚季刊》收录中国莎士比亚研究书目的情况，指出收录的十二篇论文主要来自《外国文学研究》杂志。进入21世纪以后，杂志最大的变化就是强调论文作者的国际代表性，增加了国外作者英文论文的发表。自2000年实施国际化发展战略以来，《外国文学研究》发表有关莎士比亚的英文论文就达十四篇，作者大多来自美国、加拿大、意大利、韩国等国家研究莎士比亚的著名专家。例如，加拿大多伦多大学教授、国际学术季刊《现代戏剧》前任主编和国际莎士比亚学会执委会前任主席吉尔·莱文森博士，国际莎士比亚协会副会长和《牛津莎士比亚》主编斯坦利·韦尔思爵士，著名文学学者、《莎士比亚全集》主编大卫·贝文顿教授，当年在美国得克萨斯A&M大学任教现任东华大学教授、国际莎士比亚学会执行委员会委员杨林贵教授，普渡大学比较文学系系主任查尔斯·罗斯教授，英国剑桥大学圣约翰学院约翰·克里根教授等。他们都是莎士比亚研究领域的著名专家。他们在《外国文学研究》上发表的原创论文代表着莎学研究领域的前沿成果，也表明《外国文学研究》是一份发表国际一流水准学术论文的期刊。这些英文原创论文的发表意义重大，不仅表明中国的莎学研究已经摆脱了独立于莎学国际共同体的不利局面，而且还表明中国学者在莎学研究领域已经能够在国际水准的层面上同国际上的专家进行交流，这无疑是21世纪以来中国莎学研究发生的最重要变化。

21世纪中国莎学研究的国际化得到了中国学者的响应。他们在研究方法上不断革新，形成中国莎学研究多元、创新的态势。他们合理借鉴西方的各种研究方法，精神分析、女权主义、存在主义、原型批评、接受美学理论、后殖民主义批评、生态批评、后现代主义等西方批评思潮，都出现在中国的莎学研究中。从《外国文学研究》发表的莎学论文可以看出，中国学者以国际水准为目标，他们的研究论文在质量上有了显著的提高。他们运用不同的方法解读莎士比亚的作品，重新思考前人研究过的重要问题，力图在前人研究的基础上有新的发现，从而阐发自己的新观点、新结论。在这个阶段，中国莎学研究的变化是与一批中青年学者的崛起密切相关的。新老交替是这个时代的特点。在《外国文学研究》发表研究论文的老一辈学者除了王忠祥外，显然莎学研究的主力已经转移到了中青年学者身上。在一大批中国学者中，李伟民、杨正润、杨林贵、李伟昉、王宁、杨慧林、罗益民、程朝翔、郝田虎等，都是中国莎学研究的杰出代表。在《外国文学研究》上发表论文的李伟民、杨正润、杨林贵、李伟昉等，都是中国莎学研究的领军人物。从《外国文学研究》发表的论文可以看出，中国学者的莎学研究不仅走向了国际，而且还产生了影响。例如，杨林贵教授的论文被哈罗德·布鲁姆收入由他主编的文集，这说明中国学者的莎学研究不仅从中国走出去了，并且已经产生了一定的国际影响。

《外国文学研究》刊登研究莎士比亚的学术论文，不仅是中国学者展示自己研究成果的重要平台，也是中国读者了解国内外莎学研究的历史与现状的重要窗口。可以说，自《外国文学研究》创刊以来四十年中发表的论文代表着中国学者在莎学研究领域取得的重要成就，也反映了中国莎士比亚研究的学术史。为了很好地总结中国的莎学研究，进一步把中国的莎学研究推向深入，我们从《外国文学研究》发表的大量莎评论文中挑选了部分具有代表性的文章，编辑成册，供莎学研究者参考。本刊发表的莎学论文都各有特点，但是限于篇幅我们无法把所有的论文都收入文集中，不得不忍痛割爱。对于那些发表后产生了重要影响而未被收录的论文，我们在表示遗憾的同时，还要请作者多加谅解。

下面对编辑情况略作说明：

1.《莎士比亚与外国文学研究》分为莎士比亚总论，悲剧研究以及历史剧、喜剧、传奇剧研究三个部分。各栏目下的入选文章均按照发表时间顺序排列，并在标题注释中注明发表时间和作者简介（个别作者例外）。

2. 编辑体例基本保持原来风貌，同时考虑本丛书的体例要求，略去了当时的责任编辑。考虑到本书为已发表的论文集结出版，书中的部分专有名词，特别是莎士比亚戏剧的名称以及剧中的人名、地名等，只能保证各篇论文内统一。在不影响内容的前提下，年月表述采用阿拉伯数字，引文出处或需要说明的内容采用脚注。

3. 凡是莎士比亚作品的引文，如无特别注明，均出自朱生豪先生的译本，如无特别需要，作品引文不另做注，仅在引文后面用圆括号标明“第几幕第几场”。需要说明的是，由于部分论文发表年代久远，引文出处标注不规范，难以确认之处只能遵照原版，保持历史原貌。

4.《外国文学研究》杂志自2005年起被A&HCI引文数据库收录，成为一份在国际上影响越来越大的国际性期刊，并开始刊发英文稿件。这是《外国文学研究》国际化的特色之一。为了较为全面地反映杂志收录的论文情况，收录了两篇英文论文并翻译成中文以飨读者。

5. 本次入选的论文中有个别作者难以联络，请相关人员见文后尽快与《外国文学研究》编辑部联系。

聂珍钊　杜　娟

2016年4月12日

莎士比亚总论

威廉·莎士比亚[1]

杨周翰

威廉·莎士比亚（1564—1616）是欧洲文艺复兴时期最有成就的作家之一，在他的作品里，资产阶级人文主义思想表现得最为充分，艺术成就也最高。他的作品为资产阶级的兴起做了最有力的舆论准备。他出生于英国中部斯特拉福镇一个富裕的市民家庭，少年时代在当地“文法学校”学习古代语言和文学。二十岁后，他到首都伦敦谋生，广泛接触到社会各阶层的生活，加深了他对社会的认识。1590年左右，他参加了剧团，开始舞台和创作生活。他的绝大部分戏剧是利用现成材料加以改编而写成的，在改编过程中给以新的内容和艺术加工。在二十几年的时间里，他写了三十七部戏剧，此外还有长诗两首和一百五十四首十四行诗。1613年左右，他离开伦敦，回到家乡，1616年逝世。

---

1 原文发表于《外国文学研究》1979年第1期。杨周翰（1915—1989），1939年毕业于北京大学英文系，1949年毕业于英国牛津大学英文系，曾任中国社会科学院外国文学研究所学术委员会副主任、中国莎士比亚研究会第一届副会长、中国比较文学第一届会长、国际比较文学协会第十一届副会长等，领衔主编《欧洲文学史》教材。本文是当时即将再版的《欧洲文学史》中的一个部分。他精心选编的《莎士比亚评论汇编》是迄今为止中国最完备、最系统的国外莎评汇编。本文所引莎士比亚戏剧为作者自译。

莎士比亚的创作可以按思想和艺术的发展分为三个时期。第一个时期（1590—1600）正值伊丽莎白女王统治后期，在国内，宗教改革、血腥立法、镇压农民起义，为资本主义发展开辟了道路。但这时英国基本上还是封建社会，封建势力还很强大，女王比较成功地运用王权维持了封建势力同新兴资产阶级之间的平衡。对外，英国战胜了西班牙无敌舰队，增强了资产阶级的民族自信。这时，莎士比亚的作品，基调是乐观的。他的喜剧宣扬爱情（仁爱精神）可以战胜一切，宣扬个性解放；历史剧则反复批判封建专制和封建割据，宣扬开明君主的理想，鼓吹资产阶级的民族自尊心和爱国主义。

他早期的两首长诗《维纳斯与阿都尼》（1593年）和《鲁克丽丝受辱记》（1594年）都是根据奥维德的故事写成。前者描写爱神对青年猎手阿都尼的爱情与追求。后者谴责荒淫强暴的行为，艺术上总的特点是华丽纤巧。《十四行诗》（1592—1598）中的大多数，据一般公认，是写给一个青年贵族的，有一组敦促他早日结婚，有些组写诗人在不同情境下的真实感受和理想，还有一组是写给一个黑皮肤的女子的。这些诗歌表现了友谊、谅解等人文主义理想，诗人歌颂青春和美，以与现实口的丑恶相对照，坚信美好的事物应当永存，并可以借助于文艺而成为不朽。诗中也表现了诗人对现实的批判和生活体验。十四行诗具有新兴资产阶级肯定生活、要求解放个性的反封建理想，也流露出患得患失、取悦贵族的倾向。诗人的情绪变化多端，有时欢乐，有时忧伤，有时表现嫉妒，有时沉思，莎士比亚的十四行诗比彼特拉克更向前发展一步，主题更加丰富，对待爱情已没有宗教情绪或封建等级观念。他改变了意大利的格式，按四、四、四、二编排，每首诗更能体现起承转合，情感和思路曲折而有变化。他喜欢从生活和大自然中，从乡村、城市、法庭、舞台、宫廷、战场、商人的柜房、教堂等场所寻找生动的形象和比喻。他常用对照、多义词、重复、停顿、头韵、长短音的错落来烘托内容，增强音乐性。十四行诗这一外来形式在莎士比亚笔下得到了发展。

这一时期，莎士比亚写了九部以英国历史为题材的历史剧，在当时盛行的历史剧中成就最高。16世纪九十年代王权虽仍巩固，但王位继承问题日趋迫切，封建势力蠢蠢欲动，英国有可能重新出现内战局面。莎士比亚作为人文主义者，关心民族命运，反对封建内讧，要求在一个开明君主的统治下，巩固国内和平与统一，使国家臻于富强，这是符合资产阶级发展的利益的。他比当时任何剧作家都更系统地探索了过去两三百年的历史，他认为观察历史可以准确地预示未来。在历史剧中他批判了一系列的封建君主，谴责了封建集团间的血腥战争，表达了自己的理想。

最早的历史剧《亨利六世》上中下三部（1590—1591）写这冲龄登位的国王统治五十年间（1422—1471）的事迹。第一部写英国在英法百年战争中由于贵族不和而失利；第二部写国内贵族的纷争和平民起义，导向内战；第三部写号称“红白玫瑰战争”的封建内战，属于红玫瑰贵族集团的国王在内战中被杀。在三剧中，亨利被写成一个既不能保全国外领地，又不能制止贵族内讧的软弱无能的君主。《理查三世》（1592年）与前三剧合为四部曲，写篡夺王位的白玫瑰集团在爱德华四世死后，同族贵族理查（在位1483—1485）用卑鄙、血腥手段排除了六个王位继承人，登上统治宝座，很快为敌党所杀，结束了“玫瑰战争”。理查不仅是个暴君，而且具有阴险狡诈、冷酷毒辣的特点。《约翰王》（1594年）是一部独立的历史剧，写约翰王（在位1199—1216）虽然有反天主教的一面，但企图谋害合法继承人，篡夺了王位，引起外患。《理查二世》(1595年)、《亨利四世》上下部(1597—1598)和《亨利五世》(1599年)构成第二个四部曲。从时间上看,第一个四部曲正衔接在第二个四部曲之后。作者把理查二世(在位1377—1399)写成优柔寡断、听信宠臣的昏君,不能维持贵族势力的平衡,他的堂弟利用时机夺去王位,自立为亨利四世(在位1399—1413)。亨利四世登位,由于王位来路“不正”,终生惴惴不安,虽然两次平复贵族内乱,但太子不务“正业”,和流氓鬼混,王位前途仍然堪忧。后来太子逐渐改过自新,继位为亨利五世(在位1413—1422)。亨利五世用对外战争解决了国内矛盾,战胜法国,夺回在法国的领地。莎士比亚写他性格中有善良仁慈的一面,有时能以普通人自居,在他身上多少寄托了对开明君主和民族英雄的理想。亨利五世改邪归正的转变过程,反映出作者的改造封建君主的思想。

莎士比亚的历史剧反映了新兴资产阶级的要求。资产阶级为了自身的发展,要求排除封建制度所设的重重障碍,尤其关心的是封建割据的局面和王权的封建性质。但由于它自身的软弱,因此只能寄希望于一个有利于资产阶级的开明君主,他要能镇压封建势力,为资本主义发展扫清道路。莎士比亚认为这是可以做到的,即通过道德改善的途径把封建君主改造过来,改造成为后来历史上的立宪君主。作为资产阶级思想家,莎士比亚表现出他的深谋远虑远远超过同时代的作家。但他的基本观点仍然是历史唯心主义。在他的历史剧里无例外地出现市民、社会下层、广大人民群众,他对他们的疾苦表示同情,并认为他们能明辨是非,但并不相信他们能改变自己的命运,改革仍须自上而下。有时他对群众还有所丑化。

莎士比亚的历史剧具有史诗的宏大规模。他虽然写的是英国过去的历史，但这些剧本反映的是文艺复兴时期的英国社会和当时人们所关心的问题，并具有鲜明的民族特点。他用广阔的社会画面、多样化的人物形象和生动的情节反映了英国封建社会逐渐瓦解的漫长过程。他描绘了各种社会力量之间——主要是王权与封建贵族之间、封建主与封建主之间、国内封建主和国外封建主之间以及统治阶级和人民群众之间的矛盾和反复斗争。他塑造了一系列代表各种社会力量的人物——君主、大小封建贵族、主教、大小官吏、市民、手工艺人、农民、仆役、兵士以及流氓强盗。许多人物，尤其封建暴君，不仅具有典型意义，而且各有特点。帝王将相的场面和群众的场面、悲剧的和喜剧的场面、主要情节和次要情节，相互交织。人民群众在历史剧中不是主要人物。他们有时是帝王将相等主要人物的陪衬，有时是作者的代言人，有时作者对他们表示同情，有时则加以丑化。

《亨利四世》是莎士比亚最有代表性的历史剧，表现了封建制度没落的趋势，表现了作者对封建割据局面的批判，并形象地描绘了如何通过道德改善而产生理想君主的过程。亨利四世以封建的血腥方式篡夺了理查二世的王位，不仅自己日夜良心不安，而且由于不孚众望，给野心勃勃的贵族造成借口，他又和封臣争夺俘虏，引起叛乱。莎士比亚认为，封建主之所以跋扈，敢于同王权较量，根源在于君主。他认为，从亨利四世时代到亨利五世、亨利六世乃至理查三世时代这一百年的混乱，导源于亨利四世的行动。另一方面，莎士比亚看出封建贵族的没落，他们傲慢、迷信，彼此之间各谋私利，不能团结一致，只能被国王击败。贵族青年飞将军代表封建贵族的新生一代，为了保护贵族“荣誉”和利益，敢于赴汤蹈火，但勇而无谋，终于战死。贵族“荣誉”在太子的流氓伙伴福尔斯塔夫口中更是受到百般奚落。剧本令人信服地表明，整个封建制度已经不成气候。但作者认为英国这个“患病的躯体”只要有“良言和少许药物”还是能恢复健康的。亨利四世自始至终要去耶路撒冷忏悔自己的罪孽，亨利五世则由一个浪子转变为英明君主，表现了作者对于道德改善所寄予的幻想。

剧本的主题不仅体现在国王与太子的行动以及国王与贵族的战争中，而且和广阔的社会生活有机地组织在一起。剧中描写了宫廷和贵族城堡中的生活，公路上的抢劫，政府的搜捕，四乡的征兵骚扰，官吏的无情压榨和层层敲诈，农民和手工艺人的失业贫困，以及酒店、妓馆的情景，构成了一幅16世纪英国动荡社会的生动画面。这一“五光十色的平民社会”的核心人物是福尔斯塔夫。他是个破落骑士，是一批流氓的首领，倚仗他和太子的亲密关系，招摇撞骗以至打家劫舍无恶不作。在战场上，他保持一种“有分寸的勇敢”，为了苟全性命，不惜装死并进而虚报战功。他躯体肥胖，自己看不见自己的膝盖，他走过的地方，贫瘠的土地像涂上一层猪油。他是个酒色之徒，他的谋生本领是吹牛、欺骗、诡辩、顺风转舵、趁火打劫、浑水摸鱼，他唯恐天下不乱。对于被抓的壮丁，他毫无同情怜悯之心。他出身封建阶级，但对于这一阶级视为最珍贵的品质——荣誉，则弃之如敝屣。他的生活理想只在声色口腹的享乐。福尔斯塔夫正是封建关系崩溃时期“无衣无食的雇佣的武士”和冒险家的典型形象。但莎士比亚也十分欣赏他的机智，以同情的笔调写他被摈弃之后在悲愤中默默无闻地死去的情景。这种矛盾态度统一于作者的资产阶级的世界观。

莎士比亚对现实的深入而广泛的观察，对他所处的时代的探索，奠定了他的现实主义的基础。

莎士比亚在第一期还写了大约十部喜剧、一部悲剧。他的喜剧主要不是讽刺社会现实，而更多表现人文主义者的理想，喜剧的主题可以用罗马诗人维吉尔的一句常被人引用的话来概括："爱征服一切。"一方面，作者歌颂爱情，宣扬个性解放、婚姻自由和个人争取幸福的权利；他歌颂友谊。另一方面，他批判封建门阀观念、封建道德和封建压迫的其他种种表现，也批判资本主义暴露的一些恶迹。资产阶级的"仁爱"原则通过斗争最终取得胜利，因而他的喜剧带有浪漫主义的抒情气氛。

最早的喜剧《驯悍记》（1593年）、《维洛那二绅士》（1594年）、《爱的徒劳》（1594年），虽然体现了人文主义者的观点，但有时思想不够明确，艺术也还不够成熟。1595年以后，莎士比亚接连写了几部优秀的作品：《罗密欧与朱丽叶》（1595年）、《仲夏夜之梦》（1596年）、《威尼斯商人》（1597年）、《温莎的快乐妇女》（1595年）、《无事生非》（1599年）、《皆大欢喜》（1600年）、《第十二夜》（1600年）等。

《罗密欧与朱丽叶》虽然是悲剧，但在精神上则和这一时期的喜剧完全一致。这对青年一见倾心，但因封建世仇，恋爱受到阻挠，导致二人死亡。最后，双方家长鉴于世仇铸成错误，言归于好。

这出悲剧反映了人文主义者的爱情理想和封建恶习、封建压迫之间的冲突。诗人以抒情笔调，特别在月夜阳台两个主人公对话一场中，写出了一首赞美青春和爱情的颂歌。诗人多用日光、月光、星光等代表光明的比喻来形容青春爱情的美，在封建的黑夜放射出光明。青年主人公虽然最后都牺牲了，但剧本表明美好的事物和真正的爱情是不朽的，死神是无能为力的，在付出一定代价之后，封建偏见可以被克服，全剧并无悲观情绪。

《威尼斯商人》内容更加丰富，写威尼斯商人安东尼奥为了帮助友人巴萨尼奥成婚，向犹太人高利贷者夏洛克转借现金，夏洛克出于妒恨，假意不收利息，戏约到期不还，可以割安东尼奥身上一磅肉。安东尼奥的货船到期未归，不能还债，夏洛克坚持要实践借约条款。巴萨尼奥的未婚妻波希雅假扮律师出庭，也按条款不准夏洛克多割、少割、流血或伤害安东尼奥生命。夏洛克败诉。

戏剧的主题是慷慨无私的友谊、真诚的爱情、仁爱和贪婪、嫉妒、仇恨、残酷之间的冲突。剧本的主要线索是安东尼奥和夏洛克的对立。其次是巴萨尼奥和波希雅的爱情线索，作者用民间流传的从金、银、铅三个匣子中抽签的故事，说明真正的爱情不取决于外表的富丽。最后一条重要线索是夏洛克女儿杰希卡和基督教青年罗伦佐的爱情，由于夏洛克的阻止，二人被迫私奔。夏洛克同安东尼奥之间的矛盾本是从中世纪遗留下来的旧式高利贷者同新兴工商业资本家之间的矛盾。一方面，作者站在新兴资产阶级立场，把安东尼奥写成一个高贵的“商人王子”、“最和善的人”，关心朋友的幸福，保存了“古罗马人的荣誉”，而加以赞扬。另一方面，作者又从人文主义观点出发，谴责夏洛克对金钱的贪欲，贪欲使他丧失“人性”，使他变得嫉妒、阴险、残酷，贪欲超过了对女儿的爱。但作为一个受侮辱的犹太人，作者又对他寄予莫大同情，他用明确有力的语言大声疾呼道：“难道犹太人没有眼睛么？犹太人没有手么？……你们刺我们，我们不流血么？……你们损害我们，难道我们不应当报复么？”（第四幕第二场）全剧矛盾的高潮是法庭一场，波希雅对夏洛克的胜利是仁爱对贪欲和维护贪欲的无情法律的胜利。波希雅是莎士比亚创造的理想化了的女性形象。她纯朴、富于同情心，有才智、自信，体现了莎士比亚理想中的资产阶级新女性。爱情故事给戏剧提供了浪漫气氛，夏洛克的仆人丑角郎斯洛提供了笑料。

《无事生非》、《皆大欢喜》、《第十二夜》和较早的喜剧一样也都以青年男女爱情为主题，他们克服了某些障碍，获得了幸福结局。作者思想更趋明确，曲折复杂、相互交错的情节糅合得更加贴切，除了主要人物——贵族青年男女以外，次要人物如丑角或其他喜剧人物也更加丰满。他们不仅给主要人物那富有浪漫色彩的世界带来欢乐，而且也增强了戏剧中的讽刺性和生活场面。剧中往往配有歌唱和舞蹈，更加强了抒情乐观的气氛。在语言方面也基本摆脱了早期的缺乏内容的为俏皮而俏皮的习气。《无事生非》和《第十二夜》都以贵族宫邸为背景，《皆大欢喜》同《仲夏夜之梦》一样，则更多以大自然为背景。

《皆大欢喜》是莎士比亚最有代表性的喜剧之一。有三条主要线索：公爵被弟弟篡夺爵位；公爵之女罗萨琳和僭主之女希莉亚被放逐；青年奥兰多被哥哥夺去产业。三条线索里的正面人物都会合在阿登森林里，最后恶人悔改，公爵复位，情人结为终身伴侣。

在《皆大欢喜》里作者创造了一个理想世界，描绘了他所向往的人与人的关系。在具有英国大自然特色的森林里，人们“像在黄金时代”自由自在地生活，“没有充满猜忌的宫廷的风险”，没有敌人，没有忘恩负义。大自然给人以道德力量，启发人的同情心。剧中除了描写一对主人公的真挚爱情以外，还写了罗萨琳和希莉亚的“胜过亲姊妹”的友情；特别强调了老仆亚当和奥兰多主仆二人的自我牺牲和相互关心；善良的公爵吸引了许多善良的人们在他周围，他们“自甘流放”，从善如流。作者以这些理想的人与人的关系来和现实中虚伪的友谊、轻佻的爱情、自私自利、不容善良人栖身的情况相对比。莎士比亚认为善可以感化恶，发挥个人才智也能战胜恶，获得幸福。（第四幕第二场）这一思想集中体现在罗萨琳形象里。

莎士比亚成熟的喜剧往往带有忧郁色彩，体现在一些人物身上，如《威尼斯商人》中的安东尼奥以及《第十二夜》中的奥西诺公爵。在《皆大欢喜》里奥兰多曾说：“我在世界上白白占一个位置，不如空出来，让给更有资格的人。”（第一幕第二场）甚至罗萨琳也感叹道：“这日常生活的世界充满了多少荆棘！”（第一幕第三场）反面人物如忧郁的杰奎斯，也给全剧的幸福结局带来疑虑。这一迹象说明莎士比亚即使写喜剧，并不是不感到现实和理想的矛盾。当莎士比亚着重写这矛盾时，他的创作就进入了第二个时期，即悲剧时期。

第二个时期（1601—1607）是莎士比亚创作最光辉的时期。伊丽莎白女王统治的末年，围绕王权继承问题，封建势力出于觊觎，跃跃欲试。王权同资产阶级之间的关系也趋于紧张。1603年詹姆斯一世继位，宣扬君权神授，迫害清教徒，与国会决裂，宫廷贵族生活奢靡；对外，他同封建堡垒西班牙妥协联姻，以换取西班牙对他的支持。

资产阶级革命的形势远未成熟；尽管资产阶级同广大劳动人民都受封建势力的压迫，但它从根本上说是同劳动人民对立的，造成它在政治上的软弱。莎士比亚的悲剧正是这一形势下的产物。悲剧的产生同样也反映了人文主义本身的软弱性。

莎士比亚把人文主义者的理想和封建、资本主义社会现实之间的矛盾归结为抽象的善与恶的道德问题。作为人文主义者，他反对暴力，主张人道，但仅仅通过道德改善，仍无法解决社会矛盾；他同情人民的疾苦，但又只看到个人的作用，强调思考的力量，这样的矛盾必然产生抑郁愤懑的悲剧。莎士比亚所写的悲剧反映了文艺复兴时期作为资产阶级先进知识分子的人文主义者的悲剧。

莎士比亚的悲剧创作不仅具有深刻的批判性质，而且在当时可能达到的程度上最真实地反映了现实。他创造了一系列令人难忘的形象，他们体现了文艺复兴时期的巨人性格，也反映出作者的理想。作者把他们放在尖锐斗争的中心，正面主人公具有巨大的道德上的勇气，斗争顽强，黑暗力量最后使他们毁灭，但他们总是取得道义上的胜利。悲剧的矛盾也往往表现为主人公内心的斗争。人物性格更具有发展的特点，它是在和外界斗争与内心斗争中随着复杂剧情的进展而揭示出来的。情节的安排、悲剧气氛的渲染、语言风格的变化，都和主题紧密配合。

这一时期的喜剧也带有悲剧的性质。《特洛伊罗斯与克瑞西达》（1602年？）、《终成眷属》（1603年？）和《一报还一报》（1603年？）虽仍以爱情为主题，但爱情上笼罩了一层背弃或罪恶的阴影。

《哈姆雷特》（1601年）是莎士比亚最主要的悲剧作品。关于哈姆雷特的故事，最早的记载是12世纪末的一部丹麦史，16世纪末英国作家把它编成戏剧，以复仇为主题，极为流行，但已失传。莎士比亚的作品一般公认是根据那部失传悲剧改编的。

丹麦王子哈姆雷特在德国人文主义中心威登贝格大学读书。他叔父克劳迪斯毒死国王老哈姆雷特，篡夺了王位，并娶了嫂嫂。哈姆雷特回国以后，父亲的鬼魂告诉他自己致死的原因，他遵照鬼魂嘱咐决定复仇。同时国王开始怀疑哈姆雷特，在大臣波娄涅斯的建议下，利用大臣自己的女儿、哈姆雷特的情人莪菲利亚去试探他，又指使哈姆雷特的两个同学罗森克兰兹和纪尔顿斯丹去试探他，都被他识破。哈姆雷特利用一个剧团到宫廷演戏的机会，证实了鬼魂的话，决心行动。他说服母亲疏远国王，并把波娄涅斯错当国王杀死。国王派哈姆雷特和两个同学赍诏书去英国索讨贡赋，想借英王之手除掉哈姆雷特。哈姆雷特发现阴谋，中途矫诏，折回丹麦。这时莪菲利亚因为父亲被爱人杀死，疯癫自尽。国王乘机挑拨波娄涅斯的儿子莱厄替斯以比剑为名，设法用毒剑刺死哈姆雷特。在最后一场比剑中，哈姆雷特、国王、王后、莱厄替斯同归于尽。

哈姆雷特是悲剧的中心人物。他是一个典型的人文主义思想家，同时作者也在这个形象里注入了自己的理想。他对于世界和人类抱有美好的希望，他说："人是多么了不起的一件作品！理智是多么高贵！力量是多么无穷！行动多么像天使！洞察多么像天神！宇宙的精华！万物的灵长！"（第三幕第一场）他的性格是快乐的。他是王子，为人民所爱戴，是"国家的期望和花朵"。他对待下属和朋友没有架子，能欣赏别人的美德和才干。他痛恨一切虚伪和罪恶。他高大魁梧、英勇善战。他性格中的主要特点是敏感、易于冲动、喜欢思考。

在他和黑暗现实的接触和斗争的过程中，他的性格也随着发展。在他心目中，老哈姆雷特是人类最完美的代表，他的父母之间的关系是人类最和谐的关系。父死母嫁使他的理想初次遭到幻灭。由于他坚信理想，因而他的失望也是沉重的，以至希望"这太太结实的肉体能融解并化成一滴水"（第一幕第二场）才好。由于不理解理想何以会幻灭，他就变得十分忧郁。鬼魂出现后，他找到罪恶的制造者，并立意复仇。但他立刻把个别和普遍现象联系起来，看出这是一个"整个时代脱榫"的问题，丹麦和全世界都是一座监狱。他的维护理想、改变现实的强烈愿望使他决定担负起"重整乾坤"的责任，同时又感到力不胜任，诅咒命运。自己的悲痛和国王的怀疑使他一半真疯，一半装疯。任务的艰巨使他迟迟不能行动起来。他安排了戏中戏，证实了鬼魂的话。周围许多事情都给他刺激，如剧中的演员因为剧情的悲惨而感动；福丁布拉斯士兵为争夺弹丸之地而视死如归；鬼魂再度出现敦促他复仇；甚至敌人也行动起来，布置了借刀杀人的阴谋。但哈姆雷特仍然一再延宕。他顾虑重重，“把后果考虑得过分周密”，对后果“这一从未发现的国土”不摸底。最后只能凭一时冲动，抱着宿命论观点，行动起来，任凭命运女神把他当一管箫吹出她愿吹的调子。这种行动带有极大的偶然性。哈姆雷特临死时自知任务并未完成，要求同学霍拉旭活下去把他的事迹告诉后人。

哈姆雷特的性格和性格的变化以及悲剧的结局，最深刻地反映了人文主义思想的历史进步性和致命弱点。作为人文主义者——新兴资产阶级进步思想家，他具有美好的理想和善良的愿望，他看到封建社会衰亡、资本主义兴起这一历史转折的种种矛盾，也看到资本主义带来的罪恶，痛恨这些罪恶，并且认为有责任改变这种状况，勇于反对。他对于这种状况最终会得到改变抱有信心。但是他的理想是抽象的，在冷酷、充满罪恶的社会面前是没有力量的。他把社会斗争归结为抽象的善恶、好坏的道德问题，在消灭罪恶、实现理想的途径问题上，他只想到个人的作用。尽管他为人民所爱戴，尽管人民已经起来反抗暴君，他也只想用个人力量来消灭“压迫者的虐待”等恶迹。他强调思想的力量，因而思考多于行动。他的理想是他唯一的精神支柱，不愿也不能放弃，因而造成不可解决的内心矛盾和悲剧结局。

哈姆雷特在悲剧中的主要对手是克劳迪斯，在克劳迪斯身上集中了封建社会和资本主义社会许多恶：荒淫、阴险、狠毒，而表面则殷勤微笑。在他周围聚集着波娄涅斯、莱厄替斯、罗森克兰兹、纪尔顿斯丹、奥斯利克等朝臣，他们趋炎附势，阿谀奉承。其中波娄涅斯形象最为突出，他世故，自满，自以为是，不择手段，事事插手。这些人物构成了文艺复兴时期一个宫廷或统治集团的典型环境。天真的莪菲利亚和缺乏辨别力的皇后，都由于性格不坚强，在这环境里只能被利用而成为牺牲品。主人公的挚友和同学霍拉旭在宫廷里是客人，是悲剧的见证人。他和主人公一样有修养，有学问，不轻信。他站在正义一边，但没有哈姆雷特的激情和壮志。他和哈姆雷特形成一定的对照，也是哈姆雷特唯一的支持者。

悲剧的冲突从一开始就极为尖锐，随着剧情的展开，双方的斗争一步逼紧一步，直到终局。情节丰富；背景同剧情配合，具有特色。守卫城堡暗示着整个丹麦外敌临境，动荡不安。御前会议、幕后密谋、大臣的家庭关系、人民起义、葬礼、比剑等，特别是民间剧团到宫廷演出，都有强烈的时代和民族的特点。鬼魂的出现是原剧所有，当时观众相信有鬼，莎士比亚用此引起观众同情，渲染悲剧气氛。在波娄涅斯训子一场与埋葬莪菲利亚时掘墓一场提供了喜剧性的对照。在主人公和演员的对话中，莎士比亚发表了自己对文学和戏剧的观点，对当时剧团的表演也表示了意见。

莎士比亚之前，以及其后，英国舞台上“复仇剧”风靡一时，《哈姆雷特》也是已经有人写过的一出“复仇剧”。这些“复仇剧”往往只限于写个人仇隙，渲染恐怖，用以刺激吸引观众。莎士比亚善于利用人们喜闻乐见的故事，加以改造，赋予新的、更加深刻的内容，这一点也是值得肯定的。

莎士比亚的人物语言总是随性格不同而变化。在刻画哈姆雷特时，他多次运用独白，有时用诗体，有时用散文，语言有时急促，有时隐晦，有时粗俚，有效地烘托出主人公的性格特征、内心矛盾和感情变化，使他成为有血有肉、生动具体、富有个性的形象。

《奥赛罗》（1604年）是根据16世纪后半期意大利一篇短篇小说改编的，把一个普通爱情悲剧故事变为一出人文主义理想幻灭的悲剧。

威尼斯大将摩尔人奥赛罗和威尼斯元老的女儿苔斯德蒙娜结了婚，遭到元老反对，被诉诸威尼斯公爵。公爵正要派奥赛罗去领地塞浦路斯岛抵御入侵的土耳其人，不加追究。奥赛罗手下旗官牙戈由于奥赛罗把副将职位给了卡西奥而怀恨在心，到了岛上诬陷卡西奥和苔斯德蒙娜有私情，引起奥赛罗的嫉妒，把妻子扼杀。后来奥赛罗发现真相并自杀。牙戈也得到应有的惩罚。

奥赛罗本来是文艺复兴时期靠军功发迹的冒险家，但莎士比亚赋予他坦率、天真、单纯、正直的品质。他相信人，不轻易怀疑。他疾恶如仇，在杀死苔斯德蒙娜之后，当人们惋惜他从一个好人堕落成杀人凶手时，他说他是一个“正直的凶手，我干的事不是出于私恨，完全出于荣誉的观念”（第五幕第二场）。

牙戈则是利己主义的化身，是一个马基雅维里式的阴谋家。为了达到个人目的，他不顾一切道德约束，看准奥赛罗的弱点，伪装诚实，而暗中运用造谣中伤、搬弄是非、无中生有等手段，来陷害无辜，是一个资本主义原始积累时期的典型人物。

通过这两个人物之间的矛盾，莎士比亚所要表明的就是人文主义者所向往的人与人之间的“真诚相待”的关系，在残酷无情、不讲信义的现实面前遭到彻底失败的悲剧。

苔斯德蒙娜同奥赛罗的爱情也被描写成建筑在“真诚”之上的爱情。他们是同气相求而引为知己。他们的爱情冲破了等级观念，甚至无视种族的差异，是人与人之间“真诚”关系的典范。由于牙戈的挑唆，引起了奥赛罗的嫉妒，而奥赛罗是“不大容易嫉妒的，但一旦被人煽动，就会糊涂到极点”（第五幕第二场）。奥赛罗的嫉妒虽然产生于私有观念，男女之间并非真正平等，但在莎士比亚笔下，嫉妒只是杀妻的一个次要原因，而真实原因则是在维护人与人之间的“真诚”关系这一人文主义者所信奉的原则。

李尔王的故事在16世纪英国历史著作和诗歌中已经流行，又被编成剧本于1594年上演过。莎士比亚的《李尔王》（1606年）是在这个基础上加工改造而成。它叙述古代不列颠王李尔在年老的时候，把国土分给三个女儿。长女冈娜瑞尔和次女瑞根言过其实地表白对父亲的爱，得到国土，三女科底丽雅的率直反而激怒李尔，被剥夺份地，远嫁给法国国王。长女、次女和她们的丈夫的忘恩负义和冷酷残忍把李尔王逼疯。在狂风暴雨之夜，他冲出女儿的宫廷奔向原野和无情的风雨之中。科底丽雅闻讯，兴兵讨伐，但她和李尔都被俘虏，科底丽雅被缢死，李尔也在悲痛疯癫中死去。

与此平行的情节是大臣葛罗斯特听信私生子的谗言，放逐了儿子，自己因反对李尔王长女和次女的不义而被挖去眼睛，在原野上受到避害装疯的儿子的保护。冈娜瑞尔和瑞根为了争夺葛罗斯特的私生子的爱情，彼此争风吃醋，自相残杀而死。

《李尔王》所要说明的仍然是人文主义者所向往的理想中真诚的爱同现实世界虚伪的爱之间的矛盾。李尔王在开始时是一个封建君主，他按照封建继承法把国土分封给三个女儿；在父女关系上，他要求口头的爱，要求绝对服从，表现出专断的特点；他要的不是“真理”而是虚伪，他虽把权力交给了女儿们，但仍要维持表面尊严。这样一个带有浓厚恩赐观念的人遇到了两方面的挫折：代表“真正”的爱的科底丽雅伤害了他的自尊心；口是心非、虚伪欺骗的长女和次女对他冷酷无情，又给他极大的打击，使他咒骂她们忘恩负义，以致发了疯。

李尔王的转变过程表现了一个封建君主，或在更大意义上说，封建观念的改造过程。李尔王经过一次酷刑般的痛苦经历才幡然悔悟。他认识到了代表仁爱、宽恕等原则的科底丽雅、肯特、埃德加等是正确的。莎士比亚用浩瀚无际的原野以及狂风暴雨的黑夜这样一些原始的大自然的激荡情景，不仅烘托出李尔王转变的痛苦心情，同时也批判了李尔王长女和次女违反人文主义原则的冷酷无情。在这场暴风雨中，李尔王经历了不可名状的痛苦，醒悟过来，从一个刚愎自用的封建君主转变成了新人，显现为一个无比高大的形象。莎士比亚设计了一个远古时代、荒无人烟、没有地名的原野这样一个时间和空间背景，以便使李尔的转变具有更普遍而广阔的意义，暗示人文主义原则是亘四方而皆在、历万古而常青的原则。而其所以为悲剧则是因为他在错误的道路上陋迟不悟，盲目冲撞，造成不可弥补的损失。待他悔悟过来并且说“阿谀我的人对我说，我是一切；这是谎话”时，为时已晚了。

《李尔王》中的亲子天伦关系是人与人之间的关系的一种表现形式。莎士比亚认为亲子之间要能真诚相处，其基础也是同情和不自私，只有这样才懂得真正的天伦之爱。李尔王的转变和“觉悟”也说明了这一点。

在暴风雨之夜的几个场面里，李尔王开始对受苦的人表示普遍同情：“可怜的衣不蔽体的穷人，不论你们在哪里，都在忍受无情风雨的袭击，你们头上没有屋顶遮盖，腹内饥饿，衣衫褴褛像凿着窗洞，你们把自己保护起来吧！我过去照顾你们太不够了！豪华的人应受些教训，暴露你自己一下，感受一下穷人所感受的。”（第三幕第四场）这固然反映作者对穷苦人的同情，但更重要的是通过这一细节来肯定仁爱原则。

科底丽雅代表的是“真正”的爱。她说她不能把全部爱交给父亲，只能按照她的本分爱他，一分不多，一分不少，要保留一部分给未来的丈夫，因而激怒了李尔。这一观点既批判了封建道德所要求的绝对服从和对追求个人幸福所加的限制，又肯定了等价交换原则。

葛罗斯特父子的情节是莎士比亚添加的，用以烘托主题的普遍性。

《麦克白斯》（1606年）是根据苏格兰历史编写的一出悲剧。苏格兰大将麦克白斯和班科征服叛军回来，遇见三个女巫，预言麦克白斯本人和班科的后代将做苏格兰国王。女巫的预言、自己的野心和麦克白斯夫人的怂恿促使他杀死在他的堡垒做客的苏格兰国王邓肯，篡夺了王位。为确保王位的巩固，他杀死班科，但班科之子逃逸。班科鬼魂的出现和贵族们的猜疑使他感到不安，他又去询问女巫，女巫要他注意贵族麦克德夫，但又告诉他："凡是女人生的人都不能伤害他"，"除非柏嫩森林移动，他也不会被人消灭"。他企图杀害麦克德夫，但麦克德夫逃走，麦克白斯便杀死了麦克德夫的妻子和孩子。麦克白斯众叛亲离，他的妻子也发了疯，最后麦克德夫和邓肯的儿子从英国进军把麦克白斯消灭。

莎士比亚把麦克白斯写成一个拯救了国家、立过功勋、有所作为的英雄。他从人性论出发，指出麦克白斯的性格中有想干一番伟大事业的雄心或野心，但同时也有善良的一面，"充满了太多的仁慈的奶汁"，想通过"圣洁的"途径达到自己的目的。这两个侧面在内心里发生了矛盾。女巫的预言，特别是麦克白斯夫人的挑唆，影响着他、腐蚀着他，最后他被野心所征服，走上了犯罪的道路。

麦克白斯夫人从一开始就是个奶汁里都流着毒液的狠毒人物。当她那正在吃奶的婴儿对她微笑的时候，她毫不犹豫地把奶头从他的嘴里拔出来，把他摔得脑浆迸裂。她像踢马刺一样刺激着麦克白斯性格中的恶。

麦克白斯的悲剧在于野心战胜了善良的天性，这场善与恶的搏斗在他内心引起极度矛盾和痛苦。他"谋害了睡眠"，他不仅杀死了睡眠中的邓肯王，也杀死了他自己内心的宁静。干了不义之事只能用更多的不义之事来使自己地位巩固；罪恶是一种恶性的循环。这样的人一旦在血泊中蹚了一段路程，就无法回头了，心肠只能愈来愈狠毒。犯罪行为使他陷入愈来愈深的绝望和痛苦之中，以至疯狂，把希望寄托在占卜迷信之上，最终为反抗的力量所消灭。对麦克白斯来说，死亡和毁灭是解除个人精神痛苦的唯一途径。

莎士比亚在这部作品中批判了现实中存在的野心的腐蚀作用，肯定了人文主义的“仁爱”原则，肯定了“良知”，指出野心同仁爱是势不两立的；仁爱是人的“天性”，残暴是违反“人性”的。就连麦克白斯夫人到后来也感到她所犯的罪像梦魇一样压在她的良心上，以致得了梦游病，疯癫而死。

《麦克白斯》的直接政治意义在于说明一个有所作为的英雄一旦抱有野心，不仅个人毁灭，而且祸国殃民，引起反抗。自己弑君，别人也可以依法炮制，身败名裂，反悔无及。这出戏同莎士比亚一系列历史剧一样都批判了统治者的个人野心，但不同之处在于这出戏突出了内心斗争，突出了犯罪者的矛盾心理，虽然在有些君主如亨利四世身上这种矛盾已略见端倪。莎士比亚刻画人物心理，主要通过独白。女巫和鬼魂也反映了主人公内心的愿望和恐惧。

除上述四大悲剧外，莎士比亚还根据普鲁塔克的《希腊、罗马名人传》写了《雅典的泰门》（1605年？）、《安东尼与克蕾奥帕特拉》（1607年）和《科利奥兰纳斯》（1607年）。

《雅典的泰门》写雅典富有的贵族泰门由于好客而倾家荡产，他向朋友们求援，遭到拒绝，成为厌世者。一次，他装了许多碗温水，请朋友们来“赴宴”，他用温水泼他们，咒骂他们的不冷不热的交情。他离开城市住在海滨洞中，在挖野菜根时挖到藏金，他把金子散发给过路人或找他的人，同时诅咒黄金和人类。最后他死在海滨，留下一首表示厌世思想的墓志铭。这部悲剧标志了莎士比亚人文主义思想的低潮。它沉痛而愤怒地控诉了金钱对人以及人与人关系的腐蚀作用：

> 金子！黄色、闪光、宝贵的金子……
> 这么一点点就足够颠倒黑白、
> 美丑、是非、尊卑、老少、勇懦……
> 这黄色的奴才
> 能制造或破坏宗教；祝福罪人；
> 麻风病人被当作情郎；有了它，
> 在元老会议上，强盗可以封官获爵，
> 受人们的跪拜、颂扬；有了它，
> 老朽的寡妇也能再作新娘。（第四幕第三场）

马克思在《资本论》和其他著作中曾引这段话来说明货币的本质以及它在资本主义社会中消灭一切差别的作用。

莎士比亚的悲剧都是写人文主义者的理想同封建社会和资本主义现实之间的矛盾，其中以《哈姆雷特》的概括性为最强。人文主义原则虽然遭到现实的挫折，但莎士比亚始终未予放弃，一直把它作为反封建的思想武器。

莎士比亚创作的第三个时期（1608—1613），封建王朝更加暴露其专制的本来面目，清教徒力量壮大，他们和王权的冲突也随之尖锐。人文主义者所抱的理想和现实之间的距离更难弥合。专横的王权和清教徒控制的议会都极力压制言论自由。詹姆斯一世提倡迷信，生活奢华，影响到舞台，贵族流派风行一时。流行的描写市民生活的风俗喜剧则缺乏深刻内容。戏剧界以及整个文坛甚至出现一股颓废潮流。

这一时期，在找不到出路的情况下，莎士比亚转向神话剧的创作，主要作品有《辛白林》（1609年）、《冬天的故事》（1610年）和《暴风雨》（1611年）。这些作品对黑暗现实都有所揭露，而更多以宽恕和解为主题，把希望寄托于乌托邦式的理想世界和未来的青年一代。他保持了人文主义者的信念，相信人类有前途，始终表现乐观精神。这种信念由于缺乏社会基础，不免带有空想性质。在艺术上，晚期作品也带有传奇和浪漫色彩。

这一时期的代表作《暴风雨》写米兰公爵普洛斯丕被弟弟安东尼奥夺去爵位，携带魔术书籍和襁褓中的女儿米兰达流亡到荒岛。后来他制造了一场风暴，把安东尼奥、那不勒斯国王和王子菲迪南所乘的船摄到荒岛。他饶恕了安东尼奥，恢复了爵位；菲迪南和米兰达结了婚；大家一同回意大利去。

在作品中，莎士比亚明确提出自己的理想国的主张。剧中大臣冈扎罗表述理想国时说："在这里没有私有土地、继承权、税收，没有富裕、贫穷和奴役，没有贸易、官吏甚至文字，没有叛变、刀兵，大地自然产生一切，人人安适，妇女纯洁。"（第二幕第一场）达到理想的手段是魔术，主人公用魔术惩罚了自然界的恶势力和社会上的恶人，也用魔术创造了幸福生活。魔术的实质是思想，主人公用思想驱使岛上的精灵爱利尔，他可以用思想把爱利尔"想"出来，精灵就是主人公思想的化身。在作者看来更可靠的手段是道德改善、宽恕与悔悟。人文主义者相信人是美好的，人有改善的可能。米兰达第一次见到许多人的时候惊叹道："真是奇迹！世界上有这么多美妙的生物！人类真美！美好的新世界啊！”（第五幕第一场）她又说：人像一座美好的庙堂，“恶不可能居住在内，恶的精灵如果有这样一所美轮美奂的房屋，善也一定争着要住进去的”（第一幕第二场）。

莎士比亚的理想只是对现实的否定，他把人类前途寄托在道德改善上，这和当时许多先进的人文主义者是一致的。

莎士比亚是欧洲文学史上少数几位最杰出的作家之一。他从人文主义观点出发，对封建衰落、资本主义原始积累这一历史过渡时期的英国社会做了广泛而深刻的分析和描绘，予以痛切的批判，间接反映了广大人民的情绪和愿望。他创造了一系列欧洲文学中的著名形象。他塑造的人物丰富多样，他们不是“时代的简单号筒”，而是活生生的、从生活中概括出来的、有个性、有发展的人物。在许多人物中，特别是正面人物中，他注入了自己的理想。莎士比亚的戏剧描绘了广阔的社会生活图景，从古代到当代，从宫廷到战场，从市肆到乡村，从英国到意大利，把文艺复兴时期五光十色的社会都收罗眼底，而主要的则是16、17世纪之交的英国现实。莎士比亚除了少数作品外都是沿用旧情节，他善于推陈出新，利用民间戏剧传统和古典戏剧传统；他经常在一出戏里安排平行交错的情节，悲剧中插入喜剧的因素，抒情性和戏剧性场面相互交叉，场景随剧情需要而更迭，时间随剧情的需要而压缩或伸延，因此莎士比亚的戏剧情节总是生动的。最后，莎士比亚是一位杰出的语言大师，他吸收了人民语言、古代和当代文学语言的精华，在他的成熟作品中能做到得心应手，与人物当时当地的心情吻合，按人物性格和剧情需要，时而诗体，时而散文。早期语言流于华丽，后期日趋成熟，但始终生动而富于形象性。他的许多词句脍炙人口，已成为英国全民语言的一部分。

略谈莎士比亚的人道主义[1]

阮　珅

18世纪七十年代，德国的赫尔德在以《莎士比亚》为题的一篇论文中，写过这么几句话："议论、赞成和反对他的文章已经写得汗牛充栋！我现在决不想再去增加这种文章的数目。我倒希望，在读我这篇文章的小圈子里，没有人再想写文章议论他，表示赞成他或者反对他，既不为他辩护，也不去诬蔑他，而是要说明他，体会出他真正是怎样的，使他能对我们有用。"[2]这几句话多少讲出了本文作者的想法。不过如要说明，就得议论；如要议论，就得表示赞成或反对，这是很自然的事。不置可否，怎么能"使他对我们有用"呢？下面拟从现世、人、理性以及和谐四个方面，简略地说明莎士比亚的人道主义的特征。这几个方面是互相联系的，为行文方便起见，不得不分开来谈。至于人道主义的核心——人性问题，有待于日后专门探讨，本文只顺便提一提。力不从心，姑且大题小做。

1　原文发表于《外国文学研究》1979年第2期。阮珅，武汉大学外语学院教授，曾主编《莎士比亚新论》（武汉：武汉大学出版社，1994年）等书。由于本文发表年代较早，本次出版只能尽量完善注释信息；但文中仍有个别注释信息无法补全。——主编注

2　参见赫尔德：《莎士比亚》，《古典文艺理论译丛》（第九册），北京：人民文学出版社，1964年。

一、以现世为基点

现世是对来世而言。现世和来世并提，本是宗教迷信的概念。谈莎士比亚而谈现世和来世，是因为谈莎士比亚就必然牵涉到宗教，特别是谈他的人道主义的时候，更是如此。

16、17世纪英国的文艺复兴运动，促进了人们思想的大觉醒，推动了文化艺术的大发展，但它没有也不可能使新的时代同中世纪一刀两断，人道主义的光芒没有也不可能照亮每个英国人的心。封建教会两位一体，势力仍很强大，有关来世幸福的说教仍有力地支配或影响着人们的世界观和实际活动。神学家们极力灌输“原罪”说，宣扬什么上帝使洪水到处泛滥，就是要给人类示惩，因为亚当偷食禁果犯了罪。莎士比亚的同时代人、神学家兼诗人约翰·堂恩（1573—1631）断言，大地本来是一个光滑的毫无瑕疵的圆球，“没有一点皱纹、疤痕或挫伤”。但洪水破坏了它的完美，天地凄悲，草木变色，结果出现了海洋和岛屿，溪谷和山岳，崎岖不平，丑陋不堪，世人就再也看不到壮丽的自然景色。[1] 人死后灵魂升入天堂，才进入极乐世界。

莎士比亚则持相反的观点。他和当时的先进人物一道，继承并发扬古典世俗文化中的民主性精华，站在文艺复兴运动的前列，坚持不懈地传播人道主义思想。他对所谓现世受罪、来世享福的教义表示了深刻的怀疑。认为自从洪水以后，人类社会越来越兴旺发达。[2] 他意气风发地走向现世生活，对世界进行“非神学的观察”和展望：

---

1 参见C·拉蒙特:《作为哲学的人道主义》，北京：商务印书馆，1963年。

2 参见《裘力斯·凯撒》第一幕第二场。

看吧，轻盈的云雀久静思动，
从湿润的幽居飞向高空。
去唤醒黎明袒露银白色的胸肌，
从它的怀里太阳庄严地升起。
　　它愉快地向世间凝望，
　　树梢和山顶闪耀着金光。（《维纳斯与阿唐尼斯》，第235—240行）

诗人的脉搏同自然一道跳动，他的热血沸腾。我们在这里可以看到黎明的彩霞，可以听到云雀的歌唱，可以感到阳光的温暖，可以闻到泥土的芳香。这几行诗句充分表现了青春的美和旺盛的生命力。这是对宗教丑化自然的否定，也是对现世的礼赞。莎士比亚一开始写诗，就是这样面向人生的。

“莎士比亚的作品几乎没有表现宗教热情。”[1]他在作品中有时也引用一些有关宗教信仰的话，但那是出于全面地刻画人物的需要。他从不认真看待宗教的超自然主义，甚至用鄙夷的口吻议论宗教和《圣经》：

在宗教上，哪一桩罪大恶极的过失，不可以引经据典，文过饰非，证明它的确上合天心？（《威尼斯商人》，第三幕第二场）

魔鬼也会引证《圣经》来替自己辩护。（《威尼斯商人》，第一幕第三场）

1　赫士列特：《论莎士比亚》。

莎士比亚在十四行诗中也毫不含糊地表达了他的无神论思想：

我从来没见过女神走路，

我爱人却在大地上迈步。（第一百三十首十四行诗）

由此可见，赞美现世，热爱人生，摒弃宗教关于来世的荒谬宣传，抱积极入世的态度，是莎士比亚的人道主义的一个基本特征。

二、以人为中心

人是对神而言。敬人还是拜神，表现了莎士比亚和神学家的根本分歧。

根据堂恩的说法，人的高贵品性由于亚当堕落而遭到毁损。上帝憎恨人类，除用洪水示惩外，还经常用战争、瘟疫作为问罪的手段。人类罪孽深重，应该弃绝一切享乐，俯首帖耳地接受上帝的惩罚，争取赎罪，为来世灵魂超度做好准备。在神学家的臆想中，人不过是一个妖怪而已。[1]

但莎士比亚从世俗的立场出发进行观察，做出了截然不同的论断。他在《哈姆莱特》中写下的歌颂人的名句，一直为后人所传诵：

人类是一件多么了不得的杰作！多么高贵的理性！多么伟大的力量！多么优美的仪表！多么文雅的举动！在行为上多么象一

1 参见John Donne, *The Age of Shakespeare*, Vol.2. ed., Boris Ford, Harmondsworth: Penguin Books, 1982.

个天使！在智慧上多么象一个天神！宇宙的精华！万物的灵长！（《哈姆莱特》，第二幕第二场）

响亮的语言饱含着人道主义者的大河奔流似的激情。谁见过天使、天神的影子？人就是天使！人就是天神！莎士比亚在这里说的“万物的灵长”，同公元前5世纪希腊哲学家普罗塔哥拉提出的“人是万物的尺度”，先后辉映。莎士比亚到晚年还热情地歌唱：

人类是多么美丽！啊，新奇的世界，有这么出色的人物！（《暴风雨》，第五幕第一场）

封建神权的残暴统治，使人性受到极大的压抑和摧残；但是，“久蛰者思启”。在文艺复兴思潮的激荡下，在肯定尘世幸福和人的美好愿望的古希腊罗马文化的和风吹拂下，人性冲破了神学的羁绊，人的价值得到了重视。莎士比亚不仅歌颂人的品性，赞扬伊壁鸠鲁式的享乐态度，而且坚决要求个人有自我发展的权利：

因为每个人都是生来就有他自己的癖好，不是外力所能把它压制的。（《爱的徒劳》，第一幕第一场）

莎士比亚喜剧中的人物，确实摆脱了宗教禁欲主义的压制。他们笑闹喧阗，打情骂俏，沉醉在无限欢乐之中。他们高举青春和爱情的酒杯，开怀畅饮。筵席间响起了及时行乐的歌声：

人生美满象好花妍，
恩爱欢娱要趁少年。(《皆大欢喜》，第五幕第三场）

什么是爱情？它不在明天，
今朝欢乐今朝笑声喧。(《第十二夜》，第二幕第三场）

“它不在明天”的原文是“’Tis not hereafter.”“ hereafter”有“今后，将来”的意思，也有“来世”的意思，语意双关。从破除“来世幸福”的说教来看，它是有积极意义的。同样，“今朝欢乐今朝笑声喧”，也应从这个意义上去理解。这是同禁欲主义进行斗争取得胜利后发出的爽朗的笑声。它显示的是健康清新的喜悦，而不是“今朝有酒今朝醉”的颓废情调。

在《第十二夜》中，人道主义者莎士比亚还对鼓吹禁欲主义的清教徒马伏里奥进行了谴责：“你以为你自己道德高尚，人家便不能喝酒取乐了吗?”(《第十二夜》，第二幕第三场）

单刀直入，表明莎士比亚的人道主义同压抑人性的宗教禁欲主义是针锋相对的。他几乎照搬了薄伽丘、蒙泰涅的笔调，毫无拘束地描写人们尽情享乐的场面和自我满足的心理状态，生动地反映了新兴资产阶级的发展要求和乐观自信情绪。从这里我们可以找到资产阶级个人主义的根源。

莎士比亚的作品还反映了新兴资产阶级的进取精神。这同他对人的不朽性的认识是分不开的。他怀着坚定的信心宣告：

死神无法夸口说你在他阴影里徘徊，

你将在不朽的诗篇中与时间共存。(第十八首十四行诗)

莎士比亚不相信人在死后的复活，不相信灵魂永生。他认为人的不朽性表现在创作上，也表现在后代的绵延上。人们应该珍惜大好年华，昂首奋进，努力创作，以创作成果战胜时间的淫威。只有这样，人这个“美的标本”才能永垂不朽。

三、以理性为准则

理性是对启示(神启)而言。原始部族从占卜和占星一类的迷信活动中获得启示。到莎士比亚时代，占星已发展成为一种“学说”。但莎士比亚不信神，不信邪，不用占星术“预卜运气的好坏”，因为他“从未从天上得到预言”(第十四首十四行诗)。

文艺复兴时期，英国的工商业有了发展，对外贸易事业蒸蒸日上。人们在狂热地探讨古典的世俗文化的同时，举目瞩望海外的新天地，向往新的生活。他们不断思索，不断寻求。一向是不容置疑的永恒的“真理”发生了动摇。不少人都要以新的尺度衡量一切事物及其矛盾，并致力于新的文化艺术的创造。在这种情势下，理性就成了人道主义者立身处世的准则。

活动起来吧，我的脑筋!(《哈姆莱特》，第二幕第二场)

莎士比亚的理性的呼唤，不仅响彻了他所在的“环球剧场”，而且震撼了为启示的迷雾所笼罩的英国大地。

从另一角度说，理性也是对感情而言。莎士比亚在感情迸发之余，觉得要正确地观察生活，必须依靠理性，以理性矫感情之枉。哈姆莱特称赞霍拉旭说:“能够把感情和理智调整得那么适当，命运不能把他玩弄于股掌之间，那样的人是有福的。”(《哈姆莱特》，第三幕第二场）哈姆莱特的看法正是莎士比亚自己的看法。

当莎士比亚浮游于感情的激流中俯仰自如时，他把世界看成是一片美景，但当他从理性出发深入考察现实生活中的矛盾时，他看到的就是一个脱了榫的世界，他的心情就变得抑郁而沉重了：

> 人世间的一切在我看来是多么可厌、陈腐、乏味而无聊！哼！哼！那是一个荒芜不治的花园，长满了恶毒的莠草。(《哈姆莱特》，第一幕第二场）

> 在这一种抑郁的心境之下，仿佛负载万物的大地，这一座美好的框架，只是一个不毛的荒岬；这个覆盖众生的苍穹，这一顶壮丽的帐幕，这个金黄色的火球点缀着的庄严的屋宇，只是一大堆污浊的瘴气的集合。(《哈姆莱特》，第二幕第二场）

应该指出，莎士比亚虽然忧郁，但并不悲观。从他的作品中我们可以看到，生命的火焰一直在熊熊燃烧。即使在忧郁的时候，在生活中的矛盾激化的时候，在悲剧中的理想人物遭到毁灭的时候，他也没有丧失对生活的信心。从道义上说，悲剧发展到最后，总是美压倒丑，善战胜恶，受苦、受压、受冤屈的不幸的人总是赢得了同情，从而显示出公道自在人心，人心是不可侮的。

莎士比亚重视理性的作用，在理性指导下以创作反映人生。他的理性原则就是综合观察结果，然后做出判断；就是强调科学知识的重要性。

16世纪八十年代，英国人已在热烈讨论哥白尼的地动说。那时不仅出现了数学理论家，还出现了许多实验科学家，如医师、航海家、土地测量家、采矿工程师等。在莎士比亚的《罗密欧与朱丽叶》中，劳伦斯神父就是一位坚持实验、采集草药治病的颇有造诣的医师；在其他剧作中，有不少人物都是认真做学问的人，“潜心探讨有益人生的学术”（《爱的徒劳》，第一幕第一场）；《暴风雨》中的普洛士丕罗“爱好书籍”，“专心研究”，还教他的女儿“得到比别的公主小姐们更丰富的知识”（第一幕第二场）。

莎士比亚本人十分勤奋好学，博览群书，观察生活。他的著作中“到处都是知识，然而那些知识常是书本里所没有的”[1]。就是说，是从实际观察中得来的。作为人道主义作家，他深深懂得，书本知识和实验知识必须并重，因为“上帝谴责愚昧，而学问则是人们借以飞升天堂的羽翼”（《亨利六世》中篇，第四幕第七场）。为了抨击中世纪经院哲学的蒙昧主义，莎士比亚套用了“上帝”、“天堂”一类的字眼，即以神学之道，还治神学之身。我们理解的时候，大可不必以词害意。

四、以和谐为理想

和谐是对混乱而言。哈姆莱特曾痛心地指出：“这是一个颠倒混乱

---

1 参见塞缪尔·约翰逊：《〈莎士比亚戏剧集〉序言》，杨周翰选编：《莎士比亚评论汇编》（上、下），北京：中国社会科学出版社，1979—1981年。

的时代，唉，倒霉的我却要负起重整乾坤的责任!”（《哈姆莱特》，第一幕第五场）人道主义者以匡世扶艰为已任，以和谐为理想。这个理想在莎士比亚的所有作品中闪闪发光。他的十四行诗反复歌唱了爱情和友谊；他的《罗密欧与朱丽叶》的结局是两家世仇言归于好；他的《威尼斯商人》以慈悲调剂公道解决冲突；他的《暴风雨》赞扬宽恕精神。一句话，他是一位始终不渝地忠于和谐理想的人道主义作家。

莎士比亚希望看到社会生活中的和谐，也希望看到个人的理智和感情的和谐。哈姆莱特告诫演员说：“就是在洪水暴风一样的感情激发之中，你也必须取得一种节制，免得流于过火。”（《哈姆莱特》，第三幕第二场）而个人的理智和感情的和谐又是同社会生活中的和谐紧密结合在一起的。普洛士丕罗说：“我宁愿压服我的愤恨而听从我的更高尚的理性；道德的行动较之仇恨的行动是可贵得多的。”（《暴风雨》，第五幕第一场）可见，信守中庸之道，不为已甚，化仇恨为友爱，是莎士比亚的人道主义思想的又一显著特征。他认识不到阶级矛盾的不可调和性，天真地从和谐中寻找出路，但现实又不可能酬答他的善良愿望，最后他只好以虚构手法写了几部传奇剧来自我慰藉。他的和谐理想实际上是无从实现的幻想。

莎士比亚非常喜欢音乐。他的人物在对话中也经常谈到音乐。在他看来，音乐是和谐的象征：“无论怎样坚硬顽固狂暴的事物，音乐都可以立刻改变它们的性质；灵魂里没有音乐，或是听了甜蜜和谐的乐声而不会感动的人，都是擅长为非作恶，使奸弄诈的。”（《威尼斯商人》，第五幕第一场）莎士比亚一谈到个人的心身和谐、宇宙的和谐和社会生活中的和谐时，往往把这种和谐比作美妙的音乐。在这方面，他的见解同16世纪英国的一些新柏拉图主义者颇为相似。新柏拉图主义者寻求均衡（proportion）、对称的美，还欣赏“天体的音乐”[1]，莎士比亚则写道：

> 美妙的音乐错了拍子，失去了节奏（no proportion kept），听上去是多么可厌！人们生命里的音乐也正是这样。（《理查二世》，第五幕第五场）

> 瞧，天宇中嵌满了多少灿烂的金钹；你所看见的每一颗微小的天体，在转动的时候都会发出天使般的歌声。永远和着嫩眼的天婴的妙唱，在永生的灵魂里也有这一种音乐，可是当它套上这一具泥土制成的俗恶易朽的皮囊以后，我们便再也听不见了。（《威尼斯商人》，第五幕第一场）

这里透过贝尔蒙特月夜里的恬静柔和的、充满爱情诗意的喜剧气氛，流露出了莎士比亚对现世生活失去和谐的隐忧。但紧接着就是光明的颂歌：

> 一枝小小的蜡烛，它的光照耀得多么远！一件善事也正象这枝蜡烛一样，在这罪恶的世界上发出广大的光辉。（《威尼斯商人》，第五幕第一场）

再接下去又是通过烛光的联想对君王的无上光荣和权威的赞叹，同我国晚唐诗人聂夷中写的“我愿君王心，化作光明烛”几句诗异曲同

---

1 参见John Donne, *The Age of Shakespeare*。

工。是的，莎士比亚同聂夷中一样，寄希望于开明君主。他的历史剧的主题思想就是反对内战，主张国家统一，巩固中央集权的君主制度。而这是符合当时新兴资产阶级的发展要求的，因为国家的统一，商路的安全，同资产阶级经营商业的利益密切相关。

莎士比亚在微茫的烟涛中放眼于和谐的未来，壮怀激烈地喊出了新兴资产阶级和广大人民群众反对等级观念、向封建教会统治争取民主自由的心声：

> 要是把人们的血液倾注在一起，那颜色、重量和热度都难以区别，偏偏在人间的关系上，会划分这样清楚的鸿沟，真是一件怪事。(《终成眷属》，第二幕第三场）

> 咱们国里一切都应该平等的。(《理查二世》，第三幕第四场）

> 让地球的每个角落里都充满了自由吧。(《暴风雨》，第一幕第二场）

莎士比亚这位戏剧艺术大师，文起中世纪之衰，而道济英格兰之溺。他的道就是肯定现世，赞美人类，重视理性，主张和谐。如果把莎士比亚的人道主义思想比作一首雄浑而优美的乐章，那么，肯定现世是它的主旋律，赞美人是它的基调，重视理性是它的节奏，主张和谐是它的抒情曲。所有这些，在批判的前提下，对我们都是有用的。能说这样的旋律、基调、节奏和抒情曲同我们今天实现四个现代化的乐章完全格格不入吗？

奋发有为的入世态度必须充分肯定人的作用，人的主观能动性、积极性必须充分发挥，理性的、唯物的、实事求是的准则，以实践为检验真理的唯一标准这一马克思主义毛泽东思想的基本原理必须坚持。在党的领导下，同心同德努力实现四个现代化的安定团结的局面必须维护。为了实现社会主义现代化，我们要进一步解放思想，勇于创新。我们要彻底破除中世纪的宗教神学和经院哲学的现代变种，即现代迷信、新蒙昧主义。我们需要的是战斗实践的激情与热忱，而不是宗教徒式的虔诚和冷寂。这就是我们初步探讨莎士比亚的人道主义并联系今天实际的一点体会。

莎士比亚从执笔到辍笔，一直没有改变人道主义的信念。“无论什么黑暗来防范思潮，什么悲惨来袭击社会，什么罪恶来亵渎人道，人类的渴仰完全的潜力，总是踏了这些铁蒺藜向前进。”[1] 莎士比亚就有这样的潜力和解放思想的勇气。他的创作体裁由喜剧而悲剧而传奇剧，是因为他的心情由乐观转为悲愤，最后转为幻想。乐观是由于生活中的矛盾尚未引起他的关注；悲愤是由于他疾恶如仇，痛恨生活中的阴暗面；幻想是由于他无法解决现实冲突。他不可能从阶级分析出发去辨别善恶，只能求助于抽象的人性与和谐。他用幻想揩拭着辛酸泪。显然，他的幻想是痛苦和对人道的真情实感的产物。

1 鲁迅:《生命的路》。

什么叫“莎士比亚化”？
——谈剧作家和他笔下的人物关系[1]

方　平

莎士比亚这位英国文艺复兴时期的戏剧大师，在塑造人物形象的艺术手法上有他的特点，而“莎士比亚化”作为这一艺术手法的概括，是革命导师马克思首先提出来的，他在1859年给拉萨尔的一封信中写了这样一段话：

> ……你就得更加莎士比亚化，而我认为，你的最大缺点就是席勒式地把个人变成时代精神的单纯的传声筒。[2]

在稍后些时候，恩格斯也给拉萨尔提出了这样的规劝：“我认为您原可以毫无害处地稍多注意莎士比亚在戏剧发展史上的意义。”并且，同样就创作方法问题，拿席勒和莎士比亚做了对比：“我们不应该为了

1　原文发表于《外国文学研究》1982年第3期。方平（1921—2008），原名陆吉平，文学翻译家，曾任上海译文出版社编审、中国莎士比亚研究会副会长、《莎士比亚研究》编委，主要译作有《莎士比亚喜剧五种》、《奥瑟罗》、《李尔王》等。本文莎士比亚戏剧的引文主要出自方平译本，如无特殊说明，只在文中引文后给出“幕”和“场”，必要时给出剧名。

2　《马克思恩格斯选集》（第四卷），第340页。

观念的东西而忘掉现实主义的东西，为了席勒而忘掉莎士比亚。”[1]

所谓“席勒式地把个人变成时代精神的单纯的传声筒”，该就是指我们所常说的“概念化”的毛病吧——人物缺乏自己的生命和个性，而成了作者的代言人，甚至仅仅是某一思想观念的表达工具。至于什么是“莎士比亚化”呢？那就恐怕不是靠三言两语所能说得明白的了。

这的确是一个很有吸引力的题目。首先使人们想到的，是戏剧人物的深刻性格化，是典型环境中的典型性格。的确，谁能忘得了在那封建关系逐步解体的五光十色的社会背景中浮现出来的那个大胖子福斯泰夫呢？谁能忘得了带着理想破灭的痛苦、出现在那充满着阴谋和罪恶的宫廷里的哈姆雷特呢？谁又能忘得了流落在孤岛上的纯洁无邪的蜜兰达、那黑人英雄奥瑟罗……这一系列生动鲜明的典型人物形象呢？

“不应该为了观念的东西而忘掉现实主义的东西”，正因为莎士比亚笔下的人物来自现实生活，所以性格鲜明、形象丰满，给人栩栩如生的感受。让我们就从这里着手，探讨“莎士比亚化”这一艺术手法的特点吧。

一

我国戏曲家李渔在论词曲时说过这样一段话：“言者，心之声也。欲代此一人立言，先宜代此一人立心。”[2] 从当时我国传奇戏曲所运到的水平来说，这是一个很可贵的艺术见解；但是从现实主义创作方法来看

1 《马克思恩格斯选集》（第四卷），第344页，第345页。

2 见李渔《闲情偶记》卷三，“宾白”第四。

待剧作家和他笔下的人物的关系，这“以我代彼”的提法显然还不够完善——至少没法借以说清楚“席勒式”和“莎士比亚化”间的一个重要区别。要知道“席勒式”正是另一种“以我代彼”的写作方法啊。

陆游一生爱梅，当满山遍野梅花竞放，犹如一片香雪海时，他感叹观之不尽，应接不暇：

何方可化身千亿，一树梅花一放翁。（《梅花绝句》）

这“化身千亿”正好道出了一位优秀的现实主义作家所特有的本领：他善于深入到人物的内心世界，乐他人之所乐，忧他人之所忧。达到了这一个地步，剧作家和他笔下众多的人物，仿佛合而为一了。

读莎士比亚早期历史剧《理查三世》，很难忘得了其中这一行名句：

一匹马！一匹马！一匹马换一个王国！（《理查三世》，第五幕第四场）

一匹战马和整个王国，这一相差悬殊的不等价交换，表达了困兽犹斗的暴君的绝望心理，同时展现了情急势危、杀声震天的战地场景。这一神来之笔充分说明了剧作家多么善于进入他所创造的形形色色的人物的心灵深处。当他下笔之际，仿佛化身为那个众叛亲离的独夫，面对着像潮水般涌来的千军万马，自知大势已去，可还要做最后挣扎；在一场生死搏斗中，他被从战马上打落下来了，当他一个翻滚，从地上一跃而起的时候，他满脑子只有一个欲望、一个冲动：再跳上马背，去拼、去杀！

为一匹战马，什么代价都可以！——包括他那用尽罪恶手段篡夺来的整个王国。这当儿，这个恶贯满盈的人必然会像孤注一掷的赌徒那样，声嘶力竭地喊出了：

一匹马换一个王国！（《理查三世》，第五幕第四场）

他再也顾不到，对于他，这里有多么强烈的讽刺意味！本来，他双手沾满鲜血，就为了爬上国王的宝座，建立他那罪恶的王国，而结果却只落得把一个王国换取一匹想换而换不到的战马！

这一声富于戏剧性的哀鸣一定曾给我们的戏剧大师曹禺留下了深刻的印象，在他的杰作《原野》第三幕第三场中，逃亡中的仇虎带着情人，迷失在林子中。他筋疲力尽，舌焦唇裂，就是这样的呼喊的：

哪里有水！哦，我拿一桶金子换一桶水！

再拿《李尔王》的结尾做例子。主人公托着小女儿柯黛莉亚的尸体上场，是一个心碎了的老父亲在那儿痛苦地自言自语，接着声调越来越凄厉，成为对无情的苍天的责问：

可怜我这丫头，给他们绞死了！
不行，不行，是没有了生命！
为什么连一条狗、一匹马、一只耗子
都有生命；偏是你没有一丝气息？（《李尔王》，第五幕第三场）

这当儿，悲愤、难言的痛苦，达到了顶点；待这一阵痛苦像巨大的浪潮从他心里卷过之后，就什么也不剩下了，茫茫宇宙对他说来，已不存在了；狗、马、耗子，等等，对他更不存在了；就是他李尔王吧，对于他也不存在了！他眼前只剩下黑沉沉一片、那像山一般推不动的残酷的现实：

> “你永远也不回来了”——
>
> 不了——不了——不了——不了——永远也不了！（《李尔王》，第五幕第三场）

这接连五声“不了”（never）是绝望的宣告，是眼泪已干涸了的悲鸣。他的感情达到了撕肝裂肠的地步，但出言吐语偏又那么简单，到了贫乏的地步，只剩了一个字，仿佛到了此时此际，语言，只是几个音节凑成的语言，对他还有什么用呢？已经完全不中用了。这里是苦难的李尔王只说给他自己听的灵魂的独白啊，却不知怎样地居然给剧作家悄悄地记录下来了。

同样的例子自然还可以举出好多，例如《威尼斯商人》中的犹太人夏洛克。从中世纪以来，一直受歧视的犹太人第一次以一个有血有肉、来自现实生活的人物出现在英国舞台上，他那著名的台词：“犹太人就没有眼睛了吗？……犹太人不是同样吃饭的吗？……”（第三幕第一场）并不是剧作家在安排人物说什么话，简直就是忍无可忍的犹太人在把他满腔怨愤像山洪般倾泻出来。

最值得注意的是，莎士比亚在《暴风雨》中创造了一个还算不得是人的怪物卡里班。假如世上当真存在着这样一头怪物，假如他当真学会了人的语言，那么他开口说话，也许当真是这么一副腔调吧。他说：“这个岛是我的，是我亲娘西考拉克斯传给我的；”——

却给你抢去了。你刚来新到的时候，
拍拍我的背，待我可好呢；还把浆果
泡在水里给我喝，教给我：白天升起的
大亮光叫什么，黑夜升起的小亮光
那又叫什么；我就此喜欢你了，
把岛上那许多好地方都领你去看——
清泉啊，盐坑啊，还有荒地啊，肥土啊；
我指点你可真是该死！（《暴风雨》，第一幕第二场）

在这里，诗人“化身为彼”的本领也真是到了令人惊叹的程度。

有一位英国学者曾经说过：假使把莎剧中台词前的人名全都抹去，我们照样可以丝毫不爽地一一指出那是谁在说话。这其实也就是对于莎士比亚的现实主义创作手法的一种赞美，不无夸张地说他笔下的人物，个个口吻惟妙惟肖。莎士比亚一生写了三十七个剧本，粗粗算一下，有名字的剧中人物总在一千以上，这位了不起的戏剧大师纵使不是“化身千亿”，也可以说得是“化身千百”吧。

从剧作家和他笔下的人物的关系来谈“莎士比亚化”，那么它的第一个特点是：不是简单的“以我代彼”，写人物其实在写自己；而是“以我为彼”，化身为彼，让福斯泰夫和夏洛克说出只有福斯泰夫和夏洛克才能说出的话来；剧作家在写福斯泰夫时，仿佛他自己就是福斯泰夫，写夏洛克时，仿佛他自己就是夏洛克。他让人物占有他自己；反过来，他又按照生活的固有面貌，给予他笔下的人物以他们自己的生命。[1]

“莎士比亚化”的第一个特点基本上是一种现实主义的创作方法。

二

革命导师高度肯定了莎士比亚塑造人物形象的功力，我们也钦佩他所取得的巨大的艺术成就，但也不妨同时听听来自不同方面的意见。我指的是托尔斯泰对于莎士比亚的严厉的批评。他说了这样一段令人惊讶的话：

> 莎士比亚笔下的所有人物，说的不是他自己的语言，而常常是千篇一律的莎士比亚式的、刻意求工，矫揉造作的语言。

他还说：

> 这些语言不仅剧中人物不会说，任何活人在任何时间、任何地点都不会这样说。[2]

这是怎么一回事呢？托尔斯泰的严厉到一笔抹杀的批评，究竟有没有一点道理呢？谁不知道，托尔斯泰是一位值得尊敬的伟大的批判现实主义作家，但单就他这段话而言，我个人认为，那是一部分出于误

1 重点号为本文作者所加。

2 托尔斯泰：《论莎士比亚及其戏剧》，杨周翰选编：《莎士比亚评论汇编》（上），北京：中国社会科学出版社，1979年，第504页。

解，一部分出于偏见。

指责莎士比亚笔下所有的人物说的不是他自己的语言，难道这不是一种偏见吗？方才我们举引的一些例子可说都是有力的反证。我们不妨从《奥瑟罗》中举出一个很有意思的细节来看剧作家刻画人物的功力：侍女爱米莉亚气愤地告诉她丈夫伊阿哥，方才将军口口声声骂女主人是个娼妇：“冲着她说出那样难听、没有分寸的话来，叫有良心的人听得气死了！”

于是她的女主人问伊阿哥道：

> ——我是那种称呼的人吗，伊阿哥？
>
> ——什么称呼，好夫人？
>
> ——她说我丈夫叫我的那个称呼。（《奥瑟罗》，第四幕第二场）

苔丝德梦娜方才被丈夫骂作妓女，她受不了这样难堪的侮辱，想为自己辩白，可是这两个刺心的字却怎么也说不出口！而伊阿哥为了满足他的虐待狂，偏偏假装不明白，故意追问道：“什么称呼？”逼着她把那个难堪的词儿从她嘴里吐出来。然而伊阿哥并没能如愿。她只会用含着泪水的颤声暗示她的委屈：“她说我丈夫叫我的那个称呼。”这真是传神之笔，把苔丝德梦娜的一尘不染的心灵都烘托出来了；使人不禁相信：不仅干不出那种丑恶的勾当，就连在灵魂深处存着一丝一毫要干那种勾当的想头，对她说来，也是不可饶恕的罪恶。莎士比亚用了多么细致的笔触来着意描绘他所心爱的女主人公的性格啊。

于是侍女爱米莉亚在旁边接过话头，女主人所难以启齿的，她毫不躲闪地直话直说——现实生活有多么丑恶肮脏，她就不怕用多么丑恶肮脏的词儿把它说出来：

> 他叫她娼妇。就是一个叫化
> 喝醉了酒，也不能这样骂他的姘妇。(《奥瑟罗》，第四幕第二场)

这样，两位身份、地位、教养各不相同的妇女，各有她们自己的口吻、声气，形成鲜明的对比。怎么能说，这不是人物自己的语言呢？

当然，荷马也有打盹儿的时候，莎士比亚同样难免。假使在他创造的成百上千个人物中，挑得出那么几个：性格不够鲜明、语言不够个性化，那也并不奇怪（我们还得考虑到：他编写脚本，往往得赶任务；再说，流传下来的莎剧版本又没有能完全保存原来的面貌，等等）。

托翁对莎翁的偏见，不值一笑；倒是他对莎剧的艺术手法的误解，很值得我们注意。我想在这里多谈一下。

莎士比亚在塑造他的人物时，现实主义并不是他使用的唯一的艺术手法，他的大多数戏剧都是富于浪漫主义气息的诗剧。在一些诗意浓郁的场景中，人物的出言吐语的确往往跟现实生活中的语言，并不完全一致；托尔斯泰正是抓住了这艺术和生活在表面上的不一致，对莎士比亚做了严厉的批评。

再从《奥瑟罗》中举出两个例子来谈一下。

威尼斯的元老在半夜里得知他的女儿苔丝德梦娜从家中奔出后，带领一班打手，气势汹汹地赶去向奥瑟罗问罪，一场械斗眼看要发生了，正在那紧张关头，只见奥瑟罗魁梧的身形出现在门口了。他一出场就显示了非凡的气度和罕见的镇静。他用富于色彩和形象的词句喝住了双方：

快收拾起你们亮晃晃钢刀利剑，
免得沾上露水生了锈。(《奥瑟罗》，第一幕第二场)

“亮晃晃”、“免得沾上露水”，把刀光剑影的紧张气氛和深更半夜的寒意都传达出来了，同时也把说话者不存芥蒂的宽广的胸襟也表达出来了。这两行诗句既是戏剧性的，凸现了人物的性格，又是描绘性的，富于诗情画意，再现了当时的气氛和情景。

既是戏剧性的，又是描绘性的，奥瑟罗的一声劝喝，跟我们前面提到的理查三世在沙场上那一声绝望的号叫：“一个王国换一匹马!”同样是很难叫人忘得了的佳句。不过理查三世的呼号，给人强烈的真实感，真所谓如闻其声、如见其人、如临其境；而奥瑟罗在这里的念词则更多地给人一种诗情画意的美感。其实在现实生活中，文化修养不高的奥瑟罗，此时此际，出言吐语未必能像灵活的特写镜头那样，一下子把生活场面中最生动的细节抓住了。在这里的确出现了艺术和现实的不一致。

还可以举一个更明显的例子。苔丝德梦娜和奥瑟罗的船只在海面上经历了暴风雨的袭击，失散的夫妇重又相聚在塞浦路斯岛上，奥瑟罗心花怒放，把娇妻紧搂在怀里，狂喜地嚷道：

啊，我的灵魂！
要是每次暴风雨过后，总展开这一片

明媚的风光；那么风，尽管刮吧——
直到把“死亡”叩醒！让怒浪
象山峰般矗立，
让一叶小舟在浪头里往上爬，
一眨眼，又一落万丈，象跌出了天堂，
直跌进地狱！(《奥瑟罗》，第二幕第一场)

如果换了一般人，要表达他当时激动的心情，恐怕无非是：“高兴死了！没有人比我更幸福了！我快活得话都说不出来啦！”可奥瑟罗是一位英雄，一位巨人，他的出言吐语，应当不同凡响，当他试图表达自己的至高无上的幸福感时，自有一种翻江倒海的气势。我还记得二十年前翻译这个悲剧，译到这里，心潮奔腾，思绪回荡，感到一股冲动，非把那一种猛烈劲儿在文字中传达出来不可。但是话要说回来，假使奥瑟罗走出诗剧，走回到现实生活中来，他当真会用这些诗的语言（把“死亡”叩醒，等等）来表达自己吗？恐怕不见得吧。

应该承认，莎士比亚的诗剧语言有时候并不就是现实生活中的语言，二者有同也有不同；也就是说，莎剧人物的语言和这个人物在现实生活中可能说的话，并不总是一致的，那么我们将怎样回答托尔斯泰的指责呢？

这实际上是一个有关文艺欣赏的问题，也是有关美学的问题。

王国维《人间词话》《补遗》篇云：读诗人佳作，“觉诗人之言，字字为我心中所欲言，而又非我之所能自言，此大诗人之秘妙也”。这段话说得很好，只消把它更动一二个字，成为“字字为人物心中所欲言，而又非人物之所能自言”，那么也就道出了莎士比亚诗剧艺术之秘妙了。

美国莎学专家吉特勒其曾有一段类似的话，说得更为透彻、精辟，值得一读。他认为，莎士比亚作为艺术家，具有一种“设身处地”的本领，“能够随心所欲、渗入那芸芸众生处于形形色色、不可胜数的遭遇中的思想感情”。这就是我们前面说到的“莎士比亚化”艺术手法的第一个特点。接着他又说：

> 莎士比亚还能叫人物开口说话——不是让他们象在现实生活中那样说话（我们多半词不达意，或者哑口无言），而是让人物象莎士比亚本人那样说话——假使他们就是莎士比亚的话，假使老天赋予了他们莎士比亚的那种表达能力。[1]

在现实生活中，人们往往有话说不出来，而莎士比亚有本领让他们在诗剧中用富于感情色彩、深刻个性化的言辞，把自己内心深处的思想感情表达出来，这就是浪漫主义的表现手法。不能认为，只有现实主义的创作方法写出的人物才是可以信服的；而不同于现实主义手法的其他艺术手法，例如浪漫主义手法，就只能创造出不真实的、没有说服力的人物形象，只能表达不真实的、矫揉造作的思想感情。这是一种误解，这其实就是托尔斯泰对于莎士比亚的误解。不妨举两个较浅近的例子来进一步说明这个问题。

这里是一个遭到终生放逐的封建贵族所发出的悲鸣：从此永别了哺育他的祖国，永别了他一草一木都那么熟悉的故乡，永别了朝夕相处

1　吉特勒其:《纪念莎士比亚：讲稿》，1916年，第6页。

的亲人。他把自己的巨大的乱糟糟的、千头万绪的悲哀依附在一点上表达出来。那就是在失去亲人、失去故乡、失去祖国的同时，他将失去自己从小听惯讲惯的语言。这给人一种绝望的“连根拔”的感觉——就像一株连根拔的花木失去了它所紧紧依附的土壤一般，他也从他的语言所紧附着的土地中给连根拔了。从此他只能在一个完全陌生、又有语言隔膜的环境中了此一生，他把那种深刻的寂寞感用一种诗意的手法给鲜明地表达出来了：

> 四十年来我一直学习的那个语言——
> 祖国的语言，现在我只能放弃了。
> 从此我的舌头对于我失去了用处，
> 象一只没有张弦的提琴或竖琴，
> 象一只敏感的乐器在琴匣里封闭……
> 您这判决无非是默无一言的死亡，
> 剥夺了我那舌尖吞吐故乡的气息。(《理查三世》，第一幕第三场）

我们很可以拿美国当代作家马拉默德的短篇小说《德国流亡者》做个对比。马拉默德这样描述一个从纳粹德国逃亡出来的犹太作家的悲哀：

> 对许多表达能力本来很强的人来说，最大的损失莫过于失掉了语言，也就是说，他们表达不出内心想说的话……舌头成了废物，不免有一种可怕的感受。

这是一段很精彩的心理分析。对于终生放逐的人，这“失掉语言”的悲哀是他没法躲避的一种内心感受（虽说各人的感受会有深有浅）；现在，莎士比亚让他笔下的封建贵族在还没和故国诀别之前，先就把他日后才能体会到的悲哀，深刻地诉述出来了，就像他是一个“表达能力很强的作家”，就像他是对于语言具有特殊感情的诗人，好比音乐家对于他那得心应手、不能须臾分离的乐器那样……这当儿，诗剧中的这个不幸的封建贵族，已经大大高出于历史上曾经有过的那个封建贵族了，他获得了莎士比亚的才华；然而我们必须接着说，这段诗意洋溢的哀伤所给予我们的美感，其中包含着一种亲切感和真实感。

这里又是失去了爱子的母亲在固执地拒绝人们的劝慰。在现实生活中，她也许只会说：“叫我怎么能忘得了我那失去的好孩子呢？”而莎士比亚笔下的那位母亲，却这样诉述她没法排遣的悲伤：

> “哀思”把我那亡儿的卧室都占满了，
> 躺在他床上，陪着我只管来回地走，
> 装扮成他的俊模样，专说他说过的话，
> 叫我时刻想起他的百般可爱，
> 用他的体形去充实他空了的衣裳；
> 你说，我没有理由喜欢这“哀思”吗？（《约翰王》，第三幕第四场）

她不说我的悲哀是推不开、摆脱不了的，反而说她没法不喜欢“悲哀”，难道这不是更深刻地道出了母亲的丧子之痛的心情吗？但是，在现实生活中又有哪个不幸的母亲能把她说不出、摸不着的悲痛描绘得那样生动、那样富于形象性呢？——除非她也具有莎士比亚那样巨大的艺术才华。

这就是诗的真实——这就是不能完全以生活实际去束缚的诗的真实。

我们伟大的文学家鲁迅也曾经在他的短篇小说《明天》中描写过失去孩子的母亲的悲痛：

> ［单四嫂子只觉得］屋子不但太静，而且也太大了，东西也太空了……

鲁迅只用寥寥几句就把母亲的无法填补的空虚的心情真切地写出来了。莎士比亚笔下的母亲只觉得整个屋子都给他儿子的形象占满了；而鲁迅笔下的母亲又觉得屋子太空了。二者异曲同工。单四嫂子并没说一句话，鲁迅写的只是她内心的感受。可是难道我们不也可以这样问吗？——既然单四嫂子本人一句话也没说，你作家怎么知道她觉得这屋子太静了、太大了、又太空了呢？可见得我们如果完全以生活实际去束缚艺术，那就等于不容许艺术去探索人们的心灵、表现人们的心灵了。即使像莎士比亚和鲁迅这样两位伟大的作家吧，也将会被否定。

归根结底，托尔斯泰对于莎士比亚的误解，实际上是在文艺理论上对于艺术表现方法的误解。

以上所述，我认为就是“莎士比亚化”的第二个特点：**剧作家赋予他笔下的人物以自己的才华**[1]。莎士比亚把自己的才华给予黑人英雄、

1 着重号为本文作者所加。

给予失去了孩子的母亲们，正是为了让人物可以更充分、更深刻、更富于诗意、更戏剧性地表达他们自己。这正像摄影家在进行人物创作时，把人物放在一束比自然光强烈得多的水银灯光下，好使人像的脸部轮廓、眼神，以至人物的个性，在成像上更鲜明、更生动、更富于美感地呈现出来。你当然不会说，这样的一幅人物摄影是一幅不真实的作品。

三

什么叫“莎士比亚化”？我们有意从戏剧创作的过程，而不是从创作成品来谈这个问题——即在分析问题时，我们首先着眼于剧作家和他笔下的人物的关系。前面已经提到了：剧作家化身为剧中人物的特殊本领，又谈到了剧作家让剧中人物分享自己的艺术才华。这都是很不容易达到的成就；但是能不能认为这样两个关系已经全面地概括了“莎士比亚化”写作手法的特点呢？恐怕不能那么说，否则难免还会产生误解——跟托尔斯泰一样，对莎士比亚产生很大的误解，只是托尔斯泰的误解来自贬低到一笔抹杀；另一种误解来自另一个极端：五体投地的崇拜，莎士比亚被看成神龙见首不见尾、藏在云里雾里的人物了。

我们很可以借《红楼梦》来谈这个问题。

我国老一辈的“红学”专家曾经认为:《红楼梦》这书“你越研究便越觉糊涂”，为什么呢?“书中人物要说代表作者，哪一个都能代表作者，要说不代表作者，即贾宝玉也不能代表他。”

十分有意思的是，前面提到的美国莎学专家吉特勒其在一次为纪念莎士比亚逝世三百周年所做的讲话中，提出的也正是这个观点，只是他讲得更具体，似乎更言之成理。他认为:“研究莎士比亚的戏剧，在所有的方法和想法中，那最错尽错绝的是：一心一意，或者费了好大心思，想去猜透那作者的人格的谜——从其作品去发现其人。”[1] 他的理由是：

> 毫无疑问，在其作品中自有其人在焉。真正的莎士比亚是或多或少地隐藏在他的戏剧中的；但是你怎么能把他提炼出来呢？假如说，他钻进了奥瑟罗的心房的某一个角落，那么他同样潜伏在伊阿哥的脑海中呀。假使说，哈姆雷特是属于莎士比亚，那么克劳狄斯亦然如此……

接着，他一口气从莎剧中列举了二十个大大小小的人物，这些角色全都是“货真价实”的。“所以每人都各自包含了一小块莎士比亚的本性；或者说，各自记录了他的意识流中的某些波动。这是不用说的。可是我们怎样才能解决这个伤透脑筋的有机化学的问题呢？”[2]

阴谋家伊阿哥为了煽动奥瑟罗对于他纯洁的妻子的猜疑，故意把话说得吞吞吐吐，闪烁其词，好让奥瑟罗急切地“逼”着他非讲不可，而他欲擒故纵，偏偏不讲：

> ——天哪，我要知道你心里的思想
>
> ——办不到，即使我的心在您的手里；
>
> 现在心还在我手里，更不可能了。（《奥瑟罗》，第三幕第三场）

1 吉特勒其：《纪念莎士比亚：讲稿》，第52页。

2 吉特勒其：《纪念莎士比亚：讲稿》，第44—45页。

吉特勒其正是引用了这一段对话作为他全文的结束语，谁要试图了解莎士比亚其人，他的结论就是伊阿哥所说的那句话：“办不到！”

这使人想起了《西游记》第三十五回孙悟空力战老魔王的那段热闹的情节来：大圣“使个身外身法，将左胁下毫毛，拔了一把，嚼碎喷出，喝声叫‘变！’一根根都变做行者”。众小妖们齐声喊道：“大王啊，事不谐矣！难矣乎哉！满地盈山，皆是孙行者了！”

前面所说的中外两位专家，都是造诣极深，在他们各自的专业范围内都做出了自己的贡献；然而这两位专家在他们各自崇拜的文学巨匠面前，都有“仰之弥高、钻之弥坚”之叹，甚至由于真伪莫辨而都发出了“难矣乎哉！”的惊呼声，这在比较文学史上，或者在比较文学批评史上，不是十分有意思的现象吗？

写戏剧，离不了写各色人物的矛盾和冲突，既有正面人物，也有反面人物；既出现正义的、进步的力量，也有与之对抗的罪恶势力。莎士比亚作为文艺复兴时期的一位巨人，在他的戏剧里多方面地反映了当时的尖锐的社会矛盾。不仅反映，而且关注，他绝不是无动于衷、超然物外，而总是站在正义的、进步的一边，通过他所同情的主人公，清晰地表达了时代的呼声和愿望。他不仅是绘声绘影的艺术大师，而且也是爱憎分明的人文主义者。只推崇剧作家化身千百的本领，而忽视了在他创作过程中起指导作用的进步的世界观，因此以为莎士比亚创造的千来个人物，就像孙悟空拔下一撮毫毛，化身为千百个孙悟空一样，真假莫辨，那种“难矣乎哉”的不可知论，对于莎士比亚，应该说是一种误解——一种来自过分崇拜的误解。这是不必要的。

前面提出的“莎士比亚化”的两个特点，其实也就是现实主义写作手法和浪漫主义写作手法的结合，也就是戏剧家和诗人的结合。当然，这两重完美的结合谈何容易；但是，不能认为：对于这位善于描绘众生相的戏剧大师，这样两个特点就是他艺术手法的全面概括；究竟什么叫“莎士比亚化”，有必要继续往深里探索。我想在这里进一步提出它的第三个特点。

剧作家不仅把自己的才华普遍地赋予他笔下的人物，甚至有选择地把自己的人格的光辉投射在他们身上。

方才探讨“莎士比亚化”的第一个特点：那“化身千百”的本领时，我们把它跟“席勒式”作为两种对立的写作手法来比较，前者“以我为彼”，值得赞美；后者“以彼为我”，就不那么可取了。

但是当讨论深入下去，接触到“莎士比亚化”的第三个特点时，我们会发觉：有时候，“我”和“彼”其实并不是那样截然分明，剧作家和剧中人物的关系有可能接近得多，融洽得多，甚至达到了不分彼此。这有些像历来传诵的“花园幽会”：年轻的罗密欧在月光底下听到远远地传来了他的情人在阳台上的一声呼唤：“罗密欧！”他惊叹道：

> 这是我的灵魂在呼唤我啊！（《罗密欧与朱丽叶》，第二幕第二场）

陶醉在初恋中的罗密欧，在这柔情如水的当儿，已经分辨不出何者为罗密欧、何者为他的朱丽叶，两个心心相印的情侣，此期此际，已经融合成一个生命了。

剧作家和剧中人物的关系，在十分融洽的时刻，也会出现这样一种情人式的“你中有我，我中有你”的境界。到了这个境界，再回过头来看一下，那么“莎士比亚化”和“席勒式”这两种本来对立的艺术手法的界限，说也奇怪，似乎变得不是那么截然分明了。为什么这样说呢？因为“席勒式”本是“以我代彼”，这就多少带有“你中有我”的意味在内。

前些年，由于我们对于艺术和政治的关系理解得过于狭隘，对于艺术的个性尊重不够，曾经产生过好些公式化、概念化的作品，它们写出来只是为了宣传某一项政策，响应某一政治运动，配合某一政治任务。在这样的作品里，往往缺乏对于文艺创作说来最可贵的艺术家的激情。也就是说，它们缺乏艺术生命力，缺乏拨动读者心弦的那种艺术感染力。它们一开始就不怎么受读者欢迎，接着很快就被人遗忘了。

恐怕不能把这种干巴巴的公式化、概念化的写作方式和“席勒式”完全等同起来。

在一个觉醒的时代，一位具有先进世界观的作家，满腔热情地把他对新世界的向往、对旧社会的憎恨，倾泻在自己的作品里，即使存在着概念化的痕迹，艺术家的这种激情还是能感人至深，在当时起振聋发聩的作用。当然，时过境迁，随着历史不断地向前发展，这一类作品的艺术力量不免减弱了。但是席勒留给后人的主要作品，可说经受了时间的考验，已成为读者所喜爱的古典文学名著了。

其实，即使莎士比亚吧，他也有情不自禁、把舞台当作讲坛的时刻，并不完全排斥，或者并不完全避免那种“以我为彼”的现身说法。例如在《善始善终》（又译《皆大欢喜》）里，通过婚姻问题，对于封建贵族的阶级偏见做了揭露和批判，其中有这样一段值得注意的话：

> 真奇怪，把我们的血液倾注在一起，那颜色、那重量、那热度，都难以区别，却偏偏会造成天悬地殊的等级。

甚至提出了品德才是衡量人的标准：

> 出身最低微的人，但是有品德，
> 凭他的德行，抬高了他的身份。
> 那显赫的世家，却并无半点德性，
> 只是虚有其表的荣耀罢了。(《善始善终》，第二幕第三场)

这些富于民主气息、十分难能可贵的见解究竟是谁讲的呢？原来出自于一个主婚的国王的嘴里。

封建王国原是建立在严格的等级制度上，而作为王国的最高统治者竟会否定他和他的王朝赖以生存的基础：等级观念，俨然是奋发有为的新兴市民阶层的口吻，这在历史上自然是不会有的事。应该承认，这位法国国王已经被理想化了；这里其实是人文主义者莎士比亚在表达当时人民的向往。逢到这等场合就值得注意，因为我们仿佛在一瞥之间看到了莎士比亚的精神面貌；或者不如说得更确切些，剧作家无意之间把他本人的真面目给泄露出来了。

当然，最吸引我们注目的是，在某些典型人物的刻画上，莎士比亚的人格光彩和剧作家的艺术功力，同时显现出来。

不妨拿悲剧《李尔王》做例子：两个狠心的女儿不容许父王有自己的侍从，“连一个也不需要”；于是引出了李尔王这一段使人难以忘怀的话：

> 唉，别跟我谈“需要”！最下贱的乞丐
> 捧着最破烂的东西，也会是多余的。

不许生命超过它活命的需要，
人生就跟那畜生一般卑贱。
你是个贵妇人，要是穿暖了就算豪华，
那就无须这豪华的丝绸上你的身——
这身衣裳又能给你添多少暖气？(《李尔王》，第二幕第四场）

这里实际上提出了：人，难道仅仅为了活命？把人推到了生存的边缘，那只是把万物之灵可耻地降低到畜生的水平罢了。人，应该有比吃饱穿暖更高的要求！更何况堂堂一国之君？这样，剧作家的悲愤（人应该有比吃饱穿暖更高的要求），和剧中人物的满腹牢骚（一个国王，只落得自比于“最下贱的乞丐”）糅合在一起了。

更值得注意的是，李尔王触景生情，看到女儿身上的绫罗绸缎，就借题发挥，反问道：你们穿这身华贵但并不暖和的衣服又有什么“需要”呢？而你们却偏用什么需要不需要来堵别人的嘴！这分明是李尔王本人在说话，这里就有戏。这是一段闪烁着思想光芒的台词，这同时也是一段性格化了的台词。

李尔王一下子成了无家可归的苦老头儿。狂风暴雨，电闪雷鸣，他在荒野中经受一次严酷的精神洗礼。在外界猛烈的冲击下，过去从没想到的事，忽然仿佛显现在他眼前了，他这样大声嚷道：

可怜你们赤身露体的穷鬼呀，
到东到西，逃不了狂风刮、暴雨淋；
你们头上没一片瓦，肚里没半粒米，
披一片、挂一块，千疮百孔，怎生对付

> 眼前这天气？唉，我几曾想到这许多！（《李尔王》，第三幕第四场）

方才他和女儿争论，谈到“需要”时，出现了“最下贱的乞丐捧着最破烂的东西”这一形象，但那时候，那种最下贱的人离他自己似乎还远得很呢，只是一个隐隐约约的影子罢了；他只是借乞丐做话题来挖苦他女儿一下。现在一旦从宫廷中流落出来，在荒原之上和那些无家可归的穷苦人几乎顶着同一个命运，这强烈的切身感受，使得原先在他心目中淡淡的影子，一下子显得十分接近，仿佛浮现在他眼前了；那浮现出来的穷人的形象跟他自个儿倒很有几分相像——也是头上没一片瓦、肚里没半粒米……

接着，他碰上了“苦汤姆”。原来现实生活中的苦难——这会儿他所目睹的苦难，比他原先想象中的苦难更加令人心酸！他的感慨也就更深沉了：

> 唉，这一阵阵风狂雨猛，你却拿一个赤裸裸的身子去挺，倒不如躺在坟墓里好呢。难道人只不过是这么一个样儿吗？把他上上下下看一下吧。你不曾借光蚕儿一根丝，不曾欠下畜生一张皮，也不短少羊儿身上一根毛，雄猫身上什么香……没穿没戴的人，原来就是这么一个可怜巴巴的、赤条条的两脚动物，跟你一个样。（《李尔王》，第三幕第四场）

把李尔王的这前后三段台词串联起来就可以看出，这里贯穿着一个基本形象，就是陷于赤贫、被剥夺了一切生活资料的劳动人民的形象。一开头，他只是一个卑贱的形象，李尔王提到他时，并没有什么感情，他只是开始想到自己以外的别人了。随着李尔王自身的苦难加深，他成为一个被怜悯的对象，李尔王和穷人们的感情接近了，但这还是施舍式的怜悯。最后，当他以赤裸裸的形体呈现在李尔王的眼前时，这个在暴风雨中以一个光身子去挺的人，就成了悲剧性的形象。这时候的李尔王，在感情上已经达到和天下的穷苦人相呼应的地步了。真的，出现在暴风雨里的“苦汤姆”的形象，在整个莎士比亚的戏剧里（不仅在《李尔王》里）十分突出，他以触目惊心的存在向那黑暗社会提出了悲愤的控诉：“难道人只不过是这么一个样儿吗？”

欧洲的文艺复兴带来了新的觉醒，这是人重新获得了自身尊严的时代。人文主义者怀着无限的热情，对人做了这样的歌颂：“人是多么了不起的一件作品！”“宇宙的精华，万物的灵长！”（《哈姆雷特》）可是在那资本主义原始积累的时代，成千上万的劳动人民被从他们世代经营的土地上赶了出来，成为流离失所的游民，他们的悲惨的命运，和人文主义者对于人的崇高的理想，恰好是一个强烈的对比，成为一种辛辣的讽刺。人已经不成其为人，而堕落为“赤条条的两脚动物”了！

在暴风雨中的那几场戏，在整个悲剧结构中具有特殊重要的意义。本来戏剧情节发展得很快，但是到了这里，节奏顿时慢下来了，仿佛停步不前了——其实戏剧并没有静止，而是外在世界的冲突转换为内心世界的冲突了。主人公的性格正在急剧地变化着。李尔王的个人的悲剧，扩大为他所意识到的千千万万人的社会性的悲剧了，正是这个扩大了它的意义的悲剧《李尔王》具有一种崇高宏伟的风格。

“别跟我谈‘需要’！”在跟他女儿争论的时候，李尔王面临着的可怕的前景是：他将丧失国王的一切尊严，所以保留几十名侍从，就是他最迫切的需要。谁想他女儿却冷冷地回他道：就连一个也不需要！一句话就把他最迫切的需要否定了。就从这里开始，他个人的特殊需要逐渐扩大为面临着丧失一切生活资料的广大劳动人民的迫切需要；他个人遭受的冤屈在一点点淡化，到最后，融化在人们的大苦大难中了。

走出了宫廷的李尔王，在暴风雨中目击"苦汤姆"的惨状；这不寻常的感受很可能和莎士比亚自身的经验相印证——他在那不景气的年头，曾随着他的剧团离开京都，到内地小城镇去演出，一路上一定看到过无数现实生活中的"苦汤姆"；在这个触目惊心的"赤条条的两脚动物"身上，既有一个国王的幻灭感，大概也曾产生过一个人文主义者的幻灭感吧——人的尊严在哪里呢？人君的尊严又在哪里呢，又算得了什么呢？丧失一切生活资料、因而也是丧失了人的权利的"苦汤姆"，成为把剧中人物的激情和剧作家的激情联结起来的一个交叉点了。

历史上失势的国王不在少数，当他们被赶出宫廷，未必都能把自己的倒霉感和广大劳动人民的深重苦难联系起来。但是这一个倒霉的国王乃是诗剧中的人物，诗人把自己的人格的光彩投射在他身上。他因此与众不同，然而他是大师笔下站得起来的人物。他有他个人的气质，有他心理上的"郁结"（"需要"在他心里打了个解不开的结），你可以说他是沿着历历可数的心理发展线索达到了他那不平常的激情。当这股激情迸发出来的时刻，究竟是台前的剧中人物，还是他背后的剧作家在控诉，这可真是难说！这就是"你中有我，我中有你"啊。

我认为，这就是"莎士比亚化"这一艺术手法的极为可贵的第三个特点。现在我们再来看一看《暴风雨》中蜜兰达的形象吧。

在万顷波涛的大海里，浮现出一个虚无缥缈的孤岛，她在这荒岛上长大，是个从没有和人类交往的经验的姑娘，除了镜中的自己，她还没看到一个女人的脸蛋，除了她爸爸之外，从没见到过别的男人；此刻她却正沉浸在初恋的幸福里——正和她一见倾心的情人躲在岩穴里下棋。忽然她抬眼看见：洞口围聚着那么多人，正用善意的眼光打量着她呢，这当儿还有什么可以和她的惊讶、她的喜悦、她的兴奋相比拟的呢？她情不自禁地嚷道：

奇妙哪！

瞧这儿，有那么多风度不凡的人儿！

人类是多么美好啊！这个新世界多棒啊！（《暴风雨》，第五幕第一场）

“人类是多么美好啊！”这一声富于诗意的惊呼，难道不也是剧作家一心一意要向观众倾吐的肺腑之言吗？我认为，这就是热爱人世、歌颂人世的人文主义者通过他最后一部作品，在为人类的未来祝福。

喜剧开始，蜜兰达站在海岸上，遥遥望见有一艘海船在惊涛骇浪中翻滚，船上的人们正在狂风暴雨中绝望地挣扎，她忍不住痛苦地绞着双手，嚷道：

唉，看那些人受难，我跟着在受难！（《暴风雨》，第一幕第二场）

莎士比亚用浪漫主义的手法塑造出这一隔绝在人类社会之外，“闻人足音跫然而喜矣”的蜜兰达的形象，她多么渴望处身于正在遭难的人们中间，和他们共呼吸、同命运啊。在蜜兰达的无限深情里，我们仿佛听到了剧作家本人的心声。而一叶危舟在怒海中挣扎，在诗人的形象思维里，也许已和无数的人们在苦难的现实生活中颠扑翻滚的情景融合在一起了。

蜜兰达的纯朴的语言是性格化了的语言；也是诗的语言，十分优美；同时又是富于人文主义思想光彩的语言。什么叫“莎士比亚化”？上面所引的这一行诗句我认为就是很好的回答。因为，“莎士比亚化”这一艺术手法的三个特点，都在这一诗行中得到集中体现了，即剧作家：

1. 让每一个剧中人物都有血有肉，获得自己的生命。

2. 让他笔下的众多的人分享他（诗人）的才华。

3. 在富于激情的时刻，把自己的人格的光辉投射在剧中人物身上。

我们介绍优秀的外国文学，不仅是为了丰富我们的文化生活，扩大我们的精神境界，增加我们对外国社会的感性认识，而且也是为了向欣欣向荣的祖国的文学事业提供有益的借鉴。在我们的文学创作（特别是戏剧创作）中，同样存在着怎样写好人物性格的问题，存在着怎样使语言更精练、更优美、更富于诗意的问题。当然，对一个有才华的、有高度艺术修养的作家说来，他一定还经常思考着：怎样努力把他的作品提高到一个富于哲理的境界，把自己从生活中提炼出来的感受，凝结为一个生动的形象，凝结为最含蓄的人生的智慧，通过诗的语言，去叩击读者的心弦，在那儿唤起久久不能消散的回响……这，应该是艺术的最高境界啊！

从这一角度看来，研究莎士比亚笔下众多的典型人物，总结“莎士比亚化”这一艺术手法的特点，我想对于我国文学事业的发展是有帮助的，我们能够从这位艺术大师那儿学到不少东西。

马克思提出的“莎士比亚化”，按照我的理解，是指塑造戏剧人物形象的艺术手法，这里大有学问，值得探讨。但它并不等于莎士比亚这位天才作家的全部戏剧创作艺术，因为除了善于塑造他的人物形象以外，莎士比亚在组织情节线索、处理戏剧进展的节奏、调度舞台场面等等方面，也都是有他的独到之处，很值得注意——但这些已不属于本文所讨论的范围了。

1982年3月26日昆明二稿

6月25日上海三稿

莎士比亚的版本问题[1]

顾绶昌

四十年前我曾写过有关莎剧版本的文章，但这篇文章被当时的“学源社”在由沪迁港途中丢失了，没有机会和读者见面。我现在觉得有必要把它重新写，这主要是因为有鉴于莎剧的版本问题，在国外一向被看作是整个莎学研究的基础，而在我国却迄今仍有许多莎剧爱好者对此不甚了了，我不得不把这个问题再次提出来，希望能引起大家的注意和重视，从而在某种程度上促使今后莎学研究的发展。

莎剧版本问题之所以那么重要，是有许多客观实际的因素促成的：第一，莎士比亚生前虽勤于写作，但他身后并没有给我们留下什么遗稿。他给后人留下的，只有六次拼法不尽相同的亲笔签字。如果还有什么其他的话，那就是现存于大英博物馆的《托马斯·莫尔爵士的戏本》（*The Book of Sir Thomas More*）这部原稿剧本，据专家考证，其中确

1　原文分成两部分，分别发表于《外国文学研究》1986年第1期和第2期。顾绶昌（1904—2002），资深莎士比亚研究专家，历任四川大学、武汉大学、中山大学、广州外国语学院教授，一生从事莎学研究。1947年发表于《学源》的莎士比亚诗歌研究论文，被朱光潜教授称为“精心结构之作”。20世纪八十年代，他在《外国文学研究》上发表了《关于莎士比亚的语言问题》（1982年第3期）等数篇论文，广受好评。

有三页计一百四十七行[1]系出于莎翁的手笔，此外再没有别的东西了。第二，跟本·琼生（Ben Jonson）不一样，莎士比亚并不热衷于出版自己的作品。除1593年的《维纳斯与阿都尼》及1594年的《鲁克丽丝受辱记》这两首叙事诗[2]的出版，他确曾亲与其事外，其他作品的出版，他概未予以过问，连1609年出的《十四行诗》[3]也不例外。第三，当时戏剧写作还没有受到社会的普遍重视，而且剧本一经脱稿，其版权即归个人隶属的剧团所有，出版与否作者不便过问。只有琼生敢冒天下之大不韪，生前曾集刊了自己的剧作于1616年出版，甚至名之曰"文集"，时人对之不无微词。莎士比亚生前如果也像琼生一样集刊了他自己的作品，那我们早就会做到像塞缪尔·约翰逊博士（Dr. Samuel Johnson）所说的那样："安安静静坐下来解开他的驳杂纷繁、澄清他的晦涩难懂"，

1 按《托马斯·莫尔爵士的戏本》原系安东尼·孟代（Antony Munday）等人于1590—1593年左右着手写作，本是平庸作品。但此剧因故经多人修改后，终至引起许多重大问题。其中之一早由理查·辛普森（Richard Simpson）于1871年提出，谓剧本中有三处系出于莎翁手迹，当时未惹人注意。迨20世纪初，古字体学家爱德华·蒙德·汤普森爵士（Sir Edward Maunde Thompson），因熟习莎氏六次签字，始从书法上确认此剧修改稿中有三页（计147行）系出于莎氏之手。继又经与约翰·杜弗·威尔逊（John Dover Wilson）、R·W·钱伯斯（R. W. Chambers）等合作，分别就古旧拼法及文思表达等项，多方面提供证据，建立此说，影响所及，使莎剧校勘方面大为改观。现除个别学者外，其他专家都已信奉此说。

2 这两首叙事诗，均由莎氏同乡、当时最好的印刷商理查·菲尔特（Richard Field）负责印刷，作者各附有致扫桑普顿伯爵亨利·赖奥思利（Henry Wriothesley, Earl of Southampton）的献词。他称前者为"草创之作"，后者为"芜杂之篇"，并表示愿"黾勉从事"，以后者弥补前愆。情词之恳切，苔堪·勃鲁克（Tucker Brooke）认为"在伊丽莎白时代的献词中得未尝见"。作者对出版这两首诗颇有迫切之感，亦由此可见。

3 此诗早在社会流传，但迟至1609年始有一位名叫T（homas）T（horpe）的出版商为之刊出"首版四开本"（Q_1）。他还越俎代庖题有所谓致W. H. 先生的献词，用意何在，使人难以推断。有说W. H.先生是指彭勃鲁克伯爵威廉·汉伯特（William Herbort, Earl of Pembroke）的，但姓名的首字母缩写是对了，可不应称之为"先生"；有说是指扫桑普顿伯爵亨利·赖奥思利的，但姓名的首字母缩写颠倒了，也不应称之为"先生"。这位W. H.先生究系何人，至今未有定论。出版商T. T.讳莫如深的题词，正好说明作者本人对此诗的出版并未参与其事，故误印亦较前两首叙事诗为特多。

在版本问题上用不到历代相沿为之皓首穷经付出那么多的辛勤劳动了。第四，莎士比亚虽无意出版他的作品，但早有人对此觊觎。他们通过各种渠道，在莎翁的同伴艺友约翰·海明奇（John Heminge）和亨利·康戴尔（Henry Condell）于1623年出版“首版对开本”（The First Folio）之前，早就抢先出版了十九至二十一出戏的所谓“早年四开本”（The Early Quartos，下称Q）[1]，但是这些版本的剧文，即使是来自其中“善本”四开本的剧文，也各有优缺点，并不能完全代表莎翁的作品；而后来包括三十六出莎剧在内的“首版对开本”，又终因限于那两位编纂者和印刷出版商当时的水准，也有各种关于误印、脱漏、传抄、修订、窜改等一系列复杂的问题。因此，不论是“善本”四开本的剧文也好，还是作为莎士比亚第一部戏剧全集的F_1也好，其中竟是没有一出戏本足以完整地代表莎翁的原作的。这其实就是莎剧版本问题所以由此滥觞的主要原因。

从事莎剧版本研究，其目的在于从剧文的各种细节上通过核对、校勘和美学判断去恢复莎剧的本来面目。因此，它涉及的范围也相当广泛。举凡考证剧作年代，探索剧情来源，核对各版异文，校勘文字舛误，筛选各家评注，阐发个人见解，直至编纂和厘定新版，等等，都应罗列在版本研究的范围之内。但兹事体大，下面我仅想按年代次序，就

1 这些四开本是:《泰特斯·安德洛尼克斯》（1594年）、《亨利六世中下篇》（1594年，1595年）、《罗密欧与朱丽叶》（1597年）、《理查三世》（1597年）、《理查二世》（1597年）、《爱的徒劳》（1598年）、《亨利四世上篇》（1598年）、《仲夏夜之梦》（1600年）、《威尼斯商人》（1600年）、《无事生非》（1600年）、《亨利四世下篇》（1600年）、《亨利五世》（1600年）、《温莎的风流娘儿们》（1602年）、《哈姆莱特》（1603年）、《李尔王》（1608年）、《特洛伊罗斯与克瑞西达》（1609年）、《配力克里斯》（1609年）、《奥瑟罗》（1622年）。如把《驯某悍妇》（*The Taming of a Shrew*, 1594）及《英王约翰风雨之朝》（*The Troublesome Reign of John, King of England*, 1591）分别作为《驯悍记》和《约翰王》的“首版四开本”，则在“首版对开本”问世以前，已出有十九至二十一本的“早年四开本”。

16世纪九十年代“早年四开本”先后出版以来，至今将近四百年间的莎剧重要版本，以及业已发现的有关莎剧版本方面的某些重大问题，连同我个人的一些看法，分别做如下的简括介绍和论述。

一、“早年四开本”和“首版对开本”

莎学专家对“早年四开本”及“首版对开本”的渊源和相互关系的研究，可以说是直到20世纪之初，才认真开始的。自那时以来，经A・W・波拉德（A. W. Pollard）、W・W・格雷（W. W. Grey）、爱丽斯・沃克（Alice Waiker）等人[1]的悉心钻研，我们才真正开始懂得莎士比亚版本研究的第一要着，是要在考订“早年四开本”的过程中，明确地做出哪些是“劣本”四开本、哪些是“善本”四开本的两大区别。其次要进一步搞清这些“劣本”和“善本”四开本的来源和性质。最后还要通过反复核对一一分辨出“善本”四开本与“首版对开本”的不同的来源、性质和它们之间各自的相互关系，借以断定哪些是最迹近于作者原稿的剧文。自波拉德于1909年写出《莎士比亚对开本和四开本》以后，我们现在所知的“劣本”四开本的数目，已由最初认定的五本，扩大到七至九本。这些就是《亨利六世中下篇》，即《约克与兰加斯特两王室争位记首本》（*The First Part of the Contention betwixt the Two Famous Houses of York and Lancaster*, 1594）和《约克公爵理查的真悲剧》（*The True Tragedy of Richard Duke of York*, 1595）、《理查三世》（1597年）、《罗密欧与朱丽

1 参见A・W・波拉德：《莎士比亚的对开木和四开本》（*Shakespeare's Folios and Quartos*, 1909）、W・W・格雷：《莎士比亚首版对开本》（*The Shakespeare First Folio*, 1955）以及爱丽斯・沃克：《首版对开本版本问题》（*Textual Problems of the First Folio*, 1953）等有关著作。

叶》(1597年)、《亨利五世》(1600年)、《温莎的风流娘儿们》(1602年)、《哈姆莱特》(1603年)、《李尔王》(1605年)和《配力克里斯》(1609年)。这些“劣本”的出版不但未经剧团同意，而且也正是海明奇和康戴尔在F_1《致广大读者书》中早已斥责过的所谓“残缺不全的剽窃盗印本”，这实际上也就是指我们现在所说的“劣本”四开本，但并非指所有的“早年四开本”。继而W·W·格雷于1910年对《温莎的风流娘儿们》的“首版四开本”的性质加以分析研究，当即提出该“劣本”四开本系出于凭“记忆复制”的理论。此后，经彼得·亚历山大(Peter Alexander)于1929年通过对《亨利六世中下篇》和《理查三世》的分析研究，加强格雷的说法。马德琳·杜伦(Madeleine Doran)、D·L·帕特里克(D. L. Patrick)等人又相继研究，进一步确立此说，并把它扩大和应用到所有的“劣本”四开本。从此“劣本”系出于“速记”或“修订”等来源的说法就日渐销声匿迹了。但从编纂的角度看，“劣本”四开本也有它一定的用处。因为有时它保留了“善本”中误印的个别正确读法，偶尔也具有“善本”中所脱漏的一些行数，另外还带有显得生动活泼合乎当时演出情景的舞台导演词。

“善本”四开本大都来自莎剧的“草稿”(foul papers)，有的是它的誊抄本或者改正本。它们的出版通常都得到剧团同意。经学者们共同认可的“善本”四开本共有十二本，即:《泰特斯·安德洛尼克斯》(1594年)、《理查二世》(1597年)、《亨利四世上篇》(1598年)、《爱的徒劳》(1598年)、《罗密欧与朱丽叶》(Q_2，1599年)、《亨利四世下篇》(1600年)、《威尼斯商人》(1600年)、《仲夏夜之梦》(1600年)、《无事生非》(1600年)、《哈姆莱特》(Q_2，1604/1605年)、《特洛伊罗斯与克瑞西达》(1609年)及《奥瑟罗》(1622年)。“善本”四开本既然来自作者的“草稿”，它常伴有这样的特征，那就是台词前人物姓名（speech-prefixes）或剧中人物姓名往往混乱，导演词常带附加说明；另外由于作者“草稿”难认，“善本”中有误印或者剧文缺漏等现象。就其出版和印刷情况而言，也颇见参差。1597年出版的《理查二世》，在F_1问世以前，共重印四版。[1] 1598年出版的《亨利四世上篇》，现仅存有一单张，但重印六版，[2] 最先重印的（按即Q_2）还印得很仔细，可见此剧在当时颇为风行。1600年出版的《亨利四世下篇》因初次印行后发现漏掉第三幕第一场的第108行，第二次印行才又补入。1609年出版的《特洛伊罗斯与克瑞西达》，扉页上刻有两种不同的剧名称谓，后一种且附有一大段广告。《罗密欧与朱丽叶》和《哈姆莱特》的“善本”四开本比它们各自的“劣本”增加了许多剧文，后者几乎增至一倍。1598年出版的《爱的徒劳》，误印和剧文缺漏特多，最能说明它源出作者“草稿”的情况。1594年出版的《泰特斯·安德洛尼克斯》，其孤本直至1904年才在瑞典发现，在此以前其标准剧文主要依据1600年出版的Q_2。1622年出版的《奥瑟罗》又与次年F_1中收集的该剧有一千处以上的异文。只有1600年出版的《威尼斯商人》和《仲夏夜之梦》印刷得最为清晰，同年出版的《无事生非》也较为清楚。莎剧版本情况的复杂，仅就“善本”四开本而言，也可以窥见一斑了。

1623年，即莎翁逝世后七年，他的两位同伴艺友、也是剧团合伙的股东海明奇和康戴尔，经剧团赞助，邀约印刷兼出版商威廉和艾萨克·杰格特（William and Isaac Jaggard）父子以及另三位书贾兼出版商威

1 即Q_2（1598年）、Q_3（1598年）、Q_4（1608年）和Q_5（1615年）。

2 即Q_2（1598年）、Q_3（1599年）、Q_4（1604年）、Q_5（1608年）、Q_6（1613年）和Q_7（1622年）。

廉·阿斯佩莱（William Aspley）、约翰·史梅雪克（John Smethwick）和爱德华·勃朗特（Edward Blount）共同经营并出版了有名的“首版对开本”。这是历史上最早的莎剧全集，也是最早的莎剧辑本。此集当时约印有一千本，共九百零七页，售价一英镑，现存者仅约二百三十八本[1]，以美国弗尔干莎士比亚图书馆珍藏的为最多，其次散见大英博物馆及牛津与哈佛大学图书馆等处。这部全集包括三十六本莎剧，但《配力克里斯》及全部诗歌均未收录在内。前者未被收录，可能因为海明奇和康戴尔认为它并非全系莎氏之作；[2]后者可能因已分别出版而其底稿又在私人手头传诵的关系。此集卷首冠以雕刻家马丁·屈莱晓（Martin Droeshout）制的莎氏铜版图像，继之以两位编者致彭勃鲁克和蒙哥马利这两位兄弟伯爵的献词，以及两位编者共同具名的《致广大读者书》，还附有本·琼生等人为纪念莎氏而写作的热情赞颂的题诗。该集所收录的三十六出莎剧中，正好有一半[3]已出版有“早年四开本”。经专家们研究，我们大体得知F_1的编纂者对待这十八个四开本的态度，总的来说是采取了以下几种不同的做法的：1. 对“劣本”四开本来说他们采取了：1）尽可能不用这种四开本，例如《亨利六世中下篇》（1594—1595）、《罗密欧与朱丽叶》（1597年）、《亨利五世》（1600年）、《哈姆莱特》（1603年）等剧的“劣本”都未予以采用。2）对1602年出版的《温莎的风流娘儿们》这部“劣本”，则采用当时职业文书拉尔夫·克兰（Ralph Crane）特别根据舞台提示本所作的抄本而予以付印。3）对

---

1 这里的数字仅凭记忆，实情待查。

2 但《亨利八世》仍予收录，这可能因一系列相互联系的历史剧不可或缺之故，尽管有许多人怀疑它并非出于莎氏一人之手。

3 即指除《配力克里斯》之外，包括“劣本”和“善本”四开本均在内的十八个“早年四开本”，具体剧名详见以下有关各条。

"劣本"中较好的《理查三世》(1597年)和《李尔王》(1608年)，则经与可靠原稿核对并修订改正后再予付印。2. 对"善本"四开本来说，他们分别采取了：1)尽可能设法根据"善本"四开本剧文予以重印，例如《泰特斯·安德洛尼克斯》即根据该剧Q_3(1611年)重印，但又添上了另有可靠来源的第三幕第二场中的第85行。《亨利四世上篇》，根据纂辑过的该剧Q_5(1613年)重印，故尚留有Q_5的误印的痕迹。《理查二世》基本根据该剧Q_3(1598年)[1]重印，但另据可靠原稿添加了比初见于Q_4(1608年)、但却系凭记忆拼凑而来的远未高明的所谓"王位废黜的场面"[2]。《爱的徒劳》的Q_1(1598年)误印较多，可见它来自莎氏的某种形式的"草稿"，F_1的剧文基本根据Q_1重印。《罗密欧与朱丽叶》的Q_2(1599年)系新改正、扩充并修补的"善本"，F_1的剧文基本根据Q_3重印。《威尼斯商人》的Q_1(1600年)来自莎氏的"草稿"或其誊清本，印刷得非常清楚，F_1的剧文根据稍加改正的Q_1重印。《仲夏夜之梦》的Q_1(1600年)，一般被认为来自莎氏的"草稿"，但因此剧印刷得异常清晰，也可能来自该"草稿"的誊清本。F_1的剧文依据作为正式提示本又经改正后的Q_2(1619年)重印。《无事生非》的Q(1600年)，也来自莎氏的"草稿"，其F_1的剧文根据Q重印。2)虽根据校改过的四开本重印，但因有异文关系而引起争论的，例如《特洛伊罗斯与克瑞西达》，其Q(1609年)与F_1之间，约有五百处异文。亚历山大、菲立普·威廉斯(Philip Williams)、格雷等人认为，Q据以付印的系出

1 但R·E·赫斯堪(R. E. Hasker)认为，F_1中的此剧来自Q_3(1598年)与Q_5(1615年)的混合底本。参见赫斯堪:《F_1中〈理查二世〉的蓝本》,《目录学研究》卷五(1952—1953)，第53—72页。

2 即所谓"the deposition scene"，参见F. 1，第154—318页。

自莎氏“草稿”的抄本，曾经莎氏在风格上予以修订；H·N·希尔勃兰特（H. N. Hillebrand）认为，不止在抄本上修订，而且又曾在“草稿”上大为修订。沃克则否认修订之说，认为Q与F_1之间的出入是由于印刷者的错误。《奥瑟罗》的Q_1（1622年）与F_1之间有一千多处异文，它们的来源和关系引起许多争论。学者们大都同意F_1的剧文并非直接来自独立的原稿，而来自于可靠原稿核对过并经改正和扩充后的Q_1，因此它的一百六十行剧文为F_1所仅有。至于为什么两者异文多至一千余处，各家解释虽多，但至今并无定论。《亨利四世下篇》（1600年）显然来自莎氏的“草稿”，但另有一百五十六行剧文仅见于F_1，而学者对F_1的来源则有争论。沃克认为F_1来自Q，但经莎氏“草稿”的誊清本予以扩充。M·A·夏伯（M. A. Shaaber）则认为来自正式提示本的抄本。最近，“新阿登版”编者A·R·汉弗莱斯（A. R. Humphreys）等人有倾向于后一说法的趋势。3）“早年四开本”与F_1之间的来源与关系，情况非常复杂，至今仍无法予以确断的，如我们知道《哈姆莱特》的Q_1（1603年）是个“劣本”，其篇幅仅及Q_2（1604/1605年）的一半。威尔逊早在1934年即主张，Q_2来自莎氏的亲笔手稿（可能是其“草稿”），但格雷业已指出Q_2的第一幕并非来自原稿，而来自经与原稿核对并改正和扩充了的Q_1。这就说明我们对Q_2的性质及其与Q_1和F_1的关系问题，仍须做进一步的研究，不能遽下结论。至于该剧F_1剧文的来源问题，人们习惯于从F_1与Q_2相同之处去着手探讨，因而得出：1. 认为F_1来自莎氏某种形式的“草稿”或其抄本；2. 认为F_1是根据校改后的Q_2而来的，但都缺少有力的证据。若说F_1与Q_1相同而与Q_2不同的许多读法，以及F_1里面添加的一些句段，是否反映了作者本人的修订，我们目前的莎学知识还无法加以判断。

初见于F_1里面的另外十八出戏的剧文，都是这些剧本的唯一权威，此后所出有关这些戏的各种版本无不以此为蓝本。这十八出戏就是：

1.《暴风雨》，来自克兰为印行F_1而准备的抄本，具有克兰缮写剧本的许多特点，剧文因而异常清晰。

2.《维洛那二绅士》，剧文相当完善，但有些地名混乱，并可能有出自克兰抄本的某些特征。

3.《一报还一报》，据信其剧文也来自克兰的抄本。

4.《错误的喜剧》，似来自莎氏某种形式的手稿，或许即是他的“草稿”，故剧文大致清晰。

5.《皆大欢喜》，似根据莎氏原稿（也许是“誊清稿”）的抄本，因而剧文大体完善。

6.《驯悍记》，有证据表明来自莎氏的“草稿”。《驯悍记》与《驯某悍妇》（1594年）的关系，学者目今大都认为后者系窃自前者的“劣本”。

7.《终成眷属》，有明显迹象说明剧文来自莎氏的“草稿”，该“草稿”可能附有某些注释，但尚未成为正式的提示本。

8.《第十二夜》，似来自某种提示本或其抄本，剧文异常清晰。

9.《冬天的故事》，大都认为来自克兰的抄本，该抄本大抵出于莎氏的“草稿”。剧文清晰可观。

10.《约翰王》，学者对其来源意见不一。有认为来自提示本，亦有认为来自莎氏的“草稿”的。这以后说占上风，且倾向于认为《英王约翰风雨之朝》实系莎剧《约翰王》的“劣本”。

11.《亨利六世上篇》，极可能来自作者原稿的抄本，从风格和出处看，此剧曾被认为系莎氏与其他作家拼凑之作。

12.《亨利八世》，普遍认为剧文来自作者原稿（可能是“草稿”）的誊清本，因而剧文较清晰。从内在的证据看，许多人认为此剧系莎氏和J·弗莱彻（J. Fletcher）合写，但学者对此有争论。

13.《科利奥兰纳斯》，剧文来自作者某种形式的原稿，因该稿可能有损坏，剧文舛误较多。

14.《雅典的泰门》，有许多证据说明此剧来自莎氏的“草稿”，但是否直接来自“草稿”或仅来自其抄本，则有争论。最近有人认为可能部分来自克兰的抄本。

15.《裘力斯·凯撒》，普遍认为此剧来自正式提示本或其抄本。剧文大体完善，被认为是F_1里面印刷得最好的一个剧本。

16.《麦克白》，剧文显示来自经节略和改写的演出本。第三幕第五场及第四幕第一场中有托马斯·米德尔顿（Thomas Middleton）窜添的有关赫卡忒的题材。此剧是五本最短的莎剧中的一本。

17.《安东尼与克莉奥佩特拉》，显然来自莎氏某种形式的原稿，剧文有许多莎氏特有的拼法，还有较详尽的舞台导演说明，及其他引起诗句分行和标点混乱等情况。

18.《辛白林》，剧文来自某种手抄本，也许就是克兰的手抄本。大体说来，剧文尚较清晰。

综上所述，我们不禁要想到F_1的编者、对他们当时的所谓“剽窃本”（即我们现在所称的“劣本”）和我们今天的所谓“善本”四开本的态度，可说是斟酌取舍之间是有一定的分寸的。因为他们对前者大都予以摈斥，对后者又尽可能予以重印，或者经与原稿核对、修订后予以重印；而他们对待自己搜寻而来的十八个剧本，则又往往采自来源不同的各种原稿（包括作者的“草稿”和“誊清稿”），或者径自嘱托克兰备有抄本后予以付印。总之，他们为了搜集和筹措出版这部著名的全集，确曾费过一番“心计”和“辛劳”，他们把一部莎剧传递给后代的功绩是不可磨灭的。然而美中不足的是海明奇与康戴尔虽处于极易罗致莎剧原稿的地位，但他们刊出的剧文并没有做到像他们在《致广大读者书》中所说的：“类此种种”（按指“剽窃本”）“业已予以整治、肢体俱全、其他则诗文俱在，洵乎其出诸诗人之笔也。”这是今昔学者不得不为之同声嗟叹的。

出版商托马斯·佩维埃（Thomas Pavier）于1619年出有包括九出莎剧的四开本，通称为佩维埃四开本。这九出戏就是：《全本争位记》（*The Whole Contention*）[1]、《温莎的风流娘儿们》、《亨利五世》、《李尔王》、《配力克里斯》（以上均系“劣本”）、《威尼斯商人》、《仲夏夜之梦》以及杂有伪作《约克郡悲剧》和《约翰·奥尔特卡赛尔爵士》（*Sir John Oldcastle*）两出等共九出，其中如《亨利五世》等均被伪称为出版于1600年。有人称此为最早的莎士比亚选集尝试。

“首版对开本”（F_1）刊出九年之后，1632年又出有“二版对开本”（F_2）。1663/1664年出有“三版对开本”（F_3），此书在其再次印行时，曾收入了《配力克里斯》及其他并非出于莎翁的六出戏本[2]。1685年又出有“四版对开本”（F_4）。它们都是各据前一版本印行的，其剧文虽都逐

1　即《亨利六世中下篇》。

2　这六出戏就是：《伦敦浪子》（*The London Prodigal*）、《托马斯·克伦威尔爵爷的生平》（*The Life and Death of Thomas Lord Cromwell*）、《约翰·奥尔特卡赛尔爵士的身世》（*Sir John Oldcastle, Lord Cobham*）、《清教徒，又名沃特琳大街的寡妇》（*The Puritan or The Widow of Watling Street*）、《约克郡悲剧》（*A Yorkshire Tragedy*）及《洛克琳的悲剧》（*The Tragedy of Locrine*），现通称为“莎士比亚的伪书”（“Shakespeare Apocrypha”），不属莎士比亚作品之列。

渐近代化和规范化，甚至拼法、句法、语言和标点都有所不同，但都毫无权威可言。总之，17世纪末年出版的莎剧版本，包括王政复辟后出版的部分演出本在内，大都根据“早年四开本”或者“首版对开本”重印，它们的剧文纵使有更动，也只能说明当时风尚的不同，并无特殊的价值。这就是有关17世纪莎剧版本史的全部梗概。

二、18、19世纪的重要版本

平心而论，尼古拉斯·罗（Nicholas Rowe）是18世纪最早宣扬莎剧的功臣。他本是一位诗人兼戏剧家，于1709年刊出最早的近代莎剧辑本。他曾对剧文做出大量的校勘和修改，其中有些至今仍在沿用。他又凭戏剧写作的经验，把全部莎剧分出了场景，还曾写过有关莎士比亚的传记。此后学者对莎士比亚所做的学术探讨，实即滥觞于此。这些都是他宣扬莎剧的功绩。但他的辑本采用1685年的F_4为蓝本，很少参证“早年四开本”和F_1的剧文，这种因陋就简的编纂方法对此后两代的莎剧编纂家产生了不良的影响。

亚历山大·蒲柏（Alexander Pope）的莎剧辑本出于1723年。他是当时最负盛名的诗人。他对莎士比亚刻画人物性格的技巧感受颇深，这在他辑本的序言中可以充分看到。但说实话，他对莎学的功力并不到家。他对自己不懂的莎剧词句动辄加以更改；但作为诗人，他又着重注意调整莎剧的韵律，并参照少数“早年四开本”恢复了罗所未曾注意到的某些段落，还曾把早年版本中误印成散文的许多段落恢复为韵文，把韵文恢复为散文。

刘易斯·西奥博尔德（Lewis Theobald）[1]是18世纪具有真才实学的最早莎剧编纂家。他的辑本出于1733年，共七卷。但由于不满蒲柏的辑本，他在此书出版之前，曾于1726年出版了《莎士比亚复旧观》（*Shakespeare Restor'd*），揭露了蒲柏辑本中的许多错误。器量狭窄、不能容人的蒲柏，一面在他1728年第二版的剧文中公然采用西奥博尔德的读法，一面却在同年出的讽刺诗《愚人国》里面对后者大肆攻击，称他为笨伯之王，并给他起了"斗筲的蒂伯尔德"（"piddling Tib'bald"）的绰号。其实西奥博尔德的莎学功力远非他的两位前人所能及。他的许多巧妙的校勘至今为后人所传诵，其中最有名的是在《亨利五世》第二幕第三场第16—17行中把F_1里面的"a table of green fields"校勘成"'a babbl'd of green fields"。其他校勘在近代辑本中也随处可以见到。

托马斯·罕默爵士（Sir Thomas Hanmer）的六卷本莎士比亚出版于1743/1744年。他根据蒲柏的辑本，另援用西奥博尔德的版本和他本人的美学判断来加以校勘。据说，威廉·沃伯顿（William Warburton）曾托他保管准备自己用的注释和校勘，他却未经沃伯顿同意即予以援用。学者们认为罕默的辑本是18世纪版本中最糟的一种。

沃伯顿的八卷本莎士比亚（1747年）是以蒲柏的辑本为依据的。他虽曾借用西奥博尔德辑本中的材料，但他在序言中却曾攻击西奥博尔德和罕默。他跟后者的纠纷至今情况不明，可是有人说他之所以出版自己的辑本，是由于罕默利用了他的注释而促成的。作为编纂家，沃伯顿最热衷于莎剧校勘，甚至不需要校勘的地方也予以校勘，因此在莎

1 按"Theobald"这一姓氏，在当时读作"Tib'bald"（蒂伯尔德）。正因如此，蒲柏才不加掩饰地蔑称之为"斗筲的蒂伯尔德"。

剧编纂家中他并没有受到多大的尊敬。但毕竟他也做出了一些较惹人注意的校勘，例如，《哈姆莱特》第二幕第二场第183行，“善本”四开本和“首版对开本”均作“being a good kissing carrion”，沃伯顿校勘成“being a god kissing carrion”。约翰逊博士对此曾大加赞赏，埃德蒙·马隆（Edmund Malone）也曾据此校勘为“god-kissing carrion”；然而，近代莎剧编纂者大都乐意恢复“a good kissing carrion”的旧说。

被认为“文学权威”的约翰逊博士于1755年辑出有名的《词典》之前，早就有编纂莎剧的设想。他的《词典》的第一卷即曾引证莎士比亚达八千七百余处，这足以说明他对莎剧的爱好。他曾于1745年和1756年先后两次拟出编纂全新的莎士比亚的《刍议》（*Proposals*），后者更是精心结构之作。他对以前的编纂者如罗、蒲柏、西奥博尔德等均不甚惬意，但由于种种原因他的莎剧辑本直至1765年才问世，共八卷。从版本研究的角度看，他的辑本难免令人失望。但他常识丰富、目光敏锐，在注释莎剧疑难段落，剖析词义和做出欣赏性的评价等方面，他都能言之中肯、令人感奋。他在阐明剧中人物的感情、动机和心理状态等方面，尤为擅长。他继承琼生等人的说法，把莎士比亚看作是大自然的宠儿，因此他描绘的人物具有各种可以识别的典型。约翰逊博士无疑是卓越的莎剧评论家之一，他写的有名的六十八页的序言确立了他在莎剧批评家中的地位。他对莎翁喜剧的偏爱和对悲剧的不悦，这只能说是受了当代新古典主义思想影响的局限。

在辑刊莎剧方面真有所建树的当首推爱德华·卡佩尔（Edward Capell），他是18世纪最值得尊敬的一位编纂大家。他在1768年刊出的莎剧辑本，是近代莎剧版本史上的一块里程碑。他曾彻底核对过他所能找到的“早年四开本”和“早年对开本”，从而发现“早年四开本”（意指“善本”四开本）一般要比对开本优越的情况。他还曾亲自抄写过所辑刊的莎剧前后达十次之多。他针对过去的辑本系统地写出了《各版异文及其评述》（*Notes and Various Readings*），这在编纂史上也是个创举。他主张并切实施行了把最根本可靠的剧文作为辑刊莎剧的蓝本。这一原则为此后的莎剧编纂家所遵循，从而与以前的折中主义的编纂方法画上了泾渭分明的界线。

乔治·史蒂芬斯（George Steevens）和马隆这两位编纂大家都得力于卡佩尔，他们袭用了不少卡佩尔的评注。遗憾的是他俩非但不感激，反而动辄予以诋毁。史蒂芬斯曾于1766年依据四开本重新辑刊过《莎士比亚戏剧二十本》（*Twenty of the Plays of Shakespeare*），后又于1773年与约翰逊合作增补出版后者的莎剧辑本，共十卷。其第二版修订本又经与马隆于1780年和1783年再次增补。为了胜过马隆，史蒂芬斯曾于1793年推出他最后的辑本，共十五卷。他有时不免要伪造些材料，即使如此他仍不失为一代编纂大家。他最大的贡献在于，在莎剧的真作中收录了《配力克里斯》，但他排斥了莎翁的诗作。他的辑本是此后编纂家宝贵的参考资料。马隆直至1790年始刊出自己的辑本,（共计十至一一卷）。1821年由詹姆斯·博斯韦尔（James Boswell）出版此书的修订本，即所谓《博斯韦尔—马隆》的这一版本，被称为《第一（或称第三）集注本》（*The First or Third Variorum*）。它蒐集了以前各家的成就，达到18世纪莎剧编纂的最高峰。无怪乎大卫·尼科尔·史密斯（David Nichol Smith）要称它为“18世纪莎学的总结”，E·K·钱伯斯（E. K. Chambers）也要称之为“18世纪莎学的最后定论”。此外，马隆于其辑本中还兼收和评述了莎翁的诗作，扭转了过去辑本只收戏剧不收诗作的偏向。同时他还曾就莎剧著作年代、并其真作和英国早年舞台史等方面做出过较早和有影响的研究。

19世纪的莎剧编纂家最早有查尔斯·奈特（Charles Knight）。他辑刊的八卷本插图版莎士比亚（1839—1843）曾风行一时。他又曾出过十二卷本的《图书馆版莎士比亚》（*The Library Shakespeare*, 1842—1844）和六卷本的《斯特拉福德莎士比亚》（*The Stratford Shakespeare*, 1867）。他虽不是莎剧编纂大家，但他的评注显出颇有莎学知识和才能。

约翰·佩恩·科利尔（John Payne Collier）是个有名的文献伪造者。他曾真真假假地写过有关莎士比亚的所谓《新史实》（*New Facts*, 1835）、《新细情》（*New Particulars*, 1836）、《续细情》（*Further Particulars*, 1859）等书。他伪称拥有17世纪带有注释和校勘的"二版对开本"的手写稿，并把它出版，名之曰《莎剧的注释和校勘》，此事最后终被揭露。他原想欺世盗名，却落得声名狼藉。他的八卷本莎士比亚出版于1842—1844年。

亚历山大·戴斯（Alexander Dyce）曾辑有许多伊丽莎白时代剧作家如罗伯特·格林（Robert Creene）、波芒和弗莱彻（Beaumont and Fletcher）、克里斯托弗·马洛（Christopher Marlowe）等人的作品。他的六卷本莎士比亚出版于1857年，以考证精确而闻名。H·H·阜纳斯（H. H. Furness）引用了不少他的考证。

理查·格兰特·怀特（Richard Grant White）的十二卷本《威廉·莎士比亚全集》，出版于1857—1866年。1883年他重刊此书时称之为《河畔版莎士比亚》（*The Riverside Shakespeare*）。他是美国最早的一位莎剧编纂家。

19世纪最有权威的辑本，要数威廉·乔治·克拉克（William George Clark）、约翰·格洛弗（John Glover）以及威廉·阿尔蒂斯·赖特

（William Aldis Wright）于1863—1866年间合编刊出的《剑桥版莎士比亚》（*The Cambridge Shakespeare*）。这是继承和发展了卡佩尔的编纂原则，认真核对早年版本而又注释綦详的辑本。克拉克先与格洛弗合作辑出第一卷，继而他又与赖特合作辑出其他各卷。后两人又于1864年辑出此书全文的单行本《环球版莎士比亚》（*The Globe Shakespeare*），这个单行本过去一向被认为是计算莎剧行数的标准版本。A·许密特（A. Schmidt）的《莎士比亚大辞典》（*Shakespeare-Lexicon*）、J·巴特莱德（J. Bartlett）的《莎士比亚索引大全》（*Shakespeare Quotation*）、E·A·艾博特（E. A. Abbott）的《莎士比亚语法》（*Shakespeare Grammar*）等专著都以此书作为引文的根据。波拉德为此曾给此书以很高的评价，称之为“迄今最接近于莎士比亚的标准版本”。1871年开始由阜纳斯父子相继辑出共二十一卷的《新集注本莎士比亚》（*The New Variorum Shakespeare*）以及先由W·J·克雷格（W. J. Craig）、后由R·H·凯斯（R. H. Case）负责总编、并由许多专家分别编纂的单行本《阿登版莎士比亚》（*The Arden Shakespeare*），都是引证渊博、注释翔实、在学术界广泛应用的莎剧辑本，只是《新集注本》里面搜集的大堆材料，现在看来其中有些不免过于陈旧而已。19世纪末年由新莎士比亚学会刊出的“早年四开本”的重印本，其中有些序言颇有价值，预先考虑到了20世纪版本研究中的某些结论。嗣后刊印的另一套《莎士比亚协会复制本》（*The Shakespeare Association Facsimiles*）则比重印本更好。许多学者认为它可以取代重印本，就像牛津和梅修恩出版的“首版对开本”复制本可以取代19世纪出版的那些版本一样。1886—1906年纽约莎士比亚学会又刊行了四开本和对开本两种剧文对照的《河畔版莎士比亚》（*The Bankside Shakespeare*），给钻研或参考早年版本的剧文提供了不少便利。

三、20世纪的重要版本

20世纪最初的一二年，出现了以R·B·麦凯罗（R. B. McKerrow）、波拉德、格雷、威尔逊等人为首的所谓新目录学学派（最初叫作伦敦学派）的苗头。这一学派的兴起，使莎剧版本研究的理论和实际编纂莎剧的方法上发生了两大变革，而其滥觞则来自以下两种动力：其一，波拉德于1909年刊出《莎士比亚的对开本和四开本》（*Shakespeare Folios and Quartos*），从根本上阐明了“早年四开本”的性质，可以分成“善本”四开本和“劣本”四开本的两大类型。所谓“善本”四开本，是指剧文出自原稿或有可靠来源，且经剧团同意而后予以付梓出版的那些戏本。“劣本”则反之，它既无可靠来源、也未经剧团同意，而是私下出版的所谓剽窃本。波拉德从理论上做出的这一区分，不仅大大加强了卡佩尔当初认为四开本大体优于对开本的论点，而且影响所及，终于促使莎剧编纂进一步选取“善本”四开本为辑刊蓝本的这一总方向，从而结束了18、19世纪一时盛行的所谓折中主义的编纂方法。波拉德又曾于1920年刊出《莎士比亚与剽窃者的斗争》（*Shakespeare's Fight with the Pirates*），进一步阐明“早年四开本”的性质。其二，古字体学家汤普森爵士，基于对莎士比亚六个亲笔签字的研究，先于1916年写出有关莎士比亚手迹的专题文章[1]，继又于1923年与威尔逊、R·W·钱伯斯等人合作，分别就莎氏手迹、印刷错误、古旧拼法、形象语言以及文思贯通等方面，证实现存于大英博物馆的原稿剧本《托马斯·莫尔爵士的戏本》，其中有三页（计一百四十七行）确系出于莎士比亚的手笔。这一惊人的发现使

1 参见《莎士比亚的英国》卷一，第284—309页。

人们集中注意“早年四开本”中的印刷错误和古旧拼法等现象，与莎氏手迹和他的习惯拼法之间有着直接的联系，这就使莎剧校勘有了新的依据，终于导致莎剧编纂方法上的一大变革，这是事情的一个方面。

另一方面，波拉德的上述理论一经发表，格雷迅即予以响应，于1910年对《温莎的风流娘儿们》的四开本[1]进行分析，得出该“劣本”系凭记忆复制而成的概括结论。接着他又于1923年对格林的《狂人奥兰多》（*Orlando Furioso*）和乔治·皮尔（George Peele）的《阿尔卡萨之役》（*The Battle of Alcazar*）进行研究，进一步肯定并扩大凭记忆复制的说法。1929年亚历山大（Peter Alexander）又对《亨利六世》和《理查三世》分析研究，得出同样的结论。亚历山大并列举了许多令人信服的证据，阐明《全本争位记》确系《亨利六世中下篇》的劣本，并非像过去认为它是莎氏后来加以修订的早年之作。继而帕特里克等人继续研究，共同发扬光大凭记忆复制之说，并把它扩大应用到所有的“劣本”四开本。“善本”四开本的地位既已提高，这就鼓舞着学者纷纷去探索，藏在“善本”四开本以及“首版对开本”背后的，究竟是怎样的原稿。威尔逊的《莎士比亚〈哈姆莱特〉的原稿》（*The Manuscript of Shakespeare's* Hamlet, 1934）就是这方面彰明较著的例子。这样，版本理论研究就很自然地与它的实际编纂的方法结合起来了。

恰巧在这前后，各界人士久已盼望的《牛津大词典》终于1928年正式问世了。《牛津大词典》的出版对莎剧训诂提供了大量方便的例证，这就促成了重新编纂莎剧的一股热潮。新目录学派的倡导人之一，早在1910年业已辑出《托马斯·纳许》（*Thomas Nashe*）的麦凯罗就成为这方

1 按即指1602年该剧的“劣本”四开本。

面众所瞩目的编纂人选。他于1939年写出《牛津版莎士比亚发凡》，希能为牛津大学辑出崭新的莎翁全集，不幸终因早亡未能蒇事。这一愿望只得落到威尔逊身上，由他在他的《新剑桥版莎士比亚》（*The New Cambridge Shakespeare*, 1922—1967）里面来实现了。与此同时，莎剧版本的理论研究仍在继续进行，E·K·钱伯斯的两卷本《威廉·莎士比亚：史实与问题的研究》（*William Shakespeare: A Study of Facts*, 1930）被公认为这方面标准的总结。其他各家有关版本理论和莎剧编纂的著作，也纷纷脱颖而出，其中最为闻名的有：格雷的《莎剧编纂问题》（*The Editorial Problem in Shakespeare*, 1942年，1951年修订）及《莎士比亚的首版对开本》（*The Shakespeare First Folio*, 1955），有沃克的《首版对开本的版本问题》（*Textual Problems of the First Folio*, 1953），还有弗莱特逊·鲍宛斯（Fredson Bowers）的《论编纂莎士比亚及伊丽莎白时代的剧作家》（*On Editing Shakespeare and the Elizabethan Dramatists*, 1955）。这些著作都在努力纠正前人错误的基础上，做出自己的贡献。新目录学学派的名言高论，到此可谓盛极一时。

版本研究的另一个引人注目的问题，是有关印刷程序以及个别排字工人的习惯有可能会影响到剧文性质的问题。1920年《泰晤士报文学副刊》上曾发表过托马斯·沙丘尔（Thomas Satchell）的文章，提出的论点说：由于排字工人对某些习惯拼法的偏好，“首版对开本”中的《麦克白》一剧，很可能有两位排字工人在工作。这种对印刷所情况和排字工人习惯的工作方法的研究，促使E·E·魏劳白（E. E. Willoughby）于1932年写出《莎士比亚首版对开本的印刷》（*The Printing of the First Folio of Shakespeare*）的专著，一时颇令人瞩目。他扩大沙丘尔的说法，认为整个“首版对开本”都有两名印刷工人在工作，又强调印书期间有通过校对员和排字工人对已印好的剧文做出临时更改的情况。两年后威尔逊曾据此写出他的《莎士比亚〈哈姆莱特〉的原稿》（*The Manuscript of Shakespeare's* Hamlet），格雷也写出了他的《〈李尔王〉首版四开本的异文》（*The Variants in the First Quarto of* King Lear, 1940）。直到1963年查尔敦·欣曼（Charlton Hinman）经二十年不懈的努力，终于写出他的名著《莎士比亚首版对开本的印刷和校对》（*The Printing and Proof-Reading of the First Folio of Shakespeare*）。他除指出魏劳白的曲解和舛误之外，还使用了许多新方法（尤其是预先估计所需排印篇幅的方法）来阐明"首版对开本"当时的印刷情况和编排顺序。他还通过对一副副不同铅字的分析来证明有五位排字工人在实际工作（A和B是两位重要印刷工人，C和D主要负责排印喜剧，而E则是位学徒，负责排印悲剧）。这种对印刷情况深入细致的分析，大大加强了仅仅凭借拼法习惯来做出剧文校勘的可靠性。[1]

进入20世纪二十年代，威尔逊和他的共同编纂者阿瑟·奎勒-柯奇爵士（Sir Arthur Quiller-Couch）开始用新目录学上所谓科学的发现来辑刊他们的《新剑桥版莎士比亚》，其实奎勒-柯奇爵士不过挂个名，主其事者实际仅威尔逊一人，直到最后才有个别学者参加编纂工作。威尔逊倡导的所谓剧文拼凑之说和他关于剧文写作和修订的分阶段的奇异的设想以及他过于新颖聪慧免不了有些牵强附会的校勘，使此书的出版成为一时令人惶惑震惊的中心。但他的校勘和训诂颇多创见，往往发人深思。他的短处是每有所见，动辄好为争辩，例如，哈姆莱特第一次独白中，F_1作"this too too solid flesh"（第一幕第二场第129

1 参见G·勃拉克穆业·艾义斯:《莎士比亚的剧文》,《河畔版莎士比亚》（*The Riverside Shakespeare*），第35页。

行），威尔逊用大量的篇幅硬要按Q_1和Q_2的“Sallied”勘作“Sullied”，而且认为“Sallied”是“Sullied”的误印。其实“Solid”在此直截了当，并无硬要校勘为“Sullied”的必要。威尔逊之后，一连五位编纂家如基特里奇（Kittredge）、哈里森（Harrison）、坎贝尔（Campbell）、亚历山大和查理·吉斯播·西逊（Charles Jasper Sisson）都采用“Solid”而不用“Sullied”。乔治·莱曼·基特里奇的《莎士比亚全集》（*The Complete Works of William Shakespeare*, 1936）概括他一生对版本研究的心得。他的《莎士比亚戏剧十六种》（*Sixteen Plays of Shakespeare*, 1946），释义精确，评论肯切，对初学极有启发。他著作极少，他的《莎士比亚》（*Shakespeare*）篇幅极短，却是一本经典著作，他在哈佛主讲莎士比亚计有四十八年，在美国传播莎学影响极大。威廉·阿伦·尼尔逊（William Allan Neilson）的《莎士比亚戏剧和诗歌全集》（*The Complete Plays and Poetry of Shakespeare*）最早出版于1906年，后与查理·吉维斯·希尔（Charles Jarvis Hill）合作于1942年出有修订本。尼尔逊也是《都铎版莎士比亚》（*The Tudor Shakespeare*）的编纂者。亚历山大的辑本出版于1951年，曾出过许多版次。在此以前他还写过《莎士比亚的生活与艺术》（*Shakespeare's Life and Art*, 1939），分析莎剧并指出它的发展。哈丁·克雷格（Hardin Craig）辑刊的莎士比亚全集出版于1951年，1958年又曾出版有《莎剧二十一本》（*Shakespeare: A Historical and Critical Study with Annotated Texts of Twenty-one Plays*），均附有译者的注释和范围广泛的导言。西逊辑刊的莎士比亚全集出版于1953年。他早年研究古字体学，他的辑本注重伊丽莎白时代的拼法，同时也注意那时的印刷情况。从部分的例证看，他对F_1是较为持有审慎和信赖态度的，这在他的《莎剧新读法》（*New Readings in Shakespeare*）里面可以窥测其端倪。约翰·孟录（John Munro）辑刊的六卷本《伦敦版莎士比亚》（*The London*

Shakespeare）出版于1957年，是个评注本。此外，各剧分别以单行本刊出的《新集注本莎士比亚》已由B·B·海明威（B. B. Hemingway）于1936年辑出《亨利四世上篇》。1951年开始刊出《新阿登版莎士比亚》（*The New Arden Shakespeare*）。1954年又出版有修订本的《耶鲁版莎士比亚》（*The Yale Shakespeare*）。1956—1968年出版的《鹈鹕版莎士比亚》（*The Pelican Shakespeare*），已于1969年由阿尔弗雷德·哈培奇（Alfred Harbage）主编并重新出版了修订版的单行本。全集中的《李尔王》、《麦克白》和《爱的徒劳》是由他本人编纂的。1963—1968年出版的《印记版莎士比亚》（*The Signet Shakespeare*）也已于1972年由西尔文·巴南（Sylvan Barnet）编纂出版了修订版单行本。1974年由G·勃莱克穆亚·艾文斯（G. Blackmore Evans）主编出版的《河畔版莎士比亚》（*The Riverside Shakespeare*），是我所见到的单行本莎士比亚全集中最好的一种。此书不仅收集了《托马斯·莫尔爵士的戏本》原稿剧本中属莎氏增改的部分，还刊出了一般莎剧辑本很少收入的《两位贵亲家》（*The Two Noble Kinsmen*），另附有不少富有参考价值的文献和较为珍贵的插图，而剧文则前有导言、下有注释、后面还附有版本出处，而且剧文行数也与《环球版莎士比亚》（*The Globe Shakespeare*）相接近，我国莎剧爱好者都应反复加以阅读。我捧读之下，不忍释手，终于在20世纪八十年代起采用作大学本科和研究生教本。几年来我只觉得该书注释有过于迁就初学者之嫌。它很少探索词汇的渊源，不考究本义，仅满足于给疑难词句以笼统的解释，难免有损原文的形象，这本是美国学者动辄把著述搞成教科书的通病。另一缺点是剧文保留古旧拼法，却未指出各别原因，导言中也并未交代有关伊丽莎白时代英语发音的一般规则，这样孤独地保留古旧拼法，似反使剧文显得不伦不类。但此书本是一部单行本莎士比亚全集，篇幅有限，不可能做到包罗万象。就其已具备的条件来

说，它仍不失为一部较完备的辑本。马文·斯佩瓦克（Marvin Spevack）根据它的剧文来辑刊他的《哈佛版莎士比亚索引大全》（*The Harvard Concordance to Shakespeare*），不是没有它的道理的。

以上较为扼要地阐述了自16世纪“早年四开本”起、直到20世纪七十年代为止的一些重要的莎剧版本。其所以并未涉及莎翁的诗歌，是因为诗歌有它自身关于人物性格、时代背景等方面的问题，一般不予论及。今后版本研究如何发展，莎剧编纂又如何进行，我们无从逆料。20世纪新目录学学派崛起，莎学不论在训诂、评论、编纂、校勘等方面都有很大进展。就校勘言，威尔逊率先倡导借重莎氏拼法推动校勘，此后各家纷起仿效。迨魏劳白刊出有关“首版对开本”印刷情况，侧重印刷之说，甚嚣尘上，自此校勘兼顾印刷，方法为之一变。欣曼名著问世，印刷细节更受重视。威尔逊一向认为他的校勘用的是一种科学方法，其实不论依靠拼法或者印刷进行校勘，都只能提供参考，并不是解决问题的唯一途径。因为校勘之事说到最后，仍要靠个人文学修养和判断来决定。照目前的情况看，把新目录学的发现运用到编纂校勘等方面，似乎已达到了它的最高峰。此后莎学研究是否有可能回到通过对整个伊丽莎白时代戏剧的探讨，借重这一时代的语言在它的读音、拼法、词义、塑造形象等方面的变化和发展，来推动莎学的继续前进，我不敢预卜，但这种倾向性是有可能存在的。另外，必须顺便一提的是，西方学者一向不愿认真研究伊丽莎白的社会时代背景，不肯重视人文主义的思想影响，也不知道试用阶级观点来分析人物性格的特征，补救这方面的缺憾，也许是今后发展莎学研究的另一条道路。

1985年10月重作于广州外语学院

再谈莎学研究需要马克思主义[1]

郑土生

一、如何认识莎剧的思想性?

在莎评史上，英国的约翰·帕尔默、J·M·罗伯逊、史文朋、锡德尼·里、E·道登，法、德、俄等国的雨果、罗曼·罗兰、歌德、普希金、别林斯基，美国的哈里·莱文、安妮特·鲁宾斯坦及其他各国的马克思主义者都对莎剧的思想性做过许多重要的论述。在当代西方莎评中，新历史主义等一些新派莎评家们对莎剧思想性的研究和解释也做出了可贵的贡献。[2]其他一些如结构主义莎评、解构主义莎评、符号学莎评、女权主义莎评、意象派莎评等具有某些"片面的深刻性"，我们都应该实事求是地吸收其任何合理的部分，指出其片面或错误的部分。我

1　原文发表于《外国文学研究》1994年第2期。郑土生（1939—），毕业于北京大学西语系英语专业，中国社会科学院外国文学研究所研究员，曾任中国莎士比亚协会理事，著有《莎士比亚评传》，与戴行钺共同主编《莎学记事集》和《莎评选集》。本文曾摘要收入国际莎办主办的《莎评论文摘要汇编》，编者评论："此文是最优秀的马克思主义莎评之一。"

2　乔纳森·多利莫尔（Jonathan Dollimore）主编的《政治的莎士比亚》（*Political Shakespeare*, 1985年）是新历史主义莎评的代表作之一。

们采取这种态度，就能学到别人可能有的任何优点，不断充实和发展马克思主义莎评。

西方莎学界有人肆意歪曲莎剧的思想内容，随心所欲地提出了同性恋莎士比亚、贵族派莎士比亚、教皇派莎士比亚、厌倦人世的莎士比亚、恋母情结莎士比亚等种种脱离实际的说法；面对这种现象，我们必须保持清醒的头脑。

我国著名莎学专家顾绶昌先生曾说过："西方学者一向不愿认真研究伊丽莎白的社会时代背景，不肯重视人文主义的思想影响，也不知道试用阶级观点来分析人物的性格特征，补救这方面的缺憾，也许是今后发展莎学研究的另一条道路。"[1] 顾先生对西方莎学界的批评可能偏重和笼统了一些；不过，总的精神非常可贵。顾先生所提出的"发展莎学研究的另一条道路"值得我们认真思考和研究。

我领会顾先生所说的"另一条道路"就是马克思主义指导下的研究莎学之路。马克思和恩格斯在1859年4月19日和5月18日给拉萨尔那两封著名的信件及其他有关著作中，对莎剧的思想性和艺术性做了高度的概括，并且提出了"更加莎士比亚化"[2] 的要求。这些具体论述[3] 以及他们创立的辩证唯物主义和历史唯物主义是我们搞好莎学研究的唯一指南。我们中国的莎士比亚研究是有中国特色社会主义文化的一部分，指导思想也必须是马克思主义毛泽东思想。在这一点上我们不能有丝毫的动摇。

1 顾绶昌:《莎士比亚的版本问题（续）》,《外国文学研究》1986年第2期，第74页。

2 《马克思恩格斯选集》(第四卷)，第340—345页。又见程代熙编:《马克思恩格斯论艺术》(第二卷)，北京：中国社会科学出版社，1982年，第110—119页。

3 《马克思恩格斯选集》(第四卷)，第340—345页。又见《马克思恩格斯论艺术》(第二卷)，1982年，第110—119页。

前几年，我国莎学界有些文章公开否定马克思和恩格斯有关莎士比亚一系列论述的指导意义，说什么“这不过是出于马恩在审美趣味方面的个人好恶而已”[1]；有的说什么，比起莫尔和克伦威尔，“莎翁在政治上或许只能算矮人了”[2]。“在苏联和我国，常有人机械地套用恩格斯的话，称莎翁为文艺复兴时期的‘巨人’。这种看法并不符合恩格斯原义。毋庸讳言，马克思和恩格斯对莎翁有所偏爱，有些话说得较为夸张，但他们对莎翁的称赞，主要在于现实主义创作方法、情节的生动性和丰富性等方面，他们既不曾把莎翁的思想倾向拔高，也没有称过他‘巨人’。”[3]早在1984年之前，我国有关“莎士比亚化”和“席勒式”研究论著及有关注释“几乎一致认为‘莎士比亚化’和‘席勒式’（的争论）是现实主义与反现实主义的两种创作方法……”[4]的争论。有的人明确提出：马克思在《致斐·拉萨尔》那封信里所说的“更加莎士比亚化”，“没提到思想内容”。[5]

当年马克思和恩格斯提出“莎士比亚化”、“更加莎士比亚化”，反对“席勒式”的文艺主张之后，“据梅林的解释，仿佛（这是）他们两个人的私人兴趣……”[6]瞿秋白同志早在1933年就指出：“这种解释显然是错误的。”[7]瞿秋白同志认为，马克思、恩格斯这一主张是“有原则上

1 转引自汪裕雄：《也释“莎士比亚化”的要义——“马恩文论”学习札记》，《安徽师范大学学报（人文社会科学版）》1984年第2期，第38页。

2 《陕西师范大学学报（哲学社会科学版）》1985年第2期，第68页。

3 《陕西师范大学学报（哲学社会科学版）》1985年第2期，第68页。

4 石宗山：《“更加莎士比亚化”与“席勒式”辨析》，《河北大学学报（哲学社会科学版）》1984年第2期，第94页。

5 石宗山：《“更加莎士比亚化”与“席勒式”辨析》，第94页。

6 人民文学出版社编：《瞿秋白文集》（文学编第四卷），北京：人民文学出版社，1986年，第4页。

7 人民文学出版社编：《瞿秋白文集》，第4页。

的意义的。这就是鼓励现实主义，而反对浅薄的浪漫主义——反对‘主观主义唯心论的文学’”[1]。

在前几年，我国个别人又重新提出“个人好恶”说，想否定马恩这一文艺主张的指导意义。针对这些错误论调，程代熙、石宗山、汪裕雄等同志先后发表了《艺术真实·莎士比亚化·现实主义及其他》、《“更加莎士比亚化”与“席勒式”辨析》和《也释“莎士比亚化”的要义——“马恩文论”学习札记》三篇重要文章，正确地论述了“莎士比亚化”的意义，中肯地批评了上述错误意见，捍卫了马克思主义的原则立场。

马克思在著作、书信中谈到莎士比亚的共有两百多处。[2]有时候他确实只谈到莎剧的艺术性，恩格斯也有这种情况。不过，他们对莎士比亚总的看法是明确的。卢纳察尔斯基在他的著名论文《马克思论艺术》中这样概括马克思对莎士比亚等伟大作家的态度：“可以说，马克思（恩格斯也一样）特别注意那些他们的出现是标志着阶级更迭的伟大的作家。也必须说，几乎所有（难道不是所有的吗？）伟大的作家恰恰都是这种伟大的社会变革的证人、代言人和参加者。马克思特别喜爱的作家有：埃斯库罗斯、但丁、塞万提斯、莎士比亚及其他，等等——他们无疑就是这样的人物。”[3]马克思在《自白》中回答“您喜爱的诗人”这一提问时写出了三个诗人：“莎士比亚、埃斯库罗斯、歌德”[4]，把莎士

1 人民文学出版社编：《瞿秋白文集》，第4页。

2 参见孟宪强辑注：《马克思恩格斯与莎士比亚》，西安：陕西人民出版社，1984年，第220—222页。

3 中国社会科学院外文所《文艺理论译丛》编辑委员会编：《文艺理论论丛》（1），北京：中国文联出版公司，1983年，第38页。

4 程代熙编：《马克思恩格斯论艺术》（第四卷），北京：中国社会科学出版社，1985年，第357页。

比亚放在首位。这同保尔·拉法格所说的，马克思“特别热爱莎士比亚”[1]完全一致。

卢纳察尔斯基的概括是否正确？莎士比亚是否值得马克思“特别热爱”呢？马克思“特别热爱”莎剧的哪些优点呢？

我认为，莎士比亚一生的活动，他的作品的实际内容证明了卢纳察尔斯基的概括是正确的，是值得马克思特别热爱的，因为他的作品是思想性和艺术性高度统一、巧妙结合的典范。英美莎学界多数人的共同偏向是只强调、赞扬莎剧的艺术性，有意无意地否定莎剧的思想性或叫“政治倾向性”。当然，也有个别进步学者，敢于力排众议、坚持原则、追求真理；美国的进步文艺理论家安妮特·鲁宾斯坦就是其中难得的一位。在她的名著《英国文学的伟大传统——从莎士比亚到肖伯纳》一书中，她明确指出：

> 人类文化伟大时代的有代表性的艺术作品，总是带有政治性的，是属于一定党派的。亚里士多德（Aristotle）说人是政治动物。当然，最富人性的人——伟大的艺术家——就更带政治性了……[2]

我国有人批评鲁宾斯坦“过分强调一面，说服力不大”[3]。我认为，世界各国文学史的无数事实证明了鲁宾斯坦以上论断是正确的。

莎剧的思想性同它的艺术性一样是复杂的，具有多方面的特点。

1 保尔·拉法格等：《回忆马克思恩格斯》，马集译，北京：人民出版社，1973年，第4页。

2 安妮特·鲁宾斯坦：《英国文学的伟大传统——从莎士比亚到肖伯纳》，纽约：每月评论出版社，1953年，第VI页。

3 杨周翰：《引言》，杨周翰选编：《莎士比亚评论汇编》（下），北京：中国社会科学出版社，1981年，第16页。

同时我们应该看到，它的主旋律是明确的；莎士比亚在他的喜剧、历史剧和悲剧中，对腐朽的封建制度、对初生资产阶级的各种罪恶，如嗜杀、骄奢、贪婪、虚伪、欺诈、狂暴、凶恶、纵欲、金钱至上，都进行了无情的揭露和批判，对理想人物的“公平、正直、节俭、镇定、慷慨、坚毅、仁慈、谦恭、诚敬、宽容、勇敢、刚强”[1]等优秀品德总是热烈颂扬和尽情赞美。因此，从本质上看问题，莎剧的主要倾向是批判的、革命的，具有永久的进步性和生命力。

二、莎士比亚是“巨人”还是“矮人”？

前几年，我国有人说莎士比亚是“矮人”、“庸人”；这同伏尔泰说莎士比亚是“野人”、“乡巴佬”没有本质上的区别。他们采取这一错误观点的借口之一是马克思和恩格斯没有说过莎士比亚是“巨人”。

马克思和恩格斯确实没有说过莎士比亚是“巨人”；我国以及其他一些国家的很多学者都称莎士比亚为“巨人”[2]。他们的看法是否符合莎士比亚的实际情况呢？莎士比亚究竟是“巨人”还是“矮人”、“庸人”呢？我们先回顾一下当时的历史情况：

英国著名历史学家莫尔顿说：“1588年之前英国资产阶级是为生存而斗争；1588年之后，他们为夺取政权而斗争。”[3]当时英国进步的思想家、作家和宗教改革者一起，在史学、诗歌、散文、戏剧和宗教改革、

1 莎士比亚:《莎士比亚全集》(第八卷)，朱生豪译，北京：人民文学出版社，1978年，第371页。

2 我所看到的第一位称莎士比亚为“巨人”的莎评家是英国17世纪最著名的剧作家、诗人、批评家之一约翰·德莱登。

3 阿莱·莫尔顿:《人民英国史》，伦敦：伦敦劳斯和威沙特出版公司，1979年，第202页。

教义解释等各个方面都以人文主义为武器，掀起了空前未有的思想解放运动，为资产阶级夺取政权大造舆论。颂扬“理想君主”，批判专制暴君是当时欧洲各国进步作家的共同思想倾向；他们以“君权民授”说反对自古以来的“君权神授”说，以“人性”反对“神性”，以“人文主义”反对封建主义，以“人权”反对“神权”，以今世的幸福反对来世的“升天”；在美学中以现实中人的“善和美”来对抗神话中上帝的“善和美”；在感情世界中，强调和颂扬人间的爱来对抗上帝的“爱”；在天文学上则以“日心”说反对“地心”说。所有这些学说为推翻政教合一的封建统治提供了理论基础和思想准备。

莎士比亚没有从理论上阐明过这些问题。但是，他的作品早就为这些论点提供了生动的艺术形象。约翰王被毒死；理查三世和麦克白战败被斩首；亨利六世和理查二世被杀于狱中；独裁者凯撒死于以勃鲁托斯为首的共和派的利剑之下；萨特尼纳斯[1]和克劳狄斯[2]都被杀于大庭广众之中；埃及女王克莉奥佩特拉用毒蛇自杀；同自己女儿通奸的古代叙利亚国王安提奥克斯[3]被天火活活烧死；李尔王历尽磨难之后气绝身亡。莎士比亚对大义灭亲、奋勇杀死暴君、独裁者的“远古巨人”[4]——勃鲁托斯——给予了高度的赞扬。“使死人复生是为了赞美新的斗争”[5]；在舞台上批判古代暴君，其目的是为了批判现实中的暴君。莎士比亚是

1 莎士比亚第一部悲剧《泰特斯·安德洛尼克斯》中的古罗马国王。

2 《哈姆莱特》中的奸王。

3 莎士比亚的传奇剧《泰尔亲王配力克里斯》中的坏国王。

4 《马克思恩格斯选集》（第一卷），北京：人民出版社，1972年，第604—605页。

5 《马克思恩格斯选集》（第一卷），第604—605页。

冒着生命危险投入这场斗争的。马克思说："不管资产阶级社会怎样缺少英雄气概，它的诞生却是需要英雄行为、自我牺牲、恐怖、内战和民族战斗的。"[1] 莎士比亚的实践活动证明了他是当时英国资产阶级在文艺战线上最杰出、最无畏的战士之一。要如实地认识这一点，首先必须对16世纪末英国政府对文化界进步人士的残酷迫害有个基本的了解。

早期有昭昭之明、赫赫政绩的伊丽莎白女王到了晚年，成了全欧洲最专横冷酷、荒淫腐败的君主之一。她一方面以"人间的上帝"自居，同时又淫荡至极，还不让别人议论、批评。1581年，《爱尔兰史》作者之一的埃德蒙·坎皮恩因公开批评女王而被绞死。在1587—1588年间，散文作家约翰·史塔伯因写了一本题为《发现危险深渊始末》的小册子，指名批评了女王，被砍断右手。另一本批评女王的小册子《马丁·马尔普列拉特》作者之一彭里被砍头。1593年4月6日，著名的独立派教徒首领格林武德和巴罗因批评女王而被绞死。同年5月30日，莎士比亚心目中的楷模，当时最优秀、最进步的戏剧大师马洛因不指名地批评女王，被政府特务残杀。与此同时，莎士比亚和马洛的共同朋友托马斯·基德被捕入狱，受尽酷刑，第二年年底，抱恨逝世。

面对刑罚和死亡的威胁，莎士比亚并不回避现实，仍然倾听人民的心声，搜索历史的脉搏。莎士比亚比同时代的任何作家都看得更深刻、更透彻一些。他的作品反映现实、揭露矛盾，颂扬新思想、新观念，批判旧思想、旧观念，更大胆、更巧妙、更有感染力。他塑造的各种典型人物的性格是通过他的无比丰富、生动的情节发展，自然流露出来的。

---

1 《马克思恩格斯选集》(第一卷)，第604—605页。

黑格尔一再把莎剧誉为各种“美”的典范，称莎士比亚为“大师”[1]；莎剧中的人物是“最好的模范”[2]，“达到最完美的境界”[3]。“在近代最擅长塑造有生气的人物性格的要推莎士比亚和歌德。”[4]后来他在进一步分析、比较莎士比亚与歌德之间的差别时说：“就描绘直接生活的生动鲜明与伟大心灵的这种统一性来看，近代戏剧体诗人之中很难找到另一个人能和莎士比亚媲美。歌德在早期固然也显出类似的对自然的忠实和描绘特征的细致，但是在情绪的内在魄力和崇高方面终比不上莎士比亚。”[5]

综上所述：本·琼森称莎翁为“时代的灵魂”，德莱登称莎翁为“巨人”，黑格尔称莎翁为歌德都比不上的“大师”，马克思称莎翁是“为真理而斗争的战士”，还有罗曼·罗兰称莎翁为“公认的天才”[6]，屠格涅夫称莎翁的胜利“比拿破仑们和凯撒们的胜利更为巩固”[7]。我国个别人硬要跟在西方某些唯心主义莎评家的后面，东施效颦、邯郸学步，把莎士比亚说成“矮人”、“庸人”！谁是谁非，读者自有公论。

三、哈姆莱特不是人文主义者的典型形象吗?

苏联的莫罗佐夫、阿尼克斯特和我国的孙家琇、卞之琳、王佐良、

1 黑格尔:《美学》(第二卷)，朱光潜译，北京：商务印书馆，1981年，第355页。

2 黑格尔:《美学》(第二卷)，第294页。

3 黑格尔:《美学》(第二卷)，第349页。

4 黑格尔:《美学》(第三卷下册)，朱光潜译，北京：商务印书馆，1981年，第265页。

5 黑格尔:《美学》(第三卷下册)，第324页。

6 吉林省莎士比亚协会会刊:《莎士比亚的三重戏剧》(第一集)，长春：东北师范大学出版社，1988年，第336页。

7 段宝林编:《西方古典作家谈文艺创作》，沈阳：春风文艺出版社，1980年，第455页。

李赋宁、杨周翰、王忠祥、陈嘉、张泗洋等著名莎评家都一致认为：哈姆莱特是一个人文主义者的典型形象，是“文艺复兴时期英国社会上进步青年（具有先进的人文主义思想的青年）的代表”。[1]他是“一个有着高度敏感的政治头脑的主人公，一个理想的文艺复兴时代的才子，一个学识丰富、道德完美的高尚的人”[2]。王佐良先生更明确地说：他是“莎士比亚杰作里的现代英雄”[3]。孙家琇先生说：他“热爱荣誉、热爱国家、向往理想的社会、同情受苦的大众”[4]。王忠祥教授也说：“哈姆莱特始终以人文主义的典型形象出现。从剧作家的画像来看，他是恩格斯所称赞过的文艺复兴时期的‘巨人’……他仿佛是‘全面发展’的‘当代英雄’。”[5]这些看法抓住了哈姆莱特复杂性格中的本质特点，指出了英国文艺复兴运动中先进人物的共同思想倾向。文艺复兴运动中，先进的人文主义者的中心思想是对人的智慧、美德、力量、理想、友谊、爱情、幸福、荣誉、肉体和精神的魅力的肯定、赞美和追求，以此对抗和否定“神”的奴役和政教合一的封建统治。

哈姆莱特对人类的颂扬是大家所熟悉的：

> 人是多么了不起的一种作品！理性是多么高贵，力量是多么无穷！仪表和举止是多么端整，多么出色！论行动，多么象天使！论了解，多么象天神！宇宙之华！万物之灵！[6]

---

1 王佐良、李赋宁、周珏良和刘承沛主编：《英国文学名篇选注》，北京：商务印书馆，1983年，第131页。

2 张泗洋、徐斌和张晓阳：《莎士比亚戏剧研究》，长春：时代文艺出版社，1991年，第196页。

3 王佐良：《莎士比亚绪论》，重庆：重庆出版社，1991年，第141页。

4 孙家琇：《论莎士比亚四大悲剧》，北京：中国戏剧出版社，1988年，第37页。

5 王忠祥等主编：《外国文学教程》（上），长沙：湖南教育出版社，1985年，第183页。

6 莎士比亚：《莎士比亚悲剧四种》，卞之琳译，北京：人民文学出版社，1988年，第65页。

哈姆莱特自己又是“朝廷人士的眼睛、学者的舌头、军人的利剑、国家的期望和花朵、风流时尚的镜子、文雅的典范、举世瞩目的中心”[1]。这当然是人文主义者心目中的理想人物。

哈姆莱特得知生父被害后，他反复考虑的，不仅是他个人和家庭的不幸，也联想到国家和人类社会的种种不幸和苦难。他在那段“行动还是等待”[2]的著名独白中说：“谁愿意忍受人世的鞭挞和讥嘲、压迫者的凌辱、傲慢者的冷眼、被轻蔑的爱情的惨痛、法律的迁延、官吏的横暴和费尽辛勤所换来的小人的鄙视？”[3]这里所列举的“苦难”，绝不是某个人、某一家的苦难，而是存在于整个社会的不幸和苦难。广大下层人民和进步人士长期遭受了这种苦难；哈姆莱特不仅看到了这些现象，而且在反复考虑：“默然忍受命运的暴虐的毒箭，或是挺身反抗人世的无涯的苦难，通过斗争把它们扫清，这两种行为，哪一种更高贵？”[4]表面上，哈姆莱特还没有拿定主意；事实上，他心里早有了答案。在第一幕第五场他就明确向观众宣告：“这是一个颠倒混乱的时代，唉，倒霉的我却要负起重整乾坤的责任！”[5]

丹麦历史上的“哈姆莱特”[6]既不是王子，也没有这种忧国忧民的

1 莎士比亚：《莎士比亚悲剧四种》，第86页。

2 原文是“To be，or not to be”，其含义是“To do，or not to do”。这里的“to do”就是“To take arms against a sea of troubles, and by opposing end them.”（挺身反抗人世间无涯的苦难，通过斗争把它们扫清。）“not to do”不是真的不做、不行动，而是等待好机会去做、去行动。因此，我认为译成“行动还是等待”比较符合原意，而且更具有普遍性。任何人在采取重大行动之前都会有“行动还是等待”的考虑。

3 莎士比亚：《莎士比亚全集》（第九卷），朱生豪译，北京：人民文学出版社，1978年，第63页。

4 莎士比亚：《莎士比亚全集》（第九卷），第63页。

5 莎士比亚：《莎士比亚全集》（第九卷），第33页。

6 莎士比亚时代之前，在不同的语言和著作中，后来被称为哈姆莱特的这个传奇人物有多种写法，到目前为止，我所发现的先后有：阿姆贝莱斯（Ambales）、阿姆莱德（Amhlaide）、阿姆勒图斯（Amlethus）、阿姆莱斯（Amleth）、哈姆布莱特（Hamblet）、哈姆莱特（Hamlet）等不同写法。

思想，更没有说过我们在莎剧《哈姆莱特》中所看到这些令人回肠荡气的话语。历史上的哈姆莱特是古代丹麦国王罗里克（Roric）的外孙；他的父亲叫霍温迪尔（Horwendil），只是罗里克国王的女婿，从未做过国王。哈姆莱特的叔叔芬格（Feng）谋杀了哥哥，娶了嫂子葛茹莎（Gerutha），也从未做过丹麦国王。哈姆莱特杀了芬格，发表了长篇演说之后，被推举接替外公的王位，成为丹麦国王。[1]

在16世纪的意大利、德国、法国、英国等的小说、散文和戏剧作品中，哈姆莱特的叔叔被写成一个坏国王，哈姆莱特被写成一个忧国忧民的当时进步青年的代表，其用意应该说是不难理解的。我认为：这是欧洲文艺复兴时期各国进步作家的共同思想倾向；他们把自己的人文主义思想感情，凝聚在哈姆莱特身上，尽量表现哈姆莱特的外形和心灵的美[2]，让他在忍无可忍、退无可退的情况下，才动手杀死封建专制的象征——坏国王克劳狄斯。这样，哈姆莱特就从原故事中的古代丹麦国王变成了一个文艺复兴时期追求光明、追求真理，最后与封建暴君同归于尽的人文主义者的典型代表。虽然16世纪的意大利、德国、法国、英国的一些作家在莎士比亚之前，都描写或改写、编译过哈姆莱特的故事，苏联和我国大多数莎评家认为：莎士比亚塑造的哈姆莱特是同类作品中最优秀、最杰出、最可爱、最伟大的一个艺术典型；他身上所体现的人文主义思想最真实可信、完美感人。

1979年11月，英国老维克剧团来华演出《哈姆莱特》。该剧团导演托比·罗伯逊在上海人民艺术剧院的报告中指出："《哈姆莱特》……写

1　参见拙文：《关于哈姆莱特故事的起源和演变》，《读书》1985年第12期，第137—145页。

2　黑格尔认为，哈姆莱特一再延宕，不尽快杀死叔叔，是剧作者为了表现哈姆莱特的"优美高尚心灵"（黑格尔：《美学》第二卷，第351页）。

的是新生的具有人文主义思想的哈姆莱特的遭遇。他不是一个传统的英雄，只是代表文艺复兴时期的先进人物……莎氏在写戏时是有意识地把新的思想灌输给伊丽莎白王朝时代的观众。”[1] 从17世纪以来，西方许多唯心主义莎评家往往夸大哈姆莱特身上的缺点、弱点和某些错误，有的不顾事实，甚至颠倒黑白，一再否定哈姆莱特这一不朽形象的进步性、审美价值和教育作用。三百多年来，这股逆流一直不断。在这股逆流面前，罗伯逊可以说是一位尊重历史、尊重莎剧实际的优秀导演和学者。

据我所知，第一个跳出来完全否定莎剧中的哈姆莱特的“评论家”是英国狂热的新古典主义者托马斯·赖默。他胡说莎士比亚的悲剧写得“颠三倒四，乌七八糟，吵吵闹闹，没有内在的一致，没有一点理智的火花”[2]。伏尔泰说，《哈姆莱特》是一个“既粗俗又野蛮的剧本……是一个烂醉的野人凭空想象的产物”[3]。英美当代最著名的文艺批评家托·史·艾略特说什么，哈姆莱特这个人物是“艺术上的失败”[4]。英国著名莎学家瓦尔特·格雷格竟然说什么，“哈姆莱特是个作恶的青年，编造出关于看见鬼魂的故事以便篡夺王位，赶走他的无罪的叔叔”[5]！肖伯纳认为:《哈姆莱特》中的“行动还是等待”的独白是“陈词滥调”、“胡言乱语”。[6] 在否定《哈姆莱特》方面，说得最绝的还是伏尔泰；竟然说什么此剧是“大粪堆”[7]，莎士比亚是“牛鬼蛇神”[8]！这些例子说明：

1 转引自《外国戏剧》1980年第1期，第99页。

2 张泗洋、徐斌、张晓阳:《莎士比亚引论》(下)，北京：中国戏剧出版社，1989年，第379页。

3 张月超:《三百余年来莎士比亚评论述评》,《文艺理论研究》1982年第1期，第118—128页。

4 朱虹:《英美文学散论》，北京：三联书店出版社，1984年，第47—48页。

5 朱虹:《英美文学散论》，第47—48页。

6 张月超:《三百余年来莎士比亚评论述评》，第118—128页。

7 张月超:《三百余年来莎士比亚评论述评》，第123页。

8 张月超:《三百余年来莎士比亚评论述评》，第123页。

没有正确的指导思想，即便那些大作家、大学者也不可能对莎翁和莎剧做出公正合理的评价。

哈姆莱特的性格是复杂的，可以说是多种矛盾的集合体；他是伊丽莎白时代一批进步青年思想感情的典型代表。多佛·威尔逊认为：哈姆莱特这一形象的模特儿是当时伦敦市民所热爱的埃塞克斯伯爵；在伊丽莎白晚年的英国宫廷中，只有埃塞克斯伯爵敢于公开批评女王的错误；他和他的好友南安普敦伯爵都具有人文主义思想，都是莎士比亚的保护人之一。这两位具有人文主义思想的青年伯爵因反对女王而被判处死刑（南安普敦伯爵后来被改判成无期徒刑，詹姆斯一世继位后，重返宫廷，官至枢密院顾问）。威尔逊认为：莎士比亚塑造了哈姆莱特这一形象既颂扬了他的朋友埃塞克斯伯爵的美德，也批评了埃塞克斯在反女王斗争中所犯的错误——思考多于行动，一再延误战机，最后失败、遇害，成为伊丽莎白时代现实生活中的一幕真实悲剧。

威尔逊的意见是值得我们重视的，对于我们去解开“哈姆莱特之谜”是有帮助的。不过，我认为，哈姆莱特这一形象的模特儿不是一个，而是包括埃塞克斯伯爵在内的“一批”人物；莎士比亚集中概括了他那个时代进步青年的共同特点（包括优点和弱点），塑造了哈姆莱特这样一个可敬可爱、可歌可泣，在某些方面又令人遗憾，而且难于理解的复杂形象。这是一个地地道道的人文主义者的艺术典型。阿尼克斯特、孙家琇、卞之琳等先生的这一看法完全正确。我国前几年却有人对持这一观点的上述几位老前辈逐个进行“批判”。这种“批判”说明了“批判者”公开抛弃了马克思主义毛泽东思想的立场、观点和方法，暴露了他们对莎剧原文和背景知识的无知；同时也说明了前几年资产阶级自由化对我国莎学界也有很大影响。以马克思主义为武器，以莎剧的具体内容和伊丽莎白时代的历史事实为依据，为消除这些不良影响，做些实事求是的说理工作，在莎学研究中坚持辩证唯物主义和历史唯物主义的思想路线，是我国莎学界当前和今后的重要任务之一。

四、中国莎学需要马克思主义毛泽东思想

在过去的一百多年中，国内外老一辈学者在马克思主义莎学研究方面已经做出了可贵的努力，取得了可喜的成果。1976年4月，在华盛顿，国际莎士比亚协会有史以来第一次召开了“用马克思主义观点评论莎士比亚”学术讨论会。来自世界各地的十多位马克思主义莎学研究者在大会上宣读了论文。大会主席、东德洪堡大学教授罗伯特·魏玛[1]（国际莎协常务理事之一）在报告中指出：“用马克思主义观点研究、评论莎士比亚对发展世界莎学具有重要意义。特别是在目前的形势下，历史事实已经证明了：纯语义派莎评、意象派莎评、象征派莎评、神话派莎评等都无法回答以下问题：在当今的世界中，莎士比亚的作品是否具有意义重大的生命力？是否仍然是一种能发生社会影响的精神力量？”[2]

从马克思主义立场出发，用马克思主义观点、方法去分析莎剧，莎剧永远具有意义重大的生命力，永远是一种能发生社会影响的精神力量，因为它的本质是对一切丑恶现象的无情揭露和批判，对一切美好事物的热烈颂扬和追求。莎剧这种永不磨灭的思想光辉，隐蔽在无比生动、感人、复杂，具有多样化个性特点的艺术形象之中；也就是人们常

1 魏玛在大会上宣读的论文是《莎士比亚和马克思主义的方法论》。

2 魏玛的这篇论文首次发表在《科学与社会——一份独立的马克思主义杂志》，1977年第1期，第2—6页，引文见第5页。

说的，深刻的思想性和高超的艺术性的完美结合。

我国的马克思主义莎评同苏联等西方各国相比，起步较晚、成果较少，这是无可否认的历史事实。同时我们也应该看到，早在新中国成立前，我国一些莎学界前辈就自觉地运用马克思主义观点评论莎士比亚，为我国的马克思主义莎评做出了重要贡献；这是在毛泽东同志的《在延安文艺座谈会上的讲话》指引下，我党文艺战线上的革命传统在我国莎学界的具体反映。在目前的形势下，进一步发扬这种传统，具有重要的现实意义和深远的历史意义。根据我所看到过的材料来分析，对我国新中国成立前马克思主义莎评做出重要贡献的有杨晦先生和吕荧先生。

杨晦先生（1899—1983）在他的论文《莎士比亚的〈雅典人台满〉[1]》（1944年）中，把莎士比亚悲剧放在伊丽莎白时代的各种矛盾冲突中去分析、考察所反映的社会内容和思想意义。他在我国莎评史上，也许也是国际莎评史上，第一次中肯地批评了“莎士比亚悲剧是性格悲剧”这一长期流传于国际莎学界的错误命题，提出了“莎士比亚悲剧是社会悲剧”，莎士比亚是“真正现代意义的一位战士”[2]这一正确观点。

吕荧先生（1915—1969）在他的《莎士比亚的诗》（1944年）一文中，中肯地批评了长期流行于西方莎学界的“莎士比亚是个非意识的作家”、“他创作时的主要动机……是为了牟利，为了可以博得王公们的赏识”[3]等唯心主义观点，提出了莎士比亚“本质上他是战斗的，唯其是战斗的，他才能够深广”的正确观点。今后的历史会证明，这二位先生

1 即《雅典的泰门》。

2 杨晦：《杨晦文学论集》，北京：北京大学出版社，1985年，第76—96页。

3 吕荧：《吕荧文艺与美学论集》，上海：上海文艺出版社，1984年，第285—298页。

的莎评，在我国莎评史上将占有重要地位；继承和发扬二位先生的优良学风和革命精神，对促进我国马克思主义莎学的发展，具有重要的现实意义。

改革开放以来，我国莎学界同其他各行各业一样，也取得了巨大成就。在马克思主义毛泽东思想的基本原则的指引下，孙家琇、卞之琳、王佐良、方平、杨周翰、王忠祥、索天章、裘克安、张泗洋、赵澧、李赋宁、张君川、阮珅、陈嘉、贺祥麟、孟宪强、曹树钧、石宗山等我国莎学界的著名学者都以他们的出色作品为我国马克思主义莎学的发展做出了宝贵贡献。1986年在北京和上海同时召开的中国首届莎士比亚戏剧节、1992年在上海召开的朱生豪诞辰八十周年纪念会和1993年在武汉召开的武汉国际莎士比亚研讨会都取得了巨大的成功，产生了很好的影响，为我国莎学走向世界打下一个良好的基础；任何否定过去成绩的看法，任何悲观的论调都是没有根据的，因为它们不符合我国莎学界的实际情况。

在看到成绩的同时，我们也应如实地看到：我们前几年的莎学研究和评论中确实存在一些值得注意的错误倾向，主要表现在以下几个方面：

1. 否定莎士比亚的著作权；[1]

2. 断定“莎士比亚真伪之谜是永远之谜”；

3. 否定文艺复兴运动的进步性和革命性；

4. 否定莎士比亚其人的真实性；

5. 否定莎剧的思想性和战斗性；

1 参见宗河主编:《世界传记名著鉴赏辞典》，北京：中国工人出版社，1989年，第754—755页。

6. 否定莎士比亚代表作《哈姆莱特》的反封建主题；

7. 宣扬莎士比亚和莎剧的真面目是不可认识的；

8. 在1986年中国首届莎士比亚戏剧节学术讨论会（北京地区）上，有人公开宣称："莎士比亚的作品证明了艺术是可以脱离政治的。"

产生以上这些错误观点的原因很多，值得我们深思和研究。以笔者浅见，最根本的原因是持以上错误观点的少数同志违背或放弃了辩证唯物主义和历史唯物主义的立场、观点、方法；有意无意地把西方一些落后的东西当作"精华"引进来，向国内读者兜售。

随着时代的进步，对莎学进行多学科、多角度、有领导和规划的开放性的综合研究，吸收外国各个学派的合理成分，发挥我们自己的优点。这是发展具有中国特色的马克思主义莎学的必由之路，困难无疑是很多的。不过我相信：只要我国莎学界同行在马克思主义毛泽东思想的指引下，共同努力、团结协作，具有中国特色的马克思主义莎学一定会不断发展，逐步走向世界。

建构崇高的道德伦理乌托邦
——莎士比亚戏剧的审美意义[1]

王忠祥

一

在世界文学宝库中，英国戏剧诗人莎士比亚（William Shakespeare, 1564—1616）的三十八部戏剧和丰富的诗歌熠熠生辉，如璞玉浑金，美在纯真，如璀璨群星，光照万代。这些积极感应时代之声的文艺创作，永远与作为“时代灵魂”的戏剧天才和诗人的名字同在，“不属于一个时代而属于所有的世纪”。在世界文学论坛上，莎士比亚研究从17世纪一直到当今没有间断，并日益向纵深发展，从莎士比亚同时代的莎评至20世纪的莎评，五光十色、花样繁多、应接不暇。各类各流派莎评（如古典主义莎评、浪漫主义莎评、现实主义莎评、弗洛伊德莎评、意象派莎评、原型派莎评、结构主义莎评、女权主义莎评、新历史主义莎

1　原文发表于《外国文学研究》2006年第2期。王忠祥（1931—），华中师范大学文学院教授，曾任《外国文学研究》杂志主编，主要从事莎士比亚、易卜生研究。从20世纪七十年代中后期开始，发表莎评文章三十余篇，八十年代撰写的《诗式批评与自我诗化——莎士比亚十四行诗一脔》（《外国文学研究》1985年第1期）曾被美国《莎士比亚季刊》（*Shakespeare Quarterly*）1986年第37期目录卷摘要收录，引起较大反响。

评、后殖民主义莎评等），均可作为强证。可以这么说，莎士比亚是世界文学史上最受欢迎且评论最多的作家之一。尤其进入20世纪以来，莎学迅速走向全球化，早已成为一门国际性的交叉学科和著述宏富的“显学”，被人们誉为“世界学术奥林匹克”。翻开莎士比亚评论史，不难看出一代又一代的读者和学者十分关注戏剧诗人文艺创作所提供的饶有审美艺术价值与人性教育意义的多元化的破解和演绎。

在“《外国文学研究》与莎士比亚情结——兼及中国莎士比亚研究”一文中，我们曾就中华莎学乃至国际莎学发展前景之需要而提出三方面研讨重点：1. 灵活运用“文学伦理学批评方法”，重评“人学家”莎士比亚及其创作；注重戏剧诗人关于人的“存在”以及文艺与“真”的艺术哲学思考。[1] 2. 深入研讨莎剧人物的审美意义——古典性、现代性、世界性；积极弥补莎剧、莎诗研究中的弱项与缺项（包括艺术技巧）。3. 综合梳理莎士比亚四重戏剧——研究、教学、演出、翻译出版；在中西戏剧文化比较视野中，探究莎剧与中国戏曲（剧）之异同。[2] 其中，第一方面是“重中之重”，经过再三思考，颇有个人感悟，情不自禁地要解析一番。

首先，从“文学伦理学批评方法”谈起。这里的方法相对伦理学本体论而言，不仅不是“绝缘体”，而且可以融化其基本学理原则。只不过它特别强调以文学为主要研究对象，从而形象地透视人类社会。从方法论角度思考，它重在历史而辩证地阐释文学。在阐释的各环节，自然将社会伦理学本体理论（为现实社会伦理道德规范服务）注入其中，

---

1 Walter Kaufmann, *From Shakespeare to Existentialism: An Original Study*. New Jersey: Princeton UP, 1995, pp.4−5.

2 王忠祥和杜娟:《〈外国文学研究〉与莎士比亚情结》,《外国文学研究》2004年第5期，第14页。

并融汇化合为新的内质，以便实现审美教育之目标。接下来，进一步言说“灵活运用”的内涵与外延。所谓“灵活运用”，实指“综合运用”。质而言之，“文学伦理学批评”无论其学理抑或方法，既不是孤立封闭的，也不会如“无根之木”、“无源之水”而突然出现，其生成有历史与现实汇聚的必然缘由。把它对应历史上的文评（包括20世纪的各类文评）来观察，不是（也不可能）排斥或取代。它显然是开放式的，吸纳多元文论（连同用之于研究文学的社会学和伦理学方法论），予以重新综合运用。不言而喻，运用颇富包容性的“文学伦理学批评”理论与方法研究莎剧和莎诗是十分贴切的，而充分表现莎士比亚文艺思想和戏剧思维能力的剧作自有其典范意义。这显然由于戏剧诗人不是单纯的哲学意义上的“人学家”，而是充满诗化意识的审美的“人学家”。再接下来，这里的“艺术哲学”重在艺术思维活动。它强调的绝非抽象而空泛的哲学研讨，而是莎翁建构美好理想、大同世界的思想意识的基础，导引莎翁在生活与创作道路上，执着地同步进行精神探索和艺术探索。毋庸置疑，在论证这一方面题旨的过程中，不可避免地涉及其他方面的基本内容。

莎士比亚生活与创作在欧洲文艺复兴的后期（16世纪后半叶至17世纪初），即英国都铎王朝后期、斯图亚特王朝初期，他的文化意识与艺术思维就萌生并形成于这一社会转型的历史与现实的交合点上。关于欧洲文艺复兴时期，人们常常引用恩格斯的评语：“这是人类从来没有经历过的最伟大的、进步的变革，是一个需要巨人——在思维能力、热情和性格方面，在多才多艺和学识渊博方面的巨人——的时代。”他还特别指出：“给现代资产阶级统治打下基础的人物，决不受资产阶级的局限。”[1]屹立在世界文化峰巅的莎士比亚就是这一伟大变革时代的卓越人物，“仰之弥高，钻之弥坚”，确实不愧为“使人类永久又惊又喜的巨人”[2]。恩格斯的这一段名言，虽然是泛指性的，然而用之于莎士比亚其人其作却很切实恰当，同时还可借此阐发莎翁剧作推陈出新之特性，效应良好。在我国莎评史上，如此研讨并不少见。从严要求，也有不可忽视而值得反思的缺憾。其主要问题有二：一是关于莎士比亚这样的文化巨人提倡古代文化“复兴”与创造资产阶级文化之新的辨析，还不够翔实周到；二是关于莎士比亚剧作所表现出的戏剧思维的超历史、超现代资产阶级性质的论证，既不系统也不深入。从莎士比亚的精神探索中，不难获取上述“缺憾”的补益。通过莎士比亚的戏剧创作，并适当结合诗作研讨戏剧诗人的精神探索历程，无疑是一项饶有学术趣味的课题。

作为人类社会转型时期审美的人文主义作家，莎士比亚的诗剧，连同他的抒情诗和叙事诗，一方面艺术地映照了16世纪下半叶伊丽莎白王朝中央集权政治的昌明、资本主义经济的迅速发展、对外军事胜利带来的乐观主义精神；另一方面又透视了潜藏的多种复杂的社会冲突，特别是伊丽莎白王朝末期、詹姆士一世执政初期的社会政治危机，如王室与资产阶级“联盟”的解体，贫富悬殊迅速扩展，底层农民、贵族地主、资产者之间的矛盾日益尖锐化，等等。以诗剧为重点的莎士比亚文艺创作，积极广泛地描绘了这一段社会历史的进程，充分表现了反封建、反宗教神权意识的人文主义思想。热情讴歌了与神道、神权、神性

1 参见恩格斯的《自然辩证法·导言》中关于“论文艺复兴”部分，《马克思恩格斯选集》（第三卷），北京：人民出版社，1972年，第444—446页。

2 转引自曹禺为《莎士比亚研究》创刊号所写的《发刊词》以及为“中国莎士比亚研究会成立大会”所写的《开幕词》；参见《莎士比亚研究》1986年第3期，第1—4页。

背道而驰的人道、人权和人性。一般认为，莎士比亚的创作活动从1590年前后开始，到1613年左右他返回故乡斯特拉福镇时结束。

二

创作早期（1590—1600），莎士比亚人文主义世界观逐渐生成，这里包括哲理与文思。在伊丽莎白统治的全盛阶段，莎士比亚对人类社会的光明前途怀抱着极大的希望和信心。他虽然也能暴露一些社会矛盾，批判违反人性的社会罪恶，却幻想通过“简单的方式”予以缓解，他在这一时期的文学创作，以诗歌、史剧、喜剧为主，也写悲剧。作品采用不同的方式，不同程度地营造了欢乐气氛和渲染了乐观精神，表现出人文主义理想，即便是悲剧也带有喜剧的某种特征。反复精读史剧《亨利五世》、喜剧《威尼斯商人》、悲剧《罗密欧与朱丽叶》等作品，以及十四行诗等诗歌，我们可以体悟戏剧诗人的人文主义理想的追求建基于“社会大学”。莎士比亚和约翰·李雷（John Lyly, 1553—1606）、罗伯特·格林（Robert Greene, 1558—1592）等“大学才子”剧作家不一样，没有良好的条件进行系统的文化学习。童年、少年时代的莎士比亚，在斯特拉福文法学校念过书，接触了古代文化，其中包括古希腊罗马文学作品。他十四岁时离开学校，帮助父亲（肉商）做生意。大约刚满二十岁时，就离开故乡到了伦敦，1590年左右进入剧院，从事各项劳务工作，后来还成为剧团的股东和剧院的老板。他兴家立业的经济来源主要依靠剧院的收入；他为剧院服务，看戏、演戏、评戏、编戏的经历就是接受“社会大学”文化艺术教育的过程。从严格意义上讲，莎士比亚的传记材料匮乏，不过戏剧诗人的文艺创作已组合成为一部翔实的文化巨人传。他的人生观、哲学观和文艺观是在“社会大学”培育形成的。为了生活、工作和创作，他广泛接触社会各阶层，上自宫廷里的王公贵族，下到贫民窟的苦难的人民，从底层观察上层，又从上层观察底层，上下交织起来，从而对转型时期“五光十色”的社会全景“饱览无遗”。莎士比亚早期剧作和诗作已显示出审美人文主义的特殊效应，教人懂得大写的“人”的尊严、崇高、价值和力量。他讴歌以大写的“人”为中心，而追求“身心解放”的自由精神，凭借反封建、反禁欲主义的新伦理道德观，高举社会批判大旗，为弘扬本真、善良、和美的人性而抨击假、恶、丑的“兽性”与愚弄人的“神性”，并且毫不掩饰地披露当时随着资本原始积累而产生的扭曲人性的阴影。

莎士比亚在这一时期的史剧《亨利四世》(上下篇）和《亨利五世》描写亨利五世即位前后的情况，“浪子”哈尔太子转化为爱国爱民的君王亨利五世，说明剧作家寄希望于道德净化和升华，宣传理想乃至幻想化的君主制。依戏剧诗人之见，理想的国家、政体和政府，如同音乐的“和声”。他借用《亨利五世》剧中人物爱克塞特公爵（国王的叔父）之口表白:“那政府就像音乐一样，尽管有高音部、低音部、下低音部之分，各部混合起来，可就成为一片和谐，奏出了一串丰满的、生动的旋律。”[1]在《亨利六世》中篇第四幕第二场中，剧作家借尚未逆转的造反者领袖人物凯德之口，传达了自己的愿望——改变黑暗的现实而创造理想的未来世界:“我们的敌人在我们面前一定要垮台，因为我们受到精神鼓舞，要把国王和王公大臣消灭干净……”“我要取消货币，

1 译文和译诗均选自《莎士比亚全集》(朱生豪等译，北京：人民文学出版社，1986年)，并参照其他译本。

大家的吃喝都归我承担；我要让大家穿上同样的服饰，这样他们才能和睦相处，如同兄弟一般……”在喜剧《威尼斯商人》中，剧作家塑造了一位德才兼备的新女性，即充满浪漫主义气氛的贝尔蒙特的鲍西娅。她认为“慈悲调剂着公道”，它可以使人去恶从善，它的力量（即道德的力量）“高出于权力之上”，“是一种上帝的德性”。如人人都有此“为他”的德性，人人都会获得幸福。

悲剧《罗密欧与朱丽叶》是一曲“爱”与“美”的颂歌，这里“爱”与“美”需要“真”与“善”来维护。它通过蒙太古和凯普莱特两大家族的世仇纷争和两家子女的生死恋，反映了美好的爱的生活原则被邪恶的仇恨激发起来的械斗破坏了。悲剧的结局却吐露了“和谐”的光芒，表达了积极的乐观精神。这是一出反封建、反械斗、反分裂的乐观主义的悲剧。毫无疑问，这一答案是大多数人都能同意的。不过，从罗密欧与朱丽叶通过生死恋来对抗礼法的冲击来看，他们的恋爱“准则”是“爱能做的，爱就敢做”。不能说这里没有剧作家的美学理想和社会学或伦理学的沉思。因为它是以人文主义的爱情观为基础的，而这种爱情观和封建礼法是格格不入的。有一种意见颇能发人深思，即把男女主人公的情爱冲破封建礼教束缚的“开放意识”当作剧情发展的动力和人物“叛逆”的基础。究其实质，如此“开放意识”蕴含着青春觉醒的活力。在戏剧诗人笔下，罗密欧与朱丽叶的“生死恋”悲剧是现实的，但他们所渴望的通过自由恋爱而获取终身幸福则是难以实现的。

剧作家把自己的理想寄寓在男女主人公的追求之中，从“花园对话”到悲剧结局的人物活动与情节发展，可做形象的表征。让爱心自由驰骋的罗密欧跳进凯普莱特家花园墙里，看见朱丽叶从上方窗口出现，他把她比作“美丽的太阳”，还做出爱的“自我表白”。这时朱丽叶尚未发现罗密欧，她第一次吐露了情人的叹息：“唉！”大胆地吐露了心声，呼唤罗密欧的名字，渴望扔掉一切封建家族姓氏、礼法和社会约束，让自己像玫瑰花一样惹人爱怜。砖石墙垣象征封建礼教，它隔不住爱情的力量。罗密欧对朱丽叶说话时，就明白地宣告了这一点。这一行动当然建立在“内墙”（思想意识）拆除的基础上。朱丽叶向罗密欧倾诉了自己拆除“内墙”的经过：从宁愿遵守礼法，到“一切置之不顾”。越过“内墙”到“外墙”，罗密欧与朱丽叶情感交流更加通畅。朱丽叶深情地对罗密欧说：“我怎么也不愿他们瞧见你在这儿。”（I would not for the world they saw thee here.）[1]这一连串雄浑有力而铿锵悦耳的单音词，使罗密欧大受感动，他向情人表达了自己的爱心和勇气。在花园里，他俩“私订终身”，连撇开双方封建家长而偷偷举行婚礼的事也商议妥当。朱丽叶愿意把整个生命交托给罗密欧，罗密欧下决心向劳伦斯神父求援。仅从“花园对话”的情节来看，不仅表明了罗密欧与朱丽叶冲破礼法束缚后一系列“反叛行为”的基石，而且预示了悲剧发展的趋向。在这个基础上，罗密欧与朱丽叶结合了，并且不顾家教的禁令，偷偷幽会、诀别。在这个基础上，朱丽叶从坚决拒绝到假死逃婚，罗密欧猛烈攻击金钱和法律，宁愿违犯禁令，冒死返回维洛那。也在这个基础上，男女主人公生生死死的恋爱和解了“累世的宿怨”。从纷争到和谐，是罗密欧与朱丽叶的愿望，也是维洛那市民的愿望。如此愿望，既有历史认识价值，又有现实教育意义。

向往并建构适于弘扬纯真的自由人性的“和谐社会”，完全符合古

1　转引自拙文：《莎士比亚戏剧人物的审美意义》，《美学与时代》1990年第1—2期，第31页。参见亨利·里弗音：《〈罗密欧与朱丽叶〉中的礼法》，《莎士比亚季刊》（*Shakespeare Quarterly*）1960年第4期。

往今来、社会各阶层的杰出作家在其作品中不断讴歌的永恒的主题。话说到此，自然想到我国的两部古典名剧《牡丹亭》（汤显祖）和《西厢记》（王实甫）。柳梦梅与杜丽娘的故事、张君瑞与崔莺莺的故事，都表现了青年男女对自由恋爱生活的追求，对封建礼教的冲击。其中，“大团圆”的喜剧性结局充分表达了广大群众的迫切心意：“愿天下有情人终成眷属。”这就需要良好的社会环境，让群体外在和谐与个体内在和谐高度统一。由此引申下去可见，两剧的喜剧性结局与《罗密欧与朱丽叶》的悲剧结局从不同方面表现了剧作家“美在和谐”的理想。作为诗神、剧神、美神，莎士比亚把生活的美与艺术的美结合起来，把真正的人的感情注入罗密欧与朱丽叶的形象，使之成为真、善、美的结晶。美是什么？美是人的本质的对象化；美是人的生活的有机组成部分；男女主人公的生生死死的恋情是美的，因为他们争取婚姻自由，而且对生活美的追求那么执着。他们在追求中付出了生命，他们的斗争连同悲剧终结也是美好的，因为他们从中完成了“自我认识”（人的价值），并且获得青春怒放。最终，他们的内心世界和谐了，他们的外在世界似乎也和谐了。这里充满了幻想，但它确实是美的！《罗密欧与朱丽叶》这出悲剧的情节发展，从纷争到和谐，追求人与人、人与社会、人与自我、人与自然的全面和谐。或许可以这么说，这出悲剧是莎士比亚的“美学的沉思”，亦即“人学的沉思”。

透过上述一类早期剧作，可以测定戏剧创作思维中“已开始认知黑暗的社会现实与本真、善良、和美的人性”不相宜，于是萌生人性复归，适于全人类道德净化“理想世界”的追求意图。其实，莎士比亚在其十四行诗中表达自己的“人化诗学”时，已经吐露出了自己的精神探索。比如第一百〇五首十四行诗就有这样的诗句：“‘真、善、美’，用不同的词句表现；/我的创造就在这变化上演/三位一体，它的境界可真无限。”在“真、善、美”（fair, kind, and true）的艺术追求中，无疑寓有向往终极伦理学意义上的不受时空限制的全民性“人间乐园”。戏剧诗人在此处的理想，带有明显的空幻特点，而且与托马斯·莫尔（Thomas More, 1478—1535）的“乌托邦”影响不无关系。

在社会转型过程中，出现道德式的“乌托邦”追求是毫不奇怪的。关于莎士比亚与莫尔，我们在极有限的传记材料中也可求证后者对前者的影响，比如莎士比亚参与剧本《托马斯·莫尔爵士》的写作，即其一例。如果说莫尔曾认真考究柏拉图的《理想国》和奥古斯丁的《上帝之城》，那么可否推论莎士比亚也许潜心研读过莫尔的《乌托邦》？不必赘言，最实在的佐证还是莎剧文本。这一时期，莎士比亚关于道德伦理乌托邦的认知和追求日益执着，在创作中期尤其在创作后期的剧作中越来越形象化，其穿透时间和空间的力量也越来越强大。

三

创作中期（1601—1608），伊丽莎白统治进入晚期并于1603年结束，詹姆士一世继承王位后倒行逆施，进一步维护封建特权，打击清教徒和社会进步力量。在社会矛盾急剧激化、王朝政治危机日益严重的时刻，莎士比亚的人文精神的重要内涵“怀疑”、要义“批判”迅速释放大量功能，其道德伦理乌托邦之认知、追求，也伴随着对黑暗现实暴露的加强而趋入复杂状态。与此同时，戏剧诗人对人类命运和生存意义的探索也更加迫切。他深切地感悟到社会罪恶浓重的阴影掩盖了自己所渴求的和美世界的光辉；于是，他立足现实，面向未来，着重以悲剧或悲喜剧形式，揭批假恶丑，颂扬真善美。他在戏剧构思中努力探求：从逐渐完善的“开明君主制”除旧创新，经过现实人性净化（扬弃负面）、伦理道德规范化（适应人人生存状态），最终实现人文主义的崇高理想（亦即道德伦理乌托邦）。这一时期，莎剧凸现了忧患而沉郁、悲怆而激愤的基调，风格发生重大变化，即便是悲喜剧《特罗伊勒斯与克瑞西达》也具有浓重的冷色调。无论悲剧或悲喜剧都是“自觉意识”的剧作，这种意识又在各重要人物形象的“自我观照”中透露出来，于是从不同的角度表现了剧作家的主体意识。四大悲剧主人公形象（哈姆莱特、李尔王、奥瑟罗、麦克白）颇富深远意义，其人其事充分反映了社会转型时期伟大的人文主义者对人的价值、尊严和道德力量的关注，对超现实、超自我、超时空的人伦规范的追索。

《哈姆莱特》是莎剧代表作，也是剧作家在“性格悲剧”方面的创新之作，成为欧洲戏剧史上的奇美高峰。悲剧冲突发展，从正义复仇与封建阻力的矛盾，到光辉理想与阴暗现实的矛盾，突出了丹麦王子哈姆莱特的性格特征。从实质上看，他是16世纪末17世纪初英国人文主义的典型，剧作家把自己的全部人文主义思想感情注入王子的形象。诚然，王子在斗争中有时“因循隐忍”，徘徊不前；但就整体来看，他是勇敢而坚定的。他像恩格斯所指出的文艺复兴时代的“巨人”，具有“巨人”式的“完人的那种性格上的完整和坚强”。他有浓烈的“自觉意识”、坚强美好的理想，坚持社会改造，宁愿为“重整乾坤”而受苦难。这种“自觉意识”始终贯穿在他为父复仇的思考与行动之中。就舞台上的王子来说，忧郁延宕，并且行动又是彼此渗透的。这在不同的阶段各自有不同程度的表现，有不同方面的突出。王子为父复仇与“重整乾坤”的坚定性，连同他的忧郁延宕，并非出自“天性”，而都和他的生活经历有密切关系。按照马克思主义的观点，忧郁永远伴随着王子，没有王子的忧郁，也就没有王子的最后行动，王子的最后行动不是偶然的。忧郁的王子一直是清醒的社会批评家，装疯完全出于斗争的需要，他从来不是“一半真疯、一半假疯”。王子的忧郁不是畸形的个性，它表现了忧郁的时代精神。忧郁从何而来？人文主义者坚持社会改造，却又找不到有效的途径，而且力不从心，于是忧从中来。与忧郁关系密切的延宕，固然拖延了行动，挫伤了锐气，但它还有表现王子的冷静思考的一面。王子不乏行动的决心，但不明白如何行动，如黑格尔所说：“他所犹豫的不是应该做什么，而是应该怎么做。”这里的延宕描写是必要的，蕴含着积极的审美意义。哈姆莱特性格上最显著的特征，显然是忧郁、敏感，勤于思考、善于剖析、易于冲动。不过，哈姆莱特是一个极为复杂的人物。作为当时先进的人文主义者，王子勇于探索，但思考多于行动，剖析偏于哲理。在黑暗社会里，他立志为人民大众“重整乾坤”，却又脱离人民，孤军作战，这是王子的悲剧根源。哈姆莱特以人文主义理想为精神支柱，以人文主义原则为批判武器，打击封建社会的罪恶，揭露资本主义社会的阴暗面。作为人类历史上第一个具有莎士比亚戏剧审美意义的“表达了世界悲哀的人”，这一形象具有深刻的典型意义。王子关于人的生存意义的著名的内心“独白”（“生存”与“毁灭”）[1]，他的自我观照、自我剖析以及对内心的真实（危机感、灾难感和荒诞感）的揭示，颇有启迪性。难怪有些当代学者把莎翁戏剧人物的“沉思”与存在主义联系起来。人们不仅能从哈姆莱特的战斗中理解人

1　即“To be or not to be，that is the question.”朱生豪译为：“生存还是毁灭，这是一个值得考虑的问题。”

文主义者的革命精神，而且可以从王子的忧愤中听到时代的脉搏。更为重要的是，剧作家赋予王子与时俱进的历史性、现代性和超前性。如何评论王子，奥菲莉娅如是说："朝臣的眼睛、学者的辩舌、军人的利剑、国家所瞩望的一朵娇花；时流的明镜、人伦的雅范、举世瞩目的中心。"（第三幕第一场）在"混乱颠倒"的时代，王子反复思考"如何具备一个人所能有的无限美德"（第一幕第四场），深切关爱人类命运和人性走向。人性走向和美前景又如何，王子如是说："宇宙的精华！万物的灵长！"（第二幕第二场）在这里，剧作家借王子之口，道出了人伦道德修养的范式和人类理想航向的终极所在。

哈姆莱特的悲剧是一代人文主义者的悲剧，其意义颇有超时性。他惩罚了敌人，也牺牲了自己，而且没有完成既定的具体任务，因为当时还缺乏人文主义者必然胜利的历史条件。他的"重整乾坤"的斗争确实失败了，但他对人生意义、人的远大理想的探索，他的改革社会的雄心壮志，以及关于伦理学终极意义上的"人"的形象的绘制，将永远激励人们大步前进！在世界文学史上，哈姆莱特是作家表现个人与社会冲突、理想与现实矛盾的杰出的艺术典型。这一形象对后世四百多年来的进步作家所塑造的社会叛逆人物形象有深远的影响。这一形象至今还在闪耀着艺术光辉，还有重大的认识价值和美感教育作用。

莎士比亚笔下的李尔王也并非天生是暴虐无道的昏君。剧作家根据斯宾塞的《仙后》、恺末帧的《执政官之镜》和贺林希德的《英格兰史》，有理由认为：不列颠王李尔原来是人民群众心目中的"好国王"。他任人唯贤，奋发图强，使国家繁荣富饶，受到肯特、葛罗斯特等大臣的称赞。后来，李尔王长期身居至尊地位，年老懵懂，远离人民群众，逐渐成为封建暴君。暴君李尔王把国土分封给长女和次女，而放逐三女。不久，他受到长女、次女及其女婿的虐待、驱逐。在苦难中，李尔王觉醒了，进行“自我反省”，但悔恨已晚，在疯狂中死去。李尔王生活的三个阶段，展示了他的思想、性格的演变。在演变中，李尔王的“自觉意识”相当突出。他出场时已是一个独断专横的暴君；不过，从他的作为中，仍可看出他也有人文主义理想。他把国土分封给女儿和女婿，有避免后代争权夺利而追求和谐生活的意图，这至少可以说明他相信美好善良的人性，相信自己的威望与信仰。问题在于那个恩爱冷却、友谊断绝、兄弟阋墙、父子反目的时代，钱欲和权势异化了人性，使李尔王的威信与信仰破灭，这就大大地削弱了他的“自觉意识”，几乎连自己也不信任了。大自然的暴风雨侵袭着他的肌肤，内心的暴风雨洗涤了他的灵魂，他越接近人民的疾苦，就越为不幸的人们设身处地地思虑。从此，李尔王的“自觉意识”进入更深的层次。在郭沫若的历史剧《屈原》中，屈原口诵的“雷电颂”，与李尔王的这一段“独白”颇有相似之处，两者都通过自然元素（风、雨、雷、电）抒发胸中的愤懑，揭露社会的不平。在剧作家笔下，从独断专横的暴君李尔王到体察民间疾苦的疯李尔王，是“人性复苏”的过程。莎翁让李尔王强调的“孝道”，并非提倡愚孝愚忠的封建王道，亦非盲目尊崇的宗教神道，而是符合自然人性的人道。依荒野上的李尔王之见（第三幕第二场），子女如不孝亲、敬亲，甚至忤逆虐待父母，就会破坏自然人性：天昏地暗，日月不明，暴风劲吹，电闪雷鸣，倾盆大雨不停。有人认为，考狄利娅对李尔王所说的那一段“孝亲报恩”的话（第一幕第一场第96—98行），其思想源出《圣经》(《以弗所书》6:1—2，《出埃及记》20:12），值得重视。莎士比亚戏剧思维与《圣经》关系极其密切，但剧作家特别关注的是《圣经》中在道德伦理方面的“瑰宝和真金”，他常常把天堂神性的训示化为世俗人性的感悟，此处涉及的即其一例。莎翁借助李尔王所呼吁的孝道（孝亲报恩）是一种美好的道德伦理义务，与我国元典文化中儒家孝道理论可以彼此关照。依《孝经》之说，作为“百行之本”、“百善之先”的孝，乃是伦理之本源，道德之总纲。莎剧也好，中华文化元典也好，关于作为“人伦本原”的孝道的宣传，对于当代中国社会来说，有的（如按“尊卑有序”的孝道伦理的原则，“子辈必须绝对服从父辈”）因失去其产生的历史基础应予以科学的扬弃；有的（如推行孝道，下孝上慈，从家庭和睦到社会和谐）仍是我们应该科学地继承的精华，它对提高现代人的道德伦理素质有积极的促进作用。

如果说，哈姆莱特的“自觉意识”越来越强，逐渐形成了自己的坚强的性格，那么，摩尔人奥瑟罗的“自觉意识”则越来越弱，他在较长的一段时间里曾经迷失本性，铸成大错。奥瑟罗本来是新兴的资本主义发展关系中有积极冒险精神的新人，他英勇坦率，品德高尚，自爱爱人，自信信人。这种正面的素质曾促使他获得爱情的胜利，他和苔丝德梦娜的爱情战胜了封建门第观念和种族偏见。但奥瑟罗和苔丝德梦娜都不能识破极端利己主义者伊阿古的阴谋诡计，堕进了灾难的陷阱，成为资本原始积累时期邪恶社会势力的牺牲品。就奥瑟罗本身而论，这也可能是由于他“自觉意识”的弱化所致。其实，从另一角度思考，伊阿古的“自觉意识”倒是相当强烈的，而且极端个人主义化，乃至认为别人（凯西奥）的美好“简直每天都在出我的丑”。于是，他把“自我”突出到否定一切的程度。他和奥瑟罗同是资本主义“冒险时代”的产物，不过他是属于极端个人主义冒险家范畴的。奥瑟罗的冒险精神充满了人文主义的“自觉意识”。我们认为，奥瑟罗本身的弱点也很明显，他扼杀苔丝德梦娜，似如一般人所说，不是出自“天生”的嫉妒之心，而是出于轻信。他轻信伊阿古对苔丝德梦娜的诬陷，以为扼杀不贞洁的妻子是为社会惩罚邪恶。然而，轻信（包括轻信自己的主观判断）也是一种弱点，它可以引起嫉妒。奥瑟罗把个人的“尊严”、“荣誉”看得高于一切。他在“自我毁灭”的“告别辞”中，为自己的过失做辩护，拼命维护自个儿的“尊严”与“荣誉”。如T·S·艾略特所说，他采取了一种“美学上的而并不是道义上的姿态”，成功地把自己转变为一个令人感动的悲剧人物。在这里，他并不像哈姆莱特那样，认真地自我观照，深切地自我剖析。如果说，他在伊阿古的耍弄之下，“自觉意识”逐渐淡化，那么，等他走向极端的个人“尊严”和“荣誉”时，他那“自觉意识”也就异化了。在这里，剧作家描写奥瑟罗人性向负面异化，运用了悲悯而惋惜的笔墨，意在警示：不可“轻信”，“轻信”也会引起不道德的“嫉妒”，乃至“犯罪”。

苏格兰的“人民英雄”、大将麦克白变为弑君篡权、谋杀朝臣的野心家与专制暴君的故事，令人惊心动魄，如约翰·巴雷（John Barley）在《莎士比亚与悲剧》（*Shakespeare and Tragedy*）一书中所说，在莎翁的几个重要的悲剧主角中，麦克白的“自觉意识”最浓重，毅力与雄心最坚强，正是他的坚强的性格使他敉平挪威人支持的叛乱，成为卫国勇士。同时，这种性格又使他胆大妄为，不断地加重血腥罪过，直至毁灭。[1] 总观麦克白的全部生活与性格发展，不难看出剧作家从人文主义出发，力图写出麦克白性格中善与恶、雄心与野心的交战，又无时无刻不在受当时环境的影响，无时无刻不反映社会阶级特征。在当时特定的环境中，麦克白肯定个人的原则之一即个人对别人的统治，于是确认当

1　参见John Barley, *Shakespeare and Tragedy*. London: J. M. Dent, 1943。

上国王就能成为干一番事业的伟人，野心从此滋长起来。双方交战的结果，恶战胜了善，野心战胜了雄心，麦克白走上了精神毁灭和肉体毁灭的道路。从另一角度看，这个斗争正好说明，麦克白的性格中并非毫无正面素质。他那杰出的将才、勇敢的气质、坚强的毅力，竟被有卑劣情欲的社会邪恶势力腐蚀殆尽。他本来可以发扬正面素质而成为造福人民的英雄，但在权欲横流的社会条件下堕落为祸国殃民的专制暴君。在这一方面，不能不引起人们的叹息与同情。从悲剧的主体结构考虑，野心家麦克白是忠实于自己的权欲的，他的一切血腥罪行，尤其是“以不义开始时，必须用罪恶使它巩固”的顽固性，令人憎恶愤恨；可是，就他性格发展中的若干重要“部件”考虑，他也有过悔恨、赎罪、“负疚”的心情，甚至最后把死亡与毁灭当作超脱自己的灵魂、解除自己精神上苦痛的唯一办法（“吹吧，狂风！来吧，死亡！”），他到底无法拒绝作恶的苦果和该受的酷刑，在这一点上，也不能不引起人们的怜悯与深思。麦克白的经历与毫无正面素质的反面人物不同，他的悲剧不是单一的“恶行的悲剧”、“痛苦的悲剧”、“灭亡的悲剧”。有人比较莎剧《麦克白》与中国京剧《伐子都》[1]，认为麦克白与子都两个野心家都杀害了自己的战友，都在“宴会”上遇鬼，并受到惩罚。但由于后者未突出人物的心理活动线索，戏剧效果就明显地不如前者。这一论断完全符合两剧的实际。麦克白的心理活动线索，使他的悲剧涂上了一层奇异的色彩。麦克白的美学意义大抵在于此，这也是麦克白艺术形象的魅力所在。

综观四大悲剧主角，不难看出，莎士比亚的悲剧实质上是文艺复

---

1 参见方平：《〈麦克贝斯〉和〈伐子都〉》，《三个从家庭出走的妇女——比较文学论文集》，北京：外国文学出版社，1987年，第206—225页。

兴时期人文主义者的悲剧，正面人物与反面人物的斗争，还有人物内在的善与恶的斗争，表现为人性与非人性的斗争，斗争的结局虽然充满了沉重的悲剧性，却从未丧失对人文主义理想的信心。莎士比亚大概接受过希腊悲剧的影响，可是剧作家根本不承认“命运”是生活悲剧、政治悲剧、哲理悲剧的基础，他强调人物性格对悲剧形成的作用。他在悲剧中突出人物个性、情欲、自觉意识与心理活动，把人物的外在矛盾溶解在人物的内在矛盾之中。可以说，这是莎士比亚对欧洲近代戏剧的重大贡献。莎士比亚的“性格悲剧”与时代背景、社会条件、生活环境有着密切关系，并且有积极的思想性。悲剧人物哈姆莱特的忧郁（连同他的“人”的生存意义的探索）、李尔王的刚愎（连同他的“人性复苏”）、奥瑟罗的轻信（连同他的“人性淡化”）、麦克白的野心（连同他的“人性沦丧”），无一不在一定的社会条件下形成，他们的悲剧无一不具备伦理道德教育作用，透过这些人物悲剧性格的深层结构，可以看出复杂的社会矛盾，也不难发掘其深远的社会意义和引人深思的审美价值。[1]

四

创作晚期（1609—1613），莎士比亚的人文精神探索经受了严峻的考验，他进一步辨识和确认崇高的人文主义理想与卑劣的封建现实之间存在着不可调和的根本矛盾，在现有条件下难以找出自己执着向往的和美“理想园”的有效途径。在这种情势下，戏剧诗人并未离弃揭批假恶丑社会黑暗势力的决心，以及企盼人类在真善美的未来世界无限美好的

1　参见拙文：《莎士比亚戏剧人物的审美意义》，第34页。

信心。如此“决心”为如此“信心”服务，而如此“信心”又强化了如此“决心”。在这种情势下，戏剧诗人的创作思路发生了明显而重大的变化，从悲剧编写转向传奇剧编写。他采用神话式传奇性人物故事，再现人世间的悲欢离合，揭露社会现实的阴毒残酷，宣扬解决社会冲突问题的“超自然力量”，提倡人文主义的人性感化、“恕道”精神和道德自我完善，描绘“化敌为友”、“改恶从善”的范例，建构奇美和谐的“乌托邦”。这一时期的传奇剧融合了悲剧和喜剧的各种因子，有悲喜剧（tragicomedy）的风韵，除开众所周知的《辛白林》、《冬天的故事》、《暴风雨》，还有20世纪七八十年代新从弗莱彻集转入莎士比亚全集的《两位贵亲戚》（*The Two Noble Kinsmen*）。

《辛白林》的故事发生在英国和意大利之间。英国国王辛白林偏听偏信后妻（王后）的谗言，不许他和前妻所生的女儿伊摩琴嫁给波塞摩斯，逼迫她和后妻带来的儿子（与前夫所生）克洛顿结婚。伊摩琴不喜欢地位高、财势大而品德卑劣的克洛顿，她偏偏爱上了地位低下而德才兼备的波塞摩斯。辛白林下令禁锢伊摩琴，驱逐波塞摩斯。这时，英国和罗马正在打仗，波塞摩斯等人帮助王军打败了罗马人。最后，怙恶不悛的克洛顿母子自食恶果，聪慧勇敢的伊摩琴战胜了重重艰难险阻，与波塞摩斯终于“破镜重圆”。觉醒了的辛白林痛改前非，也获得了善报，怀着无比高兴的心情，与失去的儿女们团聚。剧作家创作这出戏的意图在于惩恶扬善，抨击现实社会中损害纯正人伦道德的邪恶势力，歌颂人的智慧才能和道德力量。

《冬天的故事》的情节在西西里和波西米亚两处展开。西西里王里昂提斯，无故怀疑王后赫美温妮和波西米亚王波力克西尼斯通奸，要予以严惩，但神示证明王后无罪。赫美温妮隐居在一位大臣家里，但放出话，说“已死去”。里昂提斯经过长期反思和悔恨，终于醒悟并发现赫美温妮“复活”。他和贞洁贤良的王后复归于好，并与道德高尚的波力克西尼斯恢复了友谊，他的女儿潘狄塔和波力克西尼斯的儿子弗罗利泽也结为夫妻。此剧在揭露封建帝王专横、冷酷的劣根性的同时，热切地寄希望于道德“自我完善”。这种道德“自我完善”适用于人人，上至帝王将相，下至平民百姓。此剧喜剧式大团圆的结局，充满了宽容精神与和谐气氛。

《两位贵亲戚》系莎士比亚和约翰·弗莱彻（John Fletcher）合作的剧本，于1613年写成。此剧取材于杰弗利·乔叟（Geoffrey Chaucer）的叙事诗《坎特伯雷故事集》之“骑士的故事”[1]，有些创意性的增删。主要线索描写古希腊雅典君主忒修斯执政时期，两位贵族表兄弟巴拉蒙、阿奇特（底比斯国王克瑞翁的外甥）同恋忒修斯的妻妹伊米莉娅（又称爱密丽）的纠纷。这一对亲如手足的表兄弟在狱中相互鼓励，团结友爱，共渡难关，后因同恋一女而反目成仇。在判定“爱情归宿”的比武决斗中，阿奇特虽然是胜者，但胜者因纵情狂欢坠马而死，败者巴拉蒙最终获得了伊米莉娅的爱情，葬礼和婚礼先后举行。这一奇特浪漫的悲喜剧渲染人的命运叵测，灾难与幸福变幻无常，不过，最引人关注和最激动人心的，还是忠贞的爱情与真挚的友谊。比如，剧终前忒修斯放弃了他的“审判职能”，他为阿奇特的葬礼而悲戚，为巴拉蒙的婚礼而欢畅。此时此刻，没有仇怨和惩罚，爱情、友谊、仁慈、宽容、和谐汇成令人久久难忘的弘扬优美人性的交响乐。

《暴风雨》不仅是莎士比亚创作晚期传奇剧的代表作，而且是前期

1 参见绿原:《假不假？假而不假（代序）》,《爱德华三世·两位贵亲戚》，绿原译，北京：人民文学出版社，2002年。

剧作和中期剧作的回音壁，就其内容度量宏大、技艺圆熟精湛而言，这一曲优美的“和声乐”，是天才的艺术家思想与创作的总结。[1]不仅如此，其中所蕴含的颇富超前性的精神探索与艺术探索，对今日关于“社会转型与道德伦理建设”的研讨，颇有启迪意义。

《暴风雨》的戏剧故事发生在15世纪的意大利北部。剧中主人公是旧米兰公爵普洛斯彼罗，秉性仁慈，德高望重，勤奋好学，精通魔法。他为了专心研究学术，委托安东尼奥治理国事。安东尼奥道德败坏，野心勃勃，觊觎“王位”已久。他抓住代理朝政的机会，不惜出卖公国的利益，勾结那不勒斯王阿隆佐，篡夺大权，将普洛斯彼罗和他的独生女儿米兰达驱逐出境，任其在海上四处漂流。这正是当时人与人之间关系急剧恶化和人的权势欲畸形膨胀的一个集中表现。普洛斯彼罗漂流到一座小荒岛上，为了父女的生存，他用法术征服了这里的精灵鬼怪，成为荒岛上的主人。十二年的流亡生活，让他认清了安东尼奥和阿隆佐的罪过。经过十二年的辛勤建设，他使荒岛变成了神奇的“童话世界”。戏剧从安东尼奥和阿隆佐等人在海上遇险，被普洛斯彼罗的风暴吹上小岛写起，“往事”都是通过人物补叙的。安东尼奥初到小岛，曾继续作恶，他以为那不勒斯王子腓迪南已被海水淹死，便趁机怂恿阿隆佐弟弟西巴斯辛弑兄篡位，开始施行一系列谋杀诡计，幸有普洛斯彼罗的阻止和感化，未能得逞。安东尼奥其人其事与喜剧《皆大欢喜》中的弗雷德里克“逐兄篡位”、悲剧《麦克白》中的麦克白“弑王篡位”比较，并非简单的重复，而有其“与时俱进”的新意和更为深广的批判意义。

1 参见邵旭东和王忠祥:《〈暴风雨〉的主题及其它》，阮珅主编:《莎士比亚新论：武汉国际莎学研讨会论文集》，武汉：武汉大学出版社，1994年，第176页。

值得特别关注的是，戏剧创作中普洛斯彼罗的道德伦理观和米兰达、腓迪南热恋的优化环境。普洛斯彼罗对待恶人的改造办法，是通过道德感化，引起对方情感净化（伴随颇富人性的批判斗争）。他认为："道德的行动较之仇恨的行动是可贵得多的。"他希望恶人为自己所干的坏事痛心疾首，幡然悔悟。普洛斯彼罗的心愿到底获得实现，安东尼奥和阿隆佐觉醒了，乐意接受道德感化教育，下定决心改过自新，将公爵宝座还给普洛斯彼罗。米兰达在普洛斯彼罗所创造的梦幻世界"长大成人"，她心目中的人和环境，都同她一样，美好而纯真："人类多么美丽！啊，新奇的世界，有这么出色的人物！"她接受了大自然的恩赐，深深地爱上了被暴风雨卷上荒岛的腓迪南；尚未受到人世利欲玷污的王子，对这个纯美的少女也是一见钟情。他们的爱情既获得普洛斯彼罗的关怀，又有爱丽儿和众精灵的支持（他们扮演希腊罗马神话人物故事，"祝福这一对璧人"）。米兰达与腓迪南的真挚、纯洁的爱情，可以和拉山德与赫美娅（《仲夏夜之梦》）的爱情、罗密欧与朱丽叶（《罗密欧与朱丽叶》）的爱情媲美，同样表达了莎士比亚提倡个性、平等、自由的爱情观。然而，米兰达与腓迪南的爱情更能反映剧作家的理想：不仅以诚信的互爱为基础，而且在谐美的环境里不受任何束缚（包括家庭的阻挡和社会的干扰）。他们不必偷偷地私奔，也无须在花园里相会并私订终身。像米兰达和腓迪南所享有的这种"畅行无阻"的爱情，无疑只能出现在剧作家所向往的理想社会之中。莎士比亚式的自由人性的理想社会何以可能，剧作家难以做出科学确切的答案，但他通过剧中人物忠诚的大臣贡柴罗描述了"理想的共和国"。贡柴罗所建构的人人幸福的乌托邦，与《皆大欢喜》中的"黄金时代"、《李尔王》中的"贫富平均"的追思交相呼应，集中地反映了剧作家毕生的求索——人文主义生活、政治与道德理想：清除人间罪恶，消灭贫富差别，反对纷乱战斗，追求和平谐美。其中，不劳动而靠天吃饭的幻想当然不可取，但也不必因此而忽视其颇富人民性的理想的光辉。在《暴风雨》中，剧作家饱蘸浪漫主义的墨汁，曲折地反映了社会现实的冲突。普洛斯彼罗所代表的符合人性的正义力量和安东尼奥所代表的丧失人性的邪恶势力的斗争，正是17世纪英国社会矛盾的写照。普洛斯彼罗创造的“梦幻世界”，贡柴罗讲述的“乌托邦”，还有米兰达和腓迪南心心相印的爱情象征着人类的和谐，都是对黑暗现实的否定。普洛斯彼罗的形象和荒岛上演出的“喜剧”，也反映了剧作家晚年的思想活动：厌恶丑恶现实，向往理想世界，探索和谐途径，提倡道德感化。有人认为，《暴风雨》一类传奇剧就是浪漫主义戏剧，有一定的道理。不过，浪漫主义戏剧也有强烈的现实主义精神。莎士比亚的“幻想的对象”建立在丰富的生活经验的基础上。由于这种“幻想的对象”来源于现实生活，它才能那么“奇妙动人”，“无限美好”。

莎士比亚在晚期创作的传奇剧有其突出的特色，从思想内容到艺术技巧凸现了“谐美”剧情，由混乱分裂到和平统一，由冷色变亮色，由悲情转喜悦。戏剧情节结构一般采用周而复始的“圆形”方式，这种方式符合大自然的规律。在我国莎学论坛上有此一说，莎士比亚晚期创作的传奇剧（甚至连同此前其他戏剧）的幻化理想削弱了社会批判力量，其实不然。仍以《暴风雨》为例，如前文所提及，此剧升华了过去莎剧中的道德伦理理想，甚至含有空想社会主义成分。剧作家面对日趋黑暗的现实，提出自己长期向往的理想社会，乃至建构谐美的道德伦理乌托邦，与丑恶污浊的现实形成鲜明的对照。由于时代的局限，剧作家不可能找到实现理想的正确可行的通道，然而，这种体现人民大众愿望而且具有特强吸引力与生命力的人文主义理想，定会使人们“对现存事物的永世长存”发生怀疑乃至彻底否定。其对现实的深刻批判是客观存在的，而且具有特殊的积极进步意义。

五

巡视莎剧创作各阶段所反映出来的戏剧诗人的“心路历程”以及精神探索的史迹，不难发现两个可供“再思考”的要点：其一，莎士比亚不是单一的社会学范畴的“人学家”或道德家，而是审美的“人学家”；他的精神探索常与艺术探索结伴而行，如我们所知，两者同步前进。其二，莎士比亚戏剧融合着多元文化，主要承受了古希腊罗马文化、希伯来文化、中世纪宗教文化，以及欧洲社会转型时期早期人文主义文化的影响。莎剧在承传的基础上超越而创新，在创新过程中为后世留下了许多值得演绎的代码，特别是在古典性、近代性、现代性、当代性和世界性大汇聚及其并存互照方面。

莎剧具有穿透时空的魅力，何以可能？只能从剧作家的两个探索中寻求答案。莎剧所建构的崇高的道德伦理乌托邦，何以可贵？贵在弘扬人性的真善美，“真”在诚信，“善”在仁慈，“美”在和谐。

在莎士比亚精神探索和戏剧思维活动中，用什么样的世界观改善人与社会、人与人、人与自我、人与自然的关系，可以参考并补充一位莎学家的意见[1]，借用从古代到文艺复兴早期四位诗人、作家的四句“名

1 著名莎学家杨周翰在《莎士比亚如是说》中认为，可以用维吉尔和西塞罗的话语概括莎士比亚戏剧的见解。参见中国莎士比亚研究会主编:《莎士比亚研究》(创刊号)，杭州：浙江人民出版社，1983年，第58—66页。

言”予以概括：1. 古希腊诗人阿喀罗科斯在一首抒情诗中高唱：“爱情的力量多么伟大！”2. 古罗马诗人维吉尔在《牧歌》第十首中强调：“爱征服一切，让我们屈服于爱吧！”3. 古罗马作家西塞罗在《神性论》中欢呼：“宇宙和谐的歌唱！”4. 意大利作家薄伽丘在《十日谈》第十天第八个故事中赞叹：“友谊是一种神圣的东西！”这是按时序排列的。其中，第一、二句包括情爱和人类普遍之爱。第三句的“欢呼”最重要，它涵盖其他几句话的意义。“宇宙和谐的歌唱”，点明“宇宙和大自然是一个和谐的整体”。它把个人之间的爱和友情扩而大之，“包括了全宇宙，体现了把纷乱的人类社会建成一个有秩序的社会的理想”[1]。

莎士比亚能够承传这样的伦理道德思想，而且经过戏剧创作思维活动赋予他的作品以时代精神——人文主义的爱情观、友谊观、国家民族统一主张等。戏剧诗人在他的《亨利四世》、《亨利五世》等历史剧中，竭力反对扰乱和平安宁生活的封建割据、争权夺利的封建战争，呼吁人们关注国家民族的统一。莎士比亚在《威尼斯商人》、《仲夏夜之梦》、《第十二夜》等喜剧，以及《暴风雨》等传奇剧中，积极警示和谐的社会关系常常依靠爱与友谊维系，而友谊也以爱为出发点和核心。他的喜剧大多宣扬人有追求个人幸福和自由的权利，而且这是人生的目的和人性的本能。这些喜剧均以爱情与友谊为主题，争取爱情自由和个性解放的要求，具有反封建和维护人权的积极意义。莎士比亚的戏剧（包括已提及的历史剧、喜剧和传奇剧），特别是《哈姆莱特》、《李尔王》、《麦克白》、《奥瑟罗》等悲剧表明，全人类都有共同的天性，不

1 杨周翰选编：《莎士比亚评论汇编》（上），北京：中国社会科学出版社，1979年，第58页。

论帝王将相、贩夫走卒、智愚贤劣以及种族信仰各方面的差异，人性总有相通之处，这也有反封建意义。依戏剧诗人之见，人性中最可取、最优美的是高贵、诚信、仁慈。“高贵”力量无穷，净化升华性能强大，可使人成为“宇宙的精华！万物的灵长!”(《哈姆莱特》);“诚信”与“仁慈”极富亲和作用，可以调和人与人之间的关系，使之日趋和谐，“慈悲调剂着公道”(《威尼斯商人》)。依戏剧诗人之见，人性和大自然一样，有善的一面也有恶的一面；他力求人性发扬美好善德战胜卑劣邪恶，认为坚持道德伦理教育，人类就会无限地向善，即使有恶也会改恶从善。莎士比亚的人性论和自然观交织在一起，在《李尔王》中，戏剧诗人让李尔王受尽丧失人性的两个女儿的欺侮后惨叫:“谁能告诉我，我是谁?”(Who is it that can tell me, who I am?)违反了人性，也就违反了大自然，善良的三女儿考狄利娅死后，大自然混乱了！戏剧诗人在当时只能借助人性的“真善美”去战胜现实世界上的“假恶丑”。

戏剧诗人的伦理观以人为中心，将人提升起来；以现世为基础，从惩恶扬善到改恶从善；以理性为准则，确立优良道德规范；以普遍和谐为理想，力求人性从异化到复归。终极目的在于：建构戏剧诗人执着追求的和谐的“理想王国”——“道德伦理乌托邦”。实事求是地说，作为当时最优秀的人文主义者，莎士比亚同样处在自我异化之中；但他并不以此为满足，并不特别欣赏在异化中获得的生活外观。他深切同情劳苦大众丧失一切合乎人性的东西，甚至丧失了合乎人性的外观。莎剧反映出来的思维活动蕴含着如此强烈的人性论，至少在客观上与今日无产阶级为恢复人性本来面目的斗争并不矛盾。可否这样思考：依据马克思主义伦理学观点，人的道德品质上的善恶，即人的本性，不是先天的而是后天的，它具有社会性和可变性。通过道德教育与道德修养，人的道德品质锻炼的提高不仅可能而且必要。由此观之，并结合文学文本举证，莎剧中哈姆莱特、麦克白、李尔王、奥瑟罗四大悲剧典型，表现了人性的社会性与可变性。莎剧的各类人物表明了戏剧诗人在创作活动过程中的思维走向，祈望现实中人们强化道德教育与道德修养，在不断克服自己弱点（乃至假恶丑）的同时，不断完善自己（乃至真善美），就可能成为“万物的灵长，宇宙的精华”，也就是我们常常夸赞的“高尚的人，纯粹的人，脱离低级趣味的人”。如果进一步借用萨特、哈贝马斯等作家、哲学家、评论家的带有警示性的语录观照莎士比亚的戏剧，其现代性与当代性的意义则更为明显。萨特说：“人是自由的，懦夫使自己懦弱。”他认为：“存在主义是一种人道主义。”哈贝马斯在解释交往伦理学时，强调指出“新理论”图景：通过交往与对话改善人与人之间的关系，社会各层次成员相互理解，和平共处，从而走向社会和谐的目标。所谓“乌托邦”（Utopia），指向不在时间与空间中存在的事物，它的存在形态是抽象化、“纯观念性”的，是执着渴望未来的“可能性的投射”，而这种投射对现代社会主义伦理道德世界的积极求索仍有其现实意义。[1]

莎士比亚戏剧混合运用浪漫主义、现实主义、象征主义方法，调动多种艺术手段凸现人性、“以人为本”的道德伦理体系，追求终极道德伦理乌托邦，虽然由于缺乏科学发展观和主客观局限而难以兑现，却又是十分吸引人的美好幻想。这种道德伦理体系正是建立在人性平衡的规律上，戏剧诗人的道德理想及其对善恶界限的划分也正是出于他对普

1 参见朱立元《当代西方文艺理论》（上海：华东师范大学出版社，2005年）中“哈贝马斯”部分；并参考有关“哈贝马斯与交往伦理学”的其他著述。

遍人性质朴的辩证观察。莎士比亚理想的人性，还可以说是作为个体的人和整体的人在自然属性和社会属性上的平衡与充分完满的实现（为己利他等），这一切无疑会引起当代人的思考和共鸣。运用文学伦理学批评方法论，并采取审美心理学视角，考察莎剧中理想的人性和真善美一体的道德规范，它还可能激励当代人。是否古人和今人由于“历史沉淀作用”，前者与后者的心理结构有相呼应的“同构”关系[1]？这里的人性是感性中有理性，知觉情感中有想象，个体中有社会群体。由此可见，莎士比亚在戏剧创作思维活动中所形成的人性论内涵极其丰富，其“现实意义”与时俱进。也许，这是作为“打开了时代灵魂的心理学”的莎剧“说不尽”以及莎士比亚戏剧研究日新月异的另一重要原因。

1 参见李泽厚的《美的历程》（北京：文物出版社，1981年）、《走我自己的路》（北京：三联书店出版社，1986年）等著作。

莎士比亚戏剧的终极关注[1]

梁　工

恩格斯在称赞歌德摆脱了“宗教桎梏”时对莎士比亚有所诟病：“歌德很不喜欢跟‘神’打交道；他很不愿意听‘神’这个字眼，他只喜欢人的事物，而这种人性，使艺术摆脱宗教桎梏的这种解放，正是他的伟大之处。在这方面，无论是古人，还是莎士比亚，都不能和他相比。”[2]此语尖锐地指出，莎士比亚戏剧中存在着显而易见的神学话语和宗教意识。这一洞见已为不少学者所印证，如海伦·加德纳认为，莎士比亚“对《圣经》了如指掌……似乎比他同时代的大多数剧作家对《圣经》都精通许多……他是《圣经》的讲读者，而不仅仅是旁听者”[3]。罗兰·M·弗莱深入辨析莎剧中的神学隐喻后断言，莎士比亚精通当时的神学，“不论严肃地或者戏谑地引用某个神学概念，对它的理解都十分

1　原文发表于《外国文学研究》2007年第1期。梁工（1952—），河南大学比较文学与比较文化研究所教授，主要研究《圣经》文学和比较文学。曾主编《莎士比亚与圣经》上、下册（北京：商务印书馆，2006年）。

2　恩格斯：《英国状况：评托马斯·卡莱尔的〈过去和现在〉》，《马克思恩格斯全集》（第一卷），北京：人民出版社，1963年，第652页。

3　海伦·加德纳：《宗教与文学》，沈弘等译，成都：四川人民出版社，1989年，第71页。

正确”[1]。威尔逊·奈特亦称，莎士比亚的许多剧本都“笼罩着宗教仪式的宏伟气氛，贯穿着崇高的正统的基督教精神……莎氏笔下的英雄，每个都是一个小型的基督”[2]。

这些论断使人意识到，从事莎剧研究时不可忽略宗教的维度。在20世纪最负盛名的新教神学家保罗·蒂利希看来，“宗教，就该词最宽泛最基本的意义而论，就是终极关注”[3]。本文尝试运用“终极关注”[4]概念对莎剧中的宗教问题进行初步考察。

一

“终极关注”的含义可借其与“日常关注”或“一般关注”的比较做出解释。蒂利希分析道，人像其他动物一样，关注许多事物，首先是那些限定自身生存条件的日常事务，如食品和住处。但人还有区别于其他动物的独特性，表现为对多种精神现象（如审美活动和社会思潮）的关注，而在此领域，有些显得特别紧迫甚至至关重要，即所谓“终极关注”。这个概念兼有主观和客观二重内涵，既指人无条件关注的状态，也指其无条件关注的对象。按蒂利希的理解，“无条件关注的对象”唯有“存在本身”，指的是一切存在物得以存在和赖以存在的基础和力

1 参见Roland M. Frye, *Shakespeare and Christian Doctrine*（1963）。转引自海伦·加德纳:《宗教与文学》，第71页。

2 威尔逊·奈特:《莎士比亚与宗教仪式》，杨周翰选编:《莎士比亚评论汇编》（下），北京：中国社会科学出版社，1981年，第422页。

3 保罗·蒂利希:《文化神学》，陈新权等译，北京：工人出版社，1988年，第7页。

4 “终极关注”（ultimate concern）：亦译“终极关怀”、“终极关切”、“终极眷注”等；笔者认为，其中“终极关注”的内涵最明确亦较准确。

量，它比一切存在物都更为根本，既渗透于一切存在物之中，又不是任何存在物而无限高于任何存在物。用宗教术语表述，这个带有终极性的“存在本身”便是“上帝”。作为终极存在对象的上帝对人的存在具有至高无上的意义，因为他提供了人存在的范型和坐标，或隐或显地成为统摄人生的主线，“代表着一种从各种强权和人性沦丧的处境中把人拯救出来的实在化力量”[1]。这种力量既是虚无缥缈的，其作用又完全能在现实人生中经验到或感受到，这一点正是人们值得对他做出无条件承诺的充分理由；所谓“上帝仁慈”（公正、全知、全能、圣洁、至善、宽恕人、拯救人……）一类字眼，便是这一终极存在实际地介入人之存在或其日常生活的生动表述。它们形象地证明，上帝作为普世众生的呵护者，既是一种至高的存在，同时又遍及各处，无时无刻不影响着众生、改变着众生，引导着众生实现自我、超越自我。

学术界对莎士比亚戏剧的价值诉求早已做过精深繁详的揭示。面对人生，莎士比亚礼赞青春、爱情、友谊，主张破除禁欲主义、解放人的情感、维护人的自由、开发人的智慧、确立人的地位、保障人尽情享受快乐和幸福的权利；在社会政治领域，他痛斥昏君暴政，讴歌贤明君主，崇尚以仁治国，向往一个安定统一、祥和美满的社会。这些观念富含人类文明的精华，为莎剧赢得了绵延不息的盛誉。然而，莎士比亚的目光却未滞留于人世悲欢的寻常层面。透过芸芸众生的喜怒哀乐和世间万象的盛衰荣枯，他还进入人类心灵的最深层次，发现“人类精神生活的本体、基础和根源”[2]，在那里捕捉到人的终极关注，其核心意象便

1 曾志:《西方哲学导论》，北京：中国人民大学出版社，2001年，第218页。

2 保罗·蒂利希:《文化神学》，第8页。

是那个既神秘莫测又频繁隐现于凡俗话语中的观念性实体——上帝。莎士比亚的每个剧本都有独特的人物系列，如安东尼奥、鲍西娅、夏洛克之于《威尼斯商人》，哈姆雷特、克劳狄斯、雷欧提斯之于《哈姆雷特》……然而统观其全部剧作，还有一个无形的角色纵贯始终，那个角色缺席于直观的戏剧舞台，却出席于每个人物心中的舞台，对人们的心理、意志、情绪、言论和行为潜在地发生这样那样的作用。他便是基督教奉拜的上帝，汉语多译为“上帝”，有时亦作“神”、“上天”或“天”，偶尔也替换为“主”、“基督”或“耶稣基督”[1]。

二

莎士比亚的上帝观与基督教正统神学对上帝的理解如出一辙。基督教声称上帝具有种种形而上的或绝对的属性，如全知、全能、遍在、永恒等；还有一些圣爱的或道德的属性，如仁慈、至善、正义、信实等。这些属性无一例外地由莎剧人物做出忠实诠释。

先看绝对属性。莎剧人物笃信上帝的无所不知和无所不能。当奥赛罗因听信伊阿古的谗言而怀疑苔丝狄蒙娜失贞时，苔丝狄蒙娜在百口莫辩的困境中向上帝呼求：“愿上天监视我们的言行；我不愿以恶为师，我只愿鉴非自警！”（第五卷第569页）[2] 她深信上帝是全知的，必能见证自己的清白。在《亨利八世》中，凯瑟琳王后亦怀着上帝全知的信念斥

---

1 莎剧主要受到基督教一神论的影响，其上帝观念即以此为基础，但部分剧目中也有古希腊罗马多神论的痕迹。

2 莎士比亚：《莎士比亚全集》（六卷本），朱生豪等译，北京：人民文学出版社，1994年。本文所引莎剧引文均出自此六卷本，如无特别说明，只在文中引文后给出“卷”和“页”，不再设注释。

责道貌岸然的红衣主教伍尔习:“你们长着天使般的脸，可是上天知道你们的心是什么样的心。”（第四卷第189页）《终成眷属》中的海丽娜对照人与上帝的差异时说得更清楚:“人们总是凭着外表妄加臆测，无所不知的上帝却不是这样。”（第二卷第330页）在《李尔王》中，当葛罗斯特从悬崖上跌落而安然无恙时，爱德伽立即想起全能的上帝，对葛罗斯特说:“你应该想这是无所不能的神明在暗中默佑你，否则绝不会有这样的奇事。”（第五卷第523页）《亨利五世》中的亨利王在法军即将大举进攻的险境中焕发出“十二分的勇气”，预测到坏事将会变成好事的前景，不禁脱口而出:“全能的上帝！那邪恶的事物里头也藏着美好的精华，只要你懂得怎样把它提炼出来。”（第三卷第410页）在莎剧人物看来，上帝还是无所不在且永久长存的，如亨利王称，犯罪的士兵虽能一时逃脱法网，“却插翅难逃过上帝的手心”（第三卷第416页）；法国皇太子目睹敌军长驱直入而自己的队伍却难以抵御时，慨然叹息道:“永生的神啊！难道我们的几支旁系，竟一下子高耸入云，反而压倒了原来的树干?”（第三卷第393页）这些言论的表述方式固然有别于牧师布道，其中流露的上帝观念就基本内涵而言却无逊色之处。

再看上帝的道德属性。莎剧人物经常谈到上帝的仁慈和至善，以及相关的富于同情心、怜悯心，乐于宽恕人、救助人等，使观众看到一个博爱众生的在天之父。在《麦克白》中，老翁与洛斯对话时称“上帝祝福那些把恶事化成善事，把仇敌化为朋友的人们”（第五卷第226页），示意上帝的本性乃为善，不仅对人满怀爱心，还让人化恶为善、化敌为友。在《泰特斯·安德洛尼克斯》中，塔摩拉说，作为“高尚人格之真实标记”的慈悲来自天神，世人欲效法天神，就应有一颗慈悲之心（第四卷第514页）。在《威尼斯商人》中，鲍西娅与夏洛克进行法庭辩论时更是娓娓动听地陈述了慈悲之德的非凡功能和神圣起源：

> 慈悲不是出于勉强，它是像甘霖一样从天上降下尘世；它不但给幸福于受施的人，也同样给幸福于施与的人；它有超乎一切的无上威力，比皇冠更足以显出一个帝王的高贵；御杖不过象征着俗世的威权，使人民对于君上的尊严凛然生畏；慈悲的力量却高出于权力之上，它深藏在帝王的内心，是一种属于上帝的德性；执法的人倘能把慈悲调剂着公道，人间的权力就和上帝的神力没有差别。（第二卷第76页）

这种源于上帝的“慈悲”使人联想起中国古籍《礼记·大学》所谓“《大学》之道……在止于至善”之说，二者所指都是凡人无法企及的终极境界。至善意味着至高之善、纯粹之善、善的本身或本体，如同慈悲，它只能是“属于上帝的德性”和世人修身养性的坐标，而不可能真正为人所及，因为“人无完人”，人的品德永远不会达于纯全完美的程度；倘若达到，人就不再是凡夫俗子而成为圣人或圣徒，这种事其实只是在神话叙事中才可能发生。

上帝的仁慈不仅体现为莎剧人物的信念，而且实际制约着剧情的演变。在《一报还一报》中，克劳狄奥因使女友未婚先孕而被代理执政的安哲鲁判处死刑，克劳狄奥的姐姐伊莎贝拉前去求情，说：“一切众生都是犯过罪的，可是上帝不忍惩罚他们，却替他们设法赎罪。”（第一卷第313页）试图以上帝的仁慈打动刚愎自用的安哲鲁；继而又称上帝怜悯那些无助的普通人：“上天是慈悲的，它宁愿以雷霆的火力劈碎一株槎枒壮硕的橡树，却不去损坏柔弱的郁金香。”（第一卷第315页）这番话终于感化安哲鲁，使之收回强硬的判决，亦使剧情因而改变。

与仁慈和至善交相辉映，上帝的另一类道德属性——公正、严明、信实、对一切罪恶都严惩不贷的法官特质——也为莎剧人物所津津乐道。这方面的属性由于直接针对各种恶德败行，更富于批判现实的社会意义，而被莎翁的各类角色时常述及，乃至成为研究莎剧现实主义艺术的一个重要维度。在《亨利八世》中，凯瑟琳王后面对红衣主教的诬陷，坚信上帝对是非曲直必有公断：“我们大家的头上还有青天，在天上还有个审判官，他是任何国王所不能腐蚀的。”（第四卷第187页）在《李尔王》中，多行不义的康尔华公爵遭仆人行刺后身亡，消息传到奥本尼公爵耳中，他认定此事彰显了上帝的正义：“啊，天道究竟还是有的，人世的罪恶这样快就受到了诛谴！”（第五卷第514页）《新约》载有“申冤在我，我必报应”[1]的名言，说的是上帝疾恶如仇，必定亲自惩罚歹徒，为被害的无辜者申冤昭雪。这一教义由《理查三世》中的克莱伦斯公爵做出生动的诠释，他斥责受命前来行刺的两个凶手道：

> 荒谬的子民呀！那崇高的万王之王早已在他的法典上训诫过，不可杀人！你们怎敢违背神旨而奉行一个凡夫的意图？当心，那手执惩仇大锤的是真神，谁犯了天条，谁的头上就要遭到袭击。
>
> ……如果上帝要惩罚一个作恶的人，呵，你们也该懂得，他会光明正大地做到：神力无穷，用不着凡人从中插手；他决不采取曲折不法的行径来铲除那冒犯神意的人。（第四卷第37页，第38页）

1 《罗马书》12:19，《新旧约全书》，南京：中国基督教协会，1989年，第179页。

正因为上帝公正严明，一切为非作歹之徒才难逃覆灭的下场，此即《泰尔亲王配力克里斯》中的赫力堪纳斯之言：放纵情欲的安提奥克斯国王虽然“势力强大，却逃不过上天的谴责”，因为“罪恶必然有它应得的惩罚”（第六卷第304页）。

三

在基督教神学体系中，作为终极存在者的上帝不但占据了一个核心位置，而且无处不在地渗透于神学网络各处，与其他教义形成一种普遍的相互关联，构成某种牵一发而动全身之势。类似现象也出现在莎士比亚戏剧中，下面即从上帝与人、上帝与自然、上帝与历史三个维度略做检索。

基督教依据《创世记》认为，人由上帝所造并赋予管理万物的权力，但自从始祖亚当偷吃禁果犯下原罪后，人固有的“上帝形象”就遭到破坏，自身无力从善而陷入犯罪的泥沼，只能由上帝拯救；而人的得救之途唯在于虔诚忏悔，全身心地信奉上帝。这种对神人关系的基本理解始终弥漫于莎剧舞台上。哈姆雷特的名言“人类是一件多么了不得的杰作！……宇宙的精华！万物的灵长！”（第五卷第327页）历来被视为莎士比亚人文主义价值观的集中体现；其实，其直接源头乃是《创世记》所谓人由上帝指令在伊甸园里管理万物。它后面紧跟着的台词是“可是在我看来，这一泥土塑成的生命算得了什么?”便流露出莎士比亚对人类本质的神学沉思。

莎士比亚沉思人性的关键词之一是“罪”，各种各样的罪恶被他“花样翻新”，百写不厌。他的喜剧常在轻松幽默的气氛中描写罪行，结局往往是制造冤案的罪人被制裁，蒙冤受屈的好人得平反。如在《无事生非》中，巡官道格培里曾称被捕的康拉德和波拉契奥犯了“说假话”、“信口诽谤”、“做假见证”等罪行，触犯了上帝规定的“十诫”法典（第一卷第540页）。莎氏的历史剧和悲剧则以各种重大罪行尤其血腥的王位之争串联情节，以至读者看到，腥风血雨、尔虞我诈的氛围中处处酝酿着阴谋，时时暗藏着杀机，人头落地之事接连不断。理查二世失势后斥责篡权的波林勃洛克说：“你们这些彼拉多们已经在这儿把我送上了苦痛的十字架，没有水可以洗去你们的罪恶。”（第三卷第77页）而他本人则以“宠任小人、祸国殃民”的罪状遭到指控，被宣告失去王位“咎有应得”（第三卷第76页）。莎氏传奇剧的代表作《暴风雨》亦以兄弟阋墙、谋权篡位的罪恶为潜在的起点，但落难荒岛的兄长普洛斯彼罗却未以牙还牙、冤冤相报，而是用超越仇恨的宽恕之心化解了矛盾，前提是犯罪者已经真心忏悔，有志于“痛悔前非，以后洗心革面，做一个清白的人”（第一卷第60页），这种行为为仁慈的上天所悦纳。

忏悔和祈祷甚至影响到剧作家对哈姆雷特性格的表现。弑兄僭位的克劳狄斯在面临复仇的恐惧中想到忏悔：“试一试忏悔的力量吧，什么事情是忏悔所不能做到的？”继而跪下向天祷告。这本是哈姆雷特为父复仇的绝佳时机，不料他却从基督徒的价值观出发，认定对正在忏悔之人不能行凶：“现在他正在洗涤他的灵魂，要是我在这时候结果了他的性命，那么天国的路是为他开放着，这样还算是复仇吗？”（第五卷第363页）以致错失良机，丹麦王子的性情徒增一层“延宕”色调。

基督教认为世上有两部大书，一部是《圣经》，另一部是上帝创造的世界。二者都寓有神圣的启示，前者是特殊启示，后者是一般启示或自然启示。[1] 据此，大自然被视为上帝的创造物、神意和神谕的负载者，亦即秩序、规律和等级的象征。但从亚当夏娃被逐出伊甸园后，自然万物就受连累而被诅咒，失去原初的和谐状态；直到未来的新天新地降临，这种反常状况才能扭转，尽善尽美的乐园才会再度出现。莎士比亚戏剧多处印证了这种自然观。以《亨利六世》(中篇)为例，亨利王尊称上帝为“天体的永恒运转者”(第三卷第640页)，面对满目生机的自然景色，他有感而发道：“看到这鸢飞鱼跃，万物的动态，人们更能体会到造物主的法力无边!”(第三卷第594页)一如桑顿所言：“整个自然界乃是观照神和认识神的一面镜子。”[2] 莎剧人物相信自然万象无不与神相通，体现出神的意旨和智慧。在《欢喜》中，被流放到亚登森林的老公爵就触景生情地颂扬上帝的智慧：“我们的这种生活虽然远离尘嚣，却可以听树木的谈话；溪中的流水，便是大好的文章；一石之微，也暗寓着教训；每一件事物中间，都可以找到些益处来。”(第二卷第123页)

但自然界除了风和日丽，也会出现“灾祸、变异、叛乱、海啸、地震、风暴、惊骇、恐怖”，它们要“震撼、摧裂、破坏、毁灭这宇宙间的和谐”(第四卷第266—267页)。这种异常灾变往往是人间罪行的预示或反映，如麦克白杀害邓肯王之夜，“空中有哀哭的声音，有人听见奇怪的死亡的惨叫，凶鸟整整地吵了一个漫漫长夜”(第五卷第221页)。直到次日，在“应该有阳光遍吻大地的时候，地面上仍被无边的黑暗所笼罩”(第五卷第225页)。莎翁时而也憧憬未来的黄金时代，他透过《暴风雨》中的贡柴罗说：那时“大自然中的一切产物都不用血

---

1 卢龙光：《圣经：基督教的基础》，梁工等选编：《圣经与文学阐释》，北京：人民文学出版社，2003年，第175页。

2 转引自奥尔森：《基督教神学思想史》，关瑞诚等译，北京：北京大学出版社，2003年，第475页。

汗劳力而获得；大自然会自己生产出一切丰饶之物，养育那些纯朴的人民”（第一卷第33页）。

关于上帝和历史的关系，基督教强调上帝对历史的主导作用，称此作用始于创世，迄于末世乃至其后永无终期的新世纪。其中涉及末世的学说构成探讨历史最终结局和人类终极命运的“末世论”，谓现世的终点亦即末世将发生善恶大决战，几经交锋后上帝终于制伏魔鬼，进行最后审判，使义人升天堂享永福，恶人下地狱受永刑，而后开创一个由基督永远称王的新世代。这个历史框架亦隐现于莎剧人物的观念世界中，其中天堂、地狱、魔鬼、末日审判等概念尤其频见于戏剧台词中，尽管有时严肃地用其神学本义，有时则戏谑地用其引申义或比喻义。对“天堂”、“地狱”的严肃用法可以上述“哈姆雷特的延宕”为例，那时哈姆雷特之所以不杀克劳狄斯，只是因为他确信，哪怕杀死一个正在忏悔的歹徒，也会把他“送上天堂”，而“这简直是以德报怨”。他要等候一个更残酷的时机，当克劳狄斯酗酒、愤怒、乱伦、纵欲、赌博、咒骂或耽于其他恶行时再动手，因为如此才能“让他那幽深黑暗不见天日的灵魂永堕地狱”（第五卷第363—364页）。在《亨利八世》中，勃金汉公爵受刑前请众人为其祷告：“作为给我的甘美的祭奠，超度我的灵魂升天堂。”（第四卷第162页）凯瑟琳王后临终前自语：“让我坐在这儿默想我将要体验的天堂上的和谐吧。”（第四卷第215页）二人亦严肃地提到“天堂”。

作为上帝的对立面和一切邪恶势力的总代表，《圣经》中的魔鬼特指撒旦。莎士比亚多就其比喻义使用该词，如称“那邪恶可憎的诱惑青年的”福斯塔夫是“白须的老撒旦”（第五卷第523页）。而在更多情况下，剧作家把穷凶极恶的坏人喻为魔鬼，如理查三世、麦克白、麦克白夫人、伊阿古等；伊阿古甚至以恶魔自谓：“恶魔往往用神圣的外表引诱世人干最恶的罪行，正像我现在所用的手段一样。”（第五卷第604页）至于“末日”，莎士比亚有时在庄重的语境中使用，如《亨利六世中篇》中的小克列福之语：“叫这个万恶的世界毁灭吧，让那末日的烈焰提前燃起，把天地烧成一团吧！”（第三卷第680页）有时也以戏谑的语调提及，如《错误的喜剧》中的大德洛米奥描述一个帮厨的胖丫头，说她“浑身都是油腻；要是她活到世界末日，那么她一定要在整个世界烧完以后一星期，才烧得完”（第三卷第156页），足见那女孩肥胖和油腻的程度之深。

四

对莎剧与上帝概念的普遍联系进行一番检阅之后，再回到这篇论文的基本命题——终极关注。蒂利希曾引用哈姆雷特的名言“存在还是不存在”[1]论述终极关注，说：

> 人最关注的是自己的存在及意义，在此向度上，“存在还是不存在”是一种终极的、无条件的、整体的和无限的关注。人无限地关注着那无限，他属于那无限，同它分离了，同时又向往着它。人整体地关注着那整体，那整体是他的本真存在，它在时空中被割裂了。人无条件地关注着那么一种东西，它超越了人的一切内外条件，限定着人存在的条件。人终极地关注着那么一种东西，

1　“存在还是不存在”（To be, or not to be），朱生豪译作“生存还是毁灭”（莎士比亚：《莎士比亚全集》第五卷，第341页）。

它超越了一切必然和偶然，决定着人终极的命运。[1]

据其所见，终极关注所涉及的是人在精神上生死存亡的重大问题，表现形态即宗教信仰。就一般层面而言，宗教信仰乃是被某种终极关注所制约的生存状态，其对象实际上是专属于人类精神的“终极存在”，它的替换符号或象征物则是“上帝”、“神”或其他神圣者。终极关注除了具有不言而喻的终极性外，还有无限性、整体性和无条件性；它们不但是人的特殊精神属性，而且构成整个人类精神生活的特殊本质。从这个意义上说，体现为宗教信仰的终极关注在人类生活中不可或缺也无所不在，对于那些载负着人类文明重要成果的文学经典而言尤其如此。

在此视阈中反观莎士比亚戏剧，发现其间常有上帝出没就不难理解了。莎剧作为世界戏剧史上的峰巅之作，理所当然地成为人类终极关注的出色展示者，而在终极关注的网络中，汇通所有终端的总枢纽就是上帝。海伦·加德纳说：莎士比亚等伊丽莎白时代的戏剧家们“所用的术语和概念，他们从事创作所置于其中的知识结构，以及他们借以形成戏剧的情节，以及其从中引出对人类行为和人类事务的警句式评论的那种与观众共同享有的宗教观和伦理观，当时的人们，特别是基督徒们都十分熟悉，因为它们都是在基督教思想历时十六个世纪的发展中千锤百炼而得以形成的”[2]。由此可见，莎士比亚进行戏剧创作时不可能摆脱当时无处不在的基督教话语。相反，他生逢宗教改革和文艺复兴的盛世，既目睹了希伯来——基督教文化如何渗入社会的伦理道德、文学艺术乃至日常生活的每个细胞之中，又亲历了古希腊——罗马人本主义传统的

1 Paul Tillich, *Systematic Theology*. Vol. 1. Chicago: The U of Chicago P, 1951, p.14.

2 海伦·加德纳:《宗教与文学》，第63页。

复兴，这为他汇融二希的精髓提供了必要的背景条件。正是在这种语境中，他满腔热忱地拥抱希腊精神，肯定人的健全欲望，歌颂人性、青春、爱情和友谊；同时也真诚地弘扬希伯来精神，由衷推崇高尚的道德和仁慈博爱理念，从而为人类文库贡献出一部部既洋溢着现世快乐，又引导人趋于崇高的戏剧精品。

意大利学者加林指出："人文主义所引起的深刻变革不可能不反映到宗教方面……人文主义是对人的救赎，对自由的歌颂，它宽容、尊重一切信仰，尊重自由的批评。"这样的世界观必然导致一种"对人类社会生活的新构思：建立在理性基础之上并从道德上加以重建，既能给人以尘世的幸福，又能拯救人的灵魂"[1]。莎士比亚戏剧就是这种"既能给人以尘世的幸福，又能拯救人的灵魂"的杰作。人文主义的价值观必定兼求尘世的幸福和灵魂的得救，因为其社会理念是人的全面发展，而全面发展的人生必然包含物质欲望的满足和精神境界的升华两类内容。人作为出类拔萃的高级动物，作为"宇宙的精华，万物的灵长"，区别于其他动物的本质特征在于拥有道德、理想、信念，能够超越自我而趋于永恒，除了一般关注还有终极关注。"超越自我"是人类独具的品质，而寻求超越作为人的自我，意在达于何种境界？答案只有一个，就是与终极存在者或上帝合一。可以说，真诚、执着、积极向上的人生必然与上帝遇合，只是对于信徒而言，遇到的是超自然的崇拜对象；对于其他人来说，遇到的则是作为真、善、美、仁慈、正义之终极聚合体的上帝理念。这就是终极关注的内涵，莎士比亚以其不朽的剧作对它做出了形象化地诠释。

1　加林：《意大利人文主义》，李玉成译，北京：三联书店出版社，1998年，第192—193页。

悲剧研究

莎士比亚与《哈姆莱特》(札记)[1]

戚叔含(遗作) 亦含(整理)

罗伯岑(J. M. Robertson)是20世纪初继布拉德雷(A. C. Bradley)之后,用现代心理学解剖哈姆莱特个性的一位作者。他在这方面的论述,给读者印象不深,但他在比较不同版本所得出的结论,是值得注意的。他指出,过去的评论家试图解释这个问题时不从根子上入手,是走的歧路。他从前后版本的不同方面,得出结论,肯定了莎氏是"通过极大地强化人物的做法,让这个问题与行动进一步脱离关系。将一个粗糙的剧本改造成了一部杰作,这才是他的巨大成就——这确是一项辉煌的功绩,弄不好会最终在美学上功败垂成,因为劣质材料难成器也。但(这成就)最终经受住了检验;这位演员兼剧院经理(出身的剧作家)

---

1 原文发表于《外国文学研究》1979年第4期。戚叔含(1898—1978),著名外语教育家、翻译家,曾在上海南洋公学、南京东南大学求学,后自费考入美国斯坦福大学攻读英国文学,1927年以莎士比亚研究论文获得硕士学位。回国后先后执教于上海大夏大学、安徽大学、暨南大学、浙江大学、复旦大学,任外文系教授。先生为人谦逊,"述而不作",生前仅出版专著有《英国小说》、《莎士比亚与〈哈姆莱特〉》,译著有《汤姆·琼斯》,另有未出版的手稿《莎士比亚历史剧》、《莎士比亚戏剧艺术》等。原文中英文驳杂,本次出版通译为中文。——主编注

创造的奇妙的木偶戏已经让几个世纪以来亿万观众着迷不已”[1]。

失传的旧剧，出于何人之手，无可查考。或云基德（Thomas Kyd），即他的《西班牙悲剧》（*Spanish Tragedy*），这是一篇塞内加式悲剧的复仇故事，突出写粗暴残酷的流血场面。18世纪曾发现一个德文版本，据说是英国剧团在德国演出时的脚本，剧名为《杀兄受惩记》。显然是一篇按照原始散文故事改写的，以复仇为主题的戏剧。它和1603年的第一个四开本很接近。因之，后人以为四开本是紧跟旧剧的创作，初步肯定这个四开本是莎氏的初稿。四开本不同于德文剧的地方有二：第一，鬼魂与主角碰头的场面已向后推移，并已有第一个独白，虽与后来版本中的独白有出入。第二，虽剧情的进展仍紧跟复仇故事。全剧总共只有两千一百多行，其中独白只有二十一行，比第二个四开本的第一个独白少十行。内容方面，主角还没有起意自杀，他除了希望世界回到混沌之外，对人世的厌恶也还不是很深。但这里应该重视的一点是，这个独白，已把复仇主题转变为主角对母亲的失望。布拉德雷指出了这一改变的重要性。罗伯岑则更为肯定地指出这一更动的意义，认为很可能莎氏已看到复仇对哈姆莱特那因为母亲的罪过而遭到毒害的灵魂无以慰藉；又说哈姆莱特因为母亲再婚的做法而深受伤害，仅仅向叔父寻仇是不够的。

这就与旧剧的主题有了距离。这也正是原始主角改变为新型主角的转折点，是从旧时代的“行动型人生”（vita activa）倾向，改变为文艺复兴时期的“思考型人生”（vita ontemplativa）倾向的标志。但也可

1 本文引文部分原为英文。为统一体例，本次选录后将英文部分译为中文。此处的英文引文出自罗伯岑的《哈姆莱特的问题》（*The Problem of Hamlet*. London: George Allen, 1919）。——主编注

能是当莎氏初次接触到原始故事，把它改写成一篇剧的时候，并不是很明确地想要改变主角的个性，因此他仍然不放弃故事的复仇主题。他知道，这样更能获得舞台效果的成功。当时观众间就流行着“哈姆莱特，报仇!”这一句口头禅，复仇是吸引观众的。也由于这个原因，当莎氏发现哈姆莱特这一形象可赋予新思想，进而改写的时候，他仍以旧剧为主题而不另杜撰故事。这样，在他后来改写的时候，旧故事的框框不免产生了一种缚手缚脚的作用。这就是罗伯岑所指出的，用猪耳朵做精致丝囊的矛盾。但罗伯岑认为，莎氏正是克服了这个矛盾，而取得了成功。

一篇戏剧，主要有两个组成部分，即故事与人物。第二个四开本，是莎氏改写后的本子。虽则在第一个四开本中，已有第一个独白。但全剧还不是集中写人物，仍然是以复仇故事为主。希腊悲剧中苏福克利斯的《伊迪帕斯》一剧，是突出故事的剧体，当然里面的人物也在挣扎，想从故事纠缠中解脱出来，也已反映了人物个性的作用。也许会有人说，莎氏的哈姆莱特，也是和复仇故事扭缠的表现。可是从先有第一个独白开始，继而又在后面增加了几个独白这一点看，哈姆莱特的挣扎实际不是和故事的扭斗，而是和他自己内心世界的纠缠不清。在剧中经历的是一个人生的思索体验。至于杀死波洛涅斯和两个去英伦的同行者、以及与雷阿提斯斗剑，最后杀死叔叔，这些实际都是偶然的事故。从表面上看，他似乎完成了复仇大业，但实际上他在这样的场合下杀死叔叔，并非为父复仇的动机所使，而是因为雷阿提斯揭露了他叔叔谋害他的阴谋，激起了他一时的仇愤所致。因此，严格地说，哈姆莱特并未完成父灵的训旨。最后，哈姆莱特感到自己的一生，不能为人世所理解。故事的表面，也绝不反映他的内心。因而他认为霍拉旭有必要为他向世人做出说明。未料这却成了困惑二三百年，为评论家所苦的探索难题。

试把1603年和1604年两个四开本做一比较。1603年本总共是两千多行，而1604年本是四千多行，增加了一倍。更突出的是，在1604年本中，主角在全剧中所讲的话，有一千四百多行，几乎占全剧的三分之一，为莎氏剧中其他任何一个人物所没有的例子（考狄利娅在剧中的话，只百行左右），其中独白为一百九十四行，而这些独白又都是和旧故事若即若离的。特别是“生存还是毁灭”一句，原在第二幕，后移到第三幕。反映了把行动推向更远的距离（“失却了行动的名分”）。观众要求舞台演出的是行动，而莎氏悲剧，几乎无例外地注重于写主角的个性。《哈姆莱特》是最为突出的着重反映个性的例子。由于这一不同产生了一个观众与读者的矛盾问题，同时也导致18世纪莎评与19世纪浪漫时期莎评之间的分歧。沃德（A. W. Ward）在一本文学史里说，《哈姆莱特》这个剧，对观众来说是一个富于刺激的娱乐活动，这是舞台演出中，行动给观众的印象。而对读者来说，则是逐渐强化的知性训练，是一篇能引起读者反复思考，产生新的体会的读物。一般讲，莎氏评论侧重于人物个性的剖析。但从约翰逊（Samuel Johnson）时代来看，评论家往往从舞台演出出发。约翰逊说，莎氏剧是为了愉悦而不是为了教诲，这当然是作为娱乐活动方面来说的。也是可以注意的一点。第一篇以人物为对象的评论，是摩根（Maurice Morgann）写的《论约翰·福斯塔夫爵士这个戏剧人物》（“An Essay on the Dramatic Character of Sir John Falstaff”），而不是《哈姆莱特》。虽则后来也有人指出福斯塔夫也是一个有思想的形象，对他的评论之多，仅次于哈姆莱特。但在舞台表演中，他是以一连串轻松的行动吸引观众的，他的个性表现于行动。他的个性和内心世界没有能给读者以思索探讨的深度。《哈姆莱特》一剧，从现在的版本来看，他的话、他的独白，均非舞台演出所能表现的。19

世纪浪漫时期倾向于主观的评论家认为，这是一个供反复思考探索的极好题材。从柯勒律治指出莎氏人物是冥想的产物开始，到兰姆才明确指出莎氏剧不宜于舞台演出。他说，因为演出只能表现肤浅的情感，而莎剧揭示的是伟大心理的内在运作与律动。

撇开两种不同评论的分歧，也可以就现在所掌握的版本内容来看看。莎氏在不同的时期写了福斯塔夫和哈姆莱特，使两者出现了很明显的差别。我们可以注意到，为了得到舞台效果，他对福斯塔夫，不仅写了他的行动和说话，同时也刻画出一个使你闭起眼睛就可以想象出来的外表形象，如“肉山”、“三十多岁”，等等。但对哈姆莱特却全未做这些刻画，甚至连他的年纪，也隐约其辞，没有明白说出。若说他是一位年轻王子，从他多思善愁来看，却又像一个谙于世故、阅历成熟的老年人。（只是因为博贝奇的饰扮，造成了一个“他很胖”的印象，而这实际上是没有依据的。这里不妨来一些题外话，《红楼梦》作者，不落一般俗套，对他的人物，很少刻画，尤其像黛玉这样一个主角，更是如此；但大家可能知道鲁迅曾说过梅兰芳式黛玉的话，而实际上黛玉是怎样的形象，在每个读者的心目中都有自己不同的想象。）所以把哈姆莱特搬上舞台，就出现了一个观众与读者无法调和的矛盾。对于福斯塔夫是否是个胆小鬼，曾是评论家争论的焦点。而哈姆莱特的极端厌恶行动，是不是也是胆小呢？福斯塔夫是最现实主义的，他有坚强的求生欲望，六十多岁，他仍为生存挣扎。友谊、荣誉、爱情等，对他来说并不存在它们自己的意义，而都是求生的手段。他用小聪明、欺骗来达到他的目的，明知道别人不会相信他的欺骗，但只要能满足他自己的要求，他不求人信。他说世上没有像他那样聪明的人，大家只能以他的聪明做话柄，宣扬自己的聪明。他在战地装死逃生，肯定“活人扮死人却不算是假扮，因为他的的确确是生命的真实而完整的形体”（《亨利四世上篇》，第五幕第四场）。装死也是为了生存。

哈姆莱特（原来故事中的老国王被弑是一件公开的、众所周知的事，后改成为秘密谋害，因而有鬼魂的揭发）的第一个独白，在第一个四开本中没有自杀的念头。这是在第二个四开本中加入的。而后来的一个非常突出的独白“生存还是毁灭”（第三幕第一场），反映了他反复思考问题，作茧自缚，最后不仅没有干的决心，也起了自杀的念头。在第二个四开本中增加的一个独白，是看了戏子的演出后，说戏子只凭幻想而竟然会那么认真地表演，“赫卡柏对他有什么相干，他对赫卡柏又有什么相干，他却要为她流泪”，而自己有不共戴天的杀父之仇，却无所作为。于是，他想出了“捕鼠机”的设计来“发掘国王内心的隐秘”（第二幕第二场），作为投身行动的第一步；第四幕的一个独白“我所见到、听到的一切，都好像在对我谴责”中又指出，这些有血性的人，不惜牺牲生命去夺取一块不够埋葬他们尸体的土地，而他自己则老是叫着“关键是要去做”，却不见于行动。这里读者或许会认为这是哈姆莱特的自我谴责。但我们可以看得更深一些，实际也是这个多思考的人，讽刺人世“干”的无意义。莎氏许多剧中的正面话，往往是含有反面意义的。肯定人家敢于有为，却又在否定作为，认为作为是无意义的。更可注意的是，“捕鼠机”确实捉住了克劳狄斯的良心，暴露了他的罪。但哈姆莱特在这里似乎并不因此下决心，立刻采取行动。他只是在欣赏“捕鼠机”的成功。他看到叔父在祷告，又轻松地自我推托，而不采取行动。他厌倦生，却又不愿死，形成个性不可理解的症结。评论家认为哈姆莱特的个性是一个不能得到解决的难题！谜题！

读到《哈姆莱特》，很自然地会涉及文艺复兴时代的人文主义（即人道主义)思想，会肯定这个个性是人文主义思想的产物。那么究竟怎样来理解人文主义思想呢？人文主义这个名称，是后人的发明。当时并无此称。很多作家写了不知多少书说明它，却没有得到满意综合的回答。它是一个历史转变时代所产生的新思想、新人生观。我们要想给一个个性的谜，在这思潮中求得一个解答，即使不是大海捞针，也会不知朝哪个方向寻求。中国人有句话，执柯伐柯，其则不远。哥德巴赫的猜想，是启发后人去寻求一个解答的指针。科学需要有设想，我认为，文艺想寻求一个个性是什么，也得先有个设想。想象、设想是解决问题的一个不可少的前提，我们是否也可以从这方面进行试探？因为讨论哈姆莱特的个性，想到人文主义，往往会归结到必然是个人主义的结论。我不是替哈姆莱特辩护，更不是替莎氏辩护。我有个设想，哈姆莱特的个性，应该在人文主义思想中找根源，但人文主义与个人主义之间不能画等号。它是文艺复兴运动中，尊重人在历史中的地位，以别于封建神权下的奴役地位。所谓文艺复兴，实际是希腊文化的复兴。而希腊的人生观与资产阶级个人主义是有很大差别的。因之，我设想哈姆莱特的个性，不能用个人主义这个狭隘思想去框它，希腊文化给人最深的印象是反映了它给人的价值，人是造化创造的奇迹。我们不能忘掉哈姆莱特论人的一段典型散文：“人类是一件多么了不得的杰作！多么高贵的理性！多么伟大的力量！多么优美的仪表！多么文雅的举动！在行为上多么像一个天使！在智慧上多么像一个天神！宇宙的精华！万物的灵长！”(第二幕第二场)

罗利(Walter Raleigh)说，福斯塔夫热爱人生而哈姆莱特不爱。但我们看了上面那段话，就不能同意他的说法。我们认为哈姆莱特比福斯塔夫更有思想基础，有更热烈的爱，是深深地热爱人生的。但他的遭遇使他憎恨人生。从希腊的文化中，我们应该肯定的是，人不是指个人，而是人类，而这也即是哈姆莱特所颂赞的人。所以首先应该肯定，在当时新思想的影响下，哈姆莱特肯定了人的价值，包括男女两性。他说到他父亲："他是一个堂堂男子；整个说起来，我再也见不到像他那样的人了"（第一幕第二场），即是说父亲是典范的人。他对母亲也是极高度评价的，反映了他也有一种崇拜女性的热情，两者汇成了他对人的爱。钱伯斯（E. K. Chambers）说得很对，哈姆莱特关注的主要是普遍的而非个别的人，这是哈姆莱特对人的广义的看法，而这应该是人文主义思想从中世纪奴役生活中解放出来的最初的朴素思想。

人文主义思想中，把人提高到一个崇高的地位，重视现实人生，以及把人看作是历史文化的主人翁，是时代新思想的主要点。这是受文艺复兴运动以及希腊文化复兴所影响的一个内容。希腊文化是重视人、重视现实人生、寄予人以最大希望的。希腊神话是多神论，绝不同于宗教思想。希腊神话中的神，是人生理想的反映。这些神与人世没有隔离，存在于人的中间，同样有人的感情、喜恶、爱憎。这个现实的世界观，经过罗马统治，中世纪封建制度的压制，一度在历史中消失。文艺复兴运动的一个突出倾向，即是把它恢复，从而鼓励人生，哈姆莱特的珍惜人世、重视人，也就是受它的影响。

蒲伯（Alexander Pope）说，对人类的研究针对的是普遍的人，这句话实际上可以移做莎氏创作的注释。莎氏在初期写了若干以罗曼斯传奇故事为题材的喜剧。进而转到写历史剧时，莎氏即以历史人物为主题，开始写人物，把研究人作为艺术创作的一个主要任务。到了写悲剧的阶段，莎氏则更是进一步以塑造人物、写人物个性为主。但写人物也有一个局限，只能把人的某一品质作为反映的对象。即如后来的小说家，也很少能把一个人的整体作为反映对象的。人类不是一个个别的人，举托尔斯泰为例，《战争与和平》是写人在战争活动中的作为。把人，一个人类，作为研究对象的，在文艺史中还是不多见的，而莎氏的《哈姆莱特》则庶几近之。

文艺创作中的人物，必然是作者思想意识的反映。存在决定意识，作者的思想意识，则又是时代思想的反映。我们在《哈姆莱特》一剧中，应该从这一点去理解。亨特（Joseph Hunter）认为，莎氏对如何写《哈姆莱特》一剧，初无一个明确的设想，并认为这就是造成此个性不可解的原因。这是不够深入和不够全面的看法。我以为这个剧的改写过程，即哈姆莱特的成长过程，反映了莎氏本人思想发展成长的过程。莎氏接触这个原始故事时，未必即有把它写成现在这个形象的设想。我们可以注意的一点，莎氏写此剧，虽则不能明确肯定在哪一年，但无疑是在1600年前后。第一个四开本，据说是1603年印的，则其写作年月，必然是要早一些。至于是否出于莎氏之手，有待更好的事实来肯定。我们看到在这个版本中，除了第一个独白外，《哈姆莱特》还是留在复仇故事的框框中。若以此与后来发现的德文剧比较，更说明此剧先后演变的过程。若还有比这更早的原始稿，问题就更明确。在1600年之前，据说1595—1600年，莎氏的年龄不满三十岁，他自己的思想意识还在形成过程中。第二个四开本与第一个四开本，在量与内容方面，都有那么大的变化。两者之间的时间差距是应该肯定的。1600年后，莎氏已三十多岁，莎氏的思想意识已更成熟，使他对哈姆莱特这一形象做了正如罗伯岑说的，“让这个问题与行动进一步脱离关系”。但他没有抛弃旧故事，而是以他的坚毅的意志，硬把两者结合起来，这当然是造成此剧，特别是剧中人物的个性不易理解的一个原因。从莎氏在此剧中创造的这个新形象来看，我想大胆地说，莎氏不是哲学家，也正如莎剧大评论家柯勒律治不是哲学家一样，尽管他有些类似哲学论文的著作。因之，哈姆莱特也绝不是哲学家。但无疑莎氏、柯勒律治和哈姆莱特都是有很高哲学头脑的人。哲学家要有一套有系统、有组织的哲学体系和理论，他是以科学的方法，用科学的态度，对待他的理论问题。他很可能是站在问题外面。有哲学头脑是另一回事，不会有系统的理论，但他是一个沉浸于思想的深渊、彻头彻尾被思想所渗透的人。他遇任何事，都是高度地、深入地予以思考。这样的人，在文艺复兴时期，在受新思想影响之下，是很多的。可是把这样的个性反映在文艺创作中，则除莎氏以外，不多见。这种人的一个特点，终是对任何遭遇到的事物，不能产生一个明确的反应。但这些遭遇在他的内心却成了自己纠缠不清、困扰苦思的题目。他不可能会像李尔王、麦克白、奥赛罗那样一往情深、执迷不悟地被一个孤立事端的表面现象纠缠住。他终是从事情浮面的、孤立的方面，深入转向到事物的根源。也即前面说过的钱伯斯的话：他关注普遍的人而非个别的人，从母亲的失节，即联想到女性的不可靠；从叔父的弑其生父，联想到人可以笑面行凶。他不着眼于个别行为，而是在痛悼“宇宙的精华”、“万物的灵长”坠落到不如禽兽的地步。一头没有理性的野兽，也会因失偶而痛悼得更久些！他在见了父魂之后，转眼使他痛心的是“时代脱了节，倒霉的我却要担起重整乾坤的重任”（第一幕第二场），可以说他是无一朝之患而有终身之忧。这样就把报仇的行动推了开去。原故事中的一切事情，只是刺激他做深入思考。试读“生存还是毁灭”这个独白，跟着他的思路前进，“死了，睡着了，还会做梦”，到最后“失却了行动的名分”，原始故事中的这个好斗的、会本能地起反应的人物，跟着莎氏本人个性的发展成长而成长起来。他的行动必然离现实对他的要求越来越远。他是一个在思想中从爱现实人世、爱人生的极端走向对人绝对失望，从而对人产生憎恶之感的另一极端。因此执着于原故事，来探索他的个性是不可能会有结果的。

1929年出版的布拉德比（G. F. Bradby）的一本《莎士比亚简论》（*Short Studies in Shakespeare*）中有一篇《哈姆莱特的问题》（“Problems of Hamlet”），对现在的版本内容做了细致的分析说明，在全篇中发掘出很多故事前后不连贯的问题、人物前后矛盾的细节，以及哈姆莱特本人的行动和个性中的问题。他给出的结论是：此剧在莎氏时代，作为一个舞台剧，观众欣赏，莎氏自己也满意。他原没有想要把他的创作去放在实验室里任人分析，在显微镜下经受检查的。可是没有想到这个剧，在二三百年后竟成了文学创作，而置于读者案头上。于是许多问题都被发掘了出来，而又得不到解答。大家在承认这是一篇伟大创作的同时，又不能否认这是一篇并非十全十美的艺术作品，不能闭着眼睛说没有看到里面很明显的瑕疵与纰漏。可是，作者也尽力替莎氏辩白说，若莎氏有心要把它写成完美的艺术作品，他是能做到的，而且就现在我们看到的这篇来说，已经比任何人所能做到的高明得多了，已经塑造了一个中心形象，它困惑了所有过往时代的不论是博学之士还是胸无点墨之人，并且还会继续吸引后世，只要人类受到生死之谜的困惑。这个结论就是值得思考的。只是应该分别说明一点：莎氏自己满意的原始初稿，获得舞台成功，是一个本子。而到了后来，在补充扩大原稿时，莎氏已不再考虑这些成功，而确实被一个中心形象所迷惑，尽其全力在塑造这个形象。这也说明何以在这个剧里，除了主角，其他如霍拉旭、克劳狄斯、奥菲莉娅和他自己的母亲的形象，也都是那么模糊难认的原因。从其他各剧，都可以证明他不是不能，而是绰有余力，把一个剧中很多人物都写得同样出色。问题是此剧主角的形象不同一般。他全力塑造，又感吃力，从而不能再分心去注意其他人物。所以问题还是在主角个性的复杂性和深刻性。既然作家自己不能如心地使这一人物臻于完整，怎么能希望评论家能做出满意的分析和清楚的结论呢？这是一个谜题，永远如此！但是不是我们可以从一个不同方向来探索这个性的谜呢？

第一，把原始故事放开一边，第二，把主角应付原始故事中的一切也放开。来看看主角的思想，通过前后有深刻哲学意义的一些意识，总结起来，看在人文主义思想影响下所产生的他对人生的评价。这是不是没有一些连贯性呢？特别是围绕独白来探索，布拉德比指出的生死之谜方面的意识过程，就是他从热爱人生、推崇人的基本点，所激发出来的反应。而这就是他（用20世纪所发明的话来说）的意识之流。因此，应该肯定，这是不宜于以剧本体裁创作的题材。我因之想，是否会有另一个乔伊斯，用他写《尤利西斯》和《芬尼根守灵夜》的方法，来写一篇《哈姆莱特》，以解决形式与内容的矛盾问题？是不是也可以有这样的设想：莎氏在塑造哈姆莱特这一人物形象过程中，并没有要把为什么有这样个性的根源交代清楚。在他的时代，他从观察、从自己的体会发现有很多哈姆莱特式的人。他们困惑于人生之谜，沉浸在思想深渊。他们对任何事，都习惯于层层挖掘、层层深入。他们不求解答一个问题，得出结论。他们跟随着自己的思想意识，迂回曲折，正像在“生存还是毁灭”独白中，哈姆莱特所表现的那样，从思考生死问题出发绕了个大圈子，又回到问题的出发点，没有得到解决。严格地说，诗与文艺不同于数学。它不是要解答一个问题，而是反映人物思想意识的演变。它并不想说明事物是什么，而是反映事物是如何形成的。诗与文艺给人的作用也即是以这演变的潮流把人带走，可能并不符合现实，可能只是一种假象，是幻影，但此时此刻足以为信！

《哈姆莱特》剧中两个问题的商榷[1]

陈　嘉

本文讨论的是《哈姆莱特》两个有争论的问题。

第一个问题是《哈姆莱特》第三幕第一场一段独白中第一行诗的理解和汉译的问题。这行诗头六个单词，总共只有十三个英语字母："To be, or not to be"，都是最简单的词，却十分费解。汉语译本往往译为："生存还是毁灭"，但国外却除此之外，还有另一种解释，用汉语来表达，即"干还是不干"，或"采取行动还是不采取行动"。就原著来说，这行诗只有一个理解的问题，但就译文来说，这一行却只能根据一种理解来译，译出来以后就只能有一种理解，因而对于两种理解的选择，就更有推敲的必要。而这段独白恰恰又是莎翁剧中最闻名的诗句。

为什么会有两种不相同的理解呢？关键在于英语"be"这个单词，用在这儿，含义是不明确的。这六个单词，从上下文来看，显然不可能

1　原文发表于《外国文学研究》1980年第3期。陈嘉（1907—1986），早年分获美国威斯康星大学学士学位、哈佛大学硕士学位和耶鲁大学博士学位，先后在武汉大学、浙江大学、西南联大、前中央大学任教，1949年起任南京大学外文系教授，主要从事英美文学研究，并将莎士比亚戏剧搬上中国的舞台，所著四卷本《英国文学史》英文版（北京：商务印书馆，1981—1986年）是改革开放后我国出版的第一部系统地研究英国文学的专著。

等于“是或不是”，因而必须从整段独白的思想内容来考虑和决定其确切的意义。不巧的是，这个长达三十三行诗的独白，含有相互交织着的两个主题：一是反抗暴虐还是忍辱贪生，另一是由于死后处境难测，因而对于采取反抗行为产生顾虑。独白既有两个主题，要确定第一行诗中这六个单词究竟同哪一主题有关，就不容易了。这也就是有两种不同理解的由来。

为了便于探讨，让我们先把这段独白，根据哈姆莱特也就是莎士比亚的思路，分成几个段落。第一段落，在紧接第一行诗之后的三行半里，提出了忍受还是反抗的问题。第二段落一开始，就转入“死了，睡着了”，联想到死后若一切痛苦都结束，那就太好了。第三段落开始的半行，重复了“死了，睡着了”，接着就联想到睡着了会做梦，下面三行半推测了死后会做什么样的梦，从而感到踌躇。第四段落共有十四行半，其中六行列举了人世间的种种苦楚，但整段主要指出，若不是因为惧怕“不可知的死后”，谁又愿意忍受这些苦楚。第五段落，即独白的最后五行半，总结了上面整个思考过程，说明人们之所以成为懦夫，不敢采取行动以进行伟大的事业，主要是由于对死后又将如何抱有重重的顾虑。

从上面的分段来看，首先是从第一段到第二段的突然转变，而这一转变显然是由于独白者怕反抗失败而导致死亡，否则这两段是连不起来的。第二段和第三段是独白者对死后的两种不同处境的推测，前者可放心，后者引起忧虑。第四段很明显地又回到了反抗可能导致死亡的想法，一方面指出人世间苦楚实在难以忍受因而很想反抗，另一方面又着重说明由于死后的不可知而不敢反抗。第五段总结了独白者思想上的矛盾，最后由于顾虑过多而不得不放弃行动。经过上述的分析，这段独白中流露出的中心思想，显而易见的是：一、是反抗呢，还是忍受呢？二、只要死后什么痛苦都终结了，那就再好不过了；三、死后可能做梦，值得沉思；四、谁肯忍受人世间各种不同的苦难，只是由于死后处境如何，无法预料，因而怕死后受罪而宁愿活着吃苦头；五、思考过多使我们都成为懦夫，下不了做一番事业的决心，只好放弃行动。概括为一句话，即：很想反抗而又怕死后吃苦。也就是说，独白中虽然看来有两个主题，实际上只有一个。反抗与否是首要的矛盾，死后如何只是反抗失败后，可能产生的后果，而对于死后如何的反复考虑，只是决定反抗与否的附带的思想活动。因此to be or not to be最好译为："反抗还是不反抗"；或者简单一些："干还是不干"。

再说，紧接着to be or not to be这一问题的提出，就是"默然忍受"和"挺身反抗""哪一种更高贵"的选择，这不是"反抗"还是"忍受"显然等于to be or not to be的又一证据吗？至于后面又用了十四行半的篇幅，再一次考虑"忍受"的问题，并用强烈的感情表达了独白者"难以忍受"的"人世的鞭挞和讥嘲、压迫的凌辱、傲慢者的冷眼、被轻蔑的爱情的惨痛、法律的迁延、官吏的横暴和费尽辛勤所换来的小人的鄙视"，以及"在烦劳的生命的压迫下呻吟流汗"（第三幕第一场）[1]。这一切不都能用来说明"反抗"与"忍受"是独白的中心内容吗？

再其次，我们不妨把这段独白前哈姆莱特的心情简略地介绍一下。剧一开始，哈姆莱特早就怀疑他的叔父。第一幕第五场他的父王鬼魂提起"那毒害你父亲的蛇，头上戴着王冠"，他就说："啊，我的预感果然

1 莎士比亚：《莎士比亚全集》，朱生豪等译，北京：人民文学出版社，1988年。本文所引用的莎剧均出自此书。如无特别说明，文中只标注"幕"和"场"，不再设脚注。

是真的！我的叔父！”然后他听了鬼魂叙述谋杀的经过，他更是下了决心要报仇。第二幕第二场他开始装疯，说“丹麦是一所牢狱”，又把整个地球看成“一大堆污浊的瘴气的集合”。在这一场结尾的独白中他大骂他叔父是“狠心的，奸诈的，淫邪的，悖逆的恶贼”！并由于未能为父亲报仇而称自己为“懦夫”和“蠢材”。最后决定要通过演一出戏来证实叔父的罪恶，才能下手。本文中讨论的这段独白，正是紧接着哈姆莱特怀着上述的激动而要复仇的心情而道出的。此时他正是在考虑要采取行动来复仇，因此，此时他思想上最突出的问题必然是：采取行动与否。

当然，独白中第二十行至二十一行曾提及：“他只要用一柄小小的刀子，就可以清算他自己的一生”，因而似乎也还有一定的理由，来把独白中第一行提出的问题解释为“生存还是毁灭”，或“活着或是自杀”。但这里很可能指的是，若进行反抗而遇到失败，可能被迫走上自杀的道路，而不一定是主动想自杀。

还有一点需要做补充说明。哈姆莱特也好，莎士比亚也好，都生活在欧洲从中世纪刚刚转入文艺复兴初期的岁月里，那时基督教的影响极大，人死后多半要进入极为可怕的地狱或炼狱，如但丁在《神曲》中所描绘的那样。哈姆莱特的父王鬼魂所描述的，正是哈姆莱特所完全相信的。这种宗教迷信，对于哈姆莱特在这段独白中为了怕死后处境而不敢采取反抗行动的思路，是有其深刻的影响的。哈姆莱特之所以打不定主意，与其怕死后处境的宗教迷信，是有其密切联系的。

总之，这段独白中头六个单词，其极大可能，是意味着哈姆莱特对于采取反抗行动为其父报仇犹豫不决。因而“干还是不干”，或“反抗还是不反抗”，显然是一个比较可靠的答案。当然，也不能绝对化，也不能完全排除“生存还是毁灭”这一解释、这一译法。

第二个问题是关于哈姆莱特作为文艺复兴时期人文主义的代表人物的问题。对哈姆莱特这一人物形象的高度推崇，是西方文艺评论界几乎一致的态度。苏联批评家更进一步，把他捧上了天，使他几乎成为一个革命者，或至少是一个伟大的社会改革者。十多年前我本人也曾追随后一种看法。现在看来，未免过火了，带有片面性，只强调哈姆莱特这一人物的积极的一面，而对于他的消极的一面考虑得很不够。

首要的一点是夸大了哈姆莱特的积极的一面。其实，这个丹麦王子在全剧中所讲的有关“社会改革”的话并不多。人们在推崇他时引用的，总是那几个片段，而且这些话往往是某种特定场合中说的，多半同他图报私仇有关，因而没有多大的社会意义。

如第一幕第二场哈姆莱特在一段较长的独白中说：“人世间的一切在我看来是多么可厌、陈腐、乏味而无聊！哼！哼！那是一个荒芜不治的花园，长满了恶毒的莠草。”从这几句话虽然也可以看出哈姆莱特对整个罪恶的社会的不满和控诉，但接下去就是长篇大论的有关他痛恨叔父和责怪母亲的话，特别是对于父亲死后不久而母亲就同叔父结婚表示十分厌恶。这就冲淡了前面那段话的进步意义，因为他对整个社会的不满显然只是从他对母亲与叔父的厌恶心情而引起的。

又如第一幕第五场结尾前，在哈姆莱特遇到他父亲鬼魂后，他向霍拉旭和马西勒斯说：“这是一个颠倒混乱的时代，唉，倒霉的是，我却要负起重整乾坤的责任！”这句话经常被用来指出哈姆莱特有改革社会的责任感。其实，这话是在他刚听到谋杀父亲一事而心情万分激动时说的。这里所谓“重整乾坤”，显然是指他要起来反抗并推翻当时作为国王的叔父。把这话说成他下了决心要进行大规模的改革，未免太夸大了。

又如第二幕第二场哈姆莱特向吉尔登斯吞和罗森格兰兹说："丹麦是一所牢狱"，又把世界说成是"一所很大的牢狱，里面有许多监房、囚室、地牢；丹麦是其中最坏的一间"。这也是常被引用的一段，但这番话是哈姆莱特在装疯的情况下说的；而且，他之所以特别提到丹麦是最坏的牢狱，很可能是针对着当时的丹麦国王即他的叔父而谈的。

当然，哈姆莱特对于当时朝廷大臣逢迎拍马的丑恶现象，是做了很深刻的揭露的。如第五幕第二场他在戴帽子的问题上，玩弄了朝臣奥斯里克一番。他先叫奥戴上帽子，奥说天气真热，他就说："天冷得很，在刮北风哩。"奥改口说："真的有点儿冷。"他却又说："可是对于像我这样的体质，我觉得这一种天气却是闷热得厉害。"结果奥只得连忙答应："对了，殿下；真是说不出来的闷热。"同样地，在第三幕第二场他捉弄波洛涅斯。他先问波："你看见那片像骆驼一样的云吗？"波答："哎哟，它真的像一头骆驼。"他接着说："我想它还是像一头鼬鼠。"波又答："它拱起了背，正像是一头鼬鼠。"他又问："还是像一条鲸鱼吧？"波又立刻答："很像一条鲸鱼。"这两段短的对话，十分生动地描绘了当时朝廷大臣那种唯唯诺诺和厚颜无耻的卑鄙形象。至于吉尔登斯吞和罗森格兰兹，更是他经常戏弄的对象，特别在第二幕第二场他巧妙地戳穿了他们是自动来拜访他的这一谎言，使他们无法抵赖！只得承认是"奉命而来的"。他还把罗森格兰兹比为一块海绵："一块吸收君王的恩宠、利禄和官爵的海绵。可是这样的官员要到最后才会显出他们对于君王的最大用处来；像猴子吃硬壳果一般，他们的君王先把他们含在嘴里舐弄了好久，然后再一口咽了下去。当他需要被你们所吸收去的东西的时候，他只要把你们一挤，于是，海绵，你又是一块干巴巴的东西了。"甚至对于他的朋友霍拉旭，他都说："不，不要以为我在恭维你；你除了你善良的精神以外，身无长物，我恭维了你又有什么好处呢？为什么要向穷人恭维？不，让蜜糖一样的嘴唇去吮舐愚妄的荣华，在有利可图的所在屈下他们生财有道的膝盖来吧。”当然，这也是莎士比亚对当时英国朝臣的讽刺。

此外，哈姆莱特也讽刺了酗酒纵乐的恶习，尽管第一幕第四场他的那段话主要是针对着他的叔父的大宴群臣的通宵醉舞的。他也讽刺了国与国之间为了争夺小块土地而进行的战争。他看着挪威军队假道丹麦去打波兰时说：“为了这一块荒瘠的土地，牺牲了二千人的生命，二万块的金圆，争执也不会解决。”哈姆莱特还对当时社会上的丑恶现象做了比较多方面的揭露。主要在第三幕第一场的那段独白里，哈姆莱特用了精练的语言表达了他对社会上多种恶习的痛恨。

常被普遍引用、推崇得最高、多数批评家最经常用来证明哈姆莱特的人文主义理想的一段话，要算这位丹麦王子在第二幕第二场中对吉尔登斯吞和罗森格兰兹说明他自己“抑郁的心境”的对白：

> 仿佛负载万物的大地，这一座美好的框架，只是一个不毛的荒岬；这个覆盖众生的苍穹，这一顶壮丽的帐幕，这个金黄色的火球点缀着的庄严的屋宇，只是一大堆污浊的瘴气的集合。人类是一件多么了不得的杰作，多么高贵的理性！多么伟大的力量！多么优美的仪表！多么文雅的举动！在行为上多么像一个天使！在智慧上多么像一个天神！宇宙的精华！万物的灵长！

这一段虽然也可以说是哈姆莱特当时由于痛恨万恶的叔父而流露出的满腔气愤，至少前半段把地球称为“一大堆污浊的瘴气的集合”是这种沉痛心情的表达；但他在后半段对于人类怀着崇高信念的词句，却是文艺复兴时期人文主义理想的一种具体表现，也是哈姆莱特这个人物形象的进步意义所在。

综上所述，可见哈姆莱特，除了他痛恨叔父而要为父报仇的中心思想外，确是对于宫廷官吏中以至于整个社会中的丑恶现实，感到十分不满而抱有进行改革的愿望。在这个意义上他是一个人文主义者，有一定的正义感和社会理想。当然，同他的极其强烈的报仇心情相比，这种揭露丑恶现实和改革社会的愿望和理想，毕竟还是处于次要的位置。

哈姆莱特这个人物还有其不容忽视的消极的一面。首先是他经常流露出愤世嫉俗的态度。

在剧中，他反复对妇女进行嘲讽。当然，这种心情，首先是同他对于他母亲孀后不久即改嫁叔父的痛恨，有其密切的联系。他在剧中第一次出场时那段较长的独白中，就把“脆弱”同女人画上了等号：“脆弱啊，你的名字就是女人!”（第一幕第二场）后来，在他们观看剧中剧时，听了“开场词”后奥菲利娅对哈姆莱特说：“它很短，殿下。”哈姆莱特答说：“正像女人的爱情一样。”这种关于妇女脆弱与水性杨花的论调，我国古代有，西方古代也有。在莎士比亚时代，像哈姆莱特这样一个王子，尤其是在感叹母亲改嫁的心情时，发出这类谈吐，本不足为奇，更不能因此而说他愤世嫉俗。但在第三幕第一场他同奥菲利娅的一段较长的对话中，他那嘲讽的口吻却是比较突出。他反复叫她“进尼姑庵去”，说如果她一定要嫁人，她就会“生一群罪人出来”。他并警告她：“尽管你像冰一样坚贞，象雪一样纯洁。你还是逃不过谗人的诽谤。”又说：“或者要是你必须嫁人的话，就嫁给一个傻瓜吧；因为聪明人都明白你们叫他们变成怎样的怪物。”他特别痛骂妇女们淫声浪气、卖弄风骚："我也知道你们会怎样涂脂抹粉；上帝给了你们一张脸，你们又替自己另外造了一张。你们烟视媚行，淫声浪气，替上帝造下的生物乱取名字，卖弄你们不懂事的风骚。算了吧，我再也不敢领教了，它已经使我发了狂。"尽管这些话都是在他装疯时说的，但用词的尖刻，与一般嘲讽不同，不能不看成是哈姆莱特性格的流露。

哈姆莱特另一种愤世嫉俗的态度，表现在他对生与死的看法上。他说："一个人的生命可以在说一个'一'字的一刹那之间了结。"又说："我把我的生命看得不值一枚针。"他对死的想法，更是往往以嘲弄的口气道出。他杀死波洛涅斯后把尸体拖出藏起来。当国王即他的叔父问他"波洛涅斯在何处?"时，他说："吃饭去了。"当国王又问他："吃饭去了！在什么地方?"他答："不是在他吃饭的地方，是在人家吃他的地方；有一群精明的蛆虫正在他身上大吃特吃哩。蛆虫是全世界最大的饕餮家；我们喂肥了各种牲畜给自己受用，再喂肥了自己去给蛆虫受用。胖胖的国王跟瘦瘦的乞丐是一个桌子上两道不同的菜；不过是这么一回事。""一个人可以拿一条吃过一个国王的蛆虫去钓鱼，再吃那吃过那条蛆虫的鱼。"这些都是一个厌世者的典型语句。第五幕第一场哈姆莱特在墓地里拿起一个又一个骷髅时的那些话，既是讽刺，又是嘲弄，达到了愤世嫉俗的顶点："那个骷髅里面曾经有一条舌头，它也会唱歌哩……它也许是一个政客的头颅，现在却让这蠢货把它丢来踢去；也许他生前是个偷天换日的好手，你看是不是?……也许是一个朝臣，他会说，'早安，大人！您好，大人！'也许他就是某大人，嘴里称赞某大人的马好，心里却想把它讨了来，你看是不是?……现在却让蛆虫伴寝，他的下巴也脱掉了，一柄工役的锄头可以在他头上敲来敲去。从这种变化上，我们大可看透了生命的无常。难道这些枯骨生前受了那么多的教养，死后却只好给人家当木块一般抛着玩吗？想起来真是怪不好受的。”后来他又对霍拉旭说：“可怜的郁利克！霍拉旭，我认识他；他是一个最会开玩笑，非常富于想象力的家伙。他曾经把我负在背上一千次；现在我一想起来，却忍不住胸头作恶。这儿本来有两片嘴唇，我不知道吻过它们多少次。——现在你还会挖苦人吗？你还会蹦蹦跳跳，逗人发笑吗？你还会唱歌吗？你还会随口编造一些笑话，说得满座捧腹吗？你没有留下一个笑话，讥笑你自己吗？这样垂头丧气了吗？现在你给我到小姐的闺房里去，对她说，凭她脸上的脂粉搽得一寸厚，到后来总要变成这个样子的；你用这样的话告诉她，看她笑不笑吧。”接着他又问霍拉旭：“你想亚历山大在地下也是这副形状吗？……也有同样的臭味吗？呸！（掷下骷髅）……谁知道我们将来会变成一些什么下贱的东西，霍拉旭！要是我们用想象推测下去，谁知道亚历山大的尊贵的尸体，不就是塞在酒桶上的泥土？……我们可以不作怪论，合情合理地推想他怎样会到那个地步；比方说吧：亚历山大死了；亚历山大埋葬了；亚历山大化为尘土；人们把尘土做成烂泥；那么为什么亚历山大所变成的烂泥，不会被人家拿来塞在啤酒桶的口上呢？”

这些话虽然看来带有哲学的味道，但肯定是同人文主义理想格格不入的。这些属于愤世嫉俗范畴的思想感情，难道不是哈姆莱特的消极的一面吗？

宗教迷信虽然在莎士比亚时代几乎是不可避免的，但毕竟也是哈姆莱特形象中消极的东西。哈姆莱特对于基督教义中有关鬼魂、妖魔、地狱、炼狱等迷信思想（参照第一幕第二、四、五场；第二幕第二场；第三幕第一、二、三、四场）都是完全接受、深信不疑的。甚至连祈祷时死去即可升天堂（第三幕第三场）与饭后未祷而死去即入地狱或炼狱（第一幕第五场；第三幕第二场），等等，也都信以为真。虽然他对于目睹的鬼魂还有些半信半疑，认为它可能确是他父亲的幽灵，也可能是魔鬼的化身，因而一定还要经过剧中剧及其叔父的反应才能最后断定（见第三幕第二场剧中剧前后哈姆莱特和霍拉旭的对话中），但对于鬼魂的存在是毫不置疑的。至于第四幕第四场鬼魂的出现只为哈姆莱特所见而不为其母所见，这是否说明莎士比亚可能把鬼魂的出现当作一种幻觉呢？这是一个难解的问题，但最多这点只涉及作者莎翁而与哈姆莱特无关。

与宗教迷信有一定联系的另一点，是哈姆莱特相信宿命论的问题。第五幕第二场中有两处可用来说明哈姆莱特持有宿命论的观点。当他追述在他去英国途中情况时，他对霍拉旭说："无论我们怎样辛苦图谋，我们的结果却早已有一种冥冥中的力量把它布置好了。"然后，当他同雷欧提斯比剑即将开始而他心里感到不舒服时，霍拉旭劝他不要比赛，他答道："不，我们不要害怕什么预兆；一只雀子的死生，都是命运预先注定的。注定在今天，就不会是明天；不是明天，就是今天；逃过了今天，明天还是逃不了，随时准备着就是了。一个人既然在离开世界的时候，只能一无所有，那么早早脱身而去，不是更好吗？随它去。"这是最彻底的宿命论。

哈姆莱特这个人物形象的最大的缺陷，要算第五幕第一场他在小丑甲面前对霍拉旭讲的一段话了。他说："这混蛋倒会分辨得这样清楚！我们讲话可得字斟句酌，精心推敲，稍有含糊，就会出丑。凭着上帝发誓，霍拉旭，我觉得这三年来，人人都越变越精明，庄稼汉的脚趾头已经挨近朝廷贵人的脚后跟，可以磨破那上面的冻疮了。"这里，哈姆莱特作为一个王子，同样莎士比亚作为一个御用文人和日趋富有的演员、剧作者和剧院股东，暴露了他们作为贵族和社会上层人物的真面目。哈姆莱特说这话时，显然对于庄稼汉的脚趾头挨近朝廷贵人的脚后跟，甚至磨破那上面的冻疮是感到有点惶恐的。这是统治阶级习惯于压迫和剥削劳动人民而害怕后者起来反抗的语言，同莎翁写此剧时的英国阶级斗争情况显然有其密切的联系。我们甚至可以说，这本写于17世纪初年的《哈姆莱特》悲剧，在这句话里道出了文艺复兴时期人文主义思想的危机。

总之，哈姆莱特这个人物形象，不失为具有一定理想的人文主义者，但他首先是要为父报仇，其次才是表示对当时的社会现实有所不满而有一定的进行改革的愿望。同时，他又有着消极的一面，这包括他的愤世嫉俗、宗教迷信和宿命论思想，以及对劳动人民可能进行的反抗有恐惧心理。我们要实事求是地对哈姆莱特这一人物形象做出评价，不宜夸大其积极的一面，也不宜忽视其消极的一面。对作家莎士比亚的评价也应如此。

《哈姆莱特》剧中两问题的再商榷[1]

张崇鼎

莎士比亚著名悲剧《哈姆莱特》第三幕第一场那段脍炙人口的独白，开篇"To be or not to be"曾使不少译人旬月踟蹰。人们对这领括全段的六个英语词提出不同译文，但表达的中心思想多为"生死何去何从"。有人认为"干还是不干"或"反抗还是不反抗"，从本段主题和全剧发展看，这种译法不太妥靠。

首先，我们可以认为，干与否的问题，哈姆莱特在本段独白之前就解决了。

从德国威登堡大学归来，父亲暴死，母亲匆促改嫁，叔父成了新王，国内谣咏纷纭，第一幕第二场哈姆莱特首次出场的旁白"超乎寻常的亲族，漠不相干的路人"，表现出他在悲愤之余，莫无疑虑。接着，国王问他："为什么愁云依旧笼罩在你的身上？"他回答："不，陛下；我已经在太阳里晒得太多了。"（Not so, my lord; I am too much i'the sun.）看

1 原文发表于《外国文学研究》1981年第2期。张崇鼎，四川大学外语系教授，长期从事翻译研究、英美文学研究、加拿大文学研究以及文化研究。

来问与答有些脱节，但原文却有紧密相连的内在逻辑。国王首先称他“我的儿子”（my son），作者用了“太阳”（sun），英语中“儿子”与“太阳”同音，一语双关，内涵是“人子之责沉重地压在心头，所以我愁容满面”，可见他一开头就对新王有所提防。国王和王后退场后，他痛斥人世间“可厌、陈腐、乏味而无聊”的一切，把它比成“荒芜不治”“长满恶毒莠草”的花园。独白末了，“啊，罪恶的匆促，这样迫不及待地钻进了乱伦的衾被！那不是好事，也不会有好结果；可是碎了吧，我的心，因为我必须噤住我的嘴！”他发出警告，要采取行动，同时强制自己藏而不露。本幕第五场，父亲鬼魂告诉他死的真相，证实了哈姆莱特的预感。鬼魂命令他复仇：“不要默尔而息，不要让丹麦的御寝变成了藏奸养逆的卧榻。”他决心从记忆中“拭去一切琐碎愚蠢的记录”，把父亲的复仇令作为座右铭记下。定了决心，他立即开始行动，争取在场朋友的支持，要他们按剑发誓守口如瓶，告诉他们此后他可能要装疯卖傻，叫他们别大惊小怪。末了，他表示：“要负起重整乾坤的责任！”

为了说明哈姆莱特在第一幕末了时，已经是痛下决心了，笔者把一个本来应在第二个问题中讨论的问题提到这里来。第一幕末了那句“这是一个颠倒混乱的时代，唉，倒霉的我却要负起重整乾坤的责任！”（The time is out of joint — O cursed spite. That ever I was born to set it right!）被评论家们广为引用。有人称之为解开哈姆莱特性格的钥匙，或说明哈姆莱特消极的改革社会愿望，或说明他图报私仇出于无奈，或说明他报仇和改革靠自我奋斗而不依靠群众，云云。主要由于其中“O cursed spite”的译文有失，致使评论家们在“倒霉的我”上大做文章，做出一些不实事求是的评语。“O spite”在莎剧中作为惊叹用过四次，表示不同程度的怨恨、恶意、恼怒等，而“O cursed spite”在莎剧全集中只出现一次。原因也许是“cursed”一词包含的一种严重的思想情绪，其基本意思是“可诅咒的”、“天谴的”。莎剧中“cursed”被使用约四十次，多数情况下是与叛逆、谋杀、亵渎神明、异教徒、野蛮、淫乱等等极不愉快的事物相联系的。莎剧多数是在基督教精神中展开的，哈姆莱特所用的“O cursed spite”针对自己的可能性极小。因此可以理解为他是对“时代”(time)发怨，译为“可诅咒的人世啊!”对时代的痛恨是插入语。接着表现出的是一种“世披靡矣扶之直”的勇敢精神。

第二幕中看出哈姆莱特在表面上割断了对奥菲利娅的爱情，巧妙地应付国王的摸底行动，安排演戏，发掘国王的隐秘。伶人“真假一人”的预演，使他万分激动，痛骂“嗜血的、荒淫的恶贼”，高叫“啊！复仇!”痛斥自己“只会空言发发牢骚”，要自己“活动起来”，更进一步动脑筋更好更快地复仇。他是在按计划行动。

以上是对这段独白背景情况的简介，意在说明没有必要再在本段谈反抗与否的问题。哈姆莱特道这段独白时，他在等待安排好的戏的上演；而第二幕中他又取得点小成功，情绪相对平稳。他能较冷静地去探讨生与死的奥妙，针对自己也针对人们的生死观发议。基督教义以“容忍狂暴的命运矢石交攻”为高贵，哈姆莱特首先对此置疑。接下去提出一般人认为的人死如入睡、一睡了千愁的说法；然后又否定这种说法，提出睡不能解愁，因为死的睡眠里，会有梦魔困扰。因此，人们忍辱偷生是由于惧怕死后的痛苦。最后推论，人们轰轰烈烈的大作大为之所以逆流而退，是由于这种死后之虑。奥菲利娅的出现，打断了他的思索。他脱口而出:“女神，在你的祈祷中，不要忘记替我忏悔我的罪孽。”为他的普遍罪孽忏悔，也为他方才的“怀疑论”忏悔。

如果“干还是不干”是本段的主题这一结论成立的话，本段没有对可能的选择做实质性的回答。独白末了的几句，谈到对死后的恐惧所生之顾虑使人怯懦灰心，使伟大的事业失去行动的意义。而此后，全剧中再没有类似的考虑了。随着剧情的发展，看到的就是接二连三的行动。如果“反抗与否”作为本段的主题而未得出结论，以后的行动就成了无本之木。

第四幕第四场哈姆莱特被迫去英国途中，在丹麦原野遇见雄心勃勃的福丁布拉斯，为弹丸之地取道丹麦征讨波兰。对此，他感慨万端。那段独白可以印证第三幕第一场这段独白是在干的前提下对生死问题的考虑。他首先鄙弃“把生活的幸福和目的，只看作吃吃睡睡”的人生，说这种人“简直不过是一个畜生”！他朝思暮想的是“这件事需要做”，而自己“有理由、有决心、有力量、有方法”，“可是始终不曾在行动上表现出来”。实则他在行动上表现出来了，只是自己还嫌不够，原因是对于行动的后果“过于审慎的顾虑”，自责这种对死亡的考虑是“三分懦怯一分智慧”。可见当初他考虑的不是“反抗与不反抗”的问题。接着，他赞扬福丁布拉斯“在荣誉遭遇危险的时候”敢于“拚着血肉之躯去向命运、死亡和危险挑战”，他自惭形秽，“看着这两万个人为了博取一个空虚的名声，视死如归地走下他们的坟墓里去”。最后他决心不能“一切听其自然”发展，决心“摒除一切的疑虑妄念”，头脑里只许有流血的念头。

综上所述，可以看出哈姆莱特在本段独白时和独白前，不是犹豫不决，而是决心已定。独白中他是在联系自己现状，较冷静地、也较客观地探讨一般人，也包括自己在内的生死观。由是，类似“生存还是毁灭”的译文，能挈领全段，较贴切地传达原文本意。

第二个要讨论的，不是哈姆莱特有无消极面的问题，而是想商榷不少评论文章引用来说明他消极面的地方是否真算消极，评论是否实事求是。

先看第二幕第二场哈姆莱特对吉尔登斯吞和罗森格兰兹说的那段话：

> 我近来不知为了什么缘故，一点兴致都提不起来，什么游乐的事都懒得过问；在这一种抑郁的心境之下，仿佛负载万物的大地，这一座美好的框架，只是一个不毛的荒岬；这个覆盖众生的苍穹，这一顶壮丽的帐幕，这个金黄色的火球点缀着的庄严的屋宇，只是一大堆污浊的瘴气的集合。人类是一件多么了不得的杰作！多么高贵的理性！多么伟大的力量！多么优美的仪表！多么文雅的举动！在行为上多么像一个天使！在智慧上多么像一个天神！宇宙的精华！万物的灵长！可是在我看来，这一个泥土塑成的生命算得了什么？人类不能使我发生兴趣；不，女人也不能使我发生兴趣，虽然从你现在的微笑之中，我可以看到你在这样想。

这段台词被一些评论家说成是集中地、突出地表现了人文主义者的思想的深刻矛盾，人文主义这块基石而今在他的脚底下动摇了。恰恰相反，这不是证明人文主义的动摇，而是证明人文主义的基础更坚实。哈姆莱特把真善美与假丑恶对比，原以为人性是美好的，人性可以创造奇迹，感化一切人，现在认识到向邪恶斗争的必要。表现他对人类怀着崇高信念的同时，没有忘掉腐朽的势力。末了几句，他又把人说成“泥土塑成的生命”，“人类”和“女人”都不能使他发生兴趣，似乎可以用来说明他的厌世主义。其实，这种印象是翻译不妥造成的：

> And yet, to me, what is this quintessence of dust? Man delights not me; no, nor woman（另一种版本是women）neither, though by your smiling you seem to say so.

问句译成“这泥土的精华对我意味着什么？”较妥。承接前文，其潜在的答案是“有美又有丑”；再说，“泥土”并无贬义，因为“上帝以泥造人”的观点人们并不陌生。后文中“man”可以说具体指弑君娶后的新王，“woman”或“women”指匆促再嫁的母亲，或许还有被人利用的奥菲利娅。因此“man”（男人）译成“人类”不妥。哈姆莱特迫使二人承认是奉命而来探虚实之后，他大发一通人类美丑的议论，当然不能向二人推心，不能直说他所指。说完后，他犹恐露了天机，马上问对方笑什么，这可作为他所说的“男人”具体有所指的佐证。他立即对伶人发生的极大兴趣，更说明他不是厌烦“人类”。第三幕第四场哈姆莱特在王后面前竖起两幅图画，一幅高雅优美，“向世间证明这是一个男子的典型”；另一幅“像一株霉烂的禾穗，损害了他的健硕的兄弟”，看出他歌颂崇拜的人的典型，同时他又鞭挞腐败的恶势力。与其说这反映哈姆莱特的思想的深刻矛盾，毋宁说这反映哈姆莱特比理想的人文主义者更加正视现实。

第三幕第一场哈姆莱特与奥菲利娅那段对话，有人说这是他嘲讽妇女的性格的流露。不要忘记，那是他装疯时说的话。更不能忘记的是，国王和御前大臣把奥菲利娅作为囮子，两人躲在暗处，“从他的行为上判断他的疯病究竟是不是因为恋爱上的苦闷”。爱着他的她，突然要退还昔日爱情的纪念品，当然不会泰然自若，他必然看出端倪。因此，他的话多数是指桑骂槐。他的确五次叫她“进尼姑庵去吧”。他也警告她：“尽管你像冰一样坚贞，像雪一样纯洁，你还是逃不过谗人的诽谤。”玷污她坚贞纯洁的谗人，当然指暗中的密探。他也说过：“或者要是你必须嫁人的话，就嫁给一个傻瓜吧，因为聪明人都明白你们会叫他们变成怎样的怪物。”这里，他在影射母亲的再嫁，也表明自己是聪明人，不会钻他们的圈套。他也痛骂过：“我也知道你们会怎样涂脂抹粉；上帝给了你们一张脸，你们又替自己另外造一张。你们烟视媚行，淫声浪气，替上帝造下的生物乱取名字，卖弄你们不懂事的风骚。”他在骂两副嘴脸的国王和御前大臣，撕开他们的伪装。他瞒过了两个暗探。最后国王说：“大人物的疯狂是不能听其自然的。”不管哈姆莱特是否确信有人暗中偷听，至少可以认为，莎士比亚要让哈姆莱特指着和尚骂秃头，不能认为他是在嘲弄妇女。莎士比亚的喜剧洋溢着对妇女美德、才智、聪慧的歌颂，很难想象，他转入更光辉的悲剧时期的第一部悲剧里，他会真正让哈姆莱特嘲讽女性。第三幕第四场他用锋利的言辞狠劈王后的心灵，要她“把那坏的一半丢掉，保留那另外的一半”，让灵魂清净一些：“习惯虽然是一个可以使人失去羞耻的魔鬼，但是它可以做一个天使，对于勉力为善的人，它会用潜移默化的手段，使他弃恶从善。”可见哈姆莱特在痛斥母后罪过的同时，没有失去对女性纯洁的信念。他在奥菲利娅的坟地表现出对她的爱，“哪一个人的心里装载得下这样沉重的悲伤？哪一个人的哀恸的词句，可以使天上的行星惊疑止步？那是我，丹麦王子哈姆莱特！”“我爱奥菲利娅；四万个兄弟的爱合起来，还抵不过我对她的爱。”他与雷欧提斯击剑前要求后者宽恕他的过失：“我承认我在无心中射出的箭误伤了我的兄弟。”这可用来为他辩解，难道还不足以说明“进尼姑庵去吧”那席话不是出自真心吗？

哈姆莱特误杀波洛涅斯后，把尸体藏起来，国王问起尸体时，他回答：“蛆虫是全世界最大的饕餮家；我们喂肥了各种牲畜给自己受用，再喂肥了自己去给蛆虫受用。胖胖的国王跟瘦瘦的乞丐是一个桌子上两道不同的菜。”“一个人可以拿一条吃过一个国王的蛆虫去钓鱼，再吃那吃过那条蛆虫的鱼。”有评论文章说这些都是厌世者的典型语句。如果没有剧本，不是出自哈姆莱特之口，可以说这是厌世之词。但这些话由一个王子说出来，倒可说这是他的反封建思想的表现，他的反对“君权神授”观点，他对权贵的蔑视，主张“人生来平等”。同样的思想表现在第五幕第二场他针对朝臣奥斯里克讲的那番话：“一头畜生要是做了一群畜生的主子，就有资格把食槽搬到国王的席上来了。”

被打发去英国途中，哈姆莱特脱险回国，途经墓地，见两个小丑正在挖掘新坟。他拾起骷髅，怀古伤今。巧舌如簧的辩士、偷天换日的政客、拍马奉承的朝臣、玩弄刀笔的律师、积攒万贯的地主，“现在却让这蠢货把它丢来踢去”，“让这放肆家伙用龌龊的铁铲敲他的脑壳”，“从这种变化上，我们大可看透了生命的无常”（... here’s fine revolution, an we had the trick to see’t）。又有评论文章说这些话既是讽刺又是嘲弄，达到了愤世嫉俗的顶点。其实，这可以理解为哈姆莱特在发表他的历史辩证法观点，人类不分智愚、贵贱、贫富，都受无情的辩证法支配。上句译文与原文意思相距太远，于是造成“愤世嫉俗”之嫌。译成“倘使有慧眼，我们就会看见这妙不可言的剧变”（姑且不译为“革命”）较接近原文。

亚历山大高贵的尸体可以是塞酒桶口的泥土，尊严的凯撒死后，尸体可以变为黄土填砌破墙：“亚历山大死了；亚历山大埋葬了；亚历山大化为尘土；人们把尘土做成烂泥；那么为什么亚历山大所变成的烂泥，不会被人家拿来塞在啤酒桶口上呢？”有评论肯定这段带哲学味的话与人文主义理想格格不入。相反，不是格格不入，正是人文主义思想的表现。这段与前两段的思想是一脉相承的，提倡唯物主义，提倡科学，反对愚昧，反对迷信。人死了就是生命的结束，赫赫战功的亚历山大、威震寰宇的凯撒，死后都成一抔黄土。在此，哈姆莱特在死亡面前表现出勇气，否定了对死后的顾虑。有人说，莎士比亚与伽利略同年出生，在《哈姆莱特》剧中，他似乎在预期伽利略坚信并为之大力宣传的太阳中心说。哈姆莱特给奥菲利娅的小诗写道：

你可以疑心星星是火把；
你可以疑心太阳会转移；
你可以疑心真理是谎话；
可是我的爱永远没有改变。

小诗表示爱情的始终不渝，也表现出他向当时的以神为中心不顾客观规律的宇宙观挑战。这在当时是异端邪说，这位意大利天文学家为此受审下狱。啥姆莱特在此表现出勇敢的追求科学的精神。

莎士比亚不是科学家，也不是历史学家和哲学家，他是诗人，是剧作家，他的剧中人物受作家的想象和逻辑支配。如果可以说哈姆莱特对鬼魂半信半疑不是剧作家创造的戏剧悬念，如果可以说他真的相信鬼魂、妖魔、地狱、炼狱等的存在，如果可以说第五幕第二场他说的“我们的结果却早已有一种冥冥中的力量把它布置好了”不是表示幸免一死后的轻松心情，如果可以说“一只雀子的死生，都是命运预先注定的”

不是用来安慰朋友叫他别忧心击剑后果，而是表示他相信宿命论，那么，从全剧看，哈姆莱特自己在不断否定这些消极因素。

有文章认为，哈姆莱特这个人物形象的最大缺陷要算第五幕第一场他针对小丑的一段话：

> 这混蛋倒会分辨得这样清楚！我们讲话可得字斟句酌，精心推敲，稍有含糊，就会出丑。凭着上帝发誓，霍拉旭，我觉得这三年来，人人都越变越精明，庄稼汉的脚趾头已经挨近朝廷贵人的脚后跟，可以磨破那上面的冻疮了。

有说这是他轻视群众，脱离人民，不许人民群众发动变革现实的斗争，有说这是哈姆莱特和剧作者作为贵族和上层人物的真面目的表现，有说表现他们对人民反抗的惶恐。这里大有商榷的必要。王子来到掘坟的下层人民中，听着他们对生活时事发议，道破人生，对社会不平、贫富悬殊、严刑峻法表达他们的不满；王子和平民称兄道弟（哈姆莱特和小丑互称“sir”，前者的译文是“大哥”，后者的译文是“先生”），和他们逗趣赛智，向他们请教了解一些自己不懂的问题，这正是人文主义者理想的礼贤下士、体察民情的君主。正如福丁布拉斯所说：“因为要是他能够践登王位，一定会成为一个贤明的君主的。”上文所引的这段话，正说明他身处时代急剧变化的潮流，感觉时代脉搏的跳动，了解变化、适应变化。比起那些腐朽保守，被偏见蒙蔽眼睛，自己无知但又自以为是不承认人民进步的贵族来，哈姆莱特算是开明王子。这不是说明人文主义思想的危机，而是说明人文主义思想更加丰富、更加成熟，更具现实主义色彩。这段话后，他又仔细打听小丑几时开始掘墓为生，人死了多久才会腐烂，和小丑两人一起各自发表对前国王弄人郁利克的有趣回忆，这说明他意识到群众的力量和智慧，但并不惶恐。

莎士比亚写《哈姆莱特》的时候，他的经济状况已经大大改善，这是无疑的，社会地位变得显达也是事实；但作家经济和社会地位的变化，并不一定必然带来政治观点和艺术观点的变化。与宫廷有来往不一定就成为御用文人。他在歌颂善良，鞭笞邪恶，渴望和赞美光明的未来，他不是帮闲文人，而是人民的诗人。如果一定要把莎士比亚的现状和哈姆莱特联系起来而证明他们是同忧相救的话，那么，另一个事实可以解释为什么他们都欢迎这种变化。莎士比亚的父亲在《哈姆莱特》快写成的那年（1601年）去世，在此以前，父亲早已是贫穷潦倒，靠儿子支撑门面了。“愤怒出诗人”，他会为父亲鸣不平的，而他自己却从当时被认为“最下等的职业”的马夫、仆役等步向社会上层。按理，这类人是会同情下层人民和热情欢迎引文中所说的变化的。

本段中“混蛋”一词，实则也不能说明哈姆莱特对人民的轻蔑。本场中，“knave”一词使用三次，译文是“蠢货”、“家伙”和“混蛋”。此词在莎士比亚时代的含义可能有“male servant”，“fellcw”，“boy”，“villain”，“rogue”等，在本场语言环境中，译成“蠢货”、“混蛋”欠妥，译成“家伙”、“厮役”、“汉子”、“老兄”等较恰当。在舞台上，即使用了“蠢货”、“混蛋”也无妨，演员可用适当腔调传达真实感情；而写在纸上，再经引用，脱离前后文，难免造成错误印象。

笔者不是在此全面评说哈姆莱特的是非功过，只对一些常被认为他消极的地方提出自己探讨性的看法，意在引起争论。对《哈姆莱特》的评价，在一定程度上可以说，就是对莎士比亚和人文主义的评价。人文主义作为思想武器曾帮过资产阶级的大忙，但它不是马克思主义的敌人，它可以为无产阶级服务。它的历史使命没有完成，当然不能走进历史博物馆。这里引用哈姆莱特临死时的话，作为本文结尾，希望引起有益的争鸣：

> 霍拉旭，我死了，你还活在世上；请你把我的行事的始末根由昭告世人，解除他们的疑惑。

谈《奥瑟罗》的时间结构[1]

陆　扬

从历史的角度考察，欧洲戏剧在莎士比亚之前虽然很早已经出现倒叙、回忆等结构因素，但基本上遵循的仍是从情节发展的自然序程为线索的传统结构方式。文艺复兴是一个开放性的伟大时代，它不仅在思想文化领域形成千姿百态的繁荣局面，在文学作品结构这个特定的小天地中，也悄悄绽开了奇花异葩。

从结构形态看，《奥瑟罗》在莎士比亚四大悲剧中占有特殊地位。它不似《哈姆雷特》那样延宕曲折，不似《李尔王》那样复线并进，甚至不似《麦克白》那样，以司阍敲门的场景，赋予悲剧某种"喜剧调剂"。它的戏剧情节没有缓解，没有松弛，如离弦之箭，直飞毁亡之的。长期以来，有关《奥瑟罗》这一外在结构特征著文立说者甚众，本

1　原文发表于《外国文学研究》1987年第2期。陆扬（1953—），曾在广西师范大学中文系、华中师范大学文学院、上海社科院哲学所、南开大学哲学系等院校及研究机构任教或任职，现为复旦大学中文系教授、中国作家协会会员、中国文艺理论学会常务理事、中国中外文论学会常务理事。著作主要有《德里达：解构之维》、《精神分析文论》、《中世纪文艺复兴美学》、《后现代的文本阐释》、《文化研究导论》、《死亡美学》、《日常生活审美化批判》等，译著主要有《论解构》、《文学是什么》等。

文将不予复述。这里我们想集中谈一谈悲剧结构中的另外一个问题，说明《奥瑟罗》在四大悲剧，以及在莎士比亚全部戏剧创作中的特殊地位，不仅仅在于急速直线型推进的情节构造模式，而更主要在于它采用了两个不同的时间序列，即于戏剧冲突在前台疾风烈火式地展开的同时，后台存在着远为从容的另外一种时间序程。

一

这里有必要对悲剧的时间线索认真做一分析。

先看全剧有迹可循的时间线索。夜深人静，戏剧故事在威尼斯拉开帷幕。伊阿古唆使罗德里哥街头寻衅，引出剧中人物汇聚元老院议事厅。元老院休会一小时后，奥瑟罗率领大军开拔，去了塞浦路斯，第三场中奥瑟罗有话为证：

> 来，苔丝德梦娜。我只有一个钟头
> 与你叙恩爱，料理琐事了。
> 我们必须服从时间的支配。[1]

这是悲剧的前奏。奥瑟罗出生入死，有着驰骋沙场的戎马生涯，他在威尼斯的地位，以及新婚经过和出师缘由，都在这里做了交代。剧中其他主要人物如苔丝德梦娜、伊阿古、凯西奥等，亦在此一一亮相。序曲已经吹响，悲壮乐章的狂风暴雨滚滚将至了。

---

1 本文所引莎剧的中译系本文作者根据纽约艾蒙出版公司（Airmont Publishing Company）1966年版本所译。

第二幕第一场中，威尼斯大军经历了海上风暴，相继抵达塞浦路斯。凯西奥先到，接着迎来伊阿古护送下的苔丝德梦娜和奥瑟罗最后登陆。第二场中传令官宣布了两条消息：一、土耳其舰队已在暴风雨中全军覆没。二、主帅当晚举行婚礼[1]，“从现时五点到钟敲十一下”，大家可以尽兴欢宴。传令官的话提示了第一条重要的时间线索：奥瑟罗一行登陆是在下午，虽然这一天的确切日期暂时还无法确定。第三场中奥瑟罗的一段话，进一步证实了这一点。奥瑟罗对苔丝德梦娜这样说：

来吧，我甜蜜的爱。
姻缘既定，硕果在望；
你我间的好处还没到来呢。

这是典型的过渡段落，确证这一夜的风风雨雨紧衔大军登陆的下午。将近十点时分，伊阿古诱引值夜的凯西奥酗酒生事。剧情由此密锣紧鼓，在夜深中急遽推进。凯西奥失了官职，丧魂落魄；懵懂中，在伊阿古唆使下决意去请苔丝德梦娜代为求情。紧跟着伊阿古打发罗德里哥时说了这一句话：

哎呀，天亮了，
喝酒又打架。时间过得好快。

可见，当第二幕结束的时候，天色已经放亮，凯西奥和伊阿古应该是彻

1 原文为：“it is the celebration of his nuptial.” 朱生豪译本作：“我们同时还要祝贺我们元帅的新婚。”其实，奥瑟罗在威尼斯已经宣布和苔丝德梦娜成亲。这里的“nuptial”即“wedding”，是举行婚礼。朱译本容易给人造成时间上的错觉。

夜未眠。

第三幕开场时，垂头丧气的凯西奥出现在城堡跟前，付了小丑一块金币，请他唤爱米利娅出来先做商议。底下我们得知了剧情发生的确切日期，苔丝德梦娜恳求奥瑟罗尽快让凯西奥复职。发觉当晚和明天正午没有可能之后，她这样说：

> 那就明晚；或星期二上午；
> 星期二中午；再不晚上，星期三上午——
> 我求你定个时间，但是别让它
> 拖过三天。说真的，他后悔了。

毋庸置疑，说话之时是在星期日。注意“别让它拖过三天”这一句话，它再清楚不过地表明凯西奥丢失官职的风波刚刚发生在昨夜。换言之，大军登陆是在星期六下午；一夜之间，情势已经急转直下。同一天内，奥瑟罗证实苔丝德梦娜丢了手帕。捡到手帕的凯西奥将它交与相好比恩卡，叫她照样子描下图案。凯西奥答应晚上去看比恩卡。第三幕至此结束。

第四幕开场，伊阿古继续施展诡计，有意无意重提手帕，挑起奥瑟罗妒火中烧。这一幕在时间上紧衔上幕，第一场中比恩卡的两句话可以做证。她问凯西奥：

> 你刚才给我那块手帕是什么意思？我接过来真是傻得厉害。我非得替你描它下来不成？[1]

1 着重号为本文作者所加。

又说：

> 今晚你得来吃饭，非来不可；你要不来。从今以后再别登门。[1]

两句话与第三幕结尾前后呼应，足见戏剧动作仍然发生在星期日中。紧接着，幕后号角吹响，威尼斯使臣罗多维科来到。奥瑟罗摆宴接风。第五幕中，晚宴过后悲剧展开它惊心动魄的结局：苔丝德梦娜和爱米利娅相继死于非命；奥瑟罗拔剑自戕——时当大军抵达塞浦路斯的第二天，星期日之夜。全部剧情，除却威尼斯的前奏，发生在三十六小时之内。

可以看出，《奥瑟罗》有一条不难辨认的时间线索。它是眉清目楚、脉络分明的。从情节、地点、时间的统一要求来看，单凭以上印象它无疑是四大悲剧中与古典主义理想模式“三一律”最为切近的一个剧本。长久以来人们交口赞誉的《奥瑟罗》结构艺术，指的也无非是它在莎剧中这一构造形态上的相对整饬性。但是且慢，细读剧作，我们发现一些问题。《奥瑟罗》的时间结构实际上并非如此简单。众多矛盾扑朔迷离，令人惑然。追踪寻源，最终把我们引向一个更长的时间序列。

请看以下例子。

第三幕第三场，即登陆次日，爱米利娅拾到苔丝德梦娜手帕时有这一句话：

> 我那古怪的丈夫足有一百回
> 求我把它偷来。

1 原文为：“An you’ll come to supper tonight, you may; an you will not, come when you are next prepaired for.” 朱生豪译本作：“今天晚上你要是愿意来吃饭，尽管来吧；要是不愿意来，等你下回有兴致的时候再来吧。”上下文语气矛盾，是误译。这里的“may”当“must”用，后一句是反语。

从伊阿古在威尼斯和初踏上塞浦路斯的所言所为来看，他压根还没想到利用手帕来做阴谋工具。符合逻辑的推断，手帕诡计唯有生成在扎下营垒之后。但是前一夜伊阿古煽风点火，通宵在外，他何以有暇一而再、再而三地催促妻子偷这块手帕？一百回自然不必认作确数，但是即使我们将它的确凿含义缩小为十分之一，上述爱米利娅的话置于三十六小时的悲剧时程中，听来仍然不免荒唐。事实上，伊阿古乍听到爱米利娅提起手帕还愣了一下："什么手帕？"这类近乎木然的反应不啻从根本上排除了他近日间魂牵梦思、念叨着这块手帕的可能性。因此我们纳闷：伊阿古什么时候"一百回"求爱米利娅盗此手帕？这是其一。

其二，凯西奥的梦。同一场中，伊阿古对奥瑟罗说："最近我和凯西奥同床"（I lay with Cassio lately），借此编出了一套凯西奥梦中吐露心事的鬼话。但是仔细想来，伊阿古说出这一番话不免离奇过度了。他何时何地得以与凯西奥同床？两人分船到达塞浦路斯，海途中无从谈起。上岸后如前所现，两人都折腾了一个通宵，没有沾过床榻的边。这些事实，使伊阿古的毁谤之词不仅断无可信依据，而且荒唐到滑稽的地步。难道他忘了威尼斯军队抵岸方有一日，而前一夜奥瑟罗本人还火冒三丈，当场撤了凯西奥的官职？难道他置彰明昭著的事实不顾，宁可信口开河，冒全部阴谋破产的风险？这不是伊阿古的性格。

比恩卡也使人迷惑。同一幕第四场中，她见到凯西奥便嚷嚷起来："怎么，一个礼拜不露面？七天七夜？"七天七夜当然同样不必认真，但是问题的关键不在多一天少一天，对一个明知他昨日抵岸的人说这些话，符合情理吗？有人认为，比恩卡是凯西奥从威尼斯带来的情人。这一看法通览全剧难寻根据。诚然，第四幕第一场中凯西奥说了这一段话：

> 她刚才还在这里；她到处追着我。有一天我在海堤上正和几个威尼斯人说话，这小东西就来了。

话中提到威尼斯人，是不是意味着“有一天”的发生场景就在威尼斯？未必，实际上结论倒是其反。凯西奥这些话是对伊阿古讲的。如果他有意说明那是威尼斯的事情，他根本就无须也不应强调他“正和几个威尼斯人说话”，因为这是不言自明之理，说明不了任何问题。从逻辑上看，上面的话只有以塞浦路斯为背景才说得通。我们有理由相信比恩卡是土生土长的塞浦路斯人。这样，且不说她埋怨昨天上岸的凯西奥“七天七夜”不来看她令人费解，即就他们的亲热程度来看，中间没有一个时间过程也难以想象。要不然，凯西奥话中的“有一天”，何从谈起？

再看新命令的疑点。第四幕第一场中罗多维科赶到塞浦路斯，带来元老院一书，令奥瑟罗回国，由凯西奥代理职务。这一幕新命令不啻推波助澜，加速了悲剧进程，但是问题也接踵而至。罗多维科在大军登陆次日就带来了元老院新命令，难道他竟是尾随舰队，一路跟到塞浦路斯？奥瑟罗戎马倥偬，屡建奇功。元老院正因为对这个摩尔人的将才太了解了，才不顾他的肤色，不顾他夺了勃拉班修的掌上明珠，决然让他执掌重兵。莫非他们未卜先知，预料到土耳其舰队必然遇上风暴？必然全军覆没？这岂不可笑。有人认为这是勃拉班修做了手脚。不错，第二场中苔丝德梦娜有这几句话：

> 要是你突然怀疑是我的父亲，
> 鼓捣出这一纸新令召你回国。
> 不要怪罪到我的身上……

然而关键在于：即使勃拉班修有意捣鬼，元老院有没有可能一返身把国家的危机忘到九霄云外，转而来迁就他们当中的一员？难以想象，纵观莎剧，君王公侯的决策大都被蒙上一层威严的权威色彩。朝三暮四、出尔反尔的例子还真难以寻觅。这与莎士比亚本人的正统观念是分不开的。事实上元老院并非偏爱这个黑皮肤的摩尔人，委实是抵御土耳其人的重任非他莫属，别无选择。元老院发出新令，可以确信他们意识到了土耳其人的威胁确实已经解除，而从威尼斯、塞浦路斯和土耳其三地的地理位置来看，在没有发明电话和电报的当时，两道命令中间要时隔三四个星期决不为过。它也解释了同一场中苔丝德梦娜对爱米利娅说的话：

> 请你今晚
> 替我铺上新婚的床单，——记住了。

假如昨日新婚，今日要人换上新婚那天用的床单，岂不荒唐透顶！

二

至此，我们可以得出结论：《奥瑟罗》时间结构上存在两个不同的序列，为方便起见，我们不妨称其一为戏剧时间，其二为逻辑时间。

戏剧时间。我们看到，自奥瑟罗登上塞浦路斯岛起，剧情一如脱缰野马，狂奔疾驰，叫人紧张得喘不过气来。撇开威尼斯的序幕，从星期六下午到星期一凌晨二、三点时分，三十六小时内展开了悲剧的全部过程。这一剑拔弩张的时间序列受制于特定情境下的人物心理状态，它不仅大大增强了悲剧力量，高度集中了戏剧性因素，而且就悲剧情节发展来看，势在必然。伊阿古孤注一掷，非成即亡，罪恶之得逞相当程度上赖于剧情风驰电掣般急速推进。假如在伊阿古恶毒离间下，被妒火蒙住本性的奥瑟罗能有片刻清醒，冷静审度一下伊阿古漏洞百出的鬼话究竟能有几分可信，戏剧的结局完全可能迥然不同，悲剧很可能根本不成其为悲剧。而眼花缭乱的事件一旦经过浓缩，不但赋予悲剧节奏一种扣人心弦的张力，令剧中人无以旁顾，没有充裕的时机来识破阴谋，而且时间这个情节发展的要素本身化成一种动力，和其他艺术手段一道来摇撼人心，使悲剧最大限度地发挥了感染震撼观众的作用。这就是戏剧时间的功能。它以排山倒海的磅礴气势，表现了亚里士多德所说的悲剧的“必然性”。别忘了奥瑟罗一行将抵塞浦路斯时剧作者安插的那一场风暴：

咆哮的汹涌波涛直冲云霄，
被狂风卷起的海浪奔腾山立。
仿佛要把水浇上眩目的大熊星座，
熄灭亘古不移的北斗七星。

这不是装饰性文字，甚至不单纯是宏观宇宙世界混沌状态的写照，它预示了将在奥瑟罗内心掀起的惊涛骇浪，是统辖在悲剧戏剧时间模型之内的第一声惊雷。

逻辑时间。但是另一方面，情节构筑总要依赖于客观时间序程，任何文字艺术作品都要遵循人们的思维逻辑，这也可以说是文学创作的一条规律。从《奥瑟罗》时间结构表现的特殊态势来看，戏剧时间实际上打破了自然时序和形式逻辑的限制，把过去、现在和将来可能发生的事糅合到一起来了。如果剧情单纯限制在这一经过浓缩变形的时间序程中向前推进，不可避免会导致损害悲剧的真实可信程度，即它的或然性。试想，奥瑟罗纵使到了糊涂地步，在明知凯西奥与苔丝德梦娜分船渡海，抵岸后一日间仅仅打过一个照面的情况下，何以竟至一头钻入伊阿古圈套而不能自拔？这里实际上反映了剧作中刻画人物活动踪迹的时间与按照日常生活逻辑要求作品容纳的时间之间的矛盾。回顾本文前面列举的一系列“疑点”，我们有理由相信，莎士比亚以他炉火纯青的艺术技巧，精心安排了另一个时间序列，这就是逻辑时间。从外部特征看，逻辑时间不似戏剧时间那样单刀直入、简约练达，而更多通过暗喻、点示等手法表现之，仿佛漫不经心，信笔带过，巧妙而又切合思维现实地与剧作的戏剧时间叠合协调，使戏剧情节富有令人信服的逻辑力量。简而言之，逻辑时间在剧作的整体构架中，说到底处可增强悲剧或然性的重要地位。这样，戏剧前台，我们见到马不停蹄的矛盾冲突在戏剧时间的急促节奏中飞驰；后台背景，则同时展开舒缓从容的逻辑时间，赋予直线推进的悲剧情节以逻辑真实上的合理意义，两种时间序列齐头并进，互映互照，相辅相成，为悲剧内容提供了独树一帜的表现形态。

由此可见，《奥瑟罗》两种时间序列的结构模式不仅确实存在，而且绝不是轻描淡写以剧作者疏忽的传统观点来解释。仿佛天才的莎士比亚诗兴所至，随意挥发。它是发之有因，变之有常的，是莎士比亚展示悲剧必然性和或然性的高度成熟的艺术手段。严格地说，两种时间序列的先例在文学结构的发展长河中有迹可循，至少在英国，乔叟的《坎特伯雷故事集》已经初露了此类模型的端倪。T·S·艾略特在《传统与个人才能》一文中提出过一个著名论点：任何文学作品都是作者的个人才能和一种潜在传统的产物。这一论点从历史而非静止的角度解释文学现象，无疑有着积极意义。某种意义上，它也解释了本文阐述的《奥瑟罗》双重时间结构的问题。《奥瑟罗》的两重时间序列形式既同传统（如《坎特伯雷故事集》）有着联系，又凝聚了莎士比亚令人惊叹的创造力。它的艺术表现力更为优越，容量上也更为丰富。它表明以情节发展的自然时间序程为线索的传统戏剧结构，已经不能再适应文艺复兴的时代需要了。内容广度的拓展、思想深度的掘进，必然要求更加多样化的表现方式。这也是文学自身发展的必然规律。从这一意义上说，莎士比亚的《奥瑟罗》在戏剧结构发展史上所处的地位，是堪与索福克勒斯的《俄狄浦斯王》相匹配的。

对《献疑》的献疑

——也谈阿姆莱特故事的历史年代[1]

沈　弘

一

浏览杂志，偶尔在《读书》（1985年第12期）上看到一篇“读书献疑”的专栏文章，题为《关于阿姆莱特故事的起源和演变》（以下简称《献疑》），引起我浓厚的兴趣。作者推本溯源，旁征博引，笔力酣畅，出语惊人：

> 关于莎剧《哈姆莱特》这个难题的探索，我认为应该从故事的起源和演变开始。在这方面，国内外的著作里还流传着一些知识性的错误。[2]

文章开宗明义地提出要肃清这些错误的不良影响，这一点使我赞

1　原文发表于《外国文学研究》1989年第1期。沈弘（1954—），浙江大学英语系教授，主要研究方向为中世纪与文艺复兴时期英国文学、目录学与版本研究、中外文化交流。

2　《读书》1985年第12期，第137页。

赏不已。

这里所谓的知识性错误大多与萨克索的《丹麦史》一书中的“阿姆莱特故事”[1]有关。据信，莎士比亚的《哈姆莱特》这一著名悲剧取材于该历史故事，其中丹麦王子阿姆莱特为父报仇而装疯，以及他最后向叔父讨还血债等情节与莎剧尤为吻合。令人遗憾的是，萨克索在讲述故事时并没有说明历史年代，因而引起了后人的各种猜测。《献疑》作者指出，有不少学者在说明这一故事的历史年代时犯了错误。其中最重要的有苏联的著名莎学家莫洛佐夫，他在1940年俄文版的《莎士比亚悲剧集》序言中搞错了萨克索的生卒年月，把阿姆莱特的故事说成是“丹麦人萨克逊·格兰姆克在八世纪初第一次记录下来的古旧传奇”[2]。另一位苏联的英国文学史权威阿尼克斯特也武断地把阿姆莱特故事的历史年代定在12世纪。[3] 这些错误在我国贻害甚广，很多人至今仍在文章和著作中一再引用上述说法。仅被点了名的国内学术期刊和著作就有《辽宁师院学报》、《社会科学战线》、《外国文学简编》、《外国文学参考资料》，等等。[4] 知识性错误在学术界如此流行，这情景确实有点触目惊心。

二

那么，正确的日期究竟是什么呢？早在转叙阿姆莱特故事以前，

1 萨克索（Saxo Crammaticus）约在1110年写了十六卷的《丹麦史》（*Historia Denica*），其中第三、四卷中载有阿姆莱特（Amleth）的故事。

2 转引自《读书》1985年第12期，第138页。

3 郑的批评不很确切。阿尼克斯特于1964年出版的《莎士比亚传》（北京：中国戏剧出版社，1982年）第320页中明确指出：阿姆莱特生活于9世纪，由萨克索于1200年左右首次记载他的生平。

4 《读书》1985年第12期，第143页，注16、17。

《献疑》就已经为这个问题定下了基调:“根据这部史书《丹麦史》记载,大约在五世纪之前……”[1]

这里语气肯定,行文果断,仿佛已经掌握某种确凿的根据。然而文章过半,当作者回过头来对这一日期做补充说明时却这样写道:

> 萨克索在《丹麦史》中没有说明阿姆莱特故事发生在何年何月。我在前面提到“五世纪之前”的说法,根据如下:
>
> 阿姆莱特的父亲霍温迪尔当过朱特族首领。各种版本的英国史、丹麦史和工具书都一致记载:古代丹麦的朱特族与盎格鲁、撒克逊两部族一起,在罗马帝国的军队从伦敦撤去以后,迁移到英国;时间是**公元四〇七年至五〇〇年,从公元四〇七年至公元四五五年**是罗马帝国入侵、占领不列颠时期,使后者沦为罗马帝国的一个行省,萨克索所记载的阿姆莱特故事发生时期,英国有自己的国王,并把公主嫁给阿姆莱特。因此,我们有理由推断:阿姆莱特故事很可能发生在公元四五五年之前的某个时期。[2]

窃以为,在上文中,论据是可疑的,作者无疑也犯了大忌——“知识性的错误”。

首先,在他的论证中有一个逻辑错误。作者已经明确指出日耳曼部族是在罗马军队从伦敦撤走以后才迁移英国的。但他笔锋一转,提出了两个自相矛盾的日期,令人百思不得其解。既然罗马帝国是在公元407年至公元455年入侵不列颠的,那么日耳曼部族怎么也会在这几乎同

1 《读书》1985年第12期,第137页。

2 《读书》1985年第12期,第139页。黑体为本文作者加。

一时期迁移英国的呢？而且作者把阿姆莱特故事的历史年代确定在“公元四五五年之前的某个时期”，即所谓的罗马帝国殖民时期，作者怎么能够说“有理由推断”呢？

尽管文章声明这前两个日期是根据“各种版本的英国史、丹麦史和工具书都一致记载”，但凡是有一点英国历史知识的人都能看出它们是极不可靠的。从注解中可以看到作者并没参考原版的英国史，即使是他所提到的中译本《人民的英国史》和上海编写的小册子《英国》中，也都清清楚楚地写着罗马军队第一次侵犯不列颠是在公元前55年的夏天。凯撒的头一次入侵并没有成功，两年后他又重率大军占领了不列颠诸岛。历史学家一般认为，真正的武力征服并使其沦为罗马帝国行省的日期始于公元43 年。而公元407年则是罗马军队撤离不列颠的日期。[1]《献疑》作者对此视而不见，用错误的知识来纠正“知识性的错误”。

日耳曼部族迁移到不列颠诸岛的日期似乎更有争议，因为从公元410 年至547年这段时期没有对此给我们留下任何第一手的历史记载。直到547年，一位名叫吉尔达（Gilda）的不列颠僧侣才在《不列颠的灭亡》（*De Excidio et Conquestu Britaniae*）一书中提到在罗马人离去之后，有一位不列颠的部落首领（tyrant）为了防御外族的侵袭，曾特地邀请一批撒克逊人到不列颠来。这通常被认为是对日耳曼征服的最早记载。[2]但是与萨克索的《丹麦史》一样，该书的史料价值并不大，这不仅因为吉尔达的日期记载很不准确，而且书中还充斥着神话传说，如蛟龙、天

1 参见上海国际问题研究所编:《英国》，上海：上海辞书出版社，1982年，第43页，另见莫尔顿:《人民英国史》，谢琏第译，北京：生活·读书·新知三联书店，1972年，第27—30页。

2 弗兰克·斯坦顿爵士:《盎格鲁—撒克逊时期的英国》，牛津：克拉伦顿出版社，1971年，第2页。

火、中了魔法的城堡，等等。

在一个半世纪以后问世的《英国教会史》（*Historia Ecclesiastica Centis Anglorum*, 731）中，比德（Bede）基本上采用了吉尔达关于日耳曼人迁移到不列颠的说法，并且进一步说明邀请他们来的那位不列颠首领名叫沃蒂格纳（Voritgern），来自北欧的三船人是由亨吉斯特（Hengist）和霍塞（Horse）兄弟俩率领，于公元449年来到不列颠的。沃蒂格纳起初让他们住在塞尼特岛（Isle of Thanet）上，并雇用他们作为同盟军来抵抗皮克特人（Picts）和苏格兰人的侵略。于是，第二批十六船日耳曼人又来到了不列颠，其中有亨吉斯特的女儿。沃蒂格纳很快就对她坠入情网。为了娶她为妻，他把南部整个肯特地区割让给了亨吉斯特。后者甚至说服不列颠首领召来了以亨吉斯特的儿子奥克塔和侄子埃比萨为首的日耳曼雇佣军。接着又有四十船人在皮特兰（ Pictland）沿海登陆。日耳曼人就这样开始蚕食不列颠的国土。[1]

然而在比德的书中，三个主要的日耳曼部族的名称时有混淆，除了首次登陆外，其他的迁移日期仍然不很确切。《盎格鲁—撒克逊编年史》（*Anglo-Saxon Chronicle*）——另一部年代稍后——却是更具权威性的史书，为我们提供了确切的有关历史记载。

《英国教会史》沿用吉尔达的说法，称亨吉斯特为撒克逊人，但《盎格鲁—撒克逊编年史》却指明亨吉斯特和霍塞为朱特族的首领。他们首先在公元449年应沃蒂格纳的邀请在塞尼特岛登陆。但他们在击溃北方野蛮民族的侵略之后不久，就跟沃蒂格纳发生了火并。亨吉斯特在公元455年立为王，并于457年把不列颠人赶到了伦敦。473年，他又在

1 查理士·奥曼:《诺曼人征服前的英国》，伦敦：梅休因出版社，第203—205页。

肯特地区夺得地盘。一个多世纪以后，他的后代仍在那里统治。

撒克逊人艾拉（Aella）以及他的三个儿子率部于公元47年在不列颠南部沿海登陆，并在萨塞克斯（Sussex）地区扎下了根。491年，他们攻占了安德里达要塞，从此一直在那里划地为王。495年，另一位撒克逊冒险家塞第（Cerdi）和他的儿子辛里克在南汉普顿沿海率部登陆，他们在打败了当地的不列颠人以后，也于519年称王。

《盎格鲁—撒克逊编年史》还告诉我们，547年，汉伯河（Hamber）以北的艾达（Ida）附近也建立了一个盎格鲁人的王国，建都于班伯鲁。这是有关盎格鲁人在不列颠的最早记载，艾达即是诺森布里亚王国的第一任国王。[1]

至此，我们对有关朱特、盎格鲁、撒克逊等三个日耳曼部族迁移不列颠的日期探讨有了一个较为满意的结果。而这些日期跟《献疑》一文中提到的年代显然是不同的。

三

退一步说，假定《献疑》一文提供的日期是可以接受的，那么是否可以确定阿姆莱特故事就发生在“四五五年之前”呢？我个人的看法是否定的。

阿姆莱特的父亲霍温迪尔统治过日德兰半岛（Cuteland），这并不等于阿姆莱特就是迁移到不列颠的朱特族首领。况且，朱特族的部落遍

1 参见《盎格鲁—撒克逊编年史》，詹姆士·英格拉姆译，伦敦：J·M·登特和桑斯比版公司，1929年，第25—30页。

布欧洲大陆。据考古发现表明，5世纪中期来到不列颠的朱特族并不是直接来自日德兰半岛，而是从莱茵河口地区渡海的。[1] 从另一方面说，有史料记载的早期丹麦国王都把王宫建在日德兰半岛上，这实际上暗示统治该岛，并与丹麦公主结婚的霍温迪尔后来可能成为国王。芬根杀兄后称王，以及阿姆莱特等杀死芬根后被拥戴为国王这些事实也可证实这一推测。

我找不到萨克索的原版《丹麦史》，所以不应该对它妄加评论。但是从能够看到的材料来推断，我可以对《献疑》一文的观点从下面几个方面提出质疑。

假定阿姆莱特确实是率领朱特族首先踏上不列颠诸岛的人，那么按历史记载他应该在那儿定居下来，生儿育女，成为肯特王国的统治者。然而故事中的阿姆莱特娶了英国公主以后就启程回国复仇，并当上丹麦国王。然后，他又率大军来到英国，不仅赢得了苏格兰女王的爱情，还“打败了英军，杀死英王，带着两位娇妻和无数的战利品，冲破惊涛骇浪，荣归祖国”[2]。

让我们把这段故事与英国早期历史中有关朱特族首领亨吉斯特的传说记载加以比较，就可以看出他们之间的差异。首先阿姆莱特是年轻的王子；到英国以后是凭自己的非凡才智赢得英王的宠幸，被招为驸马；而亨吉斯特则显然有了一把年纪，他靠嫁女儿才得以在不列颠扎根。其次，萨克索似乎说得很清楚，阿姆莱特是打败英国军队的丹麦王子；而亨吉斯特则正相反，可称得上是历史上英吉利民族的第一位

1 弗兰克•斯坦顿爵士:《盎格鲁—撒克逊时期的英国》，第15页。

2 《读书》1985年12期，第138页。

首领。

英国或“英格兰”（England）这个词最初是在公元7世纪才出现的，它的雏形是“盎格鲁人的国土”（Angla Land）。不列颠的凯尔特居民最初把日耳曼征服者统称为“撒克逊人”（Saxons），这也许是因为他们以前就曾受撒克逊人骚扰的缘故。但自从盎格鲁人在6世纪中期来到不列颠，并在岛的中部和北部建立了强大的梅尔西亚王国和诺森布里亚王国以后，“盎格鲁人”（Angles）这个称呼就逐渐取代了“撒克逊人”。教皇格里高利一世在公元601年就曾称肯特王埃则尔伯特（朱特族亨吉斯特的后裔）为“盎格鲁国王”（rex Anglorum）。比德《英国教会史》的拉丁文原书名也为《盎格鲁民族的教会历史》。随着古英语中元音的演变，盎格鲁这个词就逐渐变成了“英吉利”（Engle）。到了公元9世纪后期，就连操撒克逊方言的威塞克斯王阿尔弗烈德（King Alfred of Wessex）也把自己的语言称作“Englisc”，这就是如今“英语”（English）这个词的前身。[1]

既然英吉利诸民族是在6世纪以后才逐渐形成的，那么第一位真正的英国国王又该是在什么时候出现的呢？对于这个问题也颇有争议。但有一点可以肯定，这就是在5世纪初（407—455），绝不像《献疑》一文所说，存在什么“英王”。我们知道，在日耳曼人征服不列颠的初期，各部族的组织形式十分松散。小小的部落首领就能占地为王，独霸一方。就总体来说，朱特人主要占领了英格兰东南端的肯特和南汉普顿这两个地区和怀特岛，撒克逊人掌握了泰晤士河以南的其余地区。泰晤

1　艾伯特·C·鲍和托马斯·凯布尔：《英语语言史》，新泽西州：学徒堂出版公司，1978年，第50页。

士河以北的地区则是盎格鲁人的势力范围。到了公元7世纪初，英国便开始进入了历史上有名的“七国分治时期”（the Anglo-Saxon Heptachy）。无数的小部落开始合并成为七个王国，其中有朱特人的肯特王国，撒克逊人的威塞克斯、萨塞克斯和埃塞克斯三个王国，以及盎格鲁人的梅尔西亚、诺森伯里亚和东盎格里亚三个王国。随后就出现了七国争雄、对峙混战的局面。在这一长达两百多年的动乱时期中，固然出现过一些功绩昭著、声名显赫的国王，如肯特王埃则尔伯特（Aethelbert）、诺森伯里亚王爱德文（Edwin）、梅尔西亚王奥发（Offa）、威塞克斯王埃格伯特（Egbert），等等。但平心而论，他们中间究竟哪一个真正有资格被称作“英王”呢？

威塞克斯王阿尔弗烈德（879—899）恐怕是历史上第一个够得上这一称呼的人。因为9世纪中当英吉利诸王国纷纷沦陷于北欧海盗的铁蹄之下时，只有他指挥的威塞克斯军队成功地保卫了国土，且最终打败了侵略者。此后是威塞克斯王国的鼎盛时期。阿尔弗烈德的孙子埃则尔斯顿（Aethelstan）王在公元937年的布伦南堡战役（Battle of Brunanbnrh）中击溃了有丹麦人支持的苏格兰国王康士坦丁的大军。据《盎格鲁—撒克逊编年史》记载，埃则尔斯顿曾自称“全英之王”（King of all England）[1]。10世纪中，另一位威塞克斯王爱德加（Edgar, 959—975）也在英国享有极高的权威。据艾因夏姆寺院主持艾尔弗利克（Aelfric）记载，曾有一次，英国所有的八位国王，包括埃伯兰国王和苏格兰国王都在同一天前来晋见爱德加王，表示臣服于他的权威。[2] 但是到了10世纪

1 大卫·M·佐默:《英国文学指南：从“贝奥武夫”到乔叟和中世纪戏剧》，纽约：巴恩斯和诺布尔出版公司，1961年，第72页。

2 弗兰克·斯坦顿爵士:《盎格鲁—撒克逊时期的英国》，第15页。

后期，斯佛英（Swein）统一了丹麦和挪威之后，率大军重新侵犯英国。这一次英吉利诸王国无一幸免。斯佛英的儿子卡纽特（Canute）于1008年登基，成为第一个真正统一了全国的英国国王，同时兼任挪威和丹麦的国王。从此，英国历史上便开始了一个丹麦人统治的新时期。

综上所述，假如阿姆莱特故事中丹麦王子率大军打败英王一辱的确属实的话，那么这一历史事件的背景就不应该是在公元455年以前，而应是在公元9至10世纪这段时间。

阿姆莱特故事的另一个重要情节是英王企图置女婿于死地，故意派遣其为使节，替他去向苏格兰王国的女王赫姆特露德求婚。这一情节也有助于我们对历史年代的推断。苏格兰人（Scots）是说盖尔语的古老民族之一，在历史上最早是爱尔兰的居民。从公元1世纪至6世纪这段时间里，苏格兰人开始移民到英国北部，并且在那里定居下来[1]，14世纪的英国人希格登（Higdon of Chester）在《世界编年史》（*Polychronicon*, 1342）一书中叙述了这件事的起由。该书是用拉丁语写成的，后来又由另一位英国人特雷维萨的约翰（John of Trevisa）在1357年把它转译成了中古英语：

> 罗马王尤斯巴西恩在位期间，皮克特人离开塞西亚。漂洋过海来到爱尔兰的北部沿海。他们在那儿发现了苏格兰人，便向他们请求在那里定居，但遭到拒绝，因为苏格兰人说爱尔兰不能接纳两个民族的敌人。皮克特人还娶苏格兰姑娘为妻，条件是皮克特人在选举首领时，必须首先考虑女方，而不是男方的直系亲

1 参见《牛津大辞典》（第九卷），牛津：克拉伦顿出版社，1933年，第249页。

属，优先选举女人而不是男人。在尤斯巴西恩皇帝的儿子马里尤斯·阿维找古斯当不列颠国王时，有一位名叫罗德里克的皮克特王从塞西亚出发，前来攻打苏格兰。后来马里尤斯王杀死了罗德里克，并把苏格兰北部一块叫作卡森西尼亚的地区送给罗德里克部下那些投降了的皮克特人，使他们有地方可居住，但这些人都没有妻子，他们也不可能娶不列颠部族的女子。于是他们渡海到爱尔兰，把那儿的姑娘娶来做妻子，条件也是在继承遗产时，优先考虑女方的直系亲属。[1]

艾德蒙·柯蒂斯在《爱尔兰史》中也指出，从公元350年起爱尔兰的苏格兰人和喀里多尼亚的皮克特人便从北方和西方侵扰不列颠。[2]但是直到公元9世纪阿尔弗烈德统治的年代，古英语中的“苏格兰人”一词仍泛指“爱尔兰人”，苏格兰意为爱尔兰（拉丁语名称为Hibernia）。例如，在891年的《盎格鲁—撒克逊编年史》中有这样的句子：

... prie Scottas comon to Aelfrede cyninge on anum both bote butan Aelcum yereprum of Hibernia.（有三个苏格兰人乘坐一条无舵的船从爱尔兰出发，前来晋见阿尔弗烈德王。）[3]

约公元90年译成古英语的《英国教会史》更是直截了当地把爱尔兰

1 奥利弗·法勒·爱默生编:《中古英语读物》，伦敦：麦克米伦出版公司，1032年，第220—221页。

2 艾德蒙·柯蒂斯:《爱尔兰史》，南京：江苏人民出版社，1974年，第11页。

3 转引自《牛津大辞典》（第九卷），第246页。

称作“苏格兰人的岛”（Hibernia Scottas ealand，第一卷第一章）。这是因为当时英国北部仍由四个不同民族的部落杂居着，他们分别是皮克特人、苏格兰人、不列颠人和盎格鲁人。苏格兰人在那里还没有形成对其他部落的压倒优势。我们可以有把握地说，在9世纪以前英国北部还没有出现苏格兰王国，因而也根本谈不上什么苏格兰女王。直到公元843年，肯尼斯·麦克阿尔本（Kenneth Mac Alpin）成了皮克特—苏格兰联合王国的第一任统治者后，情况才发生较大的变化。苏格兰人在英国的势力于9世纪末和10世纪初不断地扩大，他们开始跟盎格鲁和撒克逊的国王们建立广泛的联系。也就是从那时起苏格兰这个名被用来专指英国北部苏格兰人居住的地区，而不再意指爱尔兰本土。莎士比亚另一部著名悲剧的主人公麦克白斯就曾在1058—1093年间夺取了苏格兰的王位，他是被有英国人支持的玛尔康三世（Malcolm III）所击败的。

那么，阿姆莱特故事中的苏格兰王国会不会是指爱尔兰呢？萨克索为我们排除了这种可能性。他在《丹麦史》第四卷中特别指出，阿姆莱特前往苏格兰途中是骑马，而不是乘船旅行的。[1] 这样，对于苏格兰早期历史的探讨似乎也证实了我们前面的推断，即历史上的阿姆莱特应该是在公元9至10世纪这段时期来到英国的。

四

《献疑》一文作者提及许多有关阿姆莱特故事的素材及其变体作

1 萨克索·格拉马狄库斯:《丹麦史》（前九卷），彼得·费希尔译，剑桥：D·S·布劳尔·罗曼出版公司，1971年，第97页。

品，给人留下了深刻印象。可惜，在他引用的16世纪以前的各种手稿残篇和作品故事中竟没有一部是英国的。似乎阿姆莱特故事是在16世纪才从欧洲传入英国。这种态度我觉得很不公平。其实，类似题材在中古英语文学中也多有表现，著名的《哈弗洛克谣曲》（*The Lay of Havelok*, ca. 1250）就是一个典型的例子。[1] 由于该作品没有中译文，特将其故事梗概转述如下：

哈弗洛克是丹麦国王伯卡拜恩的幼子。国王临终前把这位王子和两位公主托付给宠臣戈达德照管，但后者却把他们关进高塔，想让他们活活饿死。两位公主遭百般折磨后被残酷地杀害，但王子却神奇般地逃脱了魔爪。戈达德命令一位叫格里木的渔民秘密处死年幼的哈弗洛克并将尸体扔进海里。但半夜里，格里木的妻子从孩子嘴里看到一道神奇的光。格里木知道他是王子以后，便向戈达德谎报孩子已经处死，随后便带着哈弗洛克渡海到英国，在那儿隐居起来。哈弗洛克长大以后到英国王宫内当佣人，他年轻英俊，力大无穷。有一次因举起了一块巨石而被众口交赞，远近闻名。

英国国王艾则尔沃德临死前也将珍爱的独女戈德堡罗交给大臣戈德里切监护。阴险毒辣的戈德里切把公主监禁在多佛的海边城堡中。后来他决定把公主嫁给哈弗洛克，以达到一箭双雕的目的：一方面他可以

1 哈弗洛克故事有四种文本值得注意。最早的见于杰弗利·盖玛的《盎格鲁—诺曼史》（约1150年）；第二个文本也是在12世纪用古法语写成的《哈弗洛克谣曲》；第三个文本最重要，是用中古英语写成，全诗长达三千行；第四种文本是布龙则罗伯特·曼列在1388年以前翻译彼得·朗托夫特的《编年史》时插入的一段故事提要。另一部浪漫传奇《哈普顿的比维斯爵士》（*Sir Beves of Hampton*，约1300年）的情节也与阿姆莱特故事十分相似。比维斯的母亲和继父是谋害他生父的凶手，同时也对他进行迫害。后来比维斯被送往东方的一个国家，并让他带走一封密信，命令那儿的国王处死他。但是比维斯不仅死里逃生，还赢得了撒拉逊公主乔赛妮娅的爱情，经过一系列冒险经历后，他终于救出公主，跟她一起回到英国，打败并杀死了继父。

满足国王要把公主嫁给全英国最强壮的人的遗嘱，以博得好名声；另一方面，由于哈弗洛克身份卑贱，公主嫁给他以后就等于自动放弃了王位。新婚之夜，公主从哈弗洛克的嘴里又看到了那道神秘的光，同时一个天使的声音告诉她，哈弗洛克是个王子。当晚，哈弗洛克梦见自己回到了丹麦。

原手稿在此处残缺了一百八十行（第1445—1624行），紧接着我们就看到哈弗洛克在戈德堡罗和格里木三个儿子的陪伴下，乔装成小贩潜返丹麦。经过种种冒险经历后，丹麦的贵族们终于从他身上的胎记和嘴里的神光中认出他是真正的王子，一致拥立他为丹麦国王。作恶多端的戈达德被下令处死。之后，哈弗洛克亲率大军，与戈德堡罗一起重返英国，打败英军，杀死了另一名恶棍戈德里切，并成为英国国王和王后。[1]

从以上简单的介绍中我们不难看出，尽管《哈弗洛克谣曲》和阿姆莱特故事在细节描写上有较大的出入，但两者的主要情节却有惊人的相似之处：两位主人公都是作为落难的丹麦王子来到英国，他们都凭借自己的力量和才智娶到了英国公主。随后不久，他们又都返回祖国，报仇雪恨，并被丹麦的贵族们一致拥立为国王。最后，他们又都率领丹麦大军重返英国，打败英军，战胜英王。这两个故事的情节主线如此并行不悖，使人很难相信它们之间会没有任何内在联系。

两位丹麦王子不仅经历雷同，而且在姓名上也有某种相似之处。从词源学的角度看，哈弗洛克的英文名字“Havelok”与法语姓名“Avelok”直接有关，而后者又等于古英语中的“Anlaf”。它与阿姆莱特的丹麦姓名“Amleth”之间的亲缘关系是显而易见的。《献疑》作者在

1 根据中古英语的《哈弗洛克谣曲》，参见唐纳尔德·B·桑兹编:《中古英语诗体浪漫传奇》，纽约：霍尔特、莱因哈特和温斯顿出版公司，1966年，第55—129页。

注解中曾提出过一个问题，即阿姆莱特这个名字是如何在英国变成了哈姆莱特。我们是否可以从词源学角度设想哈姆莱特的这个名字实际上就是阿姆莱特和哈弗洛克这两个名字的巧妙结合呢？

阿姆莱特这个名字在一则早期冰岛英雄传奇中为“Amlogi”，这个词在冰岛语中意为“白痴”或“小丑”。这名字对于解释丹麦王子的性格和其扮演的角色是至关重要的。阿姆莱特为了防范叔父的加害，不得不长期在丹麦王宫里装疯卖傻，衣冠褴褛，以至他说的一些大实话别人听了也都觉得稀奇古怪，十分好笑。无独有偶，哈弗洛克在几次紧要关头也是靠装傻而摆脱困境。例如，当年幼的王子目睹两位姐姐惨遭毒手时，他怒火中烧，“心里看到了一把杀死仇敌的尖刀”。但他却表面装出怕得要命的可怜样，跪下来向戈达德求饶（第478—482行）。当戈德里切命令他跟公主结婚时，他也是一副白痴的模样（第1117—1254行）。他乔装打扮成小贩潜返丹麦那一段跟阿姆莱特故事更为相近。

《哈弗洛克谣曲》中另一个阿姆莱特故事较为吻合的细节是丹麦军队的决战。在两个故事中都是丹麦军队先遭重创，然后反败为胜的。阿姆莱特的军队被消灭殆尽，他对抵抗几乎已经绝望。为了使自己的军队显得更强大些，他命令把死尸竖起来用棍子支撑住，有的还放在马背上。这一计谋果然奏效，当英军看到死尸都站起来，列阵打仗时，以为丹麦人有神相助，无不闻风丧胆，仓皇逃窜。[1]哈弗洛克的军队在与英军交战期间，也是首战失利，损失惨重，前锋尤比身负重伤，因而不得不撤退（第2672—2682行）。最后，哈弗洛克在阵前单独向戈德里切挑

1 希尔德·埃利斯·戴维森在《丹麦史前九卷》（第四卷）注解11中指出，这一戏剧性的策略也出现在哈弗洛克故事中。但是我在《哈弗洛克谣曲》中没有发现这个细节，也许戴维森指的是该故事的其他文本。

战，几经风险才获得胜利（第2700—2755行）。

哈弗洛克的故事取材于12世纪中期杰弗利·盖马（Jeoffey Caimar）所编写的一部《盎格鲁—诺曼史》（*L'Estoire des Engleis*，第1141—1151行）。据中古英语文学史家威尔士的考证，该故事的历史背景很可能是9至10世纪丹麦人侵犯英国，并且最终在那儿建立统治地位的这段时期。[1]阿姆莱特故事与《哈弗洛克谣曲》等中世纪英国浪漫传奇的相似性也从另一个侧面再次证实了我们对于它实际历史时期的推测：即阿姆莱特故事不应该发生在“四五五年之前”，而应在9至10世纪之间。

五

《献疑》一文中某些观点我虽然不能接受，但它提出纠正“知识性的错误”这一主张无疑是正确和及时的。就在1985年第一期的《外国文学研究》上我还看到了一则译自伦教《泰晤士报》的关于阿姆莱特故事的“报道”，将历史日期往后推延了近六百年。由此可见问题的严重性。

本文之所以不厌其烦地引用历史材料对《献疑》一文冒昧提出质疑，目的只在于引起人们对这一问题的关注。不可否认，《献疑》的作者在研究阿姆莱特故事上下了很大的功夫，他也许还掌握着更为翔实可靠的证据。希望能在《读书》杂志上再次看到有关文章，对本文存在的错误提出批评指正。我们的共同愿望都是为了肃清“知识性的错误”，以正读者的视听。

1 约翰·爱德华·威尔士:《中古关于作品宝鉴：1050—1400》，新哈芬：耶鲁大学出版社，1919年，第13页。

细微之处见神奇：奥菲利娅民歌试析[1]

赵炎秋

说不尽的莎士比亚，讲不完的《哈姆莱特》。

作为莎士比亚的代表作，《哈姆莱特》中的每一个人物都受到了评论家的重视，奥菲利娅也不例外，关于她的评论历来不少；但她发疯之后所唱的民歌，人们大都忽视了。或许有人认为，这只不过是这位小姐神志不清后的随便吟唱，作者借此来刻画她的疯态而已。然而，深入分析我们便会发现，作为剧本的有机组成部分之一，与莎剧的其他著名细节一样，奥菲利娅的民歌也是莎翁精心安排的结果，在剧中起着多重的作用。本文拟先从与剧本整体的关系，再从人物塑造的角度，探讨这些民歌在剧本中的作用和意义。

一

在《哈姆莱特》中，有两个人物最终发了疯，其中一个是真疯，

1　原文发表于《外国文学研究》2000年第4期。赵炎秋（1953—），湖南师范大学文学院教授、湖南师范大学外语学院兼职教授，主要从事文艺学、比较文学与英美文学研究。

一个是假疯。哈姆莱特的装疯，其原因是复杂的，也是必不可少的。（第140页）[1] 而奥菲利娅的疯也有其内在的必然性。奥菲利娅是一个纯洁、天真的姑娘，在父兄的关怀和庇护下长大，是一朵温室的花，很少受到风吹雨打，对于人类的复杂、世事的险恶一无所知。情人的意外"发疯"，父亲的突然亡故，哥哥又远在国外，一连串的打击不断地袭来，超过了她的心理承受的范围，因此神志错乱，发了疯，这是必然的。另一方面，奥菲利娅的哥哥雷欧提斯虽然鲁莽暴躁，头脑简单，却也不失为正直。这一点连哈姆莱特也是承认的。但在致哈姆莱特于死亡的那场比剑中，他不仅暗中做手脚，挑了一把开口的利剑，在剑头上涂了毒药，而且还突然袭击，乘哈姆莱特不备，将其刺伤，致使其中毒死去。这种卑鄙的行为应该说是违反了他的本性的。他自己也承认："我的良心却不赞成我干这件事。"[2] 然而比剑一场是全剧的关键，没有它，悲剧便无法完成。因此，作者不得不浓墨重彩地为雷欧提斯的行为准备理由。父亲的暴死和草草埋葬是他这样做的一个原因，但还比较单薄，只有在这个基础上再加上奥菲利娅的疯与惨死，才能激起他不顾一切的狂怒，烧毁他残存的理智与良心。诚如他自己所说："要是你没有发疯而激励我复仇，你的言语也不会比你现在这样子更使我感动了。"（第109页）"天日在上，我一定要叫那害你疯狂的仇人重重地抵偿他的罪恶。"（第108页）由此可见，奥菲利娅的发疯，既是情节发展的必然，也是情节发展的需要。而唱民歌就是她发疯了的证明与标志。作为一个

1 关于哈姆莱特的"疯"，笔者曾在拙文《论哈姆莱特的悲剧成因》（《湖南师范大学社会科学学报》1998年第4期）中做过比较详细的探讨。

2 莎士比亚：《哈姆莱特》，《莎士比亚全集》（第九卷），朱生豪译，北京：人民文学出版社。以下引文只在文中加注页码。

大家闺秀，御前大臣的女儿，一个“向月亮显露她的美貌就算是极端放荡了”（雷欧提斯语）的女郎，内容不“健康”的民歌是不应该从她嘴里出来的，至少不应该当众唱出来，然而她却当众唱出来了，仅此就足以说明其精神状况。

不过，要表现奥菲利娅的疯，方式是可以多种多样的。如手之舞之，足之蹈之，或者目光呆滞，动作迟缓，满嘴胡言，等等。为什么非唱民歌不可？这就需要分析这些民歌在剧本中所起的作用。我们认为，这种作用至少可以从五个方面加以探讨。

首先，在剧中，奥菲利娅是作为正面人物出现的，是一个美好的形象、黑暗势力的受害者，宫廷斗争的牺牲品，她的疯是无辜的。因此，她的疯在读者和观众心中唤起的感情不应是厌恶，甚至也不应是怜悯，而应是同情和愤怒——对这无辜受害的少女的同情，对使她发疯的黑暗势力的愤怒。因此，作者一方面是表现她的疯，另一方面又不能损害她的整体形象，破坏这一形象在读者和观众心目中的良好印象。唱民歌，便不能不是一个最好的选择。一位姣好的姑娘，挂着花环，撕着花瓣，唱着民歌，虽然是疯，但疯得有诗情画意。这种处理，既不会损害她的整体形象，又符合她文静、雅致的性格，保持了其基调的完整一致。

其次，奥菲利娅的民歌间接地暗示了其发疯的原因。仔细分析奥菲利娅的民歌，可以看出，它主要由四个方面的意象组成。一是爱情的意象：“张三李四满街走，/谁是你情郎？”“情人佳节就在明天，/我要一早起身，/梳洗齐整到你窗前，/来做你的恋人。”一是死亡的意象：“姑娘，姑娘，他死了，/一去不复来；/头上盖着青青草。/脚下石生苔。”一是老年的意象：“他再也不会回来。/他的胡须像白银，/满头黄发乱纷纷。”一是远游的意象：“毡帽在头杖在手，/草鞋穿一双。”（第103—110页）牵涉到的人物则主要是哈姆莱特、波洛涅斯和雷欧提斯。而这些人物和这些意象后面所隐含的事件，正是奥菲利娅发疯的原因。自然，这些意象和人物之间的界限并不分明，经常纠缠在一起，而这，又正好表现了奥菲利娅的疯。

第三，这些民歌丰富了剧本的文体风格。莎士比亚生活的欧洲，悲喜剧之间的界限还不像后来那样壁垒森严。莎士比亚的许多作品打破了悲喜剧的严格区分，把悲与喜、庄与谐、美与丑、崇高与卑下、理想与现实、热情与冷静融为一体，构成一个有机的整体，收到了很好的艺术效果。《哈姆莱特》更是这方面的典范。单从语言艺术上看，剧本中韵文与散文、古体与今体、俗语与雅语、庄言与谑言、行话与俚语、对白与独白，等等，相辅相成，在统一的基调上突出了色彩的五彩缤纷。奥菲利娅的民歌，既是这种风格本身的要求，又丰富了这种风格，增加了悲剧的艺术感染力。

第四，奥菲利娅的民歌将奥菲利娅的疯与哈姆莱特的疯在表现形态上区分开来。在一个剧本中出现两个发疯的人物，而且一个是真疯，一个是假疯，是很难处理的。弄得不好便会给读者与观众以雷同之感，或者造成真疯与假疯的无法区分，从而给读者与观众以不好的印象，导致艺术上的失败。莎士比亚很好地处理了这个难题。其办法除了在剧本中给以必要的交代之外，主要就是运用两人在“疯”上不同的表现。哈姆莱特的主要表现是有意识地讲疯话，而疯话中却含有深刻的哲理。奥菲利娅则是无意识地唱民歌，民歌本身是正常的，但由于其内容的纠结，特别是由于唱的人的身份以及时间地点的有违常理，就突现出了奥菲利娅的疯。而且哈姆莱特装疯与奥菲利娅的真疯也就在这不同的表现中分明地显现了出来。

第五，奥菲利娅的民歌为她的死做好了铺垫。这有两层意思。其一，奥菲利娅的最后结局是落水而死。但她怎么会落水而死？在正常的情况下，这种结局显然是不可能的，而剧情的发展又需要她是这种结局，她的发疯解决了这个问题。其二，在剧本的前半部，奥菲利娅的形象是美好的，而且是太美好了，读者与观众很难将她与死亡联系起来，她的疯是两者之间的缓冲与过渡。随着民歌的出现和吟唱，我们逐渐了解与适应了她的变化，在心理上对她的死有了准备。这样，在获知她淹死的消息之后，我们便不再觉得难以接受，反而感到这种结局有其必然性，是合乎情理的。

二

再从人物塑造的角度看，奥菲利娅的民歌对于这个形象的塑造，也起到了极其重要的作用。

莎士比亚是一个现实主义者。在《哈姆莱特》中，他曾借主人公之口，说明了自己的艺术观："自有戏剧以来，它的目的始终是反映自然，显示善恶的本来面貌，给它的时代看一看它自己演变发展的模型。"（第68页）作者忠实于现实。《哈姆莱特》虽然取材于古代，里面的人物都是作者非凡的想象的产物，但在本质上都符合生活的真实。这有两层意思，其一，剧本反映出了莎士比亚所生活的时代的英国的本来面貌；其二，剧本中的人物虽然披着古装，但都是现实生活中的活生生的人。与现实生活中的人一样，他们都有着这样或者那样的缺点。乔特鲁德软弱、糊涂、爱情上缺乏坚贞；雷欧提斯鲁莽、粗暴、头脑失之简单；福丁布拉斯毛躁、喜欢意气用事；霍拉旭书生气太重。至于克劳狄斯、波洛涅斯等人则更不必说。即使是作者极力歌颂的哈姆莱特，也有一定的缺点。他优柔寡断，思想大于行动；他脱离群众，有一定的封建迷信思想；而且，虽然他才华横溢，有着良好的风度与教养，但有时也失之于粗鲁，显示出其性格的复杂多样和真实性。而相形之下，奥菲利娅便显得过于美好了一点。她纯洁天真，看不到社会的险恶与黑暗；她聪明颖慧，在认定哈姆莱特疯了之后，她的那段著名的台词："一颗多么高贵的心便这样地陨落了！朝臣的眼睛、学者的辩舌、军人的利剑、国家所嘱望的一朵娇花；时流的明镜、人伦的雅范、举世瞩目的中心。"（第66页）这不仅富于才华，而且本质上也是对哈姆莱特最公允的评价。她温柔孝顺。父兄对她的告诫，她虽不很以为然，却保证遵守："他的话已经锁在我的记忆里，那钥匙你替我保管着吧。""我一定听从您的话，父亲。"（第23页）她冰清玉洁，当哈姆莱特要求"睡在您的怀里"的时候，她马上加以拒绝，虽然他是王子又是她的恋人。而且她也不乏应变的才能。当哈姆莱特说"野话"，"睡在姑娘大腿的中间，想起来倒是很有趣的"的时候，她故意用"什么，殿下？""您在开玩笑哩，殿下。"（第71页）把话岔开，以免自己陷入尴尬的境地，同时也不使哈姆莱特难堪。虽然，在剧本中，她也曾被人利用，作为试探哈姆莱特的工具，但这与其说是她本身的缺点，不如说是反衬了世道的险恶。或许，有人会指责她过于温顺、幼稚，没有自己的主见，然而这只是纯洁天真温顺的另一个方面，怎样评价全看评价者从什么角度出发；而且，为一个处在深闺的年轻的姑娘，我们也很难要求她对社会有多么深刻的认识。因此，总的来看，在剧本的前半部分，奥菲利娅基本上是一个没有缺点的完人。然而过于完美，也就带上了某种神性。这样，就使得她和剧本中的其他人物拉开了距离，因自己的美好而高高在上。然而与其他人物的距离拉得太大，也就失去了真实性，使这个人物不像活生生的个体，而像某种理想的象征，这与悲剧的整体内容和基调是不协调的。这样发展下去，必然导致这个人物塑造的失败。

但是就在这时，作者引进了她的疯，引进了她唱的民歌。当读者和观众看到疯了的奥菲利娅，听到她唱的民歌之后这个人物便不再高高在上，而是掉落下来，回到了其他的人之中。这在这个人物的塑造中是一个转折，它消除了这个人物的神性，却增加了她的真实性，不仅没有对这个人物造成损害，反而增加了她的魅力。如果再进一步联系这些民歌的具体内容，这一点就更加明显。比如其中最值得玩味的一段：

> 情人佳节就在明天，/我要一早起身，/梳洗齐整到你窗前，/来做你的恋人。/他下了床披了衣裳，/他开开了房门；/她进去时是个女郎，/出来变了妇人。/凭着神圣慈悲名字，/这种事太丢脸！/少年男子不知羞耻，/一味无赖纠缠。/她说你曾答应娶我，/然后再同枕席。/——本来确是想这样做，/无奈你等不及。（第104—105页）

认真分析，这段民歌至少说明了两个问题。首先，它来自民间。奥菲利娅虽然身处深闺，却知道它并且记住了它，说明她并没有远离社会，而是与社会有着较为密切的联系。其次，从内容上看，这段民歌虽然可以宽泛地划入爱情的范畴，但牵涉到的则主要是对于性爱的追求与担心，以及对婚姻与男子的恐惧与向往，实际上是不雅的。但奥菲利娅却在疯了之后将它唱了出来。这说明了她在疯之前对它是欣赏与喜爱的，在严格的封建规范下面，我们看到了一个普通人的灵魂。这样，我们便通过民歌，进入到奥菲利娅的内心世界，透过她的外部形象，看到了一个真实的人，同样有着一般人的七情六欲。民歌，就像一只无形的手，撩起了奥菲利娅神圣的面纱，显示出其常人的真实面貌，从而增加了这个人物的真实性，保持了整个剧本的基调的一致性。

与此相连，奥菲利娅的民歌也增加了这个人物性格的复杂性。前面已经说过，在剧本的前半部分，这个形象是美好的，但同时也是单一的。其性格基本上可以用温柔、纯洁、天真加以概括。这样的性格无疑是单薄了一点，可以划入福斯特所说的扁平人物的范围。其间，也有一些地方显示出了其性格复杂的一面，如第一幕第三场雷欧提斯教导她与哈姆莱特保持距离，不要上当受骗的时候，她表示接受，同时又说道：

> 可是，我的好哥哥，你不要像有些坏牧师一样，指点我上天去的险峻的荆棘之途，自己却在花街柳巷流连忘返，忘记了自己的箴言。（第21页）

这段话说明了奥菲利娅对于世事的复杂并非一无所知。然而这样的蛛丝马迹在剧本的前半部分是太少了，而且也太隐约，不足以构成奥菲利娅性格的复杂性，它们只是将奥菲娅单薄的性格向外鼓了鼓，但还没成功便销声匿迹了。而奥菲利娅的民歌则不同，它不仅集中、有较大篇幅，就像一颗重磅炸弹，使人们不能不注意到它的存在，而且其内容也明明白白地显示了奥菲利娅内心世界的复杂。这样，这个人物便突破了剧本前半部分所塑造出来的“乖乖女”的形象，变得复杂丰满而且完整起来。

哈姆莱特的认知能力与行动能力探析[1]

杨林贵

莎士比亚的不朽名作《哈姆莱特》不仅在世界文学史上地位显耀，而且在西方现代哲学史上尤其是认识论史上也是举足轻重之作。该剧通过主人公哈姆莱特的性格塑造，围绕他的复仇故事的发展，揭示了一系列人类认识领域的重要议题。

在《哈姆莱特》这部戏剧作品中，莎士比亚以高超的戏剧手法呈现了王子在知与行上的矛盾，让我们一窥文艺复兴时期互为矛盾的主体性认知以及近代认知模式的多样性。这部作品给现代认识论提供了生动的模型和经典案例。本文从近代知识话语的分析出发，聚焦哈姆莱特身上体现的知识与行动力之间的裂隙，探讨哈姆莱特式认知困境所体现的近代认知模式，强调人物认知空间的文化维度作用，同时评价对这部戏剧的现代及后现代阐释的认识价值。

1 原文以英文形式发表在《外国文学研究》2006年第1期。另外，文章被全文收入哈罗德·布鲁姆主编的“布鲁姆现代批评阐释系列”的《哈姆莱特》卷（2009年），作为认知方法研究作品的代表成果。本文作者在译文的基础上做了补充和修改。

一、引论：知识就是力量?

当我们谈论知识在现代生活中的意义时，首先应该提到的就是培根的基于实验科学的知识论。从某种意义上讲，培根的“知识就是力量”[1]的观点犹如知识界的一篇现代宣言，是欧洲文艺复兴时期中后期关于主体形成中身心关系的核心话语。这种从近代开始的对人类自身的认知，标志着现代认识论的起步和发展。近代哲人通过追溯更久远的古典认知论思想，挑战当时占统治地位的关于人类认识的所谓正统神学思想体系，而现代哲学家则从近代哲学先驱和巨擘那里领悟到各种模式的认知论的发展雏形及其产生的重要原因。然而，近代认知具有多元性、多样性和多变性，是不易把握的，因为近代知识界关于人类认知过程的论争参照了不同的知识系统，而且常常是针锋相对的。比如，相对于引经据典的神学家而言，以培根为代表的实验主义哲学家尤其注重从观察体验上升到理性认识的层面，而以蒙田为代表的怀疑论者则质疑当代教育体系中过于乐观的知识论，否定人类对自身认知的精确性。因而，这些重大分歧进一步影响他们对于知识和行动之间关系的理解。是否行动力来源于知识？还是认识与行动之间本质上就存在着矛盾？这些理论分歧在当时并没有通过争论得出一致的意见，而且迄今为止，也没有定论。现代知识界更倾向于接受培根式的乐观态度，并在阐释文艺复兴时期的

1　近年来有人指出，培根并未明确提出这个命题，只是后世读者误引了他的话。笔者认为，这并不能把这个提法从培根思想体系中剔除，反而更说明了他的知识论的深远影响。培根的“scientia est potentia”早在1597年就出现在他的著作中，认为人类的知识与力量、理性与实践密不可分。培根当年的侍童托马斯·霍布斯发扬了这个命题的核心论点。在其政治理论著作《利维坦》中，他专章讨论把知识纳入到关于国家政治思想体系之中。因此，知识又和权力有了瓜葛。本文重点论述知识对于个人的作用。虽然这个表述源出的准确性值得质疑，但是无法否认其核心思想来自培根；更要说明的是，任何人都无法否认这个命题在现代哲学和社会实践上的重要性。

文艺作品时，强调自那个时代开始就日益膨胀的人类自我认识能力。莎士比亚的作品以艺术的形式呈现了人类对于自我认识能力的彰显；但更具认识价值的却是作品对于这种能力存在局限的自觉意识，并给几个世纪以后的我们留下了更多的阐释空间。

从莎士比亚的作品中，我们可以看到他对英国文艺复兴时期关于知识和行动力的争论的知悉，他通过戏剧艺术创作手法，在主题、情节、人物、性格、心理等方面形象地表现这种争论。这在他的悲剧杰作《哈姆莱特》中显得尤为明显。莎士比亚将主人公的认知困境戏剧化，在哈姆莱特这个人物身上体现了近代的多种认识模式。因此，如果我们从近代以来关于知识与力量的话语背景来看，《哈姆莱特》是以戏剧艺术的形式探索人类认知过程的一个典型案例。近现代思想家，例如被黑格尔称为现代哲学之父的笛卡尔，曾经系统地总结并阐述了某些近代的认知模式，并将其纳入到哲学视阈内。但从笛卡尔的哲学阐释中，我们却发现哈姆莱特式的困境已经深深嵌入西方现代认识论中，变得无所不在。特别是身与心的矛盾关系，已经不仅仅是一个文学问题，而且成了一个哲学命题，它更渗透到现代知识人士的生活实践中。因此，文化哲学学者以及文学批评家经常要引用《哈姆莱特》这部作品，从中探寻具有普遍性的人类认识矛盾的证据，并在作品的情节和人物刻画的细节中寻求关于这个经典认知谜题的解码。从这一角度看，我们还可以从《哈姆莱特》的现代阐释史中看到西方现代文化心理变迁的轨迹在哲学史上的反映，并以此来透析这种变迁给人类自我认识造成的深刻影响。哈姆莱特显然成了一个文化象喻，更像一面包罗万象的镜子，受笛卡尔哲学影响的知识流派可以透过这面镜子反观人类灵魂，而精神分析家则可以借此照射人类意识底层的景象。总之，《哈姆莱特》是一部关于人类自我认知的伟大作品，但首先是一部关于知识如何造成行动困厄的戏剧。

二、哈姆莱特的知识与行动力

人类没有全知全能的天性，但一旦性灵从某种压抑状态中解放出来便产生超乎寻常的欲望和自信，自以为可以了解一切征服一切，并开始吹起了征服自然的号角，这就是欧洲文艺复兴带来的自我认识的变化。培根式的知识论正是在这样的背景下建立起来的，认为可以探究到自然界的一切奥秘。然而，培根们忽略了这样一个事实——人类的内在世界要比外在世界复杂得多。莎士比亚通过《哈姆莱特》探讨的是人的内在世界。剧中主人公看到了人类肉身的局限性及堕落的可能性，而对于这种可能性的认识与文艺复兴时期对于人类主体的盲目自信的主流认识形成了对比。首先，我们从最常被引用的哈姆莱特的关于人类的议论说起：[1]

> 人类是一件多么了不起的杰作！多么高贵的理性！多么伟大的力量！多么优美的仪表！多么文雅的举动！在行为上多么像一个天使！在智慧上多么像一个天神……可是，在我看来，这一个泥土塑成的生命算得了什么？（第二幕第二场）[2]

1　常有评论者引用这段话时略去最后一句，把前面几句赞美之词抽取出来，用以说明哈姆莱特对人类的肯定，进而说明他是个人文主义者，这种做法造成严重的理解偏颇。实际上前面几句对于人的溢美之词，在莎士比亚时代的人文教育中已经成了陈词滥调。王子这里引述那个时代通常的看法，颇具讽刺意味的是，他并不是要认同这个观点，而这段台词的重点是在最后一句，意思是说：人家怎么说都行，可是对于“我”来讲，这种自高自大的认识毫无意义，因为人只不过泥塑的肉身，最终归于衰朽。这与第五幕第一场关于亚历山大以及凯撒这样的伟人死后变成泥土的议论前后呼应。

2　译文出自《莎士比亚全集》（第九卷），朱生豪译，北京：人民文学出版社，1978年，第49页。除非特别注明，本文引用的原作译文均参考朱生豪译本。

对哈姆莱特而言，这个认识的过程是痛苦的，因为困扰王子的不仅仅是他意识到人类形象已经从“天使”、“天神”跌落到“泥土”之中，形成了巨大的落差，更是因为在认识与行动间、心灵与肉体间还存在着巨大的裂隙。而这从天上到地下的坠落，正是造成他（人类）精神困厄的终极原因，同时也是裂隙在灵肉二元世界的精神反映，因为不仅存在于知性领域的理想世界与道德堕落的现实世界之间存在巨大的反差，而且知识与现象、心与体之间既不可分割，又存在不可逾越的鸿沟，更令其困惑的还在于智性受制于作为物质的肉体，因此对于人类来说，知与行的矛盾是不可避免的。所以，王子的思考不啻成了对于流行的培根式的论断的反驳。

相信知识就是力量的文艺复兴时期的知识分子所着力强调的是知识在建构社会与道德理想上的重要作用。培根的思想深受同时代的欧陆“帝王师”马基雅维利的影响，主张知识为行动服务，而他们所提倡的行动的范围就是控制社会和征服自然。

对于马基雅维利和培根而言，知识既是一种授权的力量，也是一种控制的手段。马基雅维利的学识是为直接和实际的征服服务的，因为对控制和征服的欲望“赋予了人类生存的理由，赋予其灵魂、德性”[1]。在伊丽莎白时代后期，世俗看法中的马基雅维利主义，已经成了为达目的而不择手段的同义语。仔细阅读莎作，我们就会发现，莎士比亚

1 转引自D’Amico Jack, *Knowledge and Power in the Renaissance*（Washington, D. C.: UP of America, 1977）。应该注意，这里的“德性”是意大利语“*virtù*”的对等含义，而非英文的“virtue”（德行）。很多英文译文将这个词误译为英语的“virtue”（德行）。实际上，马基雅维利在其《君主论》讲到的“*virtù*”（德性），并不是道德概念，不涉及善恶，而是指人的特性和能力，简单地说就是驾驭事务的能力，特别是统治者为达目的而采取的必要手段（不一定是正当手段）的能力。

戏剧中有很多马基雅维利式的统治者，比如《哈姆莱特》中的国王克劳狄斯，《理查三世》、《亨利八世》、《亨利五世》等历史剧中的王者。莎士比亚不一定推崇智者统治，但统治者要成功掌握权力必须运用智慧。譬如，《暴风雨》中，普洛斯彼罗为控制岛屿所使用的魔法（魔法是知识的一种特殊形式），可看作是对马基雅维利知识概念的响应。在该剧中，普洛斯彼罗成功地将书中的所学转化成对凯列班和岛民们的控制。然而，普洛斯彼罗退隐的愿望却与马基雅维利的持续控制的欲望相违背。如同莎士比亚戏剧中另一位年老的统治者——《李尔王》的主人公，普洛斯彼罗想以退位换得舒适的晚年生活。与李尔王不同的是，普洛斯彼罗知晓人类的局限，同时他对权力的放弃也是这部传奇剧浪漫结局的需要。然而李尔王的自我认识来得太晚了，到他醒悟的时候，已经来不及在人生的最后日子里将自己从焦虑和困境中解救出来。这是因为，李尔王对于权力的绝对信仰已经造成了他对社会和自身的无知。在《哈姆莱特》中，克劳狄斯和哈姆莱特形象的塑造体现了知识和政治权力的分离。相比深陷于思索的王子，克劳狄斯身上的马基雅维利主义者特征甚至更为明显。

上述例子说明了莎士比亚对于知识与权力关系的某些方面的戏剧化观照和评价，而莎剧对于这对关系在社会生活中体现的生动描述并不局限于政治层面。本文着重讨论知识与力量在另外一个层面的关系及其对于哈姆莱特这个人物的含义，即探讨二者在王子认知过程中的矛盾所造成的一系列问题。这些问题的核心是，对现实以及自身的认知并没有给予哈姆莱特以行动的力量，而是削弱了他的行动。这部在西方文化史上占据了重要地位的剧作展示了哈姆莱特认知系统中的矛盾。

三、《哈姆莱特》中体现的近代认知模式及其现代阐释

在讨论哈姆莱特的认知问题之前，有必要分析近代关于认知问题的主导话语，这不仅有助于我们深入认识这部剧作及其主人公的认知过程，更有益于了解莎士比亚在创造这部经典作品的时代的认知模式和现代认知体系的关系。

在《哈姆莱特》中，莎士比亚关于认知过程的探索反映了文艺复兴时期出现的两种近代认识模式，分别体现在这两个隐喻之中：心之眼与智之镜（eye of the mind and mirror of the intellect）。文艺复兴时代的理论家对于肉体的眼睛与心灵的眼睛的区分可以追溯到古希腊哲学家。[1] 这一时期的观点分歧巨大，而且为笛卡尔的灵魂与肉体间的二分论奠定了基础，而笛卡尔在总结近代理论时更多地继承了柏拉图的学说，虽然当时的人文主义者接受的认知观念更直接地来自亚里士多德而不是他的老师柏拉图。在亚里士多德的认知理念中，也正如罗蒂所指出的："心智不是一面受到内在眼睛监测的镜子"而是"镜子与眼睛合二为一"。[2] 文艺复兴时期的知识界似乎更赞成亚里士多德的"既是镜子又是眼睛"的理念。例如，菲利普·锡德尼认为在准确再现对象的过程中，肉体与心灵是相互作用的，而不是如笛卡尔所认为的二元对立。不同于笛卡尔将理性和感性分离开来以区分出高低，英国文艺复兴时期的主流观念强调"概念思维的过程与视觉感知的作用之间的紧密关系；更具体地讲，对自我的感知与镜子的作用之间的紧密关系"[3]。只是，心灵的眼睛观测到

---

1 Richard Rorty, *Philosophy and the Mirror of Nature*. Princeton: Princeton UP, 1979, pp.38—69.

2 Richard Rorty, *Philosophy and the Mirror of Nature*, p.45.

3 Philip Armstrong, "Watching Hamlet Watching: Lacan, Shakespeare, and the Mirror/Stage," *Alternative Shakespeares 2*. ed., Terence Hawkes. London: Routledge, 1996, p.244.

的是镜像，也是观察对象的再现而已。因此，在伊丽莎白时代关于文艺功能的著名大讨论中，以锡德尼为代表的知识人强调道德认知过程中的身心互动作用。

锡德尼从亚里士多德那里汲取了他的美学知识或者说是“关于心灵的理论”，并给予文学以道德力量。当锡德尼与同时代人就诗歌的作用进行争论时，他感到有必要指出艺术的道德价值。某些受柏拉图学说影响的人则从道学角度对文学的作用进行诟病，认为文学只能刺激感官，因而鼓励低下的道德趣味。在阐述亚里士多德关于诗学的理论时，锡德尼赋予诗人以通过感动人使其完善自身的知性力量，因为诗人的“神圣的韵文……表明他是一个对于无法言说且经久不衰的美，而且是充满狂热崇拜之人，这种美是通过心灵之眼观察到的”[1]。在锡德尼的理论中的道德部分似乎要表明与柏拉图主义的某种联系，是因为他必须同时召唤柏拉图和亚里士多德的魂灵来为自己的学说开道。锡德尼写作的背景，虽然是文化上转向新教主义的年代，但新旧观念同时共存。而且保守势力仍然气势汹汹，常常引用柏拉图把诗人逐出理想国的例子来诋毁文学。锡德尼也引用柏拉图的对话录，却给予了新的内涵。为解释审美吸引力和艺术的认知功能间的关系，锡德尼借用了柏拉图的关于美的比喻，也将美比作外表，但同时赋予其智慧（哲学）的内涵。[2] 这个比喻实际上指明了一个人从亲身经历到心灵吸收的认知过程，而这恰恰是柏拉图学说所避讳的。在解释“外在”和“内在”间的关系，锡德尼进而借鉴亚里士多德的美学原理。他用亚里士多德的模仿理论来给诗歌

1 Philip Sidney, “The Defense of Poesy,” *The Renaissance in England*, eds., Hyder E. Rollins and Herschel Baker. Prospect Heights, IL: Waveland P, 1992, p.607.

2 Philip Sidney, “The Defense of Poesy”, p.606.

下定义：诗歌作为“讲话的图像”来生动地再现生活，能起到“寓教于乐”[1]的作用。愉悦既是文学的手段又是文学的部分目的。悲剧通过“唤起崇敬与同情的效果”来教导观众。“同情”这个术语似乎源于亚里士多德净化过程中的怜悯与恐惧。在过程的结尾，通过悲剧主人公演绎的苦难，观众“领悟”到关于生命的教益。领悟（通过观看舞台人物的遭遇得到的认识）为观众带来了放松和满足，或许这可以用现代生理学语言来解释其过程。舞台上的场面激起观众的肾上腺素的上升，并随着剧情的发展继续升高直至在高潮到来时最后得以释放，愉悦感由此产生。因此，顶级的悲剧作家总能满足观众对悲剧主角经历的好奇，并将对痛苦的认知转化为关于苦难世界的恐惧。因此，戏剧的力量通过观众的观赏得到实现；戏剧或者舞台提供了一面镜子，通过它观众看到了人类的缺陷并将视觉体验提升为道德理性。

莎士比亚对当代关于戏剧功能的论辩的知悉反映到了《哈姆莱特》中，并且剧中传达出来的是他对戏剧力量的洞悉远比理论家的总结要生动得多。正如剧中主人公所言，戏剧作用于观众是通过感官知觉。成功的表演能够迷乱感官功能，从而“使有罪的人发狂，使无罪的人惊骇，使愚昧无知的人惊惶失措”（第二幕第二场）。伊丽莎白时期开始的关于剧院力量的讨论到詹姆斯一世时代愈加激烈，例如，托马斯·海伍德在他的《为演员一辩》（1612年）中与以菲利普·司徒布斯为代表的清教反戏剧人士争辩。[2]海伍德讲述了一个曾毒死自己丈夫的妇女，在观看完一部戏剧后忏悔的事例。戏剧场面的影响效果与哈姆莱特的“捕鼠

1　Philip Sidney, “The Defense of Poesy”, p.608.

2　关于这次论辩的讨论以及双方如何阐述演剧活动的好坏作用，参见Philip Armstrong, 1996, pp.216–218。

机”的作用或许相近。在第二幕第二场，王子通过自己导演的“谋杀贡扎古”表演探索了戏剧的力量。在这出又称作“捕鼠机”的剧中，他捕捉到了国王克劳狄斯不可告人的秘密。对哈姆莱特来说，戏剧是一面“反映自然”的镜子（第三幕第二场）。克劳狄斯的愤怒回应使哈姆莱特对父亲死因的怀疑以及鬼魂的叙述得到证实。在这个例子里，观众注视下的镜子也回视着观众，并且最终导致观众对镜中对象的认同[1]。本文认为，莎士比亚利用了镜像认同的特性，是以戏剧形式参与了当代关于戏剧功能的讨论。他把戏剧作为一种论辩手段使用，其论点的阐述是戏剧化的。而这个手段的使用和剧中人物的认知过程相互呼应。哈姆莱特的认知模式，既是一个镜与物互照的过程，又是一个镜像内外各种元素的互动过程。戏剧家通过哈姆莱特对因自我映照而产生的受挫感的处理，探索出了一种不同的认识过程。

哈姆莱特的镜像认同是他自我认知过程中遇到的中心问题。在他“发疯”之前，王子本身就是一面镜子——“时流的名镜”（glass of fashion）（第三幕第一场），国人以他为典范，因为在世人眼中他是父王的复本，是国家权力的当然继承者。然而，故事一开场，父亲的逝去已经使他的身份认同出现了断裂。尽管哈姆莱特仍沿用父亲的名字，而且新王也认可了他的继承人地位，但他感觉父亲和权力都离他越来越远，因为他的叔父娶了他的母亲，成了新的父亲和国王。他赖以自我认定的原本——老哈姆莱特王——已经不复存在了，他只能通过“心灵的眼睛”（第一幕第二场）才能看到自己父亲美好的影像。而当他看到父王的鬼魂时，他必须“记住”（remember）或者在心中“重组”这个渐遭

1　Philip Armstrong, “Watching Hamlet Watching”, p.218.

遗忘的形象。剧中多次使用“remember”一词，每次出现时却又同时提示其反义词“遗忘”。哈姆莱特抱怨母亲竟然在短短不到两个月的时间就忘记了父亲，忘记了他生前对她的百般呵护。王子更抱怨自己似乎得了健忘症，总是记不住父亲要求他复仇的命令。老国王的鬼魂不时出来提醒哈姆莱特“记住我”（第一幕第五场）。第三幕第四场，在母后寝宫那场戏中，他似乎又忘了父王的冥诏，鬼魂再次向他显形。虽然他的母亲没有看到鬼魂，使她认定儿子精神确实失常了，但是哈姆莱特再次通过“心灵的眼睛”看见了父王的形象。

王子的自我认知依赖镜像，或者依赖有镜像功能的戏剧，这在雅克·拉康的精神分析法的自我建构中似乎能找到解释。毋宁说，现代及后现代理论都离不开莎士比亚提供的经典文本，还必须拿哈姆莱特的认知之谜为例说明他们的理论。与精神分析的鼻祖弗洛伊德及其弟子琼斯一样[1]，拉康在他的后精神分析中也把哈姆莱特当成不可或缺的例证。在《欲望及对〈哈姆莱特〉欲望的阐释》中，拉康更强调处于心理形成过程中的镜像阶段。在这个阶段，自我与理想形象间的象征性身份认同是自我建构的关键。也是在这个阶段，自我有了摧毁镜中的理想形象的欲望，却同时又不得不依赖这个镜像来修补自我身份。身份认同的这种矛盾状态，进一步又在目标和镜像的转换过程中体现出来，这时的认同目标变成了菲勒斯（phallus）。拉康精神分析中的菲勒斯，有别于政治学或是生物学的概念，是作为能指象征权力。这样看的话，哈姆莱特就面临着尤为复杂的局面，因为占据菲勒斯位置的是一个假国王假父亲，真

---

1 弗洛伊德及琼斯的著作中对哈姆莱特恋母情结的阐释有“泛利比多主义”倾向，“利比多”不能解释一切心理现象。参见Sigmund Freud, *The Interpretation of Dreams*, trans, James Strachey（New York: Penguin, 1976）及Ernest Jones, *Hamlet and Oedipus*（London: Gollancz, 1949）。拉康的理论超越了“俄狄浦斯情结”之说。

正的“菲勒斯”缺场了，这样的现实令王子沮丧。当被问到波洛涅斯的尸体在何处时，哈姆莱特和国王打了个哑谜：“他的身体和国王的同在，可是国王并不和他的身体同在。”（第四幕第二场）这句话一语双关，道出了他的困境，真正的菲勒斯（国王）成了鬼（所以被杀死的波洛涅斯现在是和国王的躯体同在了），现在这个占据王位的躯体无法让他认同。非但如此，他还必须代表已在现世缺位的菲勒斯和这个伪菲勒斯对抗，这让他陷入无以自拔的挫败感，因此失去了行动的名分（第三幕第一场）。拉康如此解释哈姆莱特的延宕：“导致哈姆莱特每到关键时刻都动摇不定的问题的根源，恰恰是弗洛伊德在论俄狄浦斯情结消退的文章中向我们讲述的纳西索斯式的联系（自恋情结）：谁都动弹不了菲勒斯，因为菲勒斯，甚至那个真正的菲勒斯，只不过是个幽灵。”[1] 在这里，拉康修订弗洛伊德的俄狄浦斯情结，突出了主体在阉割情结中的纳西索斯联系。当欲望的中心从镜中的主体转移到作为镜子的客体上时，作为权力能指的菲勒斯才有了心理构成的价值。如同弗洛伊德的泛性论心理分析，拉康对哈姆莱特以菲勒斯为中心的阐释触及了认识论问题，二者都注重认识要从切身体验开始，经过一个由性欲以及镜像认同，转换到认知的过程。

因此，弗洛伊德的精神分析与拉康的后精神分析提供了不同于亚里士多德古典认识论的人类自我认识的模式。有论者认为，弗洛伊德与亚里士多德的认知模式的不同，在于“亚里士多德理论中的决定性的驱动力是认知性质的，而不是性本能的”；并且，“在古典认识论中，人是理性的动物，而不是俄狄浦斯式的”[2]。本文认为，精神分析的认识模

1 Jacques Lacan, “Desire and the Interpretation of Desire in *Hamlet*,” *Yale French Studies* 55–56 (1977): 50.

2 Eric P. Levy, “The Universal versus Particular: *Hamlet* and the Madness in Reason,” *Exemplaria* 14 (2002): 118.

式从身体体验出发，最终也是要进入理性层面的。不管怎样，用两种对立的认知论模式阅读这部戏剧，结果是耐人寻味的。在哈姆莱特头脑中，“像鹿豕一般的健忘”与“天神般的理智”（第四幕第四场）并立共存，虽然他总是想摒弃前者，似乎唯有“尊贵和最至高无上的”（第三幕第一场）或是高超的领悟（第二幕第二场）才有资格存在于“高尚”的头脑中。然而，高贵与兽性的特点都是他的怀疑对象，因为他不断质疑自己理性思考的能力。

列维的评论虽然指出了两种模式的区别，但遗憾的是，他把亚里士多德和弗洛伊德的认识论归为一种类似的认知过程，因为二者都蕴特殊性于普遍性之中。本文认为，问题不能仅从普遍与特殊的变化过程来认识。首先，两种认识模式中，身与心两个方面在自我认知过程中都是显性的而且是相互作用的，只不过程序上是对立的：一个注重从身到心，而另一个正相反，从心到身。这两个程序对于哈姆莱特的心路历程而言同等重要。此外，与这两个方面同样起作用的还有认识论的第三个方面，即被运用现有其他模式的论者忽略的文化因素。文化因素相对独立于其他因素，却在认知过程中与它们相互作用，共同组成一个环形认知系统。

四、王子认知空间的文化纬度

我们必须同时考虑到文化因素在认识的身心共建过程中的作用，才能够更完全地理解哈姆莱特式的复杂的认识论问题。无论是生物决定论还是抽象理性，在揭示认知过程时都各有偏重，也都有其局限性，即使结合二者的优势也无法穷尽这个哈姆莱特问题的复杂性。如前面所述，文艺复兴时期的人文主义主体性的形成体现了一个复杂的认知过程，近现代哲学解释这个过程时更多注重抽象理性的作用。不论是笛卡尔的主体与客体、身体与思想分离的二元说，还是康德的唯心主义精神哲学，都重心轻身、厚精神而薄物质，使用了简单化方法看待认知这样的复杂过程。近年来的哲学研究和认知研究已经证明心灵、身体以及文化的作用是密不可分的。安迪·克拉克通过实验发现，“大脑、身体、世界和（考古学意义的）人工制品”“是扣锁在一起的，其缜密程度有如阴谋之最为复杂者”；他还发现，“思想和行动相拥相抱，紧密无间”。[1] 如其他人类行为，认识行为“在很大程度上被文化决定，文化是一个有很大自主性的由符号和价值构成的系统，在生物学基础上发展起来，但越发展就越远离其生物学基础”[2]。这些认知科学和哲学中的新发现不仅证明了心灵和身体间存在的辩证关系和相互作用，还指出人类认知活动中的文化和意识形态的作用。[3] 受马克思主义影响的文化唯物论认为，当意识形态以观念的形式获得了相对的自主权时，它便会回

1 Andy Clark, *Being There: Putting Brain, Body, and World Together Again*. Cambridge: MIT P, 1997, p.33.

2 Daniel C. Dennett, *Darwin's Dangerous Idea: Evolution and the Meanings of Life*. New York: Simon, 1995, p.491.

3 近年来的莎学研究开始借鉴认知研究以及文化哲学学科的最新成果。例如，克雷恩（Mary Crane）在《莎士比亚的大脑：应用认知理论阅读莎作》（*Shakespeare's Brain: Reading with Cognitive Theory*. Princeton: Princeton UP, 2001）中研究文化与身体在构建莎士比亚的近代主体中如何共同发挥作用。斯珀斯基（Ellen Spolsky）的著作（*Satisfying Skepticism: Embodied Knowledge in the Early Modern World*. Burlington, VT: Ashgate, 2001）更提供了很多关于近代怀疑主义及其在莎剧分析（如在《克里奥兰纳斯》和《奥赛罗》）中运用的案例，对本文论点的阐释有很大借鉴意义。斯珀斯基提到，近代的各式各样的怀疑论者迷恋于研究“大脑、身体以及文化的纠结缠绕”，说明那个时代的认识方式要比现代哲学丰富得多，虽然怀疑主义者没有找到理清这些纠结关系的方法，但是他们起码注意到了文化在这个纠结体系中的存在和作用。莎士比亚这样敏感的作家当然会迅速捕捉时代思想的丰富性和复杂性，并在作品中生动地反映出来。

过头来指导身体经验。意识形态在我们的意识活动中起作用，不仅仅作为一系列抽象的概念，同时也作为具体的“情感结构”[1]。就是说，文化进入了认识的建构过程并监视着身体的行动。

文化作为认知元素参与了整个认知过程。这个过程至少包括三个阶段：烙印、编码、筛选。在各个阶段大脑要处理各种相互作用的因素——这些因素可能同时是具体的和抽象的，特殊的和普遍的，物质的和非物质的[2]。首先，认知的主体接触到对象，并对其留下最初的物理印象。换言之，对象在主体的神经系统中以诸如视觉、听觉等可感知的特征留下痕迹。在这个阶段的信息处理过程中，主体或许很活跃或许很不活跃。第二个阶段里，几乎在印象被接收的同时，信息被分类并在大脑中做编码处理。第三个阶段里，新信息与储存的旧信息（记忆）发生碰撞。结果是，新信息可能被留存，也可能遭到驱逐。认知过程可能会在任何一个阶段开始或停止，有时某个阶段可能无法识别。在新信息的处理过程中，储码（大脑神经系统中已经储存的编码）往往起着重要作用。当然，视其本身的强弱起作用的程度会不同。用精神分析或者马克思主义的术语讲，储码可以是某种无意识或者意识形态，而用更宽泛的概念概括，可以指文化背景。莎士比亚戏剧，特别是《哈姆莱特》，提供给我们分析近代人物认知过程的最佳例子。

哈姆莱特的认知空间里充满了多元的、矛盾的因素，这些因素在烙印、编码和筛选的所有过程中相互交错，相互反应。肉体、灵魂、文化等多维元素循环交互作用于他的认识过程，造成哈姆莱特的认知困境

---

1 Raymond Williams, *Marxism and Literature*. Oxford: Oxford UP, 1977, p.132.

2 出于权宜之计，本文依据描述过程中常见的顺序，但是实际的过程中是变化万千的，顺序会随机调整，不断交替重叠。

和行动拖延。在戏剧一开场，哈姆莱特就察觉到父亲的死亡原因的蹊跷，只是尚待确认。然后在与鬼魂的对话中进一步知道凶手的身份，但他需要对鬼魂的叙说进行确证，因为他对于通过“心灵的眼睛”得到的“真相”是怀疑的。然而在通过“捕鼠机”演出找到证据后，他仍然没有采取复仇行动。问题就在于他失却了行动的能力。错综复杂、相互冲突的文化因素纷纷涌入，阻碍并拖长了寻找行动理由的过程。而文化因素往往具有时代特征，体现在道德伦理、价值观念、社会风习、意识形态等等方面。唯有放在英国17世纪早期的文化背景下理解，哈姆莱特的道德理性、他的忧郁以及他的拖延才顺理成章，才能帮我们看清文化因素在认知活动中的作用。

事实上，如前面所述，在古典主义哲学、精神分析以及后精神分析的认识模式中，认知过程中的文化因素常常被理性，或者被无意识，再或者被代表菲勒斯的主流意识形态所遮蔽。其实菲勒斯作用于主体的身份认知时，就是一个密锁在个体心理层面的象征性的文化形象。例如，作为能指的菲勒斯在社会性别的认同中起作用，那是因为其特权地位反映了父权社会对于性别的等级化区分，折射到个人认知中就成了一种文化力量，能够让认知主体在定义身份时“主动”遵守性别规范，并“自觉”根据诸如“大丈夫”、“小女子”之类的分类给自己和他人对号入座。所以，文化因素对自我认知的影响力量不可小觑，但是并不是总是那么明晰可见，是一只看不见的手。这只手在哈姆莱特认知的信息筛选阶段起了关键作用。在这个阶段，哈姆莱特的自我认知进程崩溃了，使他陷入无所适从的僵局。尽管他的大脑已经接收到他的父亲死亡的信息，并在意识信息库里将其记录，却无法转化为指导行动的能量。他道出自己的认知困惑：“我不知道，可我还是大言不惭地说。”（第四幕第四场）这是认知链断裂的表现。

这部戏剧充满了王子认知断裂的证据。这种断裂在他关于时间的思考中反映尤为明显。对哈姆莱特而言，“时间脱了节”（第一幕第五场）。他的认知能力回应时间的断裂并随之陷入僵局。在中世纪甚至近代的王权政治条件下，王国的编年会随着国王的驾崩而崩溃。诚如此言：“在遵循王位继承的父系君主专制国家中，政治时间的过往都离不开生物学意义的时间：父亲的身体就是一本政治日历，记录着作为父权社会纪年的国王兼父亲的身体。”[1] 对哈姆莱特而言，父王的意外死亡意味着王国编年的脱轨，因为在他的记忆里，理想的王国生活以及政治时间是和父亲的身体连在一起的。哈姆莱特对这种断裂的反应也在这一场集中表现出来。皇家纪年的中断及其怪异的接续（王弟因占有了王嫂身体而登临大位）导致他的头脑失序，他心中的有关王室的旧有记录无法与新的王体相连接。

另外一个方面，他从鬼魂那里知道了旧王体非正常陨灭的真相，其亡魂在炼狱中遭罪，而新王体盗取了本来和旧王一体的母后，在哈姆莱特心目中父亲和母亲应该是一体的（第四幕第三场）。这条骇人听闻的新信息足以将旧有记录删掉，本来旧的“记录”就是作为基本数据在处理新信息时往往倾向将其删除。然而，现在却正相反，新的信息因其强大能力暂时占据了上风。所以，他要从记忆中删除“一切书本上的格言，一切陈言套语，一切过去的印象”（第一幕第五场）。这些东西原本在他父亲还是国王时占据并拷贝到他的头脑中的。如今在非正常的原

1 Linda Charnes, “The Hamlet Formerly Known as Prince,” *Shakespeare and Modernity: Early Modern to Millennium*. ed., Hugh Grady. London: Routledge, 2000, p.193.

因前，自然而然形成的记忆一定随着哈姆莱特国王身体的陨落以及由此造成的王室编年的中断而抹去。而现在他父亲的鬼魂要他记住复仇。他的父亲仍在控制着他的记忆，虽然是从那个超自然的王国——冥界。

这说明，对哈姆莱特而言，将记忆抹去和他重整脱节的时间[1]的宏图大志一样不可能实现。他的话只是他对于反常变故的反应，因为王国内外的异常现象扭曲了他对社会和人生的“自然流程”的理解。即使在“看到”鬼魂之前，他已经察觉到了一系列宫廷时间表中的不正常：“葬礼中剩下的残羹冷炙，正好宴请婚筵上的宾客。”（第一幕第二场）秩序异常的意象大量的高密度的冲击，破坏了大脑的正常运作，就像忙碌的交通要道让来自各个方向的不守路规的车辆给挤塞了。新旧记忆对哈姆莱特的大脑填塞了纠缠不清的意识谜团，并以非同寻常的时间上的异常和事物顺序的非自然呈现，堵塞了他的神经交通的十字路口。出路何在？

母亲与叔叔间急切且乱伦的结合，破坏了年轻的王子回忆中的快乐完美王室家长的理想形象。但如今，皇室的身体已被“玷污”（第一幕第二场）。唯一将其净化、令其恢复完整性的希望也被他的母亲的情欲所破坏，因为她已经钻进了克劳狄斯“乱伦的衾被”（第一幕第二场）。糟糕的是，不仅时间脱了节，合法的皇室头领之死，导致了道德的失序。即使他杀死了克劳狄斯，他也无法将时间的道德接点修复好，更不能把母亲交还给鬼魂父亲。在母亲格特鲁德的寝宫，哈姆莱特将她推到镜子前，并让她对她两任丈夫的形象进行比较。他警告格特鲁德

1 朱生豪把“set it right”译成“重整乾坤”，再现了原文的政治和道德内涵，不失为精彩的译文，但似乎缺少了与时间或者时代的联系。

远离克劳狄斯“罪恶的温床”并要逐渐养成禁欲的习惯，不要再在污秽中苟且（第三幕第四场）。哈姆莱特对不洁的两性关系的关切更是表现在他对奥菲利娅的态度上：他让她“进尼姑庵去吧”（第三幕第一场），以免从不洁的身体孕育生出更多的罪人。

但是他知道，清理被污染的道德，在时间上可能来不及也没有可能性，因为统治王国政治躯体的道统本身也处于膏肓之病态。新国王，也是他的新父亲，正通过掌控国家秩序来执掌政治时间的延续。父亲和国王的头衔现在都掌握在克劳狄斯手里；戴着这两顶冠冕的是个窃取者，是道德和政治秩序的破坏者。王国政治时间的“自然”延续已经打破，因为哈姆莱特作为法定继承人——他的父亲和母亲“结合为一体”的结晶——被剥夺了继承王位的权力。现在与母亲合为一体的是个假父亲。假父亲取代了真儿子，占据了继承人的位置，断裂的政治时间被进一步错置了。新的父母结合，即母亲和叔叔间的媾和，给哈姆莱特留下更多的不可能。就是因为这个媾和确认了昔日的王叔成为新王和继父的合法性，本该属于王子的王座已经有别人“合理合法地”先坐上了。虽然哈姆莱特仍被新王认定是离王位最近者，但那是篡位者对被褫夺者的安慰。所以，可怜的王子抱怨说：“要等草儿青青”（第三幕第三场），哭泣的羊羔只能饿死。

哈姆莱特的失望以及鬼魂的命令似乎加剧了他的复仇欲望。然而，他的敏锐的神经洞悉了政治和道德时间的断裂，导致了认知在最后阶段的短暂停滞。在经验—理性—实践的循环过程中，他没有到达最后的阶段。理智没有起到指导身体体验的作用，甚至成为了实践的障碍，是认知断裂的表现。所以，见到挪威军队义无反顾地向战场开进的时候，他只好责怪自己行动的迟缓；但在回到宫中后的很长一段时间，他依然我行我素，在被动中等待时机；所以，他实际上还没有从认知断裂中走出来。

处在认知断裂状态的哈姆莱特，把理性高高凌驾于感知能力之上，他不断怀疑所见所闻，虽然他发誓要删除头脑中的一切陈腐戒律，但这些道德理性的束缚仍然挥之不去。非但如此，基于宗教神学的道德认知让他怀疑甚至排斥感官得出的经验，这似乎预示了比这个戏剧人物稍晚若干年出现的笛卡尔哲学上的怀疑论，二者都崇尚理性而否定感官知觉认识的重要性。只是，哈姆莱特的怀疑主义要比笛卡尔来得彻底。认识到文化领域的诸种断裂和现实世界中的种种不可能后，他任凭“理性”去干扰行动，让行动失去了名分。他没有杀死正在祈祷的克劳狄斯，是因为道德理性抑制了行动。他的推论消除了行动的意义——把敌人杀死并不能完成复仇而是把敌人送进天堂。

有论者认为，哈姆莱特的踌躇问题是时代嬗变中的意识困扰[1]，准确指明了哈姆莱特问题的部分实质。本文作者认为，该论断可以进一步阐发为这样一个结论：个体认知的某个阶段没有跟上时代嬗变而造成的意识困扰，从而导致了从认识到行动的断层，陷入认知困境。时代嬗变，是指文艺复兴时期伴随着新教改革和资本主义生产方式兴起而引起的宗教理念、政治制度、社会风习、价值判断等文化因素的巨大的革命性的变革。

莎士比亚创作的时代，新的属于文艺复兴时期的认识和旧的文化观念共同存在。哈姆莱特的文化意识既带有文艺复兴人文主义新文化的

1 参见孟宪强：《时代嬗变与意识困扰——哈姆莱特踌躇问题新探》，《东北师范大学学报》（哲学社会科学版）1990年第1期，第90—96页。该文后来成为作者所著《三色堇——哈姆莱特解读》（北京：商务印书馆，2007年）一书的重要一章。

特征，又有中世纪神学的遗存。他不想把祷告中的罪人送上天堂就体现了神学理念的作用。而根据拉康的说法，在复仇行动上的拖延，是由菲勒斯的空缺造成的认知断裂。复仇行动的对象，即权力中心，是空的。能指的缺乏妨碍了客体和主体间的转化。具体讲，杀死一个伪菲勒斯既不可能又毫无意义，并不能弥补菲勒斯的空缺。虽然有些费解，但间接地道出了认知活动和实践活动之间的关系。这种关系，用西方新马克思主义的话语讲就是，认识没能指导实践活动。可以肯定的是，在认识与实践之间总存在着裂隙。这个裂隙或许永不会被修复，因为它处于认知的灰色地带里。结果是，哈姆莱特接受了命运的必然安排，采取了天命论的姿态——“随时准备着就是了”（第五幕第二场）。

五、结语：永久的哈姆莱特困境

哈姆莱特在不幸的现实面前是软弱无能的，按照传统文学批评的阐释，这是因为他的性格使然。例如歌德认为，哈姆莱特问题的关键是，重整乾坤的大任落到了不能胜任的人的肩上。这个性格特征因此使他成为经典文学人物的一个类型的代表。有这种性格的人，思想往往大于行动，被称为哈姆莱特式人物。实际上，王子的认识，受到周围文化环境的制约，进而限制了他的行动能力。因此，本文认为，哈姆莱特式的认知之谜也困扰着继承了哈姆莱特精神遗产的知识人。一代又一代的知识分子，包括我们这些试图解释哈姆莱特现象的人，以及用这个现象来说明理论的当代理论家，都想解开这个认知之谜。人类的认识总试图超越思想或者精神赖以存在的肉体，这个矛盾正像狮身人面的斯芬克斯，头与身在人类的认识中存在着永远的不协调。在寻求脑与体矛盾统一的过程中，我们常常忽略了文化力量的制约能力。这就是为什么四百年来的知识分子把哈姆莱特当作他们的精神先祖。自我认知中的挫败部分地反映了身心分离的难题。因此，哈姆莱特出现在不同历史时期的关于认知论的讨论之中。休·格雷迪恰当地总结了哈姆莱特在现代认知史中的地位：

> 哈姆莱特，作为新型的可塑、易变的主体性的载体而问世，曾被黑格尔和布克哈特认定为现代性的标志，也曾在整个古典资本主义时代作为艺术和主体性的核心象征和能指，发挥了核心作用；如今又在新世纪现身，秘而不宣地改造了我们，再次挑战我们对我们世界的过去和不确定的未来的理解。[1]

毋庸置疑，哈姆莱特不管承载了什么、标志了什么，或者象征了什么，他都成为不同社会阶段的万能人，从近代到现代，甚至后现代。各个时代的人们不仅把他当成时代精神的代表，而且试图解释哈姆莱特的问题。然而，即使后现代阐释，也只能指出哈姆莱特式认知谜题的某些方面，永远无法穷尽其谜底，那是因为人类的认知矛盾就是这个复杂谜题的一部分。关于哈姆莱特的讨论一定还会继续下去。

（华中师范大学文学院　王青璐译）

1　Hugh Grady, *Shakespeare and Modernity: Early Modern to Millennium*. ed., London: Routledge, 2000, p.18.

“在我头脑的书卷之中”
——论《哈姆雷特》与记忆危机：过去和现在[1]

道格拉斯·A·布鲁克斯

直到现在，我始终无法理解莎士比亚在写这句话时想要表达的意思。哈姆雷特说：“我的记事簿！快，我的记事簿！我必须把它记下来！”[2]

——布莱姆·斯托克，《德拉库拉伯爵》（Bram Stoker, *Dracula*）

斯文·伯克茨（Sven Birkerts）有一篇关于电子媒介时代阅读的高雅悼词，他在其中担忧地说道：“印刷页面的稳固的层次体系……正面临新媒体带来的冲击而岌岌可危。”[3] 同样地，媒体批评家尼尔·波兹曼（Neil Postman）警告道，我们对于电脑科技的盲目信奉将会改变我们赖

1 本文最初以英文形式发表在《外国文学研究》2006年第2期。道格拉斯·A·布鲁克斯（Douglas A. Brooks），美国得克萨斯A&M大学英语系副教授，国际期刊《莎士比亚年鉴》主编，主要从事莎士比亚及英国近代文学研究。

2 斯托克这里引用的是亨利·欧文（Henry Irving）当年在蓝辛剧院演出《哈姆雷特》时使用的台词。这句台词并非出自该剧的原文，是欧文自己加上去的。——译者注

3 参见Sven Birkerts, *The Gutenberg Elegies: The Fate of Reading in an Electronic Age*. New York: Fawcett Columbine, 1994, p.3。同样，戈登·威廉斯（Gordon Williams）也写到了印刷机的影响：“印刷削弱了进入精英的特权，而后是精英本身进行揭秘，特别是它鼓励翻译的时候。印刷是鸨母，主持着对知识的强奸，是稳定文化假设的破坏者。”参见Gordon Williams, *Shakespeare, Sex and the Print Revolution*. London: The Athlone Press Ltd., 1996, p.46。

以生存的隐喻，还会扰乱文化的认知基础。[1]然而，实际上，似乎自书写本身被引进以来，就一直有杞人忧天者对不断涌现的书写技术的新形式表达恐惧之情。其中一种担忧影响最持久，是由神话中的埃及国王萨姆斯第一个提出来的，他告诫修斯，象形文字将会使人类变得健忘。传说中的书写发明者在像修斯那样耐心地听萨姆斯说完后解释道，他的发明是“学习的一个分支，将会使埃及人变得更加智慧，还会提高他们的记忆力”。国王肯定地对他说“你的后代崇尚书写”是相当错误的；并告诫他：“如果人们学习书写，那将把健忘移植到他们的灵魂里；并且，由于人们依赖于书写，他们就不会再继续锻炼自己的记忆，这促使人们对于事物的回想不再源于他们自身，而是借助于外部标记。”[2]苏格拉底似乎从来不曾用凿子去敲击碑碣，并因此被迫依赖自己最出名的学生去铭记他的教导，因为书写这一传统与书写焦虑有关，以此证实他自己在“书写得体与不得体”这一问题上的焦躁的论述。此外，这种最初关于书写的场景也经常出现在另一种传统里，苏格拉底对此也极为熟悉，并且当萨姆斯国王指出书写是修斯的“后代”时也巧妙地提到了这一点。从一开始，书写就不可避免地与最初的神话父系继承联系在一起，正如雅克·德里达所说，“是子辈创造出来的成果”[3]。并且，对于德里达来说，父权和书写的故事开始于象形文字里一位埃及神的生产行为，对于书写时代，修斯这样描述道：

---

1 参见对查理·罗斯（Charlie Rose）的电视采访，由美国公共广播公司PBS于1995年3月12日播放。

2 这个故事源于苏格拉底，参见“Plato's Phaedrus,” *The Collected Dialogues of Plato*, eds., Edith Hamilton and Huntington Cairns. Princeton: Princeton UP, 1961, p.520。

3 Jacques Derrida, *Dissemination*, trans., Barbara Johnson. Chicago: U of Chicago P, 1981, p.161.

> 托特为生产之神，他常称自己为神王、太阳神埃蒙－拉（Ammom-Ra）之子：“我是托特，是拉（Ra）的长子。”拉（太阳神）是造物主，他通过言语调节生产。他还有一个称呼，在斐德罗篇中被称为埃蒙（Ammon）。对于这个称呼，人们认可的意义是隐身者。[1]

因此，书写最初被认为有助于父系统治原初系统的建立。德里达在另外一部著作中探讨了书写的这种特性，他谈道：

> 现在我们知道，多亏了丰富而准确的信息，书写（从口语语体里）的诞生几乎是无处不在，并经常与家族焦虑联系在一起。世代间口头传统的记忆如果“没有书写”就会与人相去甚远，这句话经常在这样的关系中被引用。[2]

当然，关于这种神话传统的一种可能的推论是：一旦一种文化以书写形式记录下来，过去的一切只有很少一部分能被保存下来。总之，父系的幸运证明着母系的不幸，正如保罗·利科（Paul Ricoeur）所说：“父亲是一种非现实的分离，他从一开始就是一种语言……因此，对于子女来说，父亲形象就注定比母亲形象具有一种更加丰富和更加明确的命运联系。”[3]

从一个很大程度上预期了黑格尔分析主仆关系[4]的浪漫模式的辩证

1 Jacques Derrida, *Dissemination*, p.161.

2 Jacques Derrida, *Of Grammatology*. Baltimore: The Johns Hopkins UP, 1974, p.124.

3 Paul Ricoeur, *Freud& Philosophy: An Essay on Interpretation*, trans., Denis Savage. New Haven: Yale UP, 1970, p.543.

4 Georg Wilhelm Friedrich Hegel, *The Phenomenology of Mind*, Sec.t B. IV. A. 1. -3. a-c.

思维角度来看，记忆话语要建立一套能使记忆的概念化和形象性描述成为可能的复杂隐喻，或许必然要依靠书写技术。早期的拉丁语记忆理论家，如弗朗西斯·叶芝（Frances Yates）在她的关于记忆的研究中说道，通常可以将"内在书写或意象烙印"与"在蜡板上书写"[1]进行比较。为寻找一种类比方法去解释记忆的作用，5世纪的修辞学家马尔提亚努斯·卡佩拉（Martianus Capella）说："人们书写的东西是固定在蜡板上的字母，所以交付于记忆的东西就印在某些地方，比如在蜡板上，或在一页纸上；同时，对于事物的回想由影像所掌控，就好像它们也是字母一样。"[2]

后来广为传阅的教育学专论中，马尔提亚努斯将头脑印象的保存与他那个时代最新的手记技术联系了起来，这样他在继承了延续至中世纪的关于记忆的优秀传统的同时，又将其革新。父权和印刻之间的联系并不是很遥远，因为中世纪的书籍本身成为宗谱焦虑的重要话题。[3]理查·德·布利（Richard de Bury）在《书之爱》（1345年）中提到："随着时光的流逝而被磨损的书籍需要被新的继承者所取代，那么，这类作品就有可能绝处逢生，成为永恒。"并且，他还建议说："应该寻找一种补救办法，即用一本神圣的书籍去偿还自然的债务以获得一个自然的继承者，这个继承者可能会像一粒种子那样生根发芽。"同时，让书本自身去讲述它们对于抄写传承过程造成的退化的顾虑："啊！你们经常假想

1 Frances Yates, *The Art of Memory*, Chicago: U of Chicago P, 1966, p.35.

2 Frances Yates, *The Art of Memory*, p.51.

3 对于这种焦虑的几个例子，参见Jan-Dirk Miller, "The Body of the Book: The Media Transition from Manuscript to Print," *Materialities of Communication*, eds., Hans Ulrich Gumbrecht and K. Ludwig Pfeiffer, trans., William Whobrey, Stanford: Stanford UP, 1994。

我们老家伙才刚刚出世，并试图把为父的我们当成儿子来看待。”[1] 一旦用象形文字记录下父系继承的肇始，亲缘和墨迹就在专门承载父权焦虑的手稿中紧紧地捆绑在一起了。随后，印刷技术的引进开始了下一轮的重新配置。

在《档案热：弗洛伊德印象》这本考查档案概念的书里，德里达将书籍和文件储存位置的制度化做法与他称之为“永久归档驱动力”的一种对记忆的复杂欲念联系起来，并发现“档案产生在记忆发生了原初性、结构性崩溃的地方”[2]。艾伯特·德诺勒斯（Albert Derolez）的近期研究让我们一窥这种驱动力的某些物化特性，这体现在古登堡时代的前半个世纪里为了录入手稿集而广为使用的手工誊写印刷书籍的做法中。[3] 由于担心印刷技术会破坏手稿的权威性，一些书痴坚持聘请誊写员，而誊写员要么由于热情，要么由于粗心，常常全文抄录印刷本的版本记录，或者其他一些专门与出版有关的文字，比如说编辑的前言、赞美印刷艺术的诗句或者是赞扬印刷商的诗歌。最后集结而成的书籍就是一个奇奇怪怪的大杂烩，给牛皮封面的书本里的重大内容变化留下了见证。然而，或许，关于印刷技术威胁形象化记忆空间的最生动的描述出现在维克多·雨果的《巴黎圣母院》里。正如叶芝所说，在那本书里，“一位在教堂高处的书房中陷入沉思的学者，凝视着第一本扰乱了他的手稿集的印刷书籍。然后，他打开了窗户，凝视着偌大的教堂，教堂衬在布满

1 参见Richard de Bury, *Philobiblion*, trans., E. C. Thomas (NewYork: Oxford UP, 1960, p.147, 47)。转引自Jan-Dirk Miller, “The Body of the Book”, pp.39−40。

2 Jacques Derrida, *Archive Fever: A Freudian Impression*, trans., Eric Prenowitz, Chicago: U of Chicago P, 1996, p.11.

3 Albert Derolez, “The Copying of Printed Books for Humanistic Bibliophiles in the Fifteenth Century,” *From Script to Book: A Symposium*, ed., Hans Bekker-Nelson. Denmark: Odense UP, 1986, p.140−163.

星星的夜空下的影子，就像镇中心那个庞大的狮身人面像。他说，‘斯将休矣’。印刷书籍将会毁掉这个建筑。”[1]

印刷机的发明不可避免地改变了早期关于父系的现代含义。路易斯·蒙特罗斯（Louis A. Montrose）指出：莎士比亚作品常常涉及到针对“男人和孩子之间的物理联系”的焦虑并幻想出“男性的单性生殖能力”。蒙特罗斯进而提醒我们：“‘生命的真相’最近被当作‘真理’在人类历史上建立起来，是随着17世纪末开始的微生物学发展而来的。”[2]现在，获取一种DNA证据就能够使一个即使不那么聪明的父亲知道他的孩子的身世，而莎士比亚以及他同时代的人没有这样的证据，只不过依赖一套隐喻来指涉亲子关系。的确，根据安·汤普森（Ann Thompson）以及约翰·O·汤普森（John O. Thompson）的看法，在印刷术发明以前，无论使用了什么技术来确认亲子关系，印刷页面一旦出现，“这种生产方法，复制或印刷的实际过程”，就被近代的“隐喻领域的父权制方面”[3]所挪用。除此之外，这种父权再造似乎也造成了母体的分离。汤普森指出：“女人成为仅仅是男人复制自己的工具……她们的角色应该尽可能的中性化；最重要的是生产一个只是父亲精确复制品的孩子。”[4]

或许，最早的有父权痕迹的文学制品是拉伯雷的第一部出版作品

1 Frances Yates, *The Art of Memory*, p.124.

2 Louis A. Montrose, "*A Midsummer Night's Dream* and the Shaping Fantasies of Elizabethan Culture: Gender, Power, Form," *Representing the English Renaissance*, ed., Stephen Greenblatt. Berkeley: U of California P, 1988, pp.40, 42, 43.

3 Ann Thompson and John O. Thompson, *Shakespeare: Meaning & Metaphor*. Brighton: Harvester Press, 1987, p.178.

4 Ann Thompson and John O. Thompson, *Shakespeare: Meaning and Metaphor*, p.178.

里高康大写给他儿子庞大固埃的那封信。[1] 在这封简短的信里，一个父亲对他“最亲爱的儿子”写道：在上帝赋予“人类本性”的所有特点中，最伟大的是“在我们平凡的终将一死的生命里，我们要获得一种不朽；并且，在我们短暂的一生中，要使我们的名字和子孙长存不朽：这是我们从合法的婚姻中承继血统做到的”。在之后的一段话中，高康大坚信：“除了要离开你，我对其他的事一无所求，在我死后，印刷技术就像一面镜子那样描绘出我这个人，即你的父亲。”[2] 之后，高康大宣称：“我们现在使用的雅致、精确的印刷艺术是在我这个时代凭借神圣的启示创造出来的。”[3] 父亲、儿子和镜子由上帝赠予的两种不同复制方式联系在一起。与利科关于父权在语言上的超元决定的观察相一致，高康大在信件里只字未提庞大固埃的母亲，紧接着的一个章节编入“圣·维克多图书馆精品图书”[4] 目录里。正如卡拉·芙莱塞若（Carla Freccero）在提及那封信时指出的，庞大固埃母亲的缺席或许可以解释为什么“父子关系之间还未出现明显的对抗”[5]。

在早期现代英国的这种特殊情况下，育儿和印刷之间的联系成为在伦敦舞台上文化展览项目的一部分。[6] 例如，理查德·威尔逊（Richard

1 马歇尔·麦克卢汉（Marshall McLuhan）在其早期有关印刷文化的研究中写道：“如果谁全面审视古登堡问题，很快会联想到高康大写给庞大固埃的那封信，拉伯雷，早在塞万提斯之前，对整个复杂的印刷技术提出一个真正的神话或预想……庞大固埃［是］来自活字印刷的符号和图像。”（*The Gutenberg Galaxy.* Toronto: U of Toronto P, 1962, pp.179－180）

2 Francois Rabelais, *Gargantua and Pantagruel.* trans., J. M. Cohen. New York: Penguin Books, 1955, p.193.

3 Francois Rabelais, *Gargantua and Pantagruel*, p.194.

4 Francois Rabelais, *Gargantua and Pantagruel*, p.186.

5 Carla Freccero, *Father Figures: Genealogy and Narrative Structure in Rabelais*. Ithaca:Cornell UP, 1991, p.21.

6 对于这个文化项目的延伸考查，参见*Printing and Parenting in Early Modern England,* ed., Douglas A. Brooks. Aldershot: Ashgate, 2005。

Wilson）在提到莎士比亚后期的剧作时说道：“传奇剧通过否认现实，叙述出被历史掩盖的事实：父权不能够对女性身体施加影响。”[1] 关于父权焦虑这种类型的内容，其种子已经在像《仲夏夜之梦》这样的戏剧作品中生根发芽，例如，在剧本中，忒修斯告诉赫米娅说她的父亲是一个神：“对于他，你只不过是他印刻的一个蜡像。”（《仲夏夜之梦》，第一幕第一场第49—50行）并且，正如汤普森所说：“比昂台罗用版权的话语激励路森修和比恩卡私奔：‘你向她保证，*cum privilegio ad imprimendum solum*’（《驯悍记》，第四幕第四场第92—93行）。这句拉丁语的意思是‘拥有独一无二的印刷权’，这是图书行业的一个标准，并且意味着通过与比恩卡结婚，路森修将会在她的身体里建立起他的版权，并获得她灵魂的版权——大概只是他自己的复制品。”[2]

然而，对于威尔逊来说，这是他在后期写作像《冬天的神话》这类浪漫剧时发现的。在这部作品里，“莱昂斯特确信无疑地对弗罗利泽说：‘你的母亲肯定已经结婚了，王子，/因为她已经将你高贵的父亲印刷了出来/在怀着你的时候。’”（第五幕第一场第124—126行）最后，莎士比亚转向“他自己在育儿语言产业方面的所有者权利和生产关系”[3]。《辛白林》也属于这类作品，故事讲述的是一个国王丢失的儿子们，故事明显受惠于浪漫习俗。在这部剧作里，这个遗腹子在一出生就成了孤儿，被一个国王收养，等他醒来后，发现一个幽灵在他胸上放了一本书，向他宣告道：“睡吧，你是我的祖父，生下/我的父亲。”（第五幕第四场第123—124行）在《辛白林》里，一本幽灵之书促使了父亲的

1 Richard Wilson, *WillPower: Essays on Shakespearean Authority*. Detroit: Wayne State UP, 1993, p.171.

2 Ann Thompson and John O. Thompson, *Shakespeare: Meaning and Metaphor*, p.179.

3 Richard Wilson, *Willpower: Essays on Shakespearean Authority*, p.165.

探视。

可以论证的是，上文简述的将记忆和父权与刻印技术联系起来的两种传统汇于一处并在莎士比亚的《哈姆雷特》里得到最大胆的处理。莎士比亚对于失忆与父亲身份主题的关注最初可以在《威尼斯商人》里找到痕迹，我们在其中可以开始看到父系亲缘明晰性的下降，这反映在朗斯洛特的反向谚语式的声明中——“能够知道自己孩子的父亲是智慧的”（第一幕第一场第273—274行），以及后来的自我认同中——“我是兰斯洛特，曾经是你的男孩，现在是你的儿子，或许还会是你的孩子”（第一幕第一场第274—275行）；还反映在哈姆雷特迟疑不决的宣言中——“因为你的形状是这样引起我的怀疑/我要对你说话”（第一幕第四场第43—44行），以及随后的反向命名仪式中——“我要叫你哈姆雷特/君王，父亲，尊严的丹麦先王”（第一幕第四场第44—45行）。从眼睛失明的父亲到已逝的父亲，口语文化的衰落可以从一句关于父权的谚语的变化上看出，即由“聪明的孩子知道他自己的父亲”变为“聪明的父亲知道他自己的孩子”，到孩子几乎不认识自己的父亲，所以就决定给他命名。这是一种必然的衰落，即一种关于父亲的话语以及父亲自身记忆的必然遗失，随之而来的是《哈姆雷特》中这种遗忘似乎唤起的一系列父亲身份的题写，这些都促使我们重新解读语词技术化的历史，把它看成是努力增强和体现父亲身份题写以及父亲权威的历史来读。

在《哈姆雷特》里，与失忆对抗的失败被简化为一个只能看不能听的舞台提示一晃而过：这个提示的文本告诉我们，“他写下来了”（第一幕第五场第109行），哈姆雷特发誓要“在我头脑的书卷之中”（第一幕第五场第103行）记住他的父亲的塞内加式的鬼魂，“以如此可疑面目出现”（第一幕第四场第43行）。这位父亲对他儿子以及在剧中说的第一句话是"记住我"（第一幕第五场第2行）。他的兄弟、那个谋杀者、篡位者试图通过这样一些话语来安慰这个失去父亲的儿子："想想我们/作为父亲。"（第一幕第二场第107—108行）[1] 这因此引起了整个世界的注意。最后，这件悄无声息的事件、这个哑剧在哈姆雷特书写一瞥中随着他父亲的鬼魂退入到黎明之中。这表明，我们在这里为之抗争的焦点是父亲的名字及父亲身份本身下面写着的健忘。[2]

无论我们怎样看待哈姆雷特与俄狄浦斯之间的联系，一旦莎士比亚通过塞内加式的处理将这个奥秘重新搬上舞台，当那个死去的父亲不在听力范围之内时这个故事就变成了悲剧。在听他父亲说最后那几句话——"再会，再会，再会。哈姆雷特，记住我"（第一幕第五场第91行）——的几秒内，儿子在试图复述他父亲的话："现在，我的话，/是'再会，再会，[再会?] 记住我。"（第一幕第五场第110—111行）此时，

1 参见安娜贝尔·帕特森（Annabel Patterson）的简短讲话《书与卷》，参照"*Hamlet's* 'Academicism' as a Symptom of 'Troubled Intellectualism'—Then and Now," *Shakespeare and the Popular Voice*（Cambridge: Basil Blackwell Inc, 1989, pp.29−31）。

2 拉康有关《哈姆雷特》的讲话都围绕这样的立场：莎士比亚的戏剧帮助弗洛伊德认识到主体是如何建立在"依附于能指的某个特定立场上的"（"Desire and the Interpretation of Desire in Hamlet," *Yale French Studies*, Vol 55−56, ed., Shoshana Felman, *Literature and Psychoanalysis: The Question of Reading-Otherwise*. New Haven: Yale UP, 1977, p.11）。想从埃尔西诺墙壁上的涂鸦寻找答案的批评家中，有一位叫丹尼尔·席伯尼（Daniel Sibony）的，在其文章《〈哈姆雷特〉：一个书写效应》（"*Hamlet*: A Writing Effect"）中深入考察了该剧中能指和写作之间的关联。席伯尼的论点源于这样一个前提预设："[精神分析师] 要读取和解析文本：而问题是，文本是说谎的，其对病症的书写谬以千里或者不着边际，必定是错误百出；而分析师要维持这个谎言，就只能无意间把注意力转移到某个地方，这地方有一支神差之笔书写之间就把心魔之堵一笔勾销了：而这无非就是具现化的菲勒斯。"（Felman, 60）凯瑟琳·贝尔西（Catherine Belsey）在讨论中世纪道德剧《人类》中一个叫作新伪装的坏蛋时，暗示性地评论了能指的作用。贝尔西注意到这样一个细节，坏蛋挑动仁慈，让他用"牧师的方式"去翻译英文脏话和废话，贝尔西就此指出："其效果是把注意力引到能指上，而不惜牺牲意义……宗教改革的作用就是把救赎话语从礼拜仪式中转变到经文，而不是直接挑战铭文化的知识理念。"（*The Subject of Tragedy: Identity and Difference in Renaissance Drama*. London: Routledge, 1985, p.60）

健忘的儿子记忆突然失灵。确实，他已经向死去的父亲承诺："我要在我记忆的碑板上/拭去一切琐碎喜好的记录一切书本上的格言、一切陈言套语、一切过去的印痕/我少年的阅历所留下的痕迹/只让你的命令留在我头脑的书卷里。"（第一幕第五场第98—102行）哈姆雷特回想起描述记忆作用的主要的类似传统，这是从记忆曾依赖的特有的客观化补充来说的。然而，像苏格拉底以及其他的文法学卢德派分子或许会提醒到，记忆在印刷时代已经减弱了一点，并且，老哈姆雷特国王焦灼地等待他健忘的儿子将谋杀他的王位继承者指认出来时，我们读者已经知道那个可怜的鬼魂的目标最终还是失败了。后来，王子准备去观看他精心策划的戏剧以唤起他杀父仇人的记忆时，他自己却忘了他父亲是何时去世的了。奥菲莉娅及时提醒王子说："不，已经四个月了，殿下。"（第三幕第二场第137行）但是，哈姆雷特仍然无法想起来，因为他甚至记不清奥菲莉娅刚刚告诉他的：

> 哈姆雷特：这么久了吗？哎哟，让魔鬼去穿上孝服吧，我可要去做一身貂皮的新衣啦。天啦！死了两个月，还没有把他忘记吗？也许一个大人物死了以后，他的记忆还可以保持半年之久；可是凭着圣母起誓，他必须造下几所教堂，否则他就要跟那被遗弃的木马一样，没人再会想念他了。有着那个木马，她的墓志铭是"噢，噢，因为那个木马已经被遗忘！"（第三幕第二场第138—144行）

然而，根据原文的叙述，如果哈姆雷特健忘的话，那这个故事讲述的他失忆事件本身就已经被忘却，这在20世纪上半叶里构成了新文献学的主要遗产。值得注意的是，在同一个历史时期，弗洛伊德和他的门徒们正致力细致描写俄狄浦斯家族的传奇——这个命题的主要线索是弗洛伊德在一次观看《哈姆雷特》的演出过程中获得的——A·W·波拉德、W·W·葛里格，以及他们的门徒们也在忙着为现存的第一版（1603年）或“糟糕”的四开本的《哈姆雷特》文本制作出一个家庭的传奇。在此基础上，莎士比亚突然出现，像一个超验的（有时是隐喻的）家长。除此之外，正如童年幻想记忆的丢失在前者叙事中发挥着重要作用，后者主要着眼于行动者的错误记忆，最终扮演了巴纳德这个角色，他粗略地记下了他还记得的一场演出的内容，然后将这些内容卖给了一个同样粗心的印刷商。

因此，莎士比亚讲述了一个健忘的儿子依赖机械复制时代的书写的故事，也如此这般地制造出了关于一个为了利用新生的印刷剧本市场而转行从事书写的健忘的演员的故事。这导致了新文献学的批评构想，即“记忆重建”，就是努力将健忘置于显著位置，目的是解释不稳定的近代印刷版戏剧的不确定的作者身份；并且，那个“以如此可疑面目出现的”鬼魂父亲让位于影子似的作者，他的形象萦绕在现存文本可疑的形态上面。马乔里·加伯（Marjorie Garber）强调莎士比亚戏剧中的书写、角色、署名以及暗号等问题，用来证明“那些戏剧本身就可以看作是戏剧化地呈现了著作权争议中提出的问题”。她指出：“父权的不确定性在剧作中在李尔王、雷昂提斯、雷奥纳多以及普洛斯彼罗这些同类型的假定的父亲形象上一次又一次地明确表达出来，这类似于并且提示了著作权的不确定性。”[1] 波拉德和葛里格早期的研究让这种类似和提示有

1 Marjorie Garber, *Shakespeare's Ghost Writers: Literature as Uncanny Causality*. New York: Methuen, 1987, p.26.

了字面意义并让它们成为用以支撑莎士比亚戏剧的权威性和正统性的伪科学项目的基础。

迈克尔·沃伦的研究，现在已经被文本学家认定为极不合逻辑；并且，近年来，劳瑞·E·马奎尔（Laurie E. Maguire）已经使“记忆重建”成为猛烈批判新文献学方法论的中心议题[1]。继马奎尔的研究以及其他大量研究之后，出现了对于近代戏剧文本，特别是《哈姆雷特》文本不确定性的另类论述。本文作者最后想提出的一点是，莉亚·马库斯（Leah Marcus）在她的重要研究《解编文艺复兴》中提出的观点作为另类论述的重要代表，只不过重新强化了本文作者在这篇论文中一直关注的两种传统的原初时刻。聚焦莎士比亚戏剧中不确定性的最复杂的方面——也是编辑实践上最有争议性的方面。马库斯指出，三种《哈姆雷特》的版本的相继出版——第一四开本、第二四开本或者善本四开本（1604—1605）以及第一对开本（1623年）——体现了一种从“口语语体向更具文学性的美学特征的方向发展”[2]，以此来挽救《哈姆雷特》“糟糕”的四开本的名声。马库斯争辩道：

> 如果莎士比亚根据记忆写下已经存在于他脑海中的鲜明生动的形象和基本的主题内容，但是同时根据语法学校接受的标准的修辞训练，他可以自由地扩充、削减、修饰，可以任意地改动记下的东西，那么戏剧文本无不断的扩展、缩写和变形，这些直到

---

1 Laurie E. Maguire, *Shakespearean Suspect Texts: The "Bad" Quartos and Their Contexts.* New York: Cambridge UP, 1996.

2 Leah Marcus, *Uneditting the Renaissance.* London and New York: Routledge, 1996, p.168.

最近一直都被看成是对莎士比亚的著作权的极大扭曲的现象，反倒可能是莎士比亚著作权的本质。[1]

因此，我们偏好该剧后来的几个版本，而常常贬低第一四开本，但这并不是因为这个文本本身不好，而是因为我们自身的文化更倾向于文学性而不是口语化，偏好印刷的固定性，而非不稳定的文本构成。在这种将莎士比亚作为他的文本的父亲—作者的身份合法化的努力中，恰恰让“记忆重建”的认识得到了推广。最新的书写技术为遗忘提供了一种全新的数字化形式，似乎将要把世界划分成为两类人群，即丢失了数据的人和将要丢失数据的人，因而印刷文本被赶下了神坛。这样，我们似乎听到萨姆斯王在低声说：“看吧，我告诉过你们会是这个样子。”

（华中师范大学文学院　毛霞飞译）

1 Leah Marcus, *Uneditting the Renaissance*, p.163.

《哈姆莱特》的性书写[1]

郝翠屏

作为英国文艺复兴时期的代表作家，莎士比亚留给我们许多对人性的思考。人性之中，性是不可避免的话题，也是极为敏感而隐讳的话题。对性的方方面面的揭示，既可体现作家的伦理观念和道德关怀，也可体现作家对人生的洞察。以《哈姆莱特》的创作为例，莎士比亚对历史传奇的改编、对奥菲利娅之死这一情节的设置、对奥菲利娅疯痴的描述以及对奥菲利娅死亡意象的呈现，展现出高超的创作技巧。参透这些技巧，可以展现莎士比亚精湛的创作艺术，揭示他对自然意志的性爱所持的肯定态度，见出他对人性的宽容与悲悯，理解他对性伦理的思考。

互文见“性”

据载，莎士比亚的《哈姆莱特》取材于1200年前后创作的欧陆历

1　原文发表于《外国文学研究》2014年第5期。郝翠屏，燕山大学外语学院英语系教授，2010年至2011年剑桥大学英语系访问学者，主要研究文学修辞与实用批评。

史传奇《爱姆雷特》(*Amleth*)。《爱姆雷特》是一民间传说，由萨克叟·格莱摩提科思流传。原故事中王子爱姆雷特（Amleth）的叔父芬格（Feng）在杀死老国王之前就与王后有染[1]，弑君篡位后公开虐待王子，王子不得不装疯。为了试探王子，芬格安排一不知名的“美女”在林中引诱王子。芬格的逻辑是：如果王子没疯，自然会拜倒石榴裙下。没想到这个“美女”因从小就和王子一起长大，不但没有出卖王子与她承欢，还把芬格的阴谋告诉王子，并发誓永不背叛。至此，“美女”在戏中角色完结。[2]

这个“美女”就是《哈姆莱特》中奥菲利娅的原型，但与奥菲利娅有着显著的不同。首先在原故事的异教文化中，“美女”妩媚无比，并非不谙性爱，也没有哥哥警示“失贞”的危险，更没有父亲对她的种种安排。其次，“美女”与王子有明确的性行为，而且颇享其中快乐。此外，从芬格的逻辑中可以推断，对性爱有无感受是衡量一个人正常与否的标准，所以婚前媾和并不受道德指责。

到了莎士比亚笔下，原故事的“美女”情节被反转。奥菲利娅与哈姆莱特的恋情发生在宫廷变故之前，经过国王亡故、王后改嫁的风波后，奥菲利娅的父亲和兄长都反对她和哈姆莱特王子来往。奥菲利娅与哈姆莱特之间的性事没有直接明确的描写，但从王子及奥菲利娅的“疯痴”的言行举止中可以判断，二人尝过禁果，并孕育了“恶果”。奥菲利娅为自保贞洁坠河而死，哈姆莱特王子也为爱情决斗而殒命。这样，

1 D·L·阿什里曼（D. L. Ashliman）据1185年前后的传说整理的《爱姆雷特，丹麦王子》（*Amleth, Prince of Denmark*）故事中，芬格以王兄不能善待王后为名，在替王后做主的正义幌子下弑君篡位，并娶了王后。

2 David Bevington, “Ophelia Through Ages,” *Foreign Literature Studies* 1 (2012): 11.

奥菲利娅与哈姆莱特王子的爱情（包括感情和性爱两个方面）成了宫廷斗争的牺牲品，成了贞洁观的殉葬品。

从中可以看出，基督教文化中的性爱成了罪恶，成了对贞洁的背叛，婚前性行为或者与第三者通奸更是如此。莎士比亚对原故事的改造可以看出他对社会文化变迁的观察与思考。应该说，莎士比亚对人类性欲是肯定的。“即使没有旁人的诱惑，少年的血气也要向他自己叛变。”（第383页）[1] 这是人的自然意志。而这种自然意志一旦失去理性意志的控制，一旦不能走向合法婚姻，便违背了道德情感，便会酿成悲剧。哈姆莱特和奥菲利娅的性爱就是这样的悲剧。

假设奥菲利娅没有自杀而诞下私生子，这私生子又会是什么命运？看一看《李尔王》中的爱德蒙，我们不难发现莎士比亚严肃而深刻的思考。爱德蒙的父亲说：“他（爱德蒙）的出生要归我负责；我常常不得不红着脸承认他，现在惯了，也就脸皮厚了……他的母亲是个迷人的东西，我们在制造他的时候，曾经有过一场销魂的游戏，这孽种我不能不承认他。”（第611页）这是一个宽容而善待的父亲，从他身上可以看到莎士比亚的宽容与慈善，看出他对私生子所持的态度，但世情往往相反，否则就不会有爱德蒙的嫉妒——“大自然，你是我的女神，我为你的法律尽职效劳。为什么我要受习俗的欺凌，让世人的挑剔剥夺我的权益……为什么我叫私生子，为什么我卑贱，我的身材匀称，心灵高贵，容貌端正，哪一点比不上正夫人所出……”（第620页）爱德蒙由嫉妒而生怨恨，最终置父爱于不顾，陷害哥哥，酿成悲剧。而一切的开始要追

1　莎士比亚：《莎士比亚喜剧悲剧集》，朱生豪译，南京：译林出版社，2002年。以下简称“朱译”。本文所有出自莎剧的引文，如无特别注明，均出自朱生豪先生译文，随文标注页码，不另注。

溯到性爱，追溯到性爱与伦理身份的冲突。

不可否认，性书写即使在文艺复兴时代恐怕也让人敏感。所以在《哈姆莱特》中，人物多在疯痴状态下谈性。哈姆莱特和奥菲利娅的疯言疯语很多都与性话题有关。只是王子嘴里说出来口无遮拦，而奥菲利娅的语言则比较委婉，充分体现出莎士比亚对人物的把握。很多读者都认为哈姆莱特是装疯，奥菲利娅才是真疯。本文认为哈姆莱特和奥菲利娅都不是真疯。哈姆莱特的疯是策略需要，奥菲利娅的疯是她内心表达的需要。在当时的道德伦理中，与王子承欢又不能与之成婚，奥菲利娅与王子的爱情尽管“像冰一样坚贞，像雪一样纯洁”，也“还是逃不过谗人的诽谤”（第422页）。奥菲利娅既无申辩权，又无人庇护，只好借“疯话”及“歌谣”诉说一二，别无选择地走向了绝路。以为奥菲利娅不是真疯的读者，基本认同她借疯痴表达自己的思想情感，并从女性主义的角度给予分析。但是，本文更主张哈姆莱特与奥菲利娅的疯原属并置，都服务于莎士比亚对性书写的艺术处理。

性书写之情节

《哈姆莱特》主要围绕王子复仇这个情节主线来写，其中也包含了奥菲利娅殉情这样一条情节副线。奥菲利娅在整部戏剧的二十个场景中出现五场，这五个场景分别见于前四幕。第五幕由掘墓小丑暗示奥菲利娅的死因，并由哈姆莱特与雷欧提斯决斗宣示她的死亡后果。可以说，五幕戏中都有奥菲利娅的存在，这为完整地展开以奥菲利娅为中心的殉情故事提供了空间。当然，奥菲利娅的殉情故事以副线形式与哈姆莱特的复仇故事互为交织，又以全戏四分之一的出场率高度浓缩，更因性爱主题而被作者有意隐蔽。下面试从各幕场景中还原奥菲利娅殉情故事以及与之相关的性书写情节。

第一幕第三场：两情相悦正当时，无奈宫廷起变故。这一场里奥菲利娅除了应答哥哥与父亲的训诫之外，几乎再无言语。从对父兄应答的口吻里，可以得知奥菲利娅与哈姆莱特两情相悦。但此时老王骤死，王后改嫁，王子对王位的继承受到威胁，加之鬼魂出没，流言四起，王子何去何从未见分晓。所以，奥菲利娅父兄对她严加训诫，不愿她与哈姆莱特再来往。

第二幕第一场：父起疑心拒情书，王子装疯演别离。父兄的训诫之下，奥菲利娅拒收哈姆莱特的情书，也不和哈姆莱特见面。此时，王子已见过父亲鬼魂，复仇计划酝酿形成，将计就计之中，王子疯疯痴痴地来见奥菲利娅。从读者的角度，可以看出哈姆莱特给奥菲利娅演了一出诀别戏，真情昭然若揭。奥菲利娅对哈姆莱特此时的神情有无感应呢？答案是肯定的。假若奥菲利娅没有任何感应，她又如何能如此准确地辨认、记忆并描述出来？哈姆莱特的行为令她惊惧，这是她本能的感知，但她对哈姆莱特的异常行为缺乏理智的判断，哈姆莱特因她而疯这一结论是在父亲诱导中得出的。她父亲问："他因为不能得到你的爱而发疯了吗？"奥菲利娅说："父亲，我不知道，可是我想也许是的。"（第397页）

第二幕第二场：棒打鸳鸯，父亲自作聪明；禁果已尝，女儿终将受辱。奥菲利娅在不知实情的情况下，对哈姆莱特的疯痴半信半疑，又在父亲的授意下拒收哈姆莱特的情书，其中有一封由她的父亲上呈王后。从这封信中可以看出，哈姆莱特非常敏锐地意识到奥菲利娅受父亲诱导，对真爱产生了怀疑，故写信试图打消她的疑虑。无奈奥菲利娅不明苦心，情书被父亲公开。为此，哈姆莱特与奥菲利娅的父亲波洛涅斯针锋相对，骂他是“拉皮条的”（fishmonger）[1]，暗指宫廷变故前，奥菲利娅的父亲纵容她与哈姆莱特相好，梦想与王权联姻；宫廷变故之后，又想把女儿与王子分开，免受王子牵连。说过“拉皮条的”之后，哈姆莱特又说：“不要让她在太阳光底下行走；怀孕是一种幸福，可是你的女儿要是怀了孕，那可糟了。朋友，留心哪。”（Let her not walk i'th'sun: conception is a blessing, but not as your daughter may conceive. Friend, look to't.）（第403页）这里，哈姆莱特借“sun”与“son”谐音，讥讽波洛涅斯不让女儿接近王子，因为怀孕对奥菲利娅不是好事，但此时奥菲利娅到底有无身孕则有待后面剧情的印证。

第三幕第一场：好女恋美男，原罪复重演。奥菲利娅被父亲安排与哈姆莱特会面。此时王子正在进行那段著名的生死独白，对走过来的奥菲利娅说：“且慢！美丽的奥菲利娅！——女神，在你的祈祷之中，不要忘记替我忏悔我的罪孽。”（第420页）这里的“罪孽”是指他独白时的自杀念头？是指他对奥菲利娅造下的罪孽？还是新近奥菲利娅不与他承欢的情况下，把自己的冒犯称为罪孽？接下来，奥菲利娅归还王子给她的爱情信物，说了些王子变心之类的话。对此，哈姆莱特反问：“你贞洁吗？你美丽吗？”（第421页）看到奥菲利娅疑惑不解，哈姆莱特又解释说：“要是你既贞洁又美丽，那么顶好不要让你的贞洁和你的美丽来往……因为美丽可以使贞洁变成淫荡，贞洁却未必能使美丽受它自

---

1 朱译：“卖鱼的贩子”。乔那森·贝特（Jonathan Bate）与埃瑞克·拉斯马森（Eric Rasmussen）主编的《莎士比亚全集》注解（*William Shakespeare; Complete Works*. eds., Jonathan Bate and Eric Rasmussen. Beijing: Foreign Language Teaching and Research Press, 2008；以下简称“乔注”）：“fishmonger：俚语中有‘纵欲’‘拉皮条’的意思。”

己的感化。”（第421页）也就是说，在贞洁与美丽的问题上，美丽像是祸根，即使贞洁也无法使它免疫。这早在第一幕第三场奥菲利娅哥哥雷欧提斯劝诫她的言辞中就有伏笔，雷欧提斯说：“留心，奥菲利娅，留心，我的亲爱的妹妹，不要放纵你的爱情，不要让欲望的利箭把你射中。一个自爱的女郎不应该向月亮显露她的美貌；圣贤也不能逃避谗口的中伤；春天的草木往往还没有吐放它们的蓓蕾，就被蛀虫蠹蚀；朝露一样晶莹的青春，常常会受到罡风的吹打。所以留心吧，戒惧是最安全的方策；即使没有旁人的诱惑，少年的血气也要向他自己叛变。”（第382—383页）

关于贞洁与美丽的问题，在哈姆莱特接下来的话里得到更直白的表述，他说奥菲利娅不该相信他，因为“美德无法植入那下做的东西而不染上腥臊”（virtue cannot so inoculate our old stock but we shall relish of it）[1]。这充分暴露哈姆莱特内心的矛盾与冲突，一方面他爱奥菲利娅，另一方面他饱受欲火煎熬，为婚前与奥菲利娅发生性行为痛感罪孽，而这种罪孽又不能通过婚姻得到救赎，因为上文分析过，奥菲利娅父兄反对她与哈姆莱特在一起，而以哈姆莱特目前的处境，根本无法主宰自己的婚姻。

因此，哈姆莱特要奥菲利娅进尼姑庵，与其说是对奥菲利娅的诅咒，不如说是为自己无法控制的欲火而愤怒，彰显了自由意志与理性意志的冲突。至于为什么要奥菲利娅嫁给一个傻瓜，哈姆莱特自己说得清楚：万一嫁个聪明的，那人一准知道自己戴了绿帽子（for wise men know well enough what monsters [2] you make of them）（第959页）。从另一个

1 朱译：“因为美德不能熏陶我们罪恶的本性”（第421页）。

2 乔注：“monster” 指丈夫若有妻子不忠会头上长角（第959页）。

角度，哈姆莱特对奥菲利娅的诅咒，也可能因为他厌恶母亲匆匆改嫁，转而不相信爱情，认为性与爱中只剩下了性，认为所有的女人都是淫妇。表面上看两种解释相差甚远，但实质上不管哈姆莱特为自己难以控制的性欲感到愤怒，还是认为女人都是淫妇感到厌恶，两者都揭示出有关“贞洁”的道德约束心理，或者说不能容忍“失贞”。所谓“失贞”既可指奸夫淫妇的性行为，也可指婚前性行为，而奥菲利娅为中心的性爱情节，其关涉的主题是婚前性行为。

第三幕第二场：戏中戏，哈姆莱特调戏痴情女。哈姆莱特导演戏中戏，试探克劳狄斯和母亲是否谋杀了父亲。在众人来看戏落座的时候，哈姆莱特与奥菲利娅有一段对话，他说：“上帝啊！我不过是给您消遣消遣的。一个人为什么不说说笑笑呢？您瞧，我的母亲多么高兴，我的父亲还不过死了两个钟头。”（O, god, your only jig-maker. What should a man do but be merry? For look you how cheerfully my mother looks, and my father died within's two hours.）（第427页）表面上看，“my father died within's two hours”是疯话，实则暗指王叔与母亲床上销魂两个小时。[1]而上下文中的“country matter”，“puppet dallying”，“edge”等更充满性的指涉。哈姆莱特如此口无遮拦，举止猥琐，一方面是故意做给旁人看，以讽刺王叔与母后的不端，满足他替父报仇的伦理需求；另一方面呈现出欲火中烧的煎熬，即自然情感与道德情感的冲突，再次印证让奥菲利娅去尼姑庵事出有因。

1 “died within's two hours”指“销魂”，依据有四。1. 根据此处上下文“be merry”的语境；2. 在莎士比亚抒情诗“斑鸠与凤凰”中有过死亡与婚配融为一体的意指；3. 后来学者也有将死亡与爱相提并论，具体可参见克林斯·布鲁克斯：《精致的瓮》，郭乙瑶译，上海：上海人民出版社，2008年，第17—18页；4. 词典中对“die”的释义中有一条：由极度不安、兴奋、羞愧等引起的濒死的感觉，参见http://www.thefreedictionary.com/die。

第四幕第五场：婚姻幻灭，情爱无寄。此时奥菲利娅的父亲已被哈姆莱特误杀，奥菲利娅以疯痴状态出场。一般认为她是真疯，直接证据是克劳狄斯说："她父亲的死激成了她这种幻想。"（第456页）然而，克劳狄斯所说奥菲利娅因为父亲意外亡故而疯，就像波洛涅斯说哈姆莱特因奥菲利娅拒绝他的爱情而疯，两者都别有用心不可采信。事实上，莎士比亚很巧妙地安排奥菲利娅借助疯言疯语道出性爱情节及其隐忧。当克劳狄斯说她想父亲想疯了时，奥菲利娅立即反驳说："对不起，我们以后再别提这件事了。要是有人问您这是什么意思，您就这样对他说：……"（第456页）接着她便唱起那首情人节歌谣。

歌谣分上下两节，第一节讲男女欢娱，是个"破处"的隐喻。第二节讲失身后女子痛悔。奥菲利娅唱完第一节说："真的，不用发誓，我会把它唱完。"（I'll make an end on't.）（第456页）"I'll make an end on't."一语双关，既指要把歌曲唱完，又指欢娱后，奥菲利娅要自食其果。奥菲利娅唱完第二节，国王问："她这个样子已经多久了？"（第457页）像是在问奥菲利娅疯了多久了，实际上读者不难想象，奥菲利娅失身过后多久了？奥菲利娅接过话茬儿说："我希望一切转祸为福！我们必须忍耐；可是我一想到他们把他放下寒冷的泥土里去，我就禁不住掉泪。我的哥哥必须知道这件事。"（My brother shall know of it.）（第457页）"My brother shall know of it."一语双关，一是说兄长会得知父亲的死讯，二是说兄长会知道她失身。而无论哪种情况，雷欧提斯都不会轻易放过哈姆莱特，这是奥菲利娅隐忧之所在。借助这首歌谣，奥菲利娅道出她与王子的媾和，这是她这个身份的女子的不可承受之重。因为她父亲已死，哈姆莱特生死未卜，甚至她怀疑王子已死，她与王子的婚姻成为泡影。既然他们的媾和无法通过合法婚姻得到救赎，她别无选择地被逼上绝路，她只能以死自保贞洁。

第四幕第七场：自保贞洁坠河死，水中仍赋恋情曲。鉴于莎士比亚对性的关注与表达上的隐讳，鉴于他对人的自然情感的宽容与悲悯，他对奥菲利娅死状的描述可谓尽善尽美，其含蓄、诗意的创作技巧堪称典范。有专家观察，按莎剧的一般情形，如属纯粹的剧情交代，常见散文；如有主要人物出场做长段独白，往往说明此处有张力，台词往往用无韵体，也就是五音步抑扬格。[1] 王后有关奥菲利娅死状的叙述不是独白，但仅作为信息传递又不合她王后的身份。按常理，奥菲利娅的死讯由侍卫或随从传递即可，可为什么由王后来讲？而且讲了那么一长段，所用语言又是无韵体？现在我们试着做文本细读，看看其中有无张力？传递了什么样的冲突？什么样的情绪？

文本中最突出的意象是杨柳、花环、水、衣裙、歌声、污泥以及以喻体出现的美人鱼。“杨柳”象征着被爱抛弃和悲哀；“花环”由几种花儿编成，其中雏菊是春之花、爱之花。其他花卉如“长颈兰”没有注解，但下文中说：“正派的姑娘叫它‘死人指’，粗鲁的羊倌给它起了一个不雅的名字。”（第467页）两相联系，不难想象“性爱”的指向。“水”与“泥”在本节相对，大有“纯洁”与“失贞”的味道。“花环”未攀柳枝之前，溪水清透如镜，“花冠”随奥菲利娅沉落之后，身焰污浊。“衣裙”展开，既说明落水瞬间的状态，又可暗指怀孕后身形的显露，所以下文说张开的衣服，即便可以支撑但不能持久，未等歌儿唱完，奥菲利娅就身陷污浊，死于“泥”中。

1 Sylvia Adamson, et al., *Reading Shakespeare's Dramatic Language—A Guide*. London: Thomas Learning, 2001, p.144.

“美人鱼”在古代近东及希腊地区的传说中是个女神，爱上了凡间的“牧羊人”，却无意中杀了他，羞愧之中跳进水里，变成美人鱼。[1]本节里的美人鱼跟传说有无关系，笔者目前还未见到相关考证。巧合的是本节里也出现了“牧羊人”，而且我们已经论证，奥菲利娅也可以说是哈姆莱特“杀死”的，所以此处的美人鱼与传说若即若离，似正似反，耐人寻味。

奥菲利娅的死亡意象不仅交代了她的死状，也交代了她的死因，即：奥菲利娅因惧怕失贞败露被逼上绝境，莎士比亚极为诗意地表达了这个事关主题意义的戏剧情节。值得注意的是，在《哈姆莱特》中王后的形象与其说是一国之尊，不如说更接近为人妻、为人母、受人掌控、充满劫难的女性，她不是克劳狄斯的同谋，丧夫、改嫁都不由她，却受到王子百般羞辱，由她来述说奥菲利娅的遭际，来抒发对女性命运的感慨，凸显了剧作的道德指向。

第五幕第一场：芳魂已去谁人问，真知灼见掘墓人；骷髅无言劝王子，抽刀拔剑为佳人。下边再从两个掘墓人，即小丑甲、小丑乙的对话，来分析奥菲利娅之死。小丑论及奥菲利娅下葬的方式；因为，她若犯了罪，就不允许有基督徒的葬礼。那么她是否有罪呢？罪是否在于自杀呢？以小丑甲的话推断，奥菲利娅如果出于自卫而跳水，就不是自杀；如果是水漫到她身上，也不是自杀。只有如此她才没罪，才能有基督徒的葬礼。小丑乙则从另一个角度探及奥菲利娅享有基督徒下葬仪式的理由，就是因为她是贵家女子。两个小丑的话各有深意，但至此还不能断定奥菲利娅到底被认为有罪还是无罪。

---

1 参见http://en.wikipedia.org/wiki/Mermaid。

稍后，我们听到教士的话，他怀疑赴死的奥菲利娅是畏罪自杀。教士虽没有明确提到“失身”，但所言“virgin rites”和“maiden strewments”都指向处女，结合上下文的反转语气，不难推测教士所谓怀疑即指怀疑奥菲利娅失身。至于为什么失身致死，前文小丑的议论颇具深意。“难道她是因为自卫而跳下水里的吗?”（第469页）这是修辞性非常强的提问，引领读者及观众思考奥菲利娅的死因，而且答案自在提问之中，即奥菲利娅是出于自卫而死。那么她自卫的是什么？通观剧情，不难发现奥菲利娅以死相守的是她的贞洁。因为贞洁与否，不仅是价值判断也是事实判断。在失身既成事实的情况下，如果王子能娶她，就不存在贞洁与否的问题，可是王子不可能娶她，因此奥菲利娅无路可走。某种程度上说，奥菲利娅是自杀也是他杀。所以小丑说：“不管她自己愿不愿意，总是她自己跳下去的……可是要是那水漫到她的身上把她淹死了，那就不是她自己把自己淹死。”（第469页）

奥菲利娅死时哈姆莱特正三十岁——而立之年，成家立业理所当然。然而面对骷髅，王子似乎醒悟，亚历山大千秋伟业，最终仍是碎骨一把，他一个逃亡中的王子又当如何？至于婚姻，朝他走来的是奥菲利娅的送葬队伍。当他见雷欧提斯跳下坟墓要拥抱妹妹的时候，哈姆莱特怒不可遏，决意要与他角斗，以此来宣示他对奥菲利娅的爱情。对哈姆莱特来讲，奥菲利娅之死对他整个复仇计划和复兴伟业是个反转，他与雷欧提斯决斗，等于放弃了之前的雄心抱负，不管他之前如何筹谋，客观上哈姆莱特最终是殉情而死。

至此，奥菲利娅的殉情故事以及与之相关的性书写情节现出全貌。奥菲利娅的故事随哈姆莱特的复仇故事曲折婉转，二者相互推动，相互交织，相互映衬，给人留下鲜明的印象：哈姆莱特装疯，上演了一出疯狂；奥菲利娅装疯，道出一片凄凉。两相比较，哈姆莱特的复仇故事流于虚妄，奥菲利娅的故事则真实、细腻、可感，引人无限同情。两人最终都走向殉情之路，他们的情和爱也因此得到救赎，呈现在读者面前的是凄美的爱情。

性书写之主题

概括地讲，莎士比亚对人类自然意志的性欲持肯定态度，对人的“人性因子与兽性因子”[1]纠结与挣扎饱含宽容与悲悯。他把一个异教故事改编进基督教文化中，让我们看到人类自然自在的性欲如何被打上文化、伦理、宗教的烙印，看到哈姆莱特如何被伦理所困，看到奥菲利娅如何成了人的伦理化过程中的牺牲品。哈姆莱特复仇并希冀重整乾坤，却身不由己地牺牲了爱情，甚至牺牲了爱情也没能负起河山重任，这是哈姆莱特悲剧之所在。

哈姆莱特一再强调“传述我的故事”（第490页）。哈姆莱特的故事究竟是什么故事？哈姆莱特到底是个什么形象？从性书写的角度看，无论是清醒的还是“疯癫”的哈姆莱特，在两性关系上都占有绝对的话语权。他对奥菲利娅的猥琐、对生身母亲刻薄的评判，都有意无意地传递出对女性失贞的厌恶。哈姆莱特憎恶的言行虽然披着“疯癫”的外衣，但骨子里却有男权意识的支配。

哈姆莱特作为主人公频频登台，他那长段的生死独白、对王后及奥菲利娅的羞辱、对克劳狄斯的憎恨、对波洛涅斯的戏弄、对伶人的高

1 聂珍钊：《文学伦理学批评：伦理选择与斯芬克斯因子》，《外国文学研究》2011年第6期，第5页。

谈阔论，都极其膨胀地彰显所谓“高贵”的灵魂。而就其行为来看，他的复仇之手沾满了鲜血：他设计陷害了蒙在鼓里的两个随从，误杀了波洛涅斯，角杀了雷欧提斯，又间接地杀死了奥菲利娅，就连王后的死也不能说跟他毫无干系。这些杀戮起因于复仇，而复仇之火燃得如此之旺，主要原因便是对母亲匆匆改嫁的痛恨，这在更深的层次上关涉他的伦理身份及伦理意识问题。哈姆莱特言之凿凿行之切切要诛杀奸夫淫妇，为父亲洗刷耻辱，此举在基督教文化中有其当然性，但并不代表它的唯一正确性，更不代表莎士比亚的态度。

莎士比亚的态度隐含在鬼魂的几句话里，是这样讲的：“无论你怎样进行复仇，你的行事必须光明磊落，更不可对你的母亲有什么不利的图谋，她自会受到上天的裁判和她自己内心中的荆棘的刺戳。”（第390页）这里不排除老哈姆莱特与王后的夫妻感情，但也道出了母子人伦，更关乎正义在上帝之手的宗教伦理，以及自在内省的人情。简单几句话折射出莎士比亚对人性的洞察、对伦理冲突的思考、对自然情感与道德情感及其复杂性的剖析。

在对性伦理的认知上，哈姆莱特王子面临两难境地，以至于在他无情地诘难自己母亲的时候，鬼魂再次出场说：“可是瞧！你的母亲那惊愕的表情。啊，快去安慰安慰她的正在交战中的灵魂吧！最柔弱的人最容易受幻想的激动。”（第443页）某种程度上鬼魂或许可以当作哈姆莱特心灵的幻化，是他没被复仇之火煎硬的那一小块儿柔软的部分；而这种柔软才是他真正的人性之所在。事实上，从鬼魂最后一次警示到哈姆莱特目睹母亲身亡，我们终于真切地听到了一声：“王后怎么啦？”（第488页）从性书写的角度，哈姆莱特以最后对母亲的关切回归了人性，颠覆了那个复仇的自我。

历史剧、喜剧、传奇剧研究

论《威尼斯商人》[1]

朱维之

威廉·莎士比亚（1564—1616）是英国16、17世纪之间的大戏剧家、大诗人，欧洲文艺复兴时期的代表作家。马克思在著作中屡次引用莎士比亚剧中的典故、人物和词句，尤其是《威尼斯商人》中的主人公夏洛克的形象被引用得最多。

《威尼斯商人》以喜剧开始，又以喜剧告终；但在最高潮处插进一个犹太人的悲剧。它是一个打破悲、喜剧界限的好例子。该剧作于1596年，三百多年来，曾搬演于世界许多国家的舞台，引起观众的极大注意。马克思和恩格斯在著作中常引用它的情节、人物和台词，多至数十次。

这部戏剧的情节有三条线索交叉在一起：主线是威尼斯商人安东尼奥为了帮助朋友巴萨尼奥向一个名门小姐求婚，向高利贷者犹太人夏

1 原文曾载《天津师院学报》1978年第1期，经作者做了较大的修改后发表于《外国文学研究》1978年第1期。朱维之（1905—1999），早年赴日本中央大学和早稻田大学学习、进修，回国后先后任教于福建协和大学、上海沪江大学、天津南开大学。出版专著《基督教与文学》、教材《外国文学史》（欧美卷、亚非卷）、译著《失乐园》等。

洛克借三千块钱。夏洛克平时最恨安东尼奥，一因安东尼奥借钱给人不要利息，影响高利贷的行业；二因安东尼奥侮辱过自己。这时他正好借机报复，于是立下一张开玩笑式的契约：借钱三千块，不要利息，但到时不还便从他身上割下一磅肉。安东尼奥是个商人资本家，他的家财就是几条商船，这时都在海上未归。当他听到那些船都遇暴风或触礁沉没了，忧心忡忡，竟忘记了还债的日期。夏洛克便去法庭控告安东尼奥欠债不还。夏洛克不要偿金和利息，非要“一磅肉”不可，意在置安东尼奥于死地。最后，那个成了巴萨尼奥妻子的名门小姐鲍西娅，女扮男装为法律顾问出庭。她判决要严格履行契约，割肉，但不能流一滴血，因为契约上没有允许流血，流血就要抵命，财产充公。不割肉也算违反契约，财产也都充公。结果是夏洛克败诉，人财两空。

第二条情节线索是鲍西娅选亲。她遵照亡父的遗愿，用金、银、铅做的三个匣子，里面分别放着骷髅、傻子的画像和小姐本人的肖像。求婚者选中了肖像便可娶小姐为妻。摩洛哥亲王和阿拉贡亲王分别选了金的和银的，都选错了，而巴萨尼奥选对了，于是两人成了眷属。第三条线索是罗兰佐和夏洛克的女儿杰西卡恋爱卷逃的事。这三条线索的交叉点，是大家都怨恨夏洛克而向他报复。连夏洛克的亲生女儿也恨他吝啬，整天把她关在家里，一点娱乐都没有，甚至不许她向外瞭望，不许同犹太人以外的人来往。但她却爱上外族青年、安东尼奥的朋友罗兰佐。

剧本的主题是新兴资产阶级思想和封建思想的冲突。其中有错综复杂的矛盾，首先是旧式的高利贷资本和新发展中的商人资本之间的矛盾。作者在剧中辛辣地讽刺高利贷资本的代表夏洛克，把他写成刻薄、顽固、残酷无情的人；同时美化商人资本的代表安东尼奥，把他写成宽宏大量、多情善感、具有古罗马英雄那样临危不惧和视死如归气概的人。同样是资本，为什么作者抬高商人资本而贬低高利贷资本呢？因为在16世纪，前者是新式资本，有助于工商业的发展；而且商人们有海外冒险精神，这些是当时的积极风尚，受人敬仰。马克思在《资本论》第一卷二十四章里说："中世纪已经留下两种不同形式的资本，它们是在极不相同的社会经济形态中成熟的，而且在资本主义生产方式时期到来以前，就被当作资本了，这就是高利贷资本和商人资本。"他还引托·霍吉斯金的著作说："同样值得注意的是，整个欧洲的立法者都想用取缔高利贷的法律来阻止这件事……"[1] 莎士比亚站在新兴资产阶级立场，贬抑高利贷而褒扬商人。但他没有看到两种资本所形成的货币资本都转化为工业资本，而且"跟踵而来的是欧洲各国以地球为战场而进行的商业战争"。到了19世纪，英国对中国发动鸦片战争，就是帝国主义进行全球商业战争从事侵略和殖民掠夺的一个例证。

其次是自主婚姻和包办婚姻的矛盾。新型妇女的反封建的斗争，具体表现在婚姻问题上。杰西卡走了极端，以卷逃的方式与封建孝道、宗教礼教决裂。鲍西娅在不违亡父遗嘱的条件下，别出心裁地取得自主婚姻的胜利。这种争取自主婚姻胜利的主题也表现在其他喜剧如《仲夏夜之梦》、《皆大欢喜》、《终成眷属》、《第十二夜》里。但在那些剧里，她们只是个性解放的典型；在《威尼斯商人》里，杰西卡的叛逆行为牵涉到民族问题和宗教信仰问题，鲍西娅的聪明才智不仅为个人的自由进行斗争，而且干预了社会问题。

再其次是新旧法律的矛盾。夏洛克的脑子里塞满了封建时代的旧

---

1 《马克思恩格斯选集》（第二卷），第254—255页。

法律概念，以为一纸契约在手，即操胜券。不料在新兴商人资产阶级的新法律面前却完全败诉，人财两空。他在败诉之后，自以为放弃了“一磅肉”，放弃了血本，便可平安无事；但在威尼斯那个商人城邦的法律之下，事还没完，威尼斯的法律规定凡是一个异邦人企图谋害任何公民，他的财产的半数当归被害的一方所有，其余半数没入公库；犯罪者的生命悉听公爵处置，他人不得过问。杀人未遂，科以重刑，真是欲加之罪，何患无辞？这是对资产阶级法律的讽刺，所谓在法律面前人人平等的话全是谎言。

剧中最生动、鲜明的人物形象是夏洛克和鲍西娅。夏洛克是个高利贷者，一毛不拔的守财奴。他家中只有一个闺女杰西卡，却不让她有任何的享受；他对仆人更加苛刻，不让吃饱。他放债时，利息高到不能再高。同时，夏洛克又是心胸狭窄、复仇心重的人，一遇机会便疯狂报复，要置对头于死地。夏洛克不像莫里哀笔下的阿巴公，阿巴公是纯粹的守财奴、吝啬鬼的化身；而夏洛克则又带有狭隘、报复、刻毒的性格。

鲍西娅是一个富豪贵族的孤女，父亲死前遗嘱要用选彩匣的方法来选亲。她一方面遵守父命，预备了金的、银的和铅的三个彩匣叫求婚者选择；一方面她又有自己喜爱的人巴萨尼奥。她劝他不要匆忙点选，要考虑周到，用诗歌音乐，从思想上暗示他不要只看外表。果然，巴萨尼奥选了最难看的铅匣，两人终于成了眷属。她是个有学问、有修养的新时代的女性，她的谈吐文雅，又机智勇敢，她为了援助丈夫的朋友，女扮男装，作为出庭的法律顾问，判决夏洛克的案件，大快人心。她的形象和夏洛克适成对比。

莎士比亚的戏剧艺术特点，在《威尼斯商人》里也都显现出来了。第一，论情节的生动性和丰富性，它有三条情节线索交叉在一起，既有借钱割肉的案件，又有三匣选亲的故事和黑夜私奔的场面，曲折而生动；法庭的场面紧张，到了高潮之后，还来一幕强索指环的玩笑，以妙趣横生的情节来表现女主人公的性格。

第二，剧中的社会背景十分宽广，描写了威尼斯城和贝尔蒙特邸宅两处的风光。不同的环境，前者是工商业繁华的都市，意大利的名城；后者是金碧辉煌的宫殿，衬托着山坡和林荫道，富于英格兰的田园色彩。二者相掩映，显出一幅封建社会解体、资本主义生产方式新兴的过渡时期的画卷。夏洛克和他的朋友杜伯尔的言行，描绘出犹太人高利贷者社会的典型环境；安东尼奥和他的朋友们的言行，则画出新兴资产阶级海外冒险者集团的典型环境；以鲍西娅为中心的活动，代表受人文主义思潮影响的社会情况。三者互相衬托，可以看到这幅画卷的各个细节。

第三，剧中的人物形象都是个性化的典型。夏洛克不是一般的守财奴，他固然爱财如命，但他又热衷于复仇。鲍西娅也不像莎氏其他喜剧里的女性，只为一已的婚姻自由而奋斗，她干预了社会问题，这就使她具有了独特的个性。

在语言艺术方面，也是很卓越的。每个人物的语言都有个性，而且形象化。例如剧本一开头，萨拉里诺在对比地描写安东尼奥闷闷不乐的心境和他的大商船在海洋上趾高气扬的神气时说："您的心是跟着您那些扯着满帆的大船在海洋上簸荡着呢；它们就象水上的达官富绅，炫示着它们的豪华，那些小商船向它们点头敬礼，它们却睬也不睬，凌风直驶。"（第一幕第一场）[1] 作者按人物个性的特点，让他们说不同风格

1 莎士比亚：《莎士比亚全集》，朱生豪等译，北京：人民文学出版社，1988年。本文莎剧引文均出自此书，如无特别需求，则只在文中标注引文的"幕"和"场"，不再设脚注。

的语言。夏洛克的思想和语言是惨痛的、辛辣的、庸俗的，如说：“你曾经无缘无故骂我狗，既然我是狗，那么你可留心着我的狗牙齿吧！”（第三幕第三场）与此相反，鲍西娅的语言则充满了智慧，清莹而且明澈。例如：“如果没有人欣赏，乌鸦的歌声也就和云雀一样；要是夜莺在白天杂在群鹅的聒噪里歌唱，人家决不以为它比鹪鹩唱得更美。多少事情因为逢到有利的环境，才能够达到尽善的境界，博得一声恰当的赞赏！”（第五幕第一场）

从剧的结构来看，作者的魄力和功力令人惊叹。三个不同的故事捏合在一起，不见斧凿而浑然一气。《法庭》一场（第四幕第一场）是全剧的中心，也是剧情发展的最高潮。在这一场里，三条线索交叉：割肉案子是主线，鲍西娅婚事完成后才能出庭审案，夏洛克的女儿卷逃事件，使他愤怒到了极点，复仇心更坚决，更凶狠。这一场之前，各线事件发展，如群山万壑赴荆门，水到渠成。这一场之后，引起了指环事件的闹剧场面而告团圆。单这一场，就足以显出作者戏剧技巧是何等的娴熟。开场时，夏洛克趾高气扬，不听任何人的苦劝哀求，硬要“一磅肉”，准备好了天平秤，当众磨刀霍霍。剧情一步步逼紧，到了夏洛克胜利的顶点，正要举刀向对头的胸口割肉时，鲍西娅一句话像晴天霹雳，告诉他只能割肉不能流血，使他手软心悸，刀子几乎要掉落地上。从此，他一步步后退，先放弃“一磅肉”，只要六千块钱；接着放弃六千块钱，只要三千块本金；再退而连本金也放弃了；最后反被判处杀人未遂罪，财产归于他人，连买一条上吊的绳子的钱都没有。所谓夏洛克的悲剧，就是他落得家破人亡，形单影只。他的老伴早死了，女儿私奔了，仆人朗斯洛特到别家去了，朋友杜伯尔也不见了。一反一正，尽量发挥了舞台效果。这样炉火纯青的戏剧技巧，证明它是莎士比亚成熟的作品。

《威尼斯商人》这出名剧，虽然也有其时代的局限性和阶级局限性，只批判高利贷取息的剥削性，没有看到那时商人在海上贸易的掠夺行为与海盗性质，对国内和殖民地人民进行着更残酷的剥削，它所表现的人性论也很明显；但对我们今天还是有借鉴意义的，就是用形象思维，概括并写出一幅资产阶级上升初期的社会画卷，塑造了世界文学史上一个著名的剥削者的典型，还有其他娴熟的戏剧技巧，都值得我们去批判地吸收。

论《裘力斯·凯撒》主角问题之纷争[1]

柏荣宁

一

《裘力斯·凯撒》（1599年）是莎士比亚四部罗马剧的第一部，也是其中最杰出的一部。尽管在该剧中莎翁采用了他在英国历史剧中某些惯用的手法，但对这一悲剧的历史素材的处理和提高，他却显得匠心独运，与众不同。在诸如《亨利四世》或者《理查二世》这样的英国历史剧中，莎翁通常主要倾向于借用编年史材来进行描述，至剧本终了之时，王权统治的论点大都贯彻始终，很少更改。而在《裘力斯·凯撒》这一悲剧中，他却完全变换了方法。剧中描写的既不是凯撒一生中重大的历史事件，也不是他运筹帷幄的军事才能或者明察秋毫的政治远见。莎翁只是将一个他认为最具有戏剧性的事件——凯撒的死——作为此剧的中心题材来加以渲染和编排。这样一来，作为剧名人物的凯撒，仅仅登台三次后，就突然被弑，而这时剧情发展才刚刚进行到一半，剩下的场次却全是关于其他剧中人物如何对此中心事件做出反应及行动。

1　原文发表于《外国文学研究》1991年第1期。

莎士比亚这种独特的处理著名人物的方式，由此成为评论家们争论的焦点。多少年来，众多莎学评论家对于谁是《裘力斯·凯撒》一剧主角的问题一直争论不休，各执己见。有人认为尽管凯撒出场甚少，但他仍不失为剧中的主角；也有人认为玛克斯·勃鲁托斯——密谋刺杀凯撒的首领——才是悲剧的主角。另有一些评论家在此问题上模棱两可，甚至自相矛盾，难以自圆其说。当然也有一些莎学评论家则走向极端，认为该剧根本就没有主角。

持凯撒主角论的评论家们发现，他们首先需要解决一个棘手问题，即莎翁本人对该剧主角的处理态度。在全剧十八场场面中，作家仅仅安排凯撒在三个场面中亮相，不待第三幕第一场演完，就不复允许其登台；而即使在安排凯撒表演的三场戏中，其形象又显得似乎不够崇高伟大。在莎士比亚的笔下，凯撒虽然仪表威严，顾盼自雄，但是他很难说是个真正能旋转乾坤的英雄人物。他有许多弱点：身染癫痫，一耳失聪，迷信执着，高傲虚夸；他在接受皇冠时，竟然昏倒在地，不知所措；而且，更为糟糕的是，他似乎已经濒于昏聩，几至丧失了观察和处理事物的能力。那么，为什么莎翁要把罗马历史上煊赫一时的铁腕人物予以贬黜，而同时又把他作为悲剧中的英雄人物呢？对于这个问题，格文纳斯曾解释说，莎士比亚“不敢让观众对凯撒产生太大的兴趣”，因为他创作此剧的目的是“要将那些共和派人物的意图作为主题思想”。因此，“有必要将其作为衬托，描绘其所作所为，让剧中之阴谋有因而起”。至于莎翁对凯撒的形象塑造，格文纳斯则认为是完全根据普鲁塔克书中“凯撒殁前，其性趋劣”[1]之说。另一位评论家哈德森持基本相同

1 G. G. Gervinus, *Shakespeare Commentaries*, vol, ii. London: Routledge & Regan Paul, 1863, p.350.

观点。认为："该剧的宗旨，或许并非描写真正的凯撒，将其呈现在我们面前，以使他们能用我们的手，来作出公正的裁决。"[1]著名莎学家爱德华·陶顿显然对以上两位评论家的解释都不十分满意，认为他们都没有真正抓住问题的核心。在他看来，凯撒欠饱满的外表形象"并不十分重要"，因为"当其陨灭之时，即可为奥克塔维斯（Octavius Caesar）所替代"。裘力斯·凯撒之所以作为主角，是因为他的精神"是该部悲剧的支配力量，勃鲁托斯曾与之抗争；但勃鲁托斯……只能成功地打倒凯撒的躯体；昔曾十分软弱无力的他，作为一种强大的、可怕的、纯粹的精神，又站立起来，向阴谋分子们复仇"[2]。

陶顿的这种关于凯撒在剧中外表形象和内在精神的双身份主角论，在整个莎学界有着较大的影响。持凯撒主角论的评论家们或多或少都继承和发扬了这一理论。例如，当代评论家加伯指出剧中有"两个凯撒"，即"一个无法战胜的统治者"和"一个寻常普通、不堪一击的凡人"。他认为："血流遍地躺在元老院的是'裘力斯'，而凯撒则依然十分强壮——事实上变得加倍强壮起来。"一个"新的凯撒"在行刺中重新诞生，"恰似凤凰之涅槃，于灰烬之中再获新生"。虽然凯撒在第三幕第一场中就一命归天，"但舞台上很快就有了另一个凯撒出现"。年轻的凯撒"已经成长起来，'我永远是凯撒'的豪言壮语又传给了新的一代"[3]。

在莎学界，认为勃鲁托斯是《裘力斯·凯撒》一剧主角的观点，

1 参见Edward Dowden, *Shakespeare: A Critical Study of His Mind and Art*. London: Routledge & Regan Paul, 1875, p.286。

2 Edward Dowden, *Shakespeare: A Critical Study of His Mind and Art*, p.287.

3 Marjorie Garber, *Coming of Age in Shakespeare*. London: Methuen, 1981, pp.60−61.

也享有和凯撒主角论基本相同的地位。那些评论家们之所以持这种观点，主要是因为玛克斯·勃鲁托斯登台场次甚多，而且又是唯一得到深入刻画的剧中人物。但是，如果勃鲁托斯的确是——用麦卡勒姆的话来说——“有血有肉的众多角色之中心”[1]，那么看来莎士比亚似乎是阴差阳错，颠倒了《裘力斯·凯撒》这一剧名；即便没有颠倒剧名，整个悲剧也显得缺乏统一感，因为剧名人物中场被弑，以后的剧情发展则全部集中到一逞得手的阴谋分子们的身上。所以，持勃鲁托斯主角论的评论家们要想使他们的观点更加令人信服，首先必须澄清这一问题。

在其一部关于莎士比亚罗马剧的重要著作中，麦卡勒姆曾对莎翁《裘力斯·凯撒》一剧的设想，做了颇为详细的阐述。他争辩说，莎翁创作该剧时，“也许一心想的是观众对凯撒的好奇心，而对演出广告和实际演出是否完全相符合却不屑一顾”。麦卡勒姆认为，莎士比亚“绝对不会对剧作家通常所奉行的、戏剧须投大众之所好这一基本原则表示丝毫的蔑视”。同时，他也同意莎翁拟定剧名似有草率不足之处。莎翁的喜剧有些是“文不对题”，“剧名强扯硬拉，毫无意义”。而尽管莎翁的悲剧没有一个出现剧名错误，但在这些剧本中，“主角个个突出，这样莎士比亚才可以预先防止人们错误地认为《李尔王》只是顺带提及考狄利娅，或者认为《麦克白》只是顺带提及麦克白夫人”。所以，麦卡勒姆认为，莎翁完全可以用《裘力斯·凯撒》这一剧名，来突出描写勃鲁托斯。此外，麦卡勒姆还相信，《裘力斯·凯撒》一剧“既接近悲剧，又接近历史剧。而历史剧大都以某个王朝统治者为剧名，描写其统治时期内所发生的重大事件。统治者本人并不一定要充当剧中的主角，如

1 M. W. MacCallum, *Shakespeare's Roman Plays and Their Background*. London: Macmillan, 1925, p.214.

《约翰王》中的主角是庶子腓力普，《亨利四世》中的主角是哈尔王子；他可以退出舞台，让剧情继续发展下去。譬如说，国王驾崩后，戏剧仍要进行一幕方才告终。但他在某种程度上，可以作为整个故事的发生时间和地点的标志”[1]。

麦卡勒姆关于《裘力斯·凯撒》剧名问题的精辟论述，使得勃鲁托斯主角论名正言顺。那些对这一角色十分赞赏的评论家们纷纷从这一人物的性格特征及其登场次数等角度来阐明他们的论点。莎学家多斯克认真研究了莎翁乃至普鲁塔克笔下的勃鲁托斯之后，认为他是《裘力斯·凯撒》一剧的主角，是一个“最突出的人物”，“几乎在剧情发展的每一个阶段，他的一言一行都使我们产生着浓厚的兴趣”[2]。

其他评论家发现，“受到最为深入细致刻画的勃鲁托斯……在全剧十八场中出现了十二场”，“而所有先前的场次都引向他在第三幕中对凯撒的行刺。直到他沙场自戕，全剧才落幕告终”。而且，“勃鲁托斯作为《裘力斯·凯撒》的悲剧英雄，还具有另一种特别重要的意义，那就是悲剧英雄哈姆莱特的先导性人物”[3]。

凯撒主角论和勃鲁托斯主角论相持不下，使得莎学界脑筋大为困惑。不少评论家，甚至包括一流的莎学者都竭力试图将自已从这个纠缠不清的主角问题中解脱出来。但是，由于受到上述两种观点的不同程度的影响，他们所得出的结论难免显得或是有所偏向，或是似是而非，甚至自相矛盾。例如，赫赫有名的布雷德利曾经不得不承认凯撒“在某种意义上是剧中的主导人物”，但同时又指出“勃鲁托斯是剧中主

1 M. W. MacCallum, *Shakespeare's Roman Plays and Their Background*, pp.212–213.

2 T. S. Dorsch, “Introduction” to Arden edition of *Julius Caesar*. London: Methuen, 1955, p. xxxix.

3 S. C. Sen Gupta, *Aspects of Shakespearean Tragedy*. Oxford: Oxford UP, 1977, p.189.

角”。[1] 另一位当代评论家肖恩·露西也犯了同样的毛病。[2]

关于谁是《裘力斯·凯撒》一剧主角的问题，除了凯撒主角论和勃鲁托斯主角论这两种观点之外，持其他观点的评论家也不乏其人。森·格普塔就是其中一个代表。众所周知，莎士比亚的悲剧主要是描写一个悲剧人物，如《哈姆莱特》；或者描写男女双方的悲剧人物，如《安东尼和克莉奥佩特拉》。森·格普塔却无法看出凯撒是这样的悲剧人物。同样，他也不同意勃鲁托斯可以充当这个人物。经过对莎翁处理凯撒和勃鲁托斯的手法进行过一番仔细研究后，森·格普塔得出了《裘力斯·凯撒》一剧根本没有主角这一新的、令人吃惊的结论。他坚持认为：“莎翁描写他们两人时，故意先抑后扬，压低人物以铺张一种更为深邃的主题思想。”剧作家“真正希冀描述的是历经各种探索实验之痛苦以最终建立奥古斯都帝国的罗马”。所以，与其说该剧的主角是凯撒，或者是勃鲁托斯，倒不如说“它的主角是罗马城”。[3]

二

以上是莎学界关于《裘力斯·凯撒》一剧主角问题纷争中几种代表论点的简要叙述。值得指出的是，虽然这些论点看来都能辨析精辟、言之成理，但是，又都不免显得以偏概全，很难经得起认真的推敲。为了深入地了解莎士比亚艺术世界的丰富底蕴，这里有必要彻底澄清一下这个主角问题。

1　A. C. Bradley, *Shakespearean Tragedy*. London: Macmillan, 1924, p.7.

2　Sean Lucy, *York Noter on Julius Caesar*. London: Longman, 1980, pp.69−70.

3　S. C. Sen Gupta, *Aspects of Shakespearean Tragedy*, p.6.

关于《裘力斯·凯撒》主角问题的纷争，主要可以分为两大倾向：一是凯撒主角论，一是勃鲁托斯主角论。森·格普塔的罗马城主角论以及其他各种论点，是莎学研究中的极端主义，很难经得起传统戏剧理论的检验。一般来说，一出戏剧中的主要角色大都是有血有肉、有思想，有感情的人；他在全剧中据有举足轻重的地位，一举一动都自始至终主宰着其他角色的思想和行为，唤起人们的敬佩，或者反感，或者两者兼而有之。据此，我们不妨提问一下，玛克斯·勃鲁托斯是否即系剧中唯一真能唤起观众同情的悲剧英雄？裘力斯·凯撒是否即系剧中（除去作为一种强大的精神之外）一个近乎徒有虚表、不受人喜爱的人物？抑或莎翁本人有意贬低剧名人物，借以提高勃鲁托斯的形象，以便他来充当剧中主角？

在某种程度上，格文纳斯的"衬托性"凯撒论以及哈德森的阴谋家眼中的凯撒形象之说，都是相当正确的。但是，我们还应当看到剧中还活跃着另一个凯撒，一个伟大崇高、受人爱戴、受人尊敬的凯撒。虽然莎士比亚善于妙笔生花，点出了凯撒的瑕疵，但是这些瑕疵中的一半，特别是那些极为有损凯撒形象的，却主要是通过对凯撒愤恨不平的凯歇斯的口中，道给观众听的。在安东尼和勃鲁托斯眼里，凯撒是"全世界的伟人"，"古往今来最为高贵的人"。他们对他充满了无限敬爱，不仅仅是因为他权位显赫、高居群雄之首，更重要的是因为他对威名远扬的罗马帝国做出了巨大贡献。莫尔顿曾指出，凯撒"这个人物的力度和强度在于他对强有力的人物（即安东尼和勃鲁托斯）的影响"[1]。对安东尼来说，"凯撒伟大、英勇、威严而慈祥"；对勃鲁托斯来说，凯撒

1 Richard C. Moulton, *Shakespeare As a Dramatic Thinker*. New York: Macmillan, 1924, 2nd edn, p.176.

资质过人而又品性崇高，是“最可爱的人”。他将自已完全贡献给了罗马的事业，为之驰骋沙场，南征北讨，夺来了广袤的土地以及难以数计的金银财宝。他对贫困的百姓无比同情，在遗嘱中写到死后要将自己的财富留给他们。他英勇无畏、胆识过人，对预言家让他注意三月十五日这一天的厄运以及妻子多次梦魇中惊叫他遭谋杀的这一凶兆，他都不屑一顾；而且在明知可能会有危险的情况下，仍然英勇镇定地走出家门，只身前往元老院。他的观察力虽然不及以前那么敏锐，但至少在凯歇斯身上察觉到了危险因素，只是未能采取果断措施而已。他襟怀坦荡，对曾经身为庞贝手下大将的勃鲁托斯关怀备至，丝毫不抱任何戒备心理；可惜后者最后竟然成了谋杀他的一班人中的领导人物。他所受到的唯一严正指责就是野心勃勃。可“野心勃勃”本身并不是一种罪恶，它可以带来坏的结果，也可以带来好的结果。然而勃鲁托斯不待见其结果如何竟将他杀死，只是因为勃鲁托斯担心“当他一旦登上了最高的一级以后，他便不再回顾那梯子，他眼光仰望着云霄，瞧不起他以前所恃为凭藉的低下的阶段”（第二幕第一场第24—27行）。尽管凯撒出场甚少，他并不是一个只起衬托作用的角色。事实上，他在整出剧中起的是轴心作用，所有的剧情动作都是围绕这个轴心而展开的。无论是作为权势登峰造极的活生生的人物，还是作为勃鲁托斯梦魇中出现的魂灵，或者是作为新的三巨头势力所体现的精神，凯撒自始至终都占据着整个舞台，而他的死则是整出戏的最为突出的中心。莎翁的这种处理方式，用一位评论家的话来说，正是“一位希冀审询人类言行，并观察其相互作用及其后果的讽刺作家所采取的戏剧手段”。[1] 作为戏剧中心事件的凯撒之死，

1 参见*Encyclopaedia Britannica* 15th ed, (1977) vol.16, p.623。

无疑是全剧发展的顶点，所有其他角色，包括勃鲁托斯，都不得不有所反应，加以审慎思考，然后做出行动。因此，从这个角度上看，凯撒对全剧的影响是非常之大的，是一个永远不可从舞台上抹去的角色。不承认凯撒这一主角作用，而将他仅仅作为戏剧的“衬托”，无疑是一个错误。

过分强调凯撒的精神力量，也同样是不正确的，因为精神虽然可以控制人的心灵，支配人的行动，但它毕竟是抽象的，不能充当舞台的具体角色。麦卡勒姆在《裘力斯·凯撒》剧名问题上的确做出了颇为独到的论述。他把凯撒的精神，甚至凯撒的魂灵也当作舞台上活生生的角色，却完全违背了传统戏剧的原则。再则，在谈论主角问题的同时，牵涉到凯撒的精神或者凯撒主义这一抽象的概念，也是不十分明智的。正如一位评论家所指出的那样：“尽管勃鲁托斯所称之为‘凯撒的精神’在剧中起着很重要的作用，这种精神充其量也不过是一种政治概念而已，而概念是不能充当悲剧英雄的。”[1] 无论是凯撒的魂灵或者是凯撒精神的捍卫者奥克泰维斯，都不能进一步巩固凯撒本身在剧中业已十分牢固的地位。因此，麦卡勒姆将精神的角色作用和剧中人物结合起来，借以加强他在剧名问题上所阐述的观点，确实有画蛇添足之嫌。

另外，加伯所持的奥克泰维斯作为新诞生的凯撒，来充当体现他的前辈的精神这一观点，也失之偏颇。虽然奥克泰维斯碰巧是凯撒的侄外孙，说不定还是他的私生子，并且最终成为他的接班人，这个人物却完全有别于凯撒，十足是另一个角色。这一事实在剧中是一目了然的。所以，奥克泰维斯和《裘力斯·凯撒》这一剧名可以说是毫不相干的。

---

1 David Daiches, *Shakespeare: Julius Caesar*. London: Edward Arnold, 1976, p.6.

另外，他在镇压阴谋分子方面所表现出的凯撒主义很可能也和剧作家的基本意图相背离，因为莎翁呈现在观众面前的新三巨头势力野蛮、残酷而又孱弱无能。

持凯撒主角论的评论家们同时还几乎一致同意持勃鲁托斯主角论的评论家们关于后者崇高性格的观点。甚至陶顿也不得不承认勃鲁托斯是"一个命中注定要走向灭亡的人，但他自始至终都保持着他所视为自己所拥有的最珍贵的财富——道德尊严。尽管他不断犯下致命的错误，但每次都进一步获得了我们的羡慕，我们的爱"[1]。然而，根据多斯克后来所持的观点，勃鲁托斯则"不可信赖"。他"就其所有可以评价的品质而论，十分虚夸，偏执并且总是自以为是"。他的"毫无实际意义的"理想主义观念驱使他犯下了"愚蠢的、可怕的罪行"。[2] 这样一来，问题就变得更为复杂了。如果勃鲁托斯能最终被确定为这出历史悲剧中刻画得最为动人的角色的话，我们就可以认为他是剧中真正唯一的悲剧英雄，因为他在全部剧情动作中已经占有了很大的地位。

诚然，勃鲁托斯是剧中一个值得人同情的角色。但当我们对他的品质有了更为深入的了解之后，我们的同情心就会变得不那么强烈了，甚至有时反而会变成反感、厌恶。正如许多评论家们所指出的那样，勃鲁托斯自己虽然对罗马共和国的民主抱有很高的理想，但是这种理想却带有很大的局限性。他将自己和生活中的现实世界完全隔离开，一头埋进书堆，沉浸在抽象的哲学著作中，希望由此不断完善自身修养。这样，他就变成了一个盲目而又天真的人，注定要走向悲剧的结局。所

1 Edward Dowden, *Shakespeare: A Critical Study of His Mind and Art*, p.306.

2 T. S. Dorsch, "Introduction", pp.xxxix−xl.

以，勃鲁托斯在整出戏中也就自然而然地要犯下错误。由此，我们不得不开始对他的理想主义感到失望，并且对他的基本动机也感到怀疑。

勃鲁托斯这个理想主义者是被别人牵着鼻子加入阴谋组织的。他的第一个不可抵赖的错误在于，他天真地认为投进他住所窗户的煽动信件是上天的谕示。凯歇斯等人曾多次向他暗示凯撒的野心，希望将他争取过来作为他们的带头人；而他心中虽觉凯撒的做法有些不妥，却迟迟未做反应。可是，他竟然落入了阴谋分子通过煽动信件设下的圈套，而最终下定决心要把凯撒除掉。他愚蠢地认为："他们请求我仗义执言，挥戈除暴吗？罗马啊！我允许你，勃鲁托斯一定会全力把你拯救！"（第二幕第一场第56—58行）一旦加入了阴谋组织并且成为带头人之后，勃鲁托斯却又迫不及待地将自己的意愿强加到所有其他成员身上。他对比他更富有实际经验的人所提出的建议不屑一顾，几乎在每一个重要关头都一意孤行，如不接受西塞罗加入阴谋组织，拒绝凯歇斯斩草除根杀掉安东尼的主张，反而允许安东尼在凯撒的葬礼上做煽动性的演讲，在错误的地方和错误的时候执意进行关键性的军事大决战，等等。

勃鲁托斯拒绝西塞罗加入阴谋组织的借口是他"决不愿跟在后面去干别人所发起的事情的"（第二幕第一场第151—152行）。但仔细思考一番后，我们肯定会感到这一借口确非十分光明正大。西塞罗是一位德高望重的大学者，其声望决不在勃鲁托斯之下。如果选他加入阴谋组织，推翻凯撒的行动或许可能会在他的领导下取得完全彻底的胜利。而另一方面，凯歇斯和凯斯卡之所以一心要将勃鲁托斯拉进阴谋组织，只是因为"他是众望所归的人；在我们看来似乎是罪恶的事情，有了他，便可以象幻术一样变成正大光明的义举"（第一幕第三场第157—160行）。勃鲁托斯心中无疑对此十分明了，也就毫不推却地充当起阴谋分子领袖的角色。如果他同意西塞罗入伙的话，他在该组织中的地位将会受到严重削弱，其形象也不会显得那么重要了。正是出于妒忌，出于狭隘的唯我独尊的心理，他把西塞罗摒除在外。

勃鲁托斯执意不杀安东尼的动机也同样让人不敢恭维。当凯歇斯提议同时将安东尼和凯撒一起干掉时，勃鲁托斯立即表示反对，再次将自以为是的个人意志强加给他的同谋伙伴们。他的理由是“安东尼只不过是凯撒的一条胳臂”，他们不能“割下了头，再去切断肢体”，否则就会“不但泄愤于生前，并且迁怒于死后，那瞧上去未免太残忍了”（第二幕第一场第163—165行）。但是，他实际上一心想的是他自己、他的个人名声，他担心民众会称他们为“屠夫”，而不是“献祭者”，由此使他作为一个具有崇高美德的罗马人这一好名声染上污点。但事实证明，他这样做恰恰等于放虎归山。刺杀成功后，他让所有参与的人，包括他自己，将手浸染于凯撒的血泊中；然后挥舞着沾满鲜血的刀剑，招摇过市；又伸出鲜血淋漓的手来和安东尼握手言和。这样一来，他看上去倒真像个“屠夫”般的人物了。

勃鲁托斯一贯自以为是的作风使得他不仅仅无法预见到安东尼所做葬礼演说的真正作用——大批暴民受了煽动而愤然把阴谋分子们全部赶出罗马，也使得他和朋友之间产生公开冲突，使得他对凯歇斯横加指责。作为勃鲁托斯的朋友，凯歇斯为友谊和忠诚起见，在政治方针以及军事战略上每次都做出让步，甚至不惜牺牲掉阴谋组织的重要纲领。可是勃鲁托斯却不以为然。他不顾凯歇斯连续四次大喊冤枉，依然一味愤懑指责后者及其所辖部队收受贿赂。更有甚者，他竟然扮出一副一分庄严的神情，对自己大加标榜。他之所以急于表明自己的“正直”，对凯歇斯大加谴责，只不过是因为他无法得到后者所谓一笔来路不明的财富，好用来给自己的将卒分发军饷。其实，即便凯歇斯果真寻得一笔不义之财，也只不过是小事一桩。正当大敌当前，最后一场决定性大战即将展开之际，勃鲁托斯的确不必为此而大谈什么个人的自尊心、良心之类的问题，更不能不听朋友解释，而一味地贬低他们，打击他们的精神。勃鲁托斯这样做了，只能证明他是一个目空一切、自以为是而又心胸狭窄、毫不宽宏大量的人。

三

《裘力斯·凯撒》新天鹅版编辑休姆曾经说过："我们之所以充分相信莎士比亚所塑造的人物的真实性，是因为他们既非十分善良之辈，亦非彻头彻尾之恶徒，并且我们又是通过逐步加深了解，才看清楚他们的真实面目的。"[1] 从上文的论述中，我们可以看出，莎翁所描写的凯撒和勃鲁托斯这两个人物都同样具有细致微妙的正反两方面的平衡关系。尽管没有像但丁那样把勃鲁托斯和凯歇斯打入地狱的最底层，但是莎士比亚为当时的政治环境所限制，不可能竭力歪曲凯撒这一统治者的高大形象，也不可能大力宣扬勃鲁托斯这一反统治者的大无畏精神。经过莎翁的艺术加工，无论是凯撒，还是勃鲁托斯，都不能唤起我们绝对的同情或者憎恶、羡慕或者蔑视。这两个角色给我们留下了各种不同的印象，出于不同的欣赏角度，在心理上我们也就会分别偏向其中任何一个，或者是凯撒，或者是勃鲁托斯。然而，归根结底，谁是我们最为欣赏的剧中主角呢？除了单独一个凯撒，或者单独一个勃鲁托斯，或者森·格普

1 H. M. Hulme, "Introduction" to New Swan edition of *Julius Caesar*. London: Longman, 1959, p.xiii.

塔所荒谬地认为的“罗马城”可以充当剧中的主角外，难道就再也没有其他可能，来解决这一纷争不休的主角问题吗？答案是肯定的——凯撒和勃鲁托斯这两个人物同时充当剧中的主角。

《裘力斯·凯撒》一剧拥有双重主角这一观点，可以通过对该剧的结构和情节、莎翁对两个主角的艺术处理以及他们两人之间不可分割的相互关系，来加以确立。

正如评论家邦乔尔指出的那样：“该剧之结构安排十分巧妙，其结果为凯撒之悲剧与勃鲁托斯之悲剧两者互为补足。”[1] 德国戏剧评论家古斯塔夫·弗雷泰格（Gustav Freytag）在19世纪六十年代曾经创立了所谓金字塔理论，借以主观地划分欧洲传统戏剧结构。如果我们不为之所惑，肯定会在莎翁的《裘力斯·凯撒》一剧结构中发现两个高峰，即戏剧高潮——一个发生在元老院，一个发生在腓利比战场。而且，更为细致的是，这两个高潮都分别包含了两个重要场次：第一个分为元老院行刺凯撒和安东尼将凯撒的尸体呈现在暴民面前两个部分；第二个高潮包括凯歇斯的死和勃鲁托斯的死两个事件。两个高潮在戏剧结构上互为呼应，具有相同的戏剧感染力，在心理上唤起观众对凯撒和勃鲁托斯产生相等的兴趣。戏剧的前半部分以凯撒之死这一高潮而告结束。在这一部分中，凯撒无疑是所有角色中得到最为深入、最为动人地刻画的一个。尽管莎翁给他安上了一些明显的弱点或缺点，他的死却依然十分悲壮。凯撒被刺中胸膛后，没有进行任何徒劳无益而又有损尊严的挣扎，只是看着带头刺杀他的勃鲁托斯，他心爱的将领说道：“勃鲁托斯，你也在内吗？那么倒下吧，凯撒！”（第三幕第一场第77行）然后才缓缓倒地

1 Adrien Bonjour, *The Structure of* Julius Caesar. Liverpool: Liverpool UP, 1958, p.178.

而死。看着凯撒的尸体，安东尼对着罗马市民悲怆地大声呼喊道：“啊！那是一个多么惊人的陨落，我的同胞们，我，你们，我们大家都随着他一起倒下吧。”（第三幕第一场第192—193行）按照勃鲁托斯的设想，弑杀凯撒，罗马历史上的压迫时期将随之告一段落，但事实上却变成了一场旷日持久的内战，造成的麻烦甚于其所解决的麻烦。莎士比亚在时空上采取了高度凝练的戏剧处理手法，将这场内战也编入剧中，从而使整出戏由此进入了一个新的阶段。尽管我们无法赞同勃鲁托斯对凯歇斯的恣意谴责以及他在军事上的急躁盲动，但他对手下将士随从所表现出的仁爱慈善以及爱妻自杀身亡的噩耗传来时所表现出的坚忍不拔的毅力，的确令人感动不已。他英勇顽强地抵抗新三巨头势力所领导的军队，也取得了不少次胜利，直到看见他的朋友凯歇斯战死沙场，才彻底崩溃下来。甚至他的敌人也不得不承认“他是一个最高贵的罗马人”，“这是一个汉子！”（第五幕第五场第68行，第74行）莎士比亚这样处理该剧的结构以及主要角色的目的，并不是在于将读者或观众深深置身于某一个错误地走向灾难的主角的痛苦之中。相反，剧作家让我们的感情自由涨落，交替转向牺牲者、谋杀者和复仇者。用邦乔尔的话来说：“我们在感情上和双方既相互吸引，又相互抵触；我们的同情心被引得一会儿转向一个主角，一个派别，一会儿又转向另一个……直到这一钟摆的摇动最后停下，就好像被两股相等的力定住一样。这样，同情心刚好被一分为二，一半朝向罪恶的牺牲品，另一半朝向惩罚的牺牲品。”[1]

凯撒和勃鲁托斯这两个悲剧性主角相辅相成的特点，使得他们好像一枚古罗马勋章，一个为正面，一个为反面（无贬褒之意），共同组

---

1 Adrien Bonjour, *The Structure of* Julius Caesar, p.24.

成一个整体，缺一不可。戏剧描述了两个人物的故事，每一个人物都表现得如此之细致入微，结果两个人物都成了剧中主角。作为一个活生生的角色，凯撒使得剧情动作在戏的前半部分围绕他而展开；在戏的后半部分，仍旧作为一种精神——一种阴谋分子所竭力想加以摧毁的精神，一种安东尼、奥克泰维斯等人要为之进行复仇的精神——占据着舞台。另一方面，勃鲁托斯在戏的前半部分完全是一个被动的角色，让人一步步牵入阴谋组织；而在戏的后半部分，则变成了一个完全主动的悲剧英雄，为因所谓凯撒的野心而导致的反抗付出了生命代价。整个戏剧的情节动作和这两个主要人物紧密相连，同时也把他们两人紧紧联在一起。因此，如果对凯撒的悲剧不予考虑，就会难以理解勃鲁托斯的悲剧，反之亦然。而这恰恰是因为，正如当代评论家菲·拉金所指出的那样，这两个人物不仅在戏剧结构上，而且在象征的意义上，都是不可分割的。[1]

从象征意义上讲，两个主角在很多方面都有着相同之处。首先，他们俩都将自己的意志置于人类所应具备的基本感情之上。尽管凯撒实际上难以摆脱人类的基本弱点、缺点，他却喜欢将自己比作“北方之星”、“雄狮”，等等，认为自己具有某种超凡入圣的能力，说话办事就好像神话人物一般。当麦泰勒斯·辛伯为其弟求情时，他冷嘲热讽，毫不讲情面；甚至当勃鲁托斯和凯歇斯也过去跪下，为其说好话，请求赦免时，他仍然不改变自己的态度，将其意志比作巍然屹立的奥林匹斯山，而对人类的基本感情问题嗤之以鼻——“去，你想把奥林匹斯山一手举起?”（第三幕第一场第74行）另一方面，虽然勃鲁托斯在其与妻子、仆人以及同伴的关系上表现得合乎情理，他却为了个人的理念，一

1 参见Phyllis Rackin, *Shakespeare's Tragedies*. New York: Frederick Ungar, 1978, p.36。

心一意将自己变成所谓执法的工具，不惜牺牲个人友谊、感情等。所以，在这一点上，不妨说剧中的两个主角都是同样执着，有时是蛮不讲理的。其次，凯撒和勃鲁托斯都是为了罗马，为了几乎相同的政治原则，而送掉生命的。凯撒一直在为罗马南征北伐，抗击国外强权，平定国内动乱。戏一开场时，他刚刚彻底打垮庞贝的两个儿子的军队而班师回京。他的所有军事行动在很大程度上讲，都是为了保障罗马的“和平、自由、解放”。如今凯撒在寻求更大的权力，虽然不能完全排除个人动机，但仍然是为了罗马。勃鲁托斯没等凯撒真正登上王位就将其弑杀，以此来预防所谓可能出现的独裁统治，来使罗马永远保持“和平、自由、解放”。但是，十分具有讽刺意义的是，这番挺身反抗的结果，竟然是将罗马拱手让给了安东尼、奥克泰维斯之辈，而他们才是真正在为自己寻求权力。再次，当凯撒的魂灵在勃鲁托斯的梦魇中出现时，勃鲁托斯问其姓名，魂灵答曰:“你的幽灵，勃鲁托斯。”（第四幕第三场第284行）这样，勃鲁托斯在精神上完全附属于凯撒。杀掉凯撒这一“世界上最伟大的人物”之后，勃鲁托斯一时占据了罗马世界中最伟大的位置，享有了随之而来的一切荣耀和权力。当民众为他的演说而热血沸腾，纷纷高呼“让他做凯撒!”“让凯撒的一切光荣都归于勃鲁托斯!”（第三幕第三场第52—53行）的时候，他不无惊奇地发现，他所竭力摧毁的凯撒精神居然要推诿到他自己身上了。莎士比亚非常巧妙地在两位主要角色的相同习性上大做文章，足以说明凯撒和勃鲁托斯在整个剧情发展中的相互关联作用。同样的政治因素和个人素质，尽管表面上或许有所不同，将他们俩紧紧靠拢在一起，把他们俩一起推向死亡，一个接着一个，彼此都难以幸免。

如前文所述，莎士比亚的悲剧一般是由一个人物充当主角，或者由一男一女两个人物充当双主角。显而易见，《裘力斯·凯撒》不属于这一范畴，这是个例外。但是，如果莎翁能将一对男女描写成悲剧英雄，为什么就不可以描写两个须眉英雄呢？在历史上，安东尼和克莉奥佩特拉固然有着浓情缱绻的特殊关系，但凯撒和勃鲁托斯也确实曾有彼此信赖的友情。安东尼为倾国倾城的克莉奥佩特拉丢掉了整个世界；勃鲁托斯则将野心勃勃的凯撒正在梦中的整个世界彻底捣毁。他们俩是一出以凯撒之死为契机的历史悲剧中不可分割的两个主角。然而，为什么这出戏不像《安东尼和克莉奥佩特拉》那样以两个主角为剧名，而把此剧称作《凯撒和勃鲁托斯》呢？答案是:《裘力斯·凯撒》虽说不是一出英国历史剧，却是一出以“弑君”为主题的、地地道道的罗马历史剧。围绕着这一主题，莎翁必须使中心人物凯撒得到足够的突出描述，然后才能将其“弑杀”。但是，莎翁不仅仅单纯从罗马历史中挑出这一重大事件来加以描写，同时他又将该事件的后果——一场长达十三年的内战——也压缩到戏剧当中。作为一部高度凝练的罗马历史悲剧，伟大的征服者的姓名肯定自然会被用来作为剧名。这样做，并非是因为可以给戏剧增加体面或者影响力，而是因为在古罗马帝国历史上，凯撒原本要比勃鲁托斯重要得多。虽然他终未能当上国王，但他本身业已成为帝国的辉煌荣耀。这是所有其他人都无法与之相比的。勃鲁托斯曾与之抗争，结果是自取灭亡。这就是该剧为何名为《裘力斯·凯撒》之缘故。

《亨利八世》漫评[1]

任明耀

一、著作年代和作者问题

《亨利八世》历来被认作是莎士比亚最后一部作品。据考证，大概作于1612年，1623年在第一对折本中初次出现，排列在历史剧的最后一部。剧本的故事来源主要取材于何林塞的《史记》等著作。历史上二十四年期间的事，剧本把它紧缩在六七天之内的一段时间内。因此时代的紊乱、次序的颠倒，成了不可避免的事。

关于该剧的作者问题，有三种说法：

1. 莎士比亚和弗莱彻两人合作的产物。

最早发现该剧在诗体方面的特点和莎士比亚剧本诗体特点很不相同的是罗杰里克（Rogerick）。他在1758年就发现了这个问题，可是不能说明其所以然。直到差不多一百年后，编印培根全集的著名学者詹姆士·司佩丁（James Spedding）在1850年8月出版的《绅士杂志》发表了

1　原文发表于《外国文学研究》1996年第3期。任明耀（1922—），1948年毕业于暨南大学外文系，中华人民共和国成立后历任浙江师范学院、杭州大学、浙江大学中文系教授，从事戏曲艺术与外国戏剧文学研究，曾任浙江省莎学协会顾问、中国戏剧家协会和国际莎学协会会员等职。

一篇论文《莎士比亚的〈亨利八世〉是谁写的?》，正式提出了该剧的作者问题。他从丁尼生（Tennyson）的一句评论——“《亨利八世》的诗体颇象弗莱彻”——得到启发，下决心要搞清该剧的作者问题。他考证下来，该剧的许多“多余音节”（redundant syllable），是弗莱彻常使用而莎士比亚很少使用的。他还列表说明两人使用“多余音节”的情况，从而证明这是他们二人合作的根据。同意这一论点的学者还有塞缪尔·西克森（Samuel Hickson）、弗莱·弗内维尔（Fleay Furnivail）、英格拉姆（Ingram）等。

2. 认为该剧全部为莎士比亚一人所作。

例如，斯文本恩（A. C. Swinburne）在他的《莎士比亚研究》一书中，强烈地反对司佩丁的观点，他不承认司佩丁所谓的“诗体测验”是充分的可靠证据。他认为，就整个“在精神上、在局面上、在用意上与弗莱彻作品相同或近似之处”是颇成问题的。

3. 认为该剧根本找不出任何莎士比亚的痕迹。

波义耳（Robert Boyle）在1880年就指出，此剧“不是弗莱彻与莎士比亚写的，而是弗莱彻和马星哲写的”。近人H·D·希克斯（H. Dugdale Sykes）和奥尔迪斯·莱特（Aldis Wright）也认为全剧没有一点莎士比亚的痕迹。但究竟是谁写的，他们也无法指出。

根据梁实秋的意见，他认为:“就全剧结构之松懈而言，亦足以证明绝不象是莎士比亚一个人匠心独运所能产生的东西。假定莎士比亚是作者之一，另一个是谁？最合理的当数弗莱彻。此说当属无可非议。”[1] 我以为，到目前为止，此剧为莎士比亚和弗莱彻两人合著较为合

1 参见梁实秋:《〈亨利八世〉译序》，《莎士比亚全集》（第七集），台北：台湾远东图书公司，1985年。

理。莎士比亚和弗莱彻是同时代的剧作家，他们的合作不止是此剧。近年来许多专家、学者确认的《两个高贵的亲戚》，也是他们合作的产物，于1634年出版。如此说来，历来公认的莎剧总数就不再是三十七部而是三十八部了。[1]

二、勃金汉公爵

勃金汉公爵是亨利八世手下的重臣，担任宫廷侍卫长的职务。他还有一段光荣的家史。他的父亲曾首先起来反对暴君理查三世篡夺王位的罪行，结果被处死。到了亨利七世接位时，他的父亲被平反，他就恢复了贵族的承袭权。等到亨利八世接位时，他一直受到亨利王的宠信。勃金汉公爵不但忠于王上，而且为人宽厚，他主张“仁爱治国”，在贵族中间被认为是“全体高贵的贵族的一面镜子”。可是他却被亨利王的另一位宠臣、首相伍尔习红衣主教以莫须有的“谋反”罪判处死刑。这一冤案震动了朝野上下。像这一类宫廷“冤案”在中外历史上并不少见。勃金汉公爵之死，其历史教训是异常深刻的。这给高高在上的“为政者”敲响了警钟。谁是贤臣？谁是奸臣？在这个要害问题上，如果当局者分辨不清，必然会给国家、民族带来祸害。勃金汉公爵在临死以前道出了肺腑之言，说：“当你们慷慨地表示友爱或道出肺腑忠言之时，千万要有所克制，因为那些被你们当成朋友看待的人，你们把心交给了他们的那些人，只要看到你们稍微有一点点失势，立即就象水似的，从你们那里流走，无影无踪，即便再见着，也是在想把你们淹死。”（第二幕第一场）[2]他

1 参见莎士比亚：《两个高贵的亲戚》，孙家琇序，孙法理译后记，桂林：漓江出版社，1992年。

2 莎士比亚：《亨利八世》，杨周翰译，《莎士比亚全集》（第七卷），朱生豪等译，北京：人民文学出版社，1978年，第35—36页。以下引文均见该集，文中只给出引文的“幕”和“场”。

就是受到平时对他很忠诚的总管的“告发”而被捕的。这段话印证了中外历史上的许多重大冤案，不是很值得我们玩味吗?!

另外，在这个人物身上不可避免地存在着“愚忠”思想。即使死到临头，他仍然说：“我仍然誓忠国王，为他祈祷，只要我灵魂没有离开我的躯体，我就会为他祝福。”他甚至说：“我宽恕所有的人。尽管人们做了无数对不起我的事情，我仍然是和他们和好的，我决不用黑色的怨恨来建造我的坟墓。”（第二幕第一场）这简直就是基督教徒的精神了。

三、伍尔习红衣主教

莎士比亚笔下的好人往往不是“完美无缺的好人”；同样，在他笔下的坏人，也没有“十恶不赦的坏人”。这是莎士比亚塑造人物的手法之一，也是符合生活逻辑的。

伍尔习红衣主教是披着宗教外衣的政治野心家。他没有光荣的门第，也没有政治后台，更没有为王上立过什么汗马功劳。他完全凭着“政治野心”登上了一人之下万人之上的首相宝座。他要将勃金汉公爵打下去，用意十分明显。除去勃金汉公爵以后，他更可以为所欲为了。除政治野心外，他还贪财，他瞒着亨利王向老百姓颁布苛捐杂税，大量搜刮钱财，企图贿赂罗马教廷，爬上罗马大主教的高位。他又怂恿亨利王废除凯瑟琳的王后地位，一面又伪装好人去慰问凯瑟琳王后，真是个十足的两面派。他最大的罪行就是搜集“黑材料”，陷害勃金汉公爵，说他“谋反”。可是好景不长，他的罪行后来被亨利王觉察，终于在被流放途中死去。真可谓是“善有善报、恶有恶报”的典型。他死到临头，终于也觉醒过来了。他对他的亲信克伦威尔说道：“你一定要听我的嘱咐，把野心抛掉，天使们就是因为犯了野心的罪而堕落的，而人不过是他的创造主的形象，岂能希望通过野心而得到胜利?”（第三幕第二场）他甚至说出很富于哲理的话:“爱你自己要爱在最后，珍爱那些恨你的人，诚实比起腐败会给你赢得更多的好处。”（第三幕第二场）“做人要公正，不要怕；你所要达到的一切目的，应该是你的国家、上帝和真理所要达到的目的。”（第三幕第二场）这些话颇值得我们深思。

值得注意的是，伍尔习也有他的长处。他不是一个“草包”，而是一位饱学之士。他谈话优雅，对愿意结识他的人，他和夏天一样温和。他并没有把搜刮来的钱财，完全用在个人的享受上，他生前出资办了两所高等学府。其中一所就是培养了很多人才、在学术上很有地位的牛津学院。他把教育和培养人才看得如此重要，能说这不是他的优点吗？！他临终才体会到“做小人物的幸福”。你能说他的体会没有一点道理吗？！

从这个人物身上，我们可以得到两点启迪：作恶多端的人们，到头来必然会尝到自己种下的“苦果”；做过好事的人们，人们终究会怀念他。

四、凯瑟琳王后和安·波琳

凯瑟琳王后和安·波琳是莎士比亚笔下的两位女性。前者由于亨利王喜新厌旧，再加上她没有替亨利王生下男孩，结果被废；后者由于年轻貌美，虽身为侍女，结果被亨利王爱上以后，加封为王后。她后来只生一女，没有生男，依然受到亨利王的宠爱。可见亨利王废后的理由是站不住脚的。

凯瑟琳王后是一个令人同情的人物。她为人正直，早就看出了伍尔习的阴谋，并敢于当众为勃金汉公爵辩护，但也因此使伍尔习更加怀恨在心。她虽被废，但她有一副傲骨，一身正气：她敢于反抗权倾朝野的伍尔习，没有大勇是办不到的。她对伍尔习说："除了一死，任何事情都不能让我和王后的尊严分离。"（第三幕第一场）她对王上仍然忠贞不贰。她说："我的心仍然属于他，只要我活着，我一定为他祝福。"（第三幕第一场）她终于郁郁而得病。她在临终前写下的遗嘱，可以看出她的人品美。她的遗嘱包括三个方面的内容：第一，希望国王给他们爱情结晶的小女儿以正派的教育。第二，给她的侍女们每位配嫁一个好丈夫。第三，付给她的男仆应得的工资。她身居高位，是非分明，富于正义感，临终前还关心婢仆今后的生活和出路，可算是一位贤德的王后了。她受到不公平的待遇，仍然对王上没有一点怨言，弥留之际还说："我临死还为他祝福，我死后还要为他祝福。"（第四幕第二场）凯瑟琳王后之死是剧中最动人的场景。她的言行令人尊敬；她的遭遇令人唏嘘不已。

剧中描写安・波琳的笔墨虽然不多，但仍然写得栩栩如生。她没有宫廷后妃中间常见的那种"妒恨"和"刻毒"的品性，她没有主动要当王后的野心，她说过这样的话："把全世界给我，我也不愿意当王后。"（第二幕第三场）这是她的真心话。她信奉知足常乐的人生哲学。她说："说实话，我认为与其绫罗绸缎珠光宝影，生活在忧愁痛苦之中，不如出身清寒，和贫贱人来往，倒落个知足，还要好些。"（第二幕第三场）她对王后被废寄予同情，这些都不简单。安・波琳的善良品性，得到了好报。她虽然没有为亨利王生下儿子，可是她生下的女儿，为英国王室立下了功勋，这位小公主长大成人以后就成为英国文艺复兴时期享有盛名的伊莉莎白女王。坎特伯雷大主教克兰默为小公主洗礼时发表的那篇颂词，是深得亨利王赞许的。克兰默在颂词中预言道："……这位皇室的公主——愿上帝永远在她周围保护她——虽然还在襁褓，已经可以看出，会给这片国土带来无穷的幸福，并会随岁月的推移，而成熟结果。她将成为——虽然我们现在活着的这一辈人很少能亲眼看到这件好事——她同辈君主以及一切后世君主的懿范……好事将要随着她的成长而增多，在她统治时期，人人能在自己的豆架瓜棚之下平安地吃他自己种的粮食，对着左邻右舍唱起和平欢乐之歌……"（第五幕第五场）这篇颂词自然也表达了莎士比亚对伊莉莎白王朝繁荣昌盛的赞颂。这两位女性都可以归入莎士比亚笔下"可爱的女性"之列是毫无疑问的。但在描写手法上各不相同。前者用重墨彩绘；后者却用简洁的白描勾画，同样取得形象逼真的效果。

五、亨利八世

亨利八世无疑是剧中的重要角色，作者对这个人物是褒是贬？不能用三言两语说得清楚，这是莎士比亚塑造人物最成功的地方。亨利八世和寡妇凯瑟琳王后的结合，从政治上考虑的多。亨利王初娶凯瑟琳为后，凯瑟琳是西班牙公主，当时英国与西班牙结盟反对法国，所以娶凯瑟琳为后，对他巩固王权、加强国防有利。后来英国不再与西班牙结盟反对法国，没有政治上的需要，亨利王故而决定与凯瑟琳离婚。所谓"婚姻不合法"和"王后不会生儿子"，全是离婚的借口，完全站不住脚的。他娶安·波琳为后，完全从年轻貌美出发。可以说，中外历史上的皇帝，都有"喜新厌旧"的通病，不足为奇。可贵的是，莎士比亚是站在同情凯瑟琳王后一边来描写亨利王的。

亨利王在政治上的“失误”是重用了野心家伍尔习，处死了不该处死的勃金汉公爵。当权的最高统治者，一旦偏听偏信，重用了野心勃勃、善耍两面派的小人，必然失去民心，使国家遭殃。中外历史上这类事件屡见不鲜。亨利王的英明之处在于，一旦发现了伍尔习的真相以后，果断地加以惩治。如果优柔寡断，一意孤行，必然会成为一名“昏君”。伍尔习事件以后，又发生了克莱默事件。亨利王吸取了上次的教训，一是任用了真正的贤人克莱默为坎特伯雷大主教，二是采用“疑人不用，用人不疑”的政策，新首相搜集了克莱默的黑材料，企图将他逮捕入狱。亨利王明察秋毫，澄清事实真相，保护了好人，使新首相等一伙的阴谋破产。亨利王不采取一棍子打死的简单方法，他是非分明，立场坚定，一方面当众揭穿那伙人的别有用心；一方面又从团结的愿望出发，希望各大臣之间团结起来。他平息这场风波以后说：“各位大人，我把你们团结为一体，你们就应当永远团结，这样，我就愈来愈强大，你们也就会得到愈来愈多的荣誉。”（第五幕第三场）

六、艺术上的特色和不足

本剧的对比描写是莎士比亚创作的一大特色。人物之间有凯瑟琳王后和安·波琳的对比，前者悲伤，后者欢乐。勃金汉公爵和伍尔习红衣主教的对比，前者忠诚，后者奸诈。亨利王前后的对比判若两人，前阵子昏庸，后阵子英明。在场景描写上也有鲜明对比。王后被废悲悲戚戚，安·波琳加冕和女公主洗礼，气氛欢乐无比。两场审判也形成了鲜明的对比。审判勃金汉公爵时，亨利王袖手旁观，无动于衷；审判克莱默时，亨利王精心策划，公开亮相。对比描写不仅使人物形象更加鲜明，也使剧情跌宕有致。

剧本由于是二人合作，所以风格上不够统一。结构也比较松散，不像莎士比亚其他历史剧那样气势磅礴，结构严密。勃金汉公爵蒙受冤屈，亨利王无动于衷，实在不合情理。特别是第五幕，新首相等陷害克莱默，亨利王没有做出严厉批评，而把这次严重事件当作“无谓的纷扰”，实在太轻描淡写了。这能保证今后大臣之间的团结吗？又如亨利王对马屁精噶登纳、温彻斯特主教的严厉批评是令人赞赏的，可是他既然看出他们“无情残忍而且嗜血成性”而不加查办，也是令人难以理解的。

由此看来，当今演出莎剧，如果不加以改编，根据时代要求做些必要的加工，采取对内容原封不动的形式演出，必然有损于剧场效果和当代观众的审美情趣的。

论《仲夏夜之梦》梦的现实意义
——释拉山德与底米特律斯之梦[1]

史　迹

《仲夏夜之梦》（以下简称“《梦》剧”）是莎士比亚的一部经久不衰、受人喜爱的剧作。该剧与他的悲剧相比，没有让人感到悲剧所具有的震撼力，但是却让人感到该剧就像是发生在人们周围的生动故事，逼真地反映了爱情这一人类感情的多个方面。在全剧中，复杂的情节交织在一起，但是梦幻世界乃是全剧最精彩的部分。莎士比亚将现实世界、梦幻世界和神话世界融合在一起，使该剧充满了浓浓的现实生活气息和变幻莫测的神秘色彩。

本文拟从心理学的角度分析剧中看似混乱、盲目，实际上有着共同现实基础的两对恋人的理智与爱情、现实与梦幻的矛盾与统一，从而挖掘《梦》剧所具有的深层内涵。

一

莎士比亚是以人类现实的经验作为他舞台想象的基础，也就是用

1　原文发表于《外国文学研究》1998年第3期。史迹（1958—），西南交通大学外语系副教授，长期从事英美文学教学与研究。

他从生活中领悟的直接经验来表现人性的本来面貌；但莎翁又不是赤裸裸地宣泄他的“经验”，而是通过“莎士比亚化”——用艺术典型的手法，在《梦》剧中主要采取一种不合常理的形式来展现的。整个《梦》剧的过程是由“雅典城—森林—雅典城”的空间变换和“现实—梦幻—现实”的时间变幻组成了一组对应的外在形式。有人说，从“传统上讲，雅典是哲人的聚集地，森林却是无需理智的地方”[1]。在森林之夜的梦幻中，两对恋人以不同的感情冲突构成了该剧梦幻的主旋律：拉山德与赫米娅的经历是自由相爱—梦中冲突—结婚，底米特律斯与海丽娜的经历则是爱恨交织—梦中相爱—结婚。从外在形式看这些过程是不合理的、不合逻辑的。自由恋爱的拉山德与赫米娅为什么还会在梦中有冲突？底米特律斯极度厌恶着海丽娜，而最终的结果怎么又会相爱结婚？莎士比亚正是在神秘的、朦胧的森林之中，通过从现实到梦幻之夜的变化为我们留下了分析和解释以上问题的广阔空间。

首先，该剧不合理的外在形式之中含有“合理”性，即符合现实生活。该剧所表现的现实与梦幻的、个人内在感情和人与人之间感情的冲突，是人类所具有的并且是实际存在的，那些意识到的（现实的）与无意识（梦幻的）事物是属于人类心理各个层次的产物。在剧中起伏跌宕的情节和恋人们疯狂的言行举止之中，让人感到这些都是现实中人们熟悉但却难以理解的事物。

莎剧中这些为人所熟悉的，实际上就是社会的现实性。这是因为，一方面，莎士比亚对现实的直感经验产生于自身；另一方面，他也必定受到伊丽莎白时代人文主义观点的影响。当时，人们认为，“灵魂是上帝给予人类的较高理智”，它“日复一日地控制着人们非理智的冲动和

1 Alexander Leggatt, *Shakespeare's Comedy of Love*. London and New York: Metheun, 2008, p.16, Note 10.

身体的欲望”；但又认为，“理智与非理智是人的生命存在的一个主要部分，其结果决定人生的成功与失败”[1]。而“爱情与性欲都是远离理智的”[2]。可见伊丽莎白时代的人们正“处于紧迫的无法避免的理智与情感的进退维谷之中，常常承受着理智与性欲、理智与爱情以及性欲与爱情的冲突所带来的心理压力，在所有人的内心矛盾中，这些冲突是影响伊丽莎白时期人们每天生活中最复杂、最广泛和最直接的冲突”[3]。《梦》剧中的“被爱的不爱，爱的却不被爱”[4]。就是这一冲突的反映。由于爱情具有无理智和一种本能冲动的特点，莎士比亚于是用一种理智无法控制的自然力——“魔力”（象征一种现实的爱情力量）来决定爱情命运和解决两对恋人的冲突，同时他又通过波顿直接袒露了他的爱情观："现今世界上的理性真难得跟爱情碰头。"（第三幕第一场）可见莎士比亚的“爱情命运花汁”是吸收了现实的雨露并滋润着美好的爱情。然而，在整个剧中还包含着隐晦的一面，即人们难于理解的一面，也是莎士比亚想真正揭示的一面。伊丽莎白时代的人们在看到人的非理智一面的同时，也意识到“幻想之秘密在于永远不失去与现实的联系，因为一个人在幻想之中，无论对现实的感受有多么细微，它都会感到它们的存在”。“若要证实幻想的存在，也就表明人不可能完全地限制在理性之中[5]，从而始终保持着人的本性。”[6]莎士比亚将人的这种自然特性通过“梦幻”的形式在剧中加以充分表现，并通过希波吕特向观众和读者强

---

1 S. C. Boorman, *Human Conflict in Shakespeare*. London and New York: Routledge and Kegan Paul, 1987, p.6.

2 S. C. Boorman, *Human Conflict in Shakespeare*, p.13.

3 S. C. Boorman, *Human Conflict in Shakespeare*, p.14.

4 英文原文为“loved, not loving: loving, not loved”。

5 着重号为本文作者所加。

6 S. C. Boorman, *Human Conflict in Shakespeare*, p.16.

调人的理智和幻想都是真实的存在：

> 他们所说的一夜间的全部的经历，以及他们大家心理上都受到同样影响的一件事实，可以证明那不是幻想，虽然那故事怪异而惊人，却并不令人不能置信。（第五幕第一场）

这样，莎士比亚才“似乎能够放心让观众去理解剧中的意义：去认识这一简单的事理，去理解该剧所创造的自身现实性，我们自己能够感觉到的某方面的现实性”[1]。所以，莎士比亚在强调理性对爱情的主导作用时，并未忽略爱情的本能冲动的特点，即人的下意识对爱情的牵制作用。他把人们“熟悉”的和“难以理解”的情感冲突用梦幻的形式融合到了一起。

二

那么，《梦》剧中两对恋人情感冲突之中所蕴藏的现实与梦幻、理智与非理智的内在联系是什么呢？在《梦》剧中，莎士比亚通过森林之夜恋人们的无意识意念和行为进入了人的灵魂深处，接触到了恋人们那种可望而不可即的情感，并展示了人性隐晦的、模糊的一面。如用拉山德与底米特律斯梦中怪僻的行为来表现人性秘密的一面；但这又不是纯粹的下意识，而是与他的理智情感有直接的联系。正如弗洛伊德指出：“梦幻状态对梦的表现没有妨碍，它清楚地说明了出现在思想的较深并

1 W. Shakespeare, *The Riverside Shakespeare*. Boston: Houghton Mifflin Company, 1974, p.211.

且又属于无意识的层次中的过程，而这些过程与熟悉的正常的思想是大为不同的。在梦中，心理自我抛弃了外部世界，也抛弃了外部世界的现实原则，紧接着，梦将以某种形式表现那些在正常生活中遭到意识世界反对的愿望，潜意识压抑力得到很大的放松。”[1] 拉山德和底米特律斯梦中的疯狂、怪诞正是将他们在意识世界遭到反对的愿望毫无顾忌地表现出来。这些怪诞行为尽管不是故意的、有意识的，但是它们与意识是有联系的。

拉山德与赫米娅冲破了包办婚姻的束缚，渴望着婚姻的自由，他们用恋人表达感情的最美好的方式表达着真挚的情感。然而在这森林之夜，拉山德在梦中抛弃了赫米娅，这在常人的眼里看来是不可思议的。然而，莎士比亚在第二幕第二场铺垫了一个情节使这两个情节具有了某种联系，在进入梦境之前，拉山德说道：“一块草地可以作为我们两人枕首的地方；两个胸膛一条心，应该合睡一个眠床。”赫米娅答道：“为着爱情和礼貌的缘故，请睡得远一些。”（第二幕第二场）这一对话的内容以一种情感冲突的因素进入到拉山德的潜意识之中，他对爱情的渴望受到压抑。又由于其他的现实因素对他梦中幻想的作用和影响，如海丽娜的美德以及海丽娜与底米特律斯的感情冲突等都有助于形成拉山德的意识与无意识行为的强烈反差。在梦中，拉山德诅咒赫米娅，自问着：“跟赫米娅心满意足吗？”随即将感情毫无理智地倾泻到海丽娜的身上：“用爱和力来尊崇海丽娜，做她的忠实的骑士吧！”（第二幕第二场）梦中拉山德爱的移情一方面表现了对赫米娅可望而不可即的暂时离别，另一方面也表现着一种特殊的意义，即他的逆向言行表现了他真实人性的

1 弗雷德里克·约翰·霍夫曼：《弗洛伊德主义与文学思想》，王宁等译，北京：生活、读书、新知三联书店，1987年，第31页。

另一面。荣格指出："没有人怀疑意识经验的重要性，但为什么我们却要怀疑无意识事件的重要性呢？它们同样也是属于人类生活的一部分，有时甚至还比白日事件更为真实的一部分，不管这一部分存在究竟是祸还是福。"[1] 因此，拉山德梦中的怪诞言行实际上是理智与性欲、理智与爱情、性欲与爱情等内心冲突的反映，也就体现出人的一种现实性。

荣格在对梦进行分析时指出："心理是一个自我调节的体系，它像身体一样总要保持自己的平衡。任何一种作用只要走得太远，就会不可避免地立刻招致一种补偿性的活动。没有这样的调节机制，正常的新陈代谢就不可能存在，同样也不可能存在正常的心理。如果这样来理解，我们就可以把补偿观念看成是心理事件的规律，一方面的过少就会导致另一方面的过多。意识和无意识之间就是这种补偿性的关系。这个易于证明的事实为释梦提供了一条规律。"[2] 当我们着手解释拉山德的梦时，不妨先分析一下，它所补偿的是什么样的意识态度？由此我们可以进行这样的分析：拉山德处在意识之中时，服从于赫米娅，这是顺势的，我们将其假设为正面的意识态度；而拉山德梦中的幻想和移情是对他意识世界的一种逆向的补偿，是隐藏在内心的秘密，是负面的。这样，通过意识和无意识互补性便构成了拉山德一个完整的、真实的人物形象。然而，有一点必须明确，那就是梦中的意象只是一种潜意识中的真实事物的表现，绝不牵涉和影响已经形成概念的事物。荣格指出："在实践中，远为聪明的方法是不要把梦中的象征看成是某一固定特征的符号和征兆，而应把他们视为真正的象征——也就是说，视为对某种事物的表

---

1 C·G·荣格:《梦的分析之实际应用》,《寻求灵魂的现代人》，苏克译，贵阳：贵州人民出版社，1987年，第17页。

2 C·G·荣格:《梦的分析之实际应用》，第19页。

现，但这种事物是一种仍未被意识所承认或者仍未形成一种概念的事物。”[1]拉山德梦中的疯狂就是一种潜意识的表现，是他意识领域之外的产物，对美好的结局不会产生丝毫的影响，即他尽管在梦中疯狂追逐海丽娜，但对他与赫米娅的结合不会产生影响。从以上对拉山德这个人物的分析，可见莎士比亚对拉山德怪僻的言行表现形式是很巧妙的，一点不露现实的痕迹，但又处处符合现实，显示出一种内在的合理性，使拉山德这个人物真实可信。

与拉山德相比，底米特律斯的感情冲突与变幻被蒙上一种更加神秘的色彩。底米特律斯对海丽娜在现实中是极其厌恶、凶狠，可在梦中却对她百般地崇拜，转眼之间由仇人变成恋人。这些鬼使神差、古怪异常的行为从表面上看是艺术家为取得喜剧效果而随意安排的戏剧情节。然而，只要对剧中的各个情节加以剖析，其中的那些混乱失常的行为也就自然显示出其内在联系而让人觉得合乎情理。现将底米特律斯的梦试做如下分析。

在第一幕第一场，从拉山德的口中我们得知底米特律斯曾经爱过海丽娜，并且海丽娜一直痴心于他。当底米特律斯的感情转向赫米娅时，他和海丽娜的爱情作为一种潜意识存在他的意识领域之外，受到他的意识行为的压抑。当他遭到了赫米娅的拒绝，对赫米娅无情的痛苦忍受同样是一种潜在的意识，受到他意识行为的压抑。在森林之夜，底米特律斯疯狂地追寻着赫米娅，耗尽了他的精力，但仍未见到赫米娅的踪影。进入梦境之前，疯狂、痛苦、失望、疲惫等多种感情交织在一起，构成了梦前的意识态度。在失去意识控制的梦境中，先前受到压抑的潜

1　C·G·荣格:《梦的分析之实际应用》，第24页。

意识露出了它的深层真情实感，即爱情失落的痛苦：

> 要是我曾经爱过她（赫米娅），那爱情已经消失了，我的爱不过像过客一样暂时驻留在她的身上，现在它已回到它的永远的家、海丽娜的身边，再不到别处去了。（第三幕第二场）

上面这段表白实际上也是以他与海丽娜最初相爱的感情作为基础的，只是在梦幻中，当他的意识隐退时，在他的潜意识中的这种感情才涌现出来。底米特律斯在意识和无意识当中的言行也同样可以看作是补偿性的关系。

然而，要把梦中的意念和象征转变成对某种事物的表现还需要一个心理过程，即“未被意识所承认”到“被意识承认”的过程，这样就会由一个松散和模糊的概念形成固定和明确的概念。此时底米特律斯对海丽娜的现实感情还只是停留在梦中意念的基础上，不能决定将来的现实行为。只有在梦醒之后，底米特律斯才有可能将梦中潜在的意念逐渐加以承认接受，在意识状态之中形成一种概念，最终将其感情投向海丽娜。所以，底米特律斯与海丽娜从“梦中相爱”到“最终结合”的转变似乎是太富于戏剧性以至失去了真实感，让人感到戏剧终究是戏剧，远离现实。这是因为，从表面上看，剧中底米特律斯爱情的心理转变过程是用隐晦的梦幻形式展现的。但是剧中有一个关键的情节不可忽略，即莎士比亚没有将施在底米特律斯身上的梦的魔力去掉。在梦醒之后，底米特律斯是以梦中的真实感情与海丽娜重归于好的。这一点与拉山德梦醒后的情形完全不同。莎士比亚这种似梦非梦的安排向观众和读者暗示了底米特律斯情感意识发展的方向，增添了舞台的艺术魅力。它是否能成为现实，还是个悬念。从另一个角度看，由于没有解除魔力，底米特律斯与海丽娜喜剧性的结局虽然是现实的，但却给人一种或隐或现，或真或假的感觉，或许更是艺术家留给观众和读者的一个思考的空间。正如托马斯·德昆西（Thomas De Quincey）所赞叹的："学习您（莎士比亚）的作品，我们必须使我们自己的思考力和理解力完全顺从您的指挥，我们必须完全相信您的作品增一分则太多，减一分则太少——在粗心的读者看来仅仅是偶然的巧合，却有您的精心设计和前呼后应的安排！"[1]对于《梦》剧，我们愈是仔细分析每一个细节，我们愈是感到每一个情节都安排得恰到好处。

三

从以上的分析之中，我们清楚地看到剧中人在梦中表现的无意识和意识之间有一种内在的联系，即有一定的合理性，那么他们理智与爱情的冲突，意识与无意识之间的对立是否也具有它的合理性呢？剧中忒修斯说："疯子、情人和诗人都是幻想的产物。"（第五幕第一场）他的意思是说，情人们怪僻的行为是不合理的，而这些不合理的事物又是幻想的产物。所以，幻想即不合理。

众所周知，爱情是人类感情中最纯洁、最美好的感情之一，是青年人不懈追求的目标，是诗人们赞美的永恒主题。在常人眼中，神圣的爱情应该是完美无瑕的；在情人眼中，被爱的一方永远是世界上最美好的形象。"情人，同样是那么疯狂，能从埃及人的黑脸上看见海伦的美

1 杨周翰选编：《莎士比亚评论汇编》（上），北京：中国社会科学出版社，1985年，第228页。

貌。”（第五幕第一场）然而在实际中，完美的事物里总是存在着遗憾。莎士比亚在《梦》剧中客观地、如实地反映了现实生活中爱情的既矛盾又统一的情感冲突，一方面赞扬神圣的爱情，另一方面在梦中揭示了爱情的不一致、不协调的情感冲突。前面已经提到过无意识状态下的行为是不会影响意识控制之下的言行，这是因为梦中的纷争是属于人的深层心理产物，也就不会导致任何有意识的结果。拉山德在梦中与赫米娅的冲突产生了他对赫米娅怨恨的潜意识。在清醒的时候他的这种不愉快感情被理性所压抑，或许他自己也未意识到，即使他意识到了，但他也不愿意将自己隐秘的真实感情暴露在光天化日之下让众人知道。莎士比亚便将拉山德因赫米娅拒绝与他同眠共枕而对她产生的怨恨，投入到梦中将其淋漓尽致地表现出来。显然这种情节安排自有它的合理之处。再如，底米特律斯与海丽娜一开始就处于情感矛盾之中，在现实生活中，类似情感矛盾的结果也难以预料。剧中底米特律斯在花汁的魔力之下（梦幻之中）与海丽娜言归于好，这实际上预示着现实生活中类似的这种冲突的结局是扑朔迷离的；从事物的矛盾性看，任何美好的事物、情感都有美中不足的插曲，这使得该剧更具有了现实意义。从《梦》剧的其他角色身上，我们也能感到类似的矛盾以及剧作者的巧妙处理；由此使我们感到舞台上的爱情和现实生活中的爱情一样绚丽多彩。

纵观整个《梦》剧，莎士比亚看似在自由地、盲目地描写这些痴男恋女，实际上，他对各种人物不同的内心世界及灵魂都了如指掌，并能将他们的真实感受通过艺术手段生动形象地表达出来。所以，我们能从莎剧中直接领悟到看似通俗但却深奥的人生哲理。

由于《梦》剧情节错综复杂，人物繁多，不可能面面俱到。本文仅从心理学角度试论《梦》剧中的现实与梦幻、理智与爱情之间对立统一的关系，以期更进一步理解《梦》剧的真实内涵和其不朽的艺术魅力。随着《梦》剧情节的发展，莎士比亚确实将我们带入了一个眼花缭乱、目不暇接的梦幻世界。在这纷繁的世界中，也许就连创造该剧的莎士比亚本人当时也无暇诠释其中的奥秘，正如海伦・加德纳（Helen Gardner）指出的那样："作为艺术家，他（莎士比亚）并没有系统的思想，但却有想象性的思维，从根本上说是戏剧的想象力。其作品的语言和意象显示出，他是多么自然地把生活看成是一出戏……"[1] 正是由于莎士比亚将广袤的现实生活融入到他的那出"戏"之中，他的剧作才给人们拓开了一个写不完、读不尽的广阔空间。我们只能一步步地研究、一点点地去领悟，才能真正得到莎士比亚留给我们的这份无穷无尽的精神财富。

1　海伦・加德纳：《宗教与文学》，沈弘、江先春译，成都：四川人民出版社，1989年，第69页。

《泰尔亲王配力克里斯》与《伦敦四学徒》中的地理和意识形态[1]

郝田虎

莎士比亚和乔治·威尔金斯（George Wilkins）合作[2]的《泰尔亲王配力克里斯》以及与托马斯·海伍德（Thomas Heywood）合作的《伦敦四学徒》都是传奇剧（romance），其场景以地理范围广大而著称。《泰尔亲王配力克里斯》的场景包括古代的六个城邦，跨越了整个地中海东部。《泰尔亲王配力克里斯》共有二十二场戏，很少有连续两三场戏发生在同一个地点（第一幕第二场和第三场在泰尔，第二幕第一场至第三场在潘塔波里斯）。[3]观众/读者常常目不暇接，从一个城市被带到另一

1　原文发表于《外国文学研究》2008年第1期。郝田虎（1974—），北京大学英语系学士、硕士，哥伦比亚大学英文系博士，现任北京大学外国语学院英语系副教授，主要研究文艺复兴时期英国文学、比较文学、书籍史等，曾与冯伟合作翻译《莎士比亚与书》（戴维·斯科特·卡斯顿著，北京：商务印书馆，2012年）。

2　参见*A Reconstructed Text of Pericles, Prince of Tyre. The Oxford Shakespeare*, ed., Roger Warren. Oxford: Oxford UP, 2003, pp.4−8。

3　莎士比亚:《泰尔亲王配力克里斯》,《莎士比亚全集》(第六卷)，朱生豪译，吴兴华校，北京：人民文学出版社，1994年，第267—364页。如无特别注明，文中引自《泰尔亲王配力克里斯》的引文，其英文出自Del Vecchio和Hammond合编的新剑桥版，文中只在引文后给出“幕”和“场”。参见*Pericles, Prince of Tyre. The New Cambridge Shakespeare*. eds., Doreen Del Vecchio and Antony Hammond. Cambridge: Cambridge UP, 1998。

个城市。同样，四位学徒从伦敦旅行到耶路撒冷，分别经过布洛涅[1]、法国、爱尔兰和意大利。两部剧都跨越了欧亚两个大陆，理解和欣赏它们需要观众/读者具备剧作家拥有的特殊的空间想象力。地理在剧作中发挥着怎样的作用？一方面，"差异地理学"（geography of difference）这一古代遗产在两部作品中都有体现；另一方面，从当时的历史背景来看，地理流动性与贵族意识形态之间存在着复杂的交互作用。从意识形态上说，《泰尔亲王配力克里斯》基本上是保守的，尽管它的地理流动性强；而《伦敦四学徒》更直接地反映了它的时代，通过地理流动性以贵族意识形态颂扬了市民阶层。

"差异地理学"的概念来自约翰·吉利斯（John Gillies）的著作《莎士比亚与差异地理学》[2]。在维科那里，差异地理学被称作"诗性地理学"（poetic geography）。意义的产生源自区分；地理上的隔绝导致差异，差异的两级化使得意义成为可能并固定下来。排斥的逻辑表现在一系列的两分法中，如中心—边缘、文明—野蛮、秩序—混乱等；排斥的逻辑使他者非中心化，对自我的想象即由此建构而成。吉利斯通过解读古典文本中各种各样有关地形和人种的词语、比喻及神话，梳理出了差异地理学；进而，他认为，文艺复兴时期同样存在着诗性地理学。文艺复兴时期的地理学与古典时代一样，是道德化的，包含着人文和戏剧意义，尤其是关于自我和他者的意义。《伦敦四学徒》一剧中，欧洲与亚洲相对，基督教与异教相对；《泰尔亲王配力克里斯》中，潘塔波里斯迥异于其他五个城邦，希腊和亚洲的国家截然不同，希腊或欧洲的身份

1 法国北部港口城市，临英吉利海峡。

2 John Gillies, *Shakespeare and the Geography of Difference*. Cambridge: Cambridge UP, 1994.

经由亚洲这一他者得以确立。

《伦敦四学徒》描写中世纪第一次十字军东征及征服耶路撒冷的故事，故而两个大陆之间的对立主要是宗教方面的。在战场上的舌战中，巴比伦的苏丹和诺曼底的罗贝尔互不示弱，列举了一系列的地名，却归结为两种宗教："你们卑鄙的基督徒"和"你们受诅咒的异教徒"（第243页）。[1] 二者之间的对立既是地理的，也是宗教的。显然，欧洲人把所有亚洲人都视为非基督徒，不管他们实际的宗教信仰如何，不管他们是巴比伦人还是波斯人、鞑靼人还是土耳其人。海伍德甚至让亚洲人自称异教徒，如苏丹竟然说出"我们异教神明"（第207页）的话来。如此，苏丹无非是纯然欧洲想象的舞台道具罢了。为了建构自我，必须创造出他者，结果是扭曲了他者，消弭了他者内部的种种差异。与此同时，自我内部的种种差异也因为联合阵线而被压制了：英、法、意组成了虚构出来的欧洲共同体或基督教世界。戈弗雷和盖伊之间、罗贝尔和坦克雷德之间的敌意化为联合，名义上正是为了反抗异教徒："让我们联合成为友好的基督团体。"（第198页）剧本结尾，三国同盟在联姻中得到了加强：盖伊与法国公主结合，贝拉·弗兰卡与意大利王子坦克雷德结合。戈弗雷选择了荆棘王冠，象征着共同的欧洲身份。作为长子，他继承了布罗涅伯爵的世俗头衔；他父亲成为耶路撒冷最高级主教后，他也成为宗教继承人。戈弗雷身上体现了长子继承权和中世纪政教合一的传统，他是欧洲人的代表。

但是，剧中欧洲人的基督徒身份是暧昧不清的。某一场戏中，尤

1 托马斯·海伍德：《伦敦四学徒》（Thomas Heywood, *The Foure Prentises of London, with the Conquest of Jerusalem*. London, 1615）。文中《伦敦四学徒》的引文均出自此书，以下只在引文后给出页码。

斯塔斯和盖伊两兄弟很奇怪地互不相识，吹嘘自己是赫克托耳和阿喀琉斯，要为荣誉而战。两个人都乞灵于异教神明而非基督教上帝作为见证人和旁观者。在此之前，尤斯塔斯声称自己能够“像魔鬼一样，吓得他们（指坦克雷德领导的意大利军队）屁滚尿流”（第203页）。这些好战的兄弟们到底是基督徒还是异教徒实在有点可疑，欧洲人的基督徒身份成了一个问题。这些兄弟的好战与其说是为了上帝的光荣，不如说是为了荣誉、地位、权力和美色。有学者称：“学徒们的荣誉每每被等同于作战勇敢。”[1] 他们相信的是武力，而非信仰。他们甚至要以基督的名义与基督徒作战。（第201页）他们的勇敢是盲目的、危险的，缺乏智慧和信仰的引导。四兄弟恃勇好斗的浮夸修辞与苏丹苦口婆心的和平倡议形成鲜明的对照（第206—208页）。苏丹对萨非的批评——“你的权力使你盲目，遮蔽了你的眼睛”（第206页）——同样适用于四兄弟。亚洲人允许和平的朝圣之旅，而欧洲人一出发就是为了战争。差异地理学粉碎了苏丹的和平希望，故而它支持了、而非批判了“强权即公理”的规则。在战争和征服一边倒的情势下，贝拉·弗兰卡对和平的呼唤被边缘化了，咚咚响的战鼓压制了女性对和平的祈盼。《伦敦四学徒》中的差异地理学体现出明显的欧洲中心主义和男性主导的意识形态。

《泰尔亲王配力克里斯》一剧中，差异地理学的作用更为微妙。首先，值得注意的是，这个传奇剧始于泰尔—安提奥克，终场时，拉西马卡斯和玛丽娜将在潘塔波里斯完婚，配力克里斯和泰莎将统治潘塔波里斯。泰尔亲王四处漂泊，四海为家，历尽颠沛流离，终于要前往潘塔波里斯，把亚洲和东方抛在身后。乱伦的安提奥克斯及其女儿受到了应有

1 Kathleen E. McLuskie, *Dekker and Heywood*, *English Dramatists*. New York: St. Martin's Press, 1994, p.59.

的惩罚。塔萨斯的公民把邪恶的克里翁和狄奥妮莎烧成了灰烬。泰尔将会有新的国王和王后主政，而新王后有一半希腊的血统。这样，整个叙述恰如其分地终结于潘塔波里斯。希腊子嗣和希腊式统治带来和谐、清新和快乐，潘塔波里斯是《泰尔亲王配力克里斯》和配力克里斯的终极目的。

这种希腊化倾向还表现在安提奥克和潘塔波里斯之间显著的、有意的对比。安提奥克斯独裁专制，而潘塔波里斯的子民自发地称他们的国王为“善良的西蒙尼狄斯”（第二幕第一场）。为了赢得他们女儿的芳心，许多王子、骑士纷至沓来，各逞技艺，但是结果迥然相反：一个是混乱和死亡，“害多少的英才受戮”（开场白）；一个是快乐和欢宴，“准备欢乐罢，因为宴会是宜于欢乐的”（第二幕第三场）[1]。安提奥克斯阴沉沉的威胁有力地衬托了西蒙尼狄斯轻松的快乐。无名的公主与父亲安提奥克斯乱伦，其关系是违背人伦的，反自然的。与此相对照，泰莎和她父亲自然而亲热地对话，毫无忌讳，他们欣然同意选择配力克里斯做女婿（例如第二幕第五场）。安提奥克虽然号称，这个城邦“在全叙利亚是最壮观的一个”（开场白）[2]，功用上却是潘塔波里斯的哈哈镜，是希腊自我的他者。

莎士比亚和威尔金斯把安提奥克作为希腊他者的戏剧描绘实际上与历史图景相悖，而这一点恰恰表明内在的诗性地理学在起作用。20世纪的考古学证实，亚历山大大帝手下的一位将军塞琉古一世在公元前300年创建了安提奥克，并以他的儿子和继承者安提奥克斯一世的名字

1 莎士比亚：《波里克利斯》，《莎士比亚全集》（下卷），梁实秋译，海拉尔：内蒙古文化出版社，1995年，第842页。

2 莎士比亚：《波里克利斯》，第829页。

命名这座城市。安提奥克是古代世界最伟大的城市之一，文化上很希腊化。希腊神话是其日常生活的一部分：在那里出土的一些私人住宅里的马赛克描绘了狄俄尼索斯和赫拉克勒斯进行饮酒比赛，或者帕里斯裁判第一美女的情景。希腊语是安提奥克的通用语。安提奥克仅有一成富人和一成穷人，大多数人过着小康生活，主体是美国人熟悉的中产阶级社会。[1] 莎士比亚或许知道安提奥克是奥托曼帝国的一部分，而不清楚其希腊化的文化性质，但这与笔者的论点无关。笔者认为，在文本层面上，违背历史、描写黑暗专制和灾难性的报应是诗性地理学的需要；这一他者即便并不合适，为了希腊自我也要被制造出来。

《泰尔亲王配力克里斯》中的女儿形象也遵循着诗性地理学的范式。除了拉西马卡斯在剧终时尚未成婚外，剧中所有的国王或亲王都有一个女儿：玛丽娜是配力克里斯的女儿，她母亲泰莎是西蒙尼狄斯之女，菲萝登是克里翁和狄奥妮莎的女儿，安提奥克斯有个无名公主。前两个女儿是希腊血统，是贞洁和耐心的象征；而后两个亚洲女儿是罪恶的工具，嫉妒或乱伦，还有谋杀。希腊血统在才华和道德方面都很优越："这菲萝登好胜心强，她总想争一日之长；无奈她乌鸦的羽毛，怎么能和白鸽比皎?"（第四幕开场诗）另外，亚洲女儿几乎不说话（菲萝登没有出场，只有名字，而安提奥克斯的女儿没有名字，只有两行台词），而泰莎和玛丽娜能言善辩。每一个前来寻欢的嫖客都被玛丽娜说服改造了。继而在父女相认那场戏中，玛丽娜话语的疗救力量起了重要

1 在《泰尔亲王配力克里斯》中，安提奥克斯对希腊罗马神话很熟悉。他提及朱庇特、丘比特以及赫拉克勒斯的故事（第一幕第一场）；但是，这不会改变安提奥克斯作为潘塔波里斯他者的地位。关于安提奥克斯的历史和考古，参见Deborah Weisgall, "Reading A Civilization through Its Ancient Shards," *New York Times*. 19 Nov. 2000, Section of art/architecture 39。

作用，父女因此重新相聚，配力克里斯得以重生。如果说亚洲女儿造成伤害和损失的话，玛丽娜和泰莎则有治疗恢复的效用。《泰尔亲王配力克里斯》一剧的性别描写中包含着地理差异。

配力克里斯在海上漂泊、受尽磨难的过程是以希腊化为指归的。配力克里斯好像不应该待在亚洲，于是他逃离了这块大陆，在海上漂浮。海难中他侥幸活命，来到潘塔波里斯海滨。这里又湿又冷，他不得不向渔夫乞讨。窘迫的处境使他有可能重新认识自我。一个重要的细节是，配力克里斯的父亲遗赠给他的甲胄是在希腊土地和国王的名字宣布以后失而复得的，而这副甲胄是他从前身份的唯一遗留。进而配力克里斯在西蒙尼狄斯身上看到了他父亲的影子："那位国王的仪表很像我的父亲，使我回想起他当年也是同样的煊赫；列邦的君主像众星一般拱卫在他的宝座的周围，他就是为他们所朝拜敬礼的太阳；无论什么人站在他的面前，都会变成黯淡的微光，向他那灿烂的威焰免冠臣服。"（第二幕第三场）记忆苏醒了，宇宙秩序（太阳—众星）和血统都表明希腊的优越。配力克里斯将自我和自我的延续置放到了希腊的承续中，将他的渊源地从亚洲转移到了希腊。他与泰莎的婚礼标志着他新的希腊身份的诞生。配力克里斯不仅得到了妻子，而且得到了新的自我。所以，他选择前往潘塔波里斯为女儿操办婚礼，并在那里安度余生。

因此，《泰尔亲王配力克里斯》不仅在地理上，而且在精神认知层面上，都倾向和指归于希腊城邦潘塔波里斯。泰尔亲王同时经历了外在流浪和内在旅行，目的地都是希腊：他只有在希腊的土地上才能恢复他的祖产和地位。他与泰莎的婚姻表明，他家族的主干只有嫁接到希腊血统上才能结果。希腊对非希腊（亚洲）的优越体现在它的同化力上，能把非希腊的他者吸收进希腊的自我。自我就在他者中，这既适用于古典差异地理学，也适用于配力克里斯在地理流动性中的改变。地理流动性为诗性地理学服务，诗性地理学涵括了地理流动性。莎士比亚和威尔金斯的文本秘密而积极地参与了差异地理学的意识形态。

以上关于《伦敦四学徒》和《泰尔亲王配力克里斯》中诗性地理学的分析建立在吉利斯的模型之上，使我们注意到文本中此前被忽视的角落，揭示出一个古老的、内在的模式。但是，对剧本做背景研究时仅仅使用这一模型是远远不够的。事实上，文艺复兴时期地理学，或曰一般地理学，不仅是诗性问题，而且是社会、政治、经济、科学等问题。我们不能把地理学与其复杂的时代背景相隔离。为了弥补诗性地理学这一范式的缺陷，本文还将集中讨论两个剧本中的贵族意识形态。

在《冒险的意识形态》一书中，米夏埃尔·内利希（Michael Nerlich）讨论了宫廷文学中资产阶级倾向的辩证过程。虽然资产阶级或商业冒险“与冒险的宫廷意识形态针锋相对”，但它“自己也披着宫廷意识形态的外衣”[1]。结果，资产阶级“逐渐‘重新改造’了（re-functioned）宫廷意识形态，进而攻击它（部分武器是在重新改造过程中取得的，即从被吸收和被改变的文化中取得）”[2]。贵族阶级和资产阶级的重新改造带来社会流动，这在《伦敦四学徒》中发生了，而在《泰尔亲王配力克里斯》中却没有发生。在前一部剧中，地理流动性促进了社会流动；在后一部剧中，贵族意识形态抗拒了地理流动性。

弗雷德里克·詹姆逊（Fredric Jameson）正确地指出，莎士比亚的传奇剧“将‘想象力’的幻影汇集与其周围繁忙的商业活动相对立”[3]。

1 Michael Nerlich, *Ideology of Adventure: Studies in Modern Consciousness, 1100–1750*. Vol 1, trans., Ruth Crowley, 2 vols. Minneapolis: U of Minnesota P, 1987, pp.60–61.

2 Michael Nerlich, *Ideology of Adventure*, p.61.

3 Fredric Jameson, *The Political Unconscious, Narrative as a Socially Symbolic Art*. Ithaca: Cornell UP, 1981, p.148.

《泰尔亲王配力克里斯》在意识形态上的保守，正是因为它的“发霉的故事”（本·琼生语）[1]刻意与当时地中海贸易的现实保持距离。正如史蒂文·马拉尼（Steven Mullaney）所言：“《泰尔亲王配力克里斯》代表着一种极端的努力，将大众舞台与其文化背景及戏剧产生的基础相分离。”[2] 1592年，显赫的黎凡特公司（Levant Company）正式成立，为此后几十年英国在地中海贸易的霸权地位铺平了道路。《泰尔亲王配力克里斯》创作和上演的时候，剧中提到的亚洲城市均为重要的贸易中心。但该剧的视角是反贸易的，意识形态是贵族的。

首先，乱伦的谜语无从进入交流和贸易的领域，因为谜底不可言说；于是，猜谜招亲实质上是把公主排除在婚姻制度之外。换言之，安提奥克斯保留女儿供自己享用，而不把她交换给别人。因此，如果“贸易”作广义解的话，本剧从一开始就是反贸易的。[3]安提奥克斯是自我生产、自我消费、自我毁灭。

其次，对性贸易的否定更显著地表现在希腊女儿的贞洁上。泰莎在以弗所的狄安娜神庙做了十四年的女祭司。玛丽娜在米提林的妓院里苦苦支撑。在遍地的性交易中她出淤泥而不染。这位美丽的女性不幸遭海盗绑架，卖给了妓院，成为“一个出卖色相的女子”（第四幕第五场）。米提林这里具有高度的地理流动性，聚集着来自各国的风流公

1 转引自“Introduction” to *Pericles, Prince of Tyre. The New Cambridge Shakespeare*, eds., Doreen Del Vecchio and Antony Hammond, 1998, p.17。

2 Steven Mullaney, “‘All that monarchs do’: The Obscured Stages of Authority in *Pericles*,” Chapter 6 of *The Place of the Stage: License, Play, and Power in Renaissance England*. Chicago: U of Chicago P, 1988, p.147.

3 参见《牛津英语词典》：“commerce”，sb. 2a “人生事务中的交往：交易”。另一方面，婚姻可以被视为男人与男人之间对女人所做的交易。

子。例如，一个西班牙人和一个法国骑士对龟奴的广告充满浓厚兴趣（第四幕第二场）。在这样一个充斥着贸易和流动性的地方，玛丽娜却以坚如磐石的贞操抵御着贸易。“要是火是热的，刀是尖的，水是深的，我要永远保持我的童贞的完整。”（第四幕第二场）她不仅成功地逃避了性交易，而且用名誉的说辞感化了每一个嫖客，几乎让妓院的皮肉生意停顿。嫖客们的地理来源越是多样，玛丽娜越显贞洁。莎士比亚用地理流动性来提升贞洁的品质，而贞洁本质上是反贸易的。

女性的贞洁是男性荣誉的对应物，而荣誉（honour）是贵族意识形态的标志性特征。西蒙尼狄斯和泰莎经常谈论荣誉（例如，第二幕第二场，第二幕第五场）。对西蒙尼狄斯来说，荣誉是上天也是君王的准则。他把君王定义为“具备上天的品德，为人伦的仪范”（第二幕第二场），并宣布：“我爱的是荣誉，厌弃荣誉的人，也就是厌弃天神。”（第二幕第三场）配力克里斯巧妙地援引西蒙尼狄斯的准则，他说：“我来到您的宫廷是为了寻求荣誉。”（第二幕第五场）[1]泰莎和玛丽娜遵循着女性荣誉的准则。而且，玛丽娜利用男性荣誉的武器来保护她的贞洁，女性荣誉。男性的贵族荣誉和女性形式联合起来，共同抵御流动性和贸易。

配力克里斯“在文学、武艺两方面，都受过相当的教养”（第二幕第三场），他的文武双全是文艺复兴时期廷臣的标准教育。他对王室子嗣的寻求最终推动了剧情的发展。在父女相认那场戏中，本来可以成为泰尔总督的赫力堪纳斯的下跪肯定了王家子嗣与生俱来的权威。剧终时，王室内部重新分配了权力。配力克里斯称拉西马卡斯为“我们的儿

1 莎士比亚：《波里克利斯》，第845页。

子”（第五幕第三场）而非女婿表明，他很高兴终于找到了王室子嗣。尽管存在地理流动性和社会不稳定性，尽忠王权的贵族意识形态仍在剧中占据了中心地位。封建等级制度完整无缺，社会结构并无改变。《泰尔亲王配力克里斯》这一传奇剧的一个特征是社会流动性并不伴随地理流动性。

与此相对照，《伦敦四学徒》经由地理流动性取得了社会流动性。在伦敦，老伯爵被迫失去伯爵的称号，“像一个公民一样”生活（第168页）。他的四个儿子成为四种行业的学徒。在冒险过程中，四兄弟表现出天赋的高贵，赢得了贵族称号、王家爱情或重要的地位。最差的尤斯塔斯也有一个爱尔兰仆人（第186页），后来统领着一万大军（第195页）。除了有一次海难外，四兄弟走出伦敦后，一路高奏凯歌。他们愈往前行，在社会阶梯上就爬得愈高。最终，每一个兄弟都成为国王：戈弗雷拥有荆棘王冠，盖伊是耶路撒冷国王，查尔斯是西西里国王，尤斯塔斯是塞浦路斯国王。而在剧本一开头，戈弗雷颂扬了劳动面前人人平等的市民伦理：“我赞扬那个把王子变成手艺人的城市……无论高贵或卑贱……都要从事一门技艺……不像雄蜂，从公共蜂箱里吮吸蜂蜜。”（第169页）四学徒成为王子后，市民伦理消失了，取而代之的是不平等的劳作、等级和王权，甚至强盗逻辑。比如，胜利者查尔斯把战利品据为己有（第183页），要在密林中建立“共和国”，啸聚山林，占山为王。“他们会尊我为群山之王”（第185页）。四学徒成为国王后举行仪式，赋予他们各自行业的徽章，以显荣耀。（第250页）尽管如此，笔者认为，这种对过去的怀念只是一个姿态罢了：伦敦四学徒通过冒险，已经抛弃了以劳作和平等为核心内容的市民伦理，皈依了宫廷或贵族意识形态。他们现在追求的是荣誉、声名、财富和权力。

路易斯·赖特（Louis B. Wright）认为："在所有从周围生活取材的剧作家中，托马斯·海伍德是市民伦理和思想最重要的舞台代言人。"[1] 但在《伦敦四学徒》中，市民伦理与重新改造过的贵族意识形态之间存在着尚未解决的张力和矛盾。在重新改造的过程中，新兴的资产阶级借来贵族阶级光辉的名字，同时被吸收、变形成为贵族阶级的一部分。《伦敦四学徒》中冒险的意识形态最终是暧昧的：它把冒险和流动性作为正面价值接受下来，却抵达了天生贵族的安全港湾；它赞扬公民伦理，却允许贵族意识形态与其相对立。

综上所述，在《泰尔亲王配力克里斯》和《伦敦四学徒》的差异地理学背后，贵族意识形态运作的方式截然不同。前者中，地理流动性服务于贵族意识形态；后者中，地理流动性带来了社会流动。莎士比亚和威尔金斯及海伍德的戏剧实践代表了传奇剧这一体裁所蕴含的丰富的可能性。

1 转引自 Kathleen E. McLuskie, *Dekker and Heywood*, p.81。